A FÊNIX

OBRAS DO AUTOR PUBLICADAS PELA EDITORA RECORD

As areias do tempo
Um capricho dos deuses
O céu está caindo
Escrito nas estrelas
Um estranho no espelho
A herdeira
A ira dos anjos
Juízo final
Lembranças da meia-noite
Manhã, tarde & noite
Nada dura para sempre
A outra face
O outro lado da meia-noite
O plano perfeito
Quem tem medo de escuro?
O reverso da medalha
Se houver amanhã

INFANTOJUVENIS
Conte-me seus sonhos
Corrida pela herança
O ditador
Os doze mandamentos
O estrangulador
O fantasma da meia-noite
A perseguição

MEMÓRIAS
O outro lado de mim

COM TILLY BAGSHAWE
Um amanhã de vingança (sequência de *Em busca de um novo amanhã*)
Anjo da escuridão
Depois da escuridão
Em busca de um novo amanhã (sequência de *Se houver amanhã*)
A fênix
Sombras de um verão
A senhora do jogo (sequência de *O reverso da medalha*)
A viúva silenciosa

SIDNEY SHELDON
& TILLY BAGSHAWE

A FÊNIX

Tradução de
Ângelo Lessa

7ª edição

EDITORA RECORD
RIO DE JANEIRO • SÃO PAULO
2024

EDITORA-EXECUTIVA
Renata Pettengill

SUBGERENTE EDITORIAL
Mariana Ferreira

ASSISTENTE EDITORIAL
Pedro de Lima

AUXILIAR EDITORIAL
Juliana Brandt

REVISÃO
Renato Carvalho

CAPA
Renan Araújo

IMAGENS DE CAPA
Shutterstock / tugol
Shutterstock / Xcages

DIAGRAMAÇÃO
Abreu's System

TÍTULO ORIGINAL
The Phoenix

CIP-BRASIL. CATALOGAÇÃO NA PUBLICAÇÃO
SINDICATO NACIONAL DOS EDITORES DE LIVROS, RJ

S548f

Sheldon, Sidney, 1917-2007
    A fênix / Sidney Sheldon, Tilly Bagshawe; tradução de Ângelo Lessa. – 7ª ed. – Rio de Janeiro: Record, 2024.

    Tradução de: The Phoenix
    ISBN 978-85-01-11943-8

    1. Ficção americana. I. Bagshawe, Tilly. II. Lessa, Ângelo. III. Título.

21-69063
                                                                           CDD: 813
                                                                           CDU: 82-3(73)

Leandra Felix da Cruz Candido – Bibliotecária – CRB-7/6135

Copyright © 2019 by Sidney Sheldon Family Limited Partnership

Texto revisado segundo o novo Acordo Ortográfico da Língua Portuguesa.

Todos os direitos reservados. Proibida a reprodução, no todo ou em parte, através de quaisquer meios. Os direitos morais dos autores foram assegurados.

Direitos exclusivos de publicação em língua portuguesa somente para o Brasil adquiridos pela
EDITORA RECORD LTDA.
Rua Argentina, 171 – Rio de Janeiro, RJ – 20921-380 – Tel.: (21) 2585-2000, que se reserva a propriedade literária desta tradução.

Impresso no Brasil

ISBN 978-85-01-11943-8

Seja um leitor preferencial Record.
Cadastre-se no site www.record.com.br e receba informações sobre nossos lançamentos e nossas promoções.

Atendimento e venda direta ao leitor:
sac@record.com.br

Para Zac.

PRÓLOGO

Arredores de Atenas, Grécia

Do terraço de sua elegante *villa* caiada na praia de Vouliagmeni, o ex-presidente Dimitri Mantzaris observava o mar Mediterrâneo e suas águas azuis e límpidas. Ele era um homem idoso e extremamente gordo de tanto se empanturrar diariamente de queijo, vinho e baclava — os petiscos doces e saborosos que adorava, mas evitava na juventude, quando a ganância vivia em pé de guerra com a vaidade. Agora, aos 80 anos, a guerra havia terminado. Os últimos vestígios da beleza já haviam desaparecido fazia muito tempo, junto com a carreira política. Todos os desejos que o motivavam e o faziam ser quem era no passado — o apetite voraz por poder, o desejo sexual insaciável, a avareza lendária — tinham desmoronado e virado pó, tal qual as muralhas do Partenon. Para Dimitri Mantzaris, comer era o último dos prazeres da carne, e ele se saciava sem restrições.

Mas não hoje.

Hoje, pela primeira vez em décadas, Dimitri Mantzaris estava sem apetite.

Stavros Alexandris, seu ex-ministro do Interior e amigo próximo, tinha lhe mostrado, naquela manhã, a foto que estampava a capa do *I Avgi*, o jornal mais vendido da Grécia.

— Quando vi, não acreditei — disse Stavros Alexandris, com as mãos tremendo. Um sessentão cheio de vida e dono de uma magreza que contrastava com a gordura obscena do ex-chefe, Alexandris tinha a reputação de ser um homem ao mesmo tempo impiedoso e calmo. Naquele momento, porém, a segunda qualidade o abandonara. — Você não está achando que...?

— Que ela ainda está viva? — terminou Mantzaris. *Meu Deus, tomara que sim.*

Athena Petridis. Sua nêmesis. Sua conspiradora. Sua musa. Seu anjo. Sua traidora. Só que Athena nunca foi "sua". Na verdade, Athena Petridis nunca foi de ninguém, nem de Spyros Petridis, seu próprio marido, um homem verdadeiramente mau. Assim como sua xará imortal do Monte Olimpo, de tempos em tempos Athena se dignava a se envolver nos assuntos dos humanos. Mas só quando isso a agradava, e sempre por interesse próprio.

Na época em que tiveram um caso, Dimitri Mantzaris era presidente, o homem mais poderoso da Grécia. Mesmo assim, nem por um dia, nem por um instante sequer, teve o controle da relação. Athena Petridis era sua dona, assim como outras mulheres menos importantes são donas de um cachorro. Athena ainda era dona dele. Embora tanto ela quanto o marido estivessem mortos havia doze anos.

Mantzaris olhou para a foto novamente. Era uma imagem trágica, mas infelizmente muito familiar, de uma criança morta afogada, um menino pequeno, nas areias de uma praia da ilha de Lesbos. Com barcos irremediavelmente superlotados saindo da Líbia todos os dias, os gregos estavam se tornando indiferentes ao número crescente de imigrantes mortos. Na verdade, em muitos lugares a postura já nem sequer era de indiferença, mas de raiva e ressentimento. *Por que essas pessoas não param de vir? Por que colocam os próprios filhos num risco terrível? Será que não sabem que a Grécia mal consegue alimentar o próprio povo, que dirá abrir as portas para milhares de estrangeiros?*

Dimitri Mantzaris não pensava assim. As fotos ainda o comoviam. Apesar do que muitos pensavam, ele não era um homem sem coração. No entanto, naquele dia não foi o menino morto que provocou suas mais profundas emoções, mas a letra gravada a ferro em brasa no calcanhar da criança, como um escravo marcado pelo dono. O antigo caractere grego Λ, correspondente à letra L. Segundo estudiosos, essa era a marca de um guerreiro espartano, gravada no escudo daqueles homens em homenagem ao estado natal, a Lacônia. Mas para Dimitri Mantzaris, e para muitos outros líderes mundiais de sua geração, aquele caractere tinha um significado muito diferente. Era a assinatura secreta e pessoal de Spyros Petridis, um camponês analfabeto de Lagonissi que também era marido de Athena e o mais bem-sucedido chefão do crime organizado desde Carlo Gambino.

— Deve ser uma fraude — balbuciou Stavros Alexandris, nervoso.

Dimitri Mantzaris fez que sim.

— Ou uma coincidência.

— É.

— Não pode ser ela.

— Não.

— Ela está morta. Os dois estão mortos.

— Exato.

— Mesmo assim, acho que eu e Daphne vamos sumir por um tempo. Sair do país. Talvez ir para o Chile. Só até a poeira baixar. Temos amigos lá...

Depois que Alexandris se retirou, Dimitri Mantzaris foi desajeitadamente até o terraço e se afundou na cadeira preferida. Sabia que nunca mais veria Stavros. A marca no calcanhar daquela criança não podia ser coincidência, e ambos sabiam disso. Era uma mensagem. Uma mensagem que só uma pessoa *ousaria* enviar.

Dimitri Mantzaris fechou os olhos e se deixou levar pelas lembranças. A pele macia de Athena, o cheiro almiscarado, a gargalhada poderosa. Angustiado, ele relembrou o desespero nauseante do corpo celestial de Athena, construído para o sexo da mesma forma que uma Ferrari é construída para a velocidade.

— Athena...

A palavra permaneceu em seus lábios.

Mantzaris também tinha amigos, pessoas que lhe deviam favores, que poderiam ajudá-lo a desaparecer antes que fosse tarde demais. Mas estava velho demais para correr.

Mantzaris ficaria ali e esperaria Athena ir atrás dele.

Seria maravilhoso rever o rosto de Athena. Mesmo que fosse por apenas um segundo, antes de ela enfiar uma bala em seu cérebro.

Osaka, Japão

A professora Noriko Adachi só viu a foto dois dias depois. A marca no pé da criança morta preencheu a tela do computador de seu escritório como um câncer numa radiografia. Horrível. Nojento. Apesar disso, a acadêmica literária viva mais famosa do Japão não conseguia desgrudar os olhos da imagem.

Assim que voluntários das ONGs que trabalhavam na praia notaram a incomum letra L no pé da criança, começaram a pipocar na internet teorias sobre o significado daquilo. A maioria passava tão longe que era até engraçado. Uma ou duas chegaram perto da verdade — mais por sorte que por bom senso, na opinião da professora Adachi —, apontando o dedo para traficantes de pessoas. Mas ninguém ainda tinha dito o nome "Petridis".

A maioria das pessoas ainda não sabe, pensou com rancor a professora. *E os que sabem são covardes demais para ir a público falar.*

Carinhosamente, ela pegou o porta-retratos de moldura dourada que ficava em lugar de destaque em sua mesa e passou o dedo no vidro. Na imagem, seu filho único, Kiko, em frente ao seu dormitório nos Estados

Unidos, vestindo uma camisa da UCLA com um sorriso orgulhoso. Acima dele, o deslumbrante céu da Califórnia reluzia, tão azul que parecia saído de um desenho animado. *Quinze anos semana que vem.* Como aquele dia foi perfeito, repleto de esperança e promessa.

Um ano depois de aquela foto ser tirada, Kiko Adachi morreu. O estudante e atleta esforçado e dedicado, o amor da vida dos pais, sofreu uma overdose fatal de um tipo novo e especialmente letal de cocaína, identificável pela letra L nos saquinhos e enviado para os campi universitários americanos por Spyros Petridis.

Um ano após a morte, Noriko e o marido Izumi, pai de Kiko, se divorciaram. Izumi reclamava que sua mulher tinha ficado obcecada por Petridis e sua glamorosa esposa, Athena, que na época era embaixadora especial da ONU e uma filantropa mundialmente renomada, cujos carisma e beleza encantavam os homens mais poderosos do mundo de tal maneira que o marido comandava o império do casal com quase total impunidade.

Izumi tinha razão. Noriko estava obcecada. Ela escrevia inúmeros artigos sobre as atividades criminosas dos Petridis que ninguém tinha coragem de publicar. Chegou a escrever um romance sobre a morte do filho, disfarçando muito mal nomes e identidades, mas ninguém o publicou, apesar da fama da professora. Depois de dois anos e meio de esforços infrutíferos, a professora Noriko Adachi viveu o melhor dia de sua vida quando acordou e descobriu que o helicóptero de Spyros Petridis tinha caído numa região remota do estado de Utah, matando tanto Spyros quanto a esposa numa bola branca de chamas. Tudo o que restou de Spyros Petridis foram alguns ossos carbonizados, o suficiente para confirmar a identidade por exame de DNA. Quanto a Athena — Lady Macbeth —, a intensidade do calor fez com que ela fosse completamente incinerada. Queimou até virar pó. *Apagada.*

Nos doze anos que se passaram desde então, Noriko Adachi voltou a trabalhar na Universidade de Osaka e reconstruiu a carreira e o que restava da vida. Spyros e Athena lhe roubaram a família, mas ela ainda conseguia encontrar conforto nos livros, nas tragédias literárias, na perda e no renascimento, que eram seu mundo acadêmico desde a época de estudante.

Até agora.

Seu olhar voltou para a tela.

Uma foto, uma marca, e tudo voltou como uma enchente.

Outro garoto morto.

O filho de outra pessoa.

Ninguém poderia ter sobrevivido àquele acidente, disse Noriko a si mesma, forçando o cérebro racional a funcionar, a se sobrepor às emoções. *Nenhum ser humano sobreviveria àquele incêndio.*

Mas talvez Athena Petridis não fosse humana. Talvez, na verdade, ela fosse um monstro, um demônio, um espírito maligno tal qual o japonês *Kamaitachi*, uma doninha mítica que tinha foices no lugar das patas para cortar as pernas das crianças. Talvez Athena fosse uma bruxa.

A professora Noriko Adachi se sentou à mesa e deixou o ódio assumir o controle, bombeando como veneno por suas veias.

Se Athena Petridis estiver viva... eu vou matá-la.

Los Angeles, Califórnia

Larry Gaster estacionou na Mulholland Drive, seu Bugatti Veyron prata reluzindo ao sol. No banco do carona, a imagem da criança morta com a marca no calcanhar preenchia a tela do iPad.

Estava difícil respirar. O lendário produtor de Hollywood se esticou, abriu o porta-luvas, revirou as coisas atrás da caixa de Xanax, enfiou três comprimidos na boca e os mastigou desesperadamente com os dentes com facetas de porcelana.

Extremamente vaidoso, Larry Gaster aparentava muito menos que os 65 anos que tinha, graças aos esforços dos cirurgiões mais talentosos de Los Angeles e ao patrimônio infinito do paciente deles. A pele de Larry era macia, os olhos castanho-escuros, brilhantes, e o exuberante cabelo castanho-claro ainda tinha pouquíssimos fios brancos. Ao contrário dos maiores figurões de Hollywood, Larry Gaster não se satisfazia em ter uma fila de jovens atrizes doidas para levá-lo para a cama só porque era poderoso e rico. Ele queria que elas também *o* quisessem. Queria que elas o desejassem fisicamente. Mas, apesar dos esforços, esse objetivo estava ficando cada vez mais difícil de alcançar. Algumas pessoas poderiam culpar a idade. Mas Larry Gaster sabia que o motivo era outro.

Era Athena. Athena Petridis.

Como queria jamais ter colocado os olhos naquela mulher!

Na época, Larry Gaster tinha 47 anos e era um dos homens mais desejados de Hollywood quando concordou em produzir um filme biográfico sobre a vida daquela grega de beleza extraordinária. Athena o encontrou no Beverly Hills Hotel para um almoço usando um vestido branco esvoaçante que a fazia parecer um anjo. Para Larry, aquele foi o começo do fim. Ele se apaixonou imediatamente, e, embora os dois jamais tivessem dormido juntos, nem sequer se beijado, a obsessão de Larry pela mulher de Spyros Petridis se tornou uma força propulsora na vida do produtor.

Athena era uma vítima. Uma mulher boa, uma mulher *perfeita*, presa a um monstro num casamento violento. Essa era a verdade, e foi isso que Larry Gaster retratou no filme. Larry queria salvar Athena de Spyros. Queria mantê-la nos Estados Unidos, queria construir um palácio para ela morar em Hollywood Hills, segura, protegida por ele e eternamente grata pelo cavalheirismo digno de um Sir Lancelot para com sua rainha Guinevere.

Mas não foi assim que as coisas se desenrolaram. Um dia após terminar a produção do filme, Larry Gaster foi sequestrado na porta do escritório na Sunset Boulevard em plena luz do dia. Ninguém soube o que aconteceu durante a semana em que o produtor ficou desaparecido, e ninguém jamais saberia. Larry não revelou à polícia, à família, a ninguém. Simplesmente reapareceu em estado de choque nos portões de sua mansão em Beverly Hills certa manhã. O dedo mínimo da mão esquerda havia sido cortado, e a letra L tinha sido gravada a ferro em brasa no calcanhar direito.

L de Larry. Foi isso que ele disse às pessoas que notaram mais tarde. O filme jamais foi lançado.

E Larry Gaster nunca mais viu Athena Petridis.

Depois do acidente de helicóptero, Larry retomou a carreira pouco a pouco, continuando de onde parou. Nos dez anos seguintes, produziu quatro sucessos e se casou novamente. Duas vezes. A vida estava boa. Até agora.

Ele baixou o vidro da janela, pegou o iPad e o arremessou para fora do carro, no precipício que dava para o vale.

Então, tal qual uma criancinha, Larry Gaster começou a chorar.

Londres, Inglaterra

Peter Hambrecht fechou os olhos e se deixou levar pela música, a batuta cortando o ar com uma graça e uma fluidez que o distinguiam de todos os outros grandes regentes. Hambrecht era *o* maestro, indiscutivelmente o melhor do mundo. Todos os músicos no Royal Albert Hall de Londres se sentiam privilegiados por estarem ali presentes, naquela noite. Porque ser conduzido pelo gênio Peter Hambrecht, mesmo que por um segundo, era alcançar o potencial máximo. Era brilhar como uma estrela.

— Obrigada, maestro!

— Performance maravilhosa, maestro!

Depois do concerto, Peter apertou mãos e deu autógrafos com a elegância de sempre. Depois, vestiu o sobretudo pesado de caxemira e andou alguns poucos quarteirões de volta para seu apartamento em Queensgate.

Na manhã seguinte, viu a foto, no mesmo dia em que foi publicada. Um velho amigo a enviou por e-mail.

— Imaginei que você gostaria de ver isso — escreveu o amigo.

Peter achou estranho. Quem em sã consciência iria "querer" ver a foto de uma criança morta por afogamento? Mas claro que seu amigo não estava se referindo à criança em si, e sim à letra gravada a ferro em brasa na pele, como se ele fosse um animal ou um mero pedaço de carne. Peter se retraiu só de pensar na dor que o pobre menininho provavelmente havia sofrido.

Mais tarde, o amigo ligou.

— Você acha que Athena...?

— Não.

— Mas, Peter...

— Athena está morta.

Peter Hambrecht conhecia Athena desde que os dois eram crianças, e a amara durante toda a vida. Era sua melhor amiga, sua confidente, a irmã que ele nunca teve. No vilarejo de Organi, onde os dois cresceram, Athena, uma jovem loira de olhos azuis, era adorada por todos. Por outro lado, Peter, filho de pai alemão, era um garoto reservado, tímido e afeminado. Tinha um sotaque estranho e andava com seu flautim de um lado para o outro. Era um pária, o alvo favorito dos valentões locais.

— Ei, alemãozinho! — provocavam eles. — Por que você não veste um tutu para dançar aquela música clássica gay que você vive tocando? Quer que a gente faça um tutu para você?

— Ele pode pegar o da minha irmã emprestado.

— Acho que ele não quer um tutu. Acho que ele quer que a gente enfie aquela flauta na bunda dele. Você ia adorar, não é, seu alemãozinho?

Peter nunca reagia às provocações. Mas Athena sempre reagia, rugindo como uma leoa para defendê-lo sempre que isso acontecia, atacando os garotos que atormentavam o amigo com uma fúria justiceira em defesa dele.

— Como você deixa esses garotos falarem desse jeito? Você tem que revidar!

— Por quê? — perguntava Peter.

— Estão chamando você de gay!

— Eu sou gay — retrucava ele, dando de ombros.

— Não — insistia Athena com lágrimas nos olhos. — Você não é gay, Peter. Você me ama.

— É verdade, eu te amo — garantia Peter.

— Mais que tudo?

— Mais que tudo. Só que não desse jeito.

Athena tapava os ouvidos.

— Não, não, não! Pare de dizer isso. Você está confuso. Você vai ver, vai mudar de ideia quando a gente se casar.

Peter caía na gargalhada.

— Não é a minha cabeça que precisa mudar, Athena!

Mas Athena era inabalável. Nada conseguia pará-la. Eles se casaram no ano em que ambos completaram 20 anos e se mudaram para um apartamento minúsculo em Londres, onde Peter havia conseguido uma vaga no Royal College of Music.

— Você está feliz, não está? — perguntava Athena toda manhã, enquanto ele estudava as partituras na quitinete.

Peter tinha de admitir que estava muito feliz. Os valentões não faziam mais parte de sua vida, ele estava tocando sua tão amada música 24 horas por dia e, quando voltava para casa, quem estava à sua espera era sua melhor amiga, a pessoa mais mágica, extrovertida e *cheia de vida* que ele conhecia. Abrir mão de fazer sexo com homens parecia um preço pequeno a pagar.

Peter ficou ainda mais feliz quando, meses mais tarde, Athena engravidou pela primeira vez, um menino.

— Vamos chamá-lo de Apollo — disse ela, empolgada —, em homenagem ao deus da música e da beleza.

E de fato ele foi belo, impossivelmente belo, em seus breves vinte minutos de vida.

Anomalia congênita do coração, explicaram os médicos.

— Ele não sofreu — disseram a Athena. — Nem um pouco.

Mas naquele dia três corações morreram, e Athena sofreu o suficiente por todos eles. Tempos depois, Peter se deu conta de que a garota que conhecia desde sempre morreu junto com o filho, de que a Athena que surgiu depois não era a mesma de antes. Semanas em estado de choque e muda deram lugar a meses de uma depressão profunda. Desesperado para ajudar, Peter tentou de tudo: arrastou Athena para jantar fora e para passear nos parques, levou-a a médicos, terapeutas e hipnotizadores. Ainda se lembrava de como ficou feliz quando, após mais um jantar silencioso e deprimente, Athena levantou a cabeça de repente e sugeriu que ela fizesse uma viagem de volta à Grécia.

— Minha mãe me falou de um lugar em Mykonos. É um vilarejo entre Kalafatis e Elia. Eles têm "repousos curativos" e programas para ajudar pessoas a lidar com o luto. Não é barato...

— Não importa — garantiu Peter. — Vá. Você precisa ir. Eu dou um jeito com o dinheiro, não se preocupe com isso.

Foi a primeira ideia proativa de Athena após a morte de Apollo, e Peter se agarrou a ela com unhas e dentes. Não tinha como saber que aquilo acabaria sendo o ponto final.

Foi nessa viagem a Mykonos que Athena conheceu Spyros Petridis. Ou melhor, foi lá que, no fundo do poço, ela acabaria encantada pelo feitiço maligno dele. Ela escreveu para Peter duas vezes, cartas estranhas, formais, que soavam muito diferente dela, explicando que havia conhecido outra pessoa, se apaixonado e não voltaria mais para Londres. Peter era gay, e ela precisava de mais que um simples relacionamento platônico. O casamento jamais sobreviveria a longo prazo.

Somente na última linha da carta Peter ouviu o que parecia ser a voz verdadeira, autêntica de Athena: "Toda vez que olho para seu rosto, vejo o dele", escreveu. "É uma dor que não consigo suportar."

E assim Peter a deixou ir embora. Isso já fazia mais de trinta anos, e nesse meio-tempo Peter Hambrecht teve outros grandes amores na vida, isso sem falar da carreira extremamente bem-sucedida. Apesar disso, jamais esqueceu Athena. Com o passar dos anos, conforme a fama dela crescia — e, junto com isso, a infâmia do marido —, Peter assistia às aparições de Athena na TV como uma criança vendo um personagem de desenho animado. Ou melhor, personagens, no plural. A socialite e anfitriã graciosa. A santa embaixadora da boa vontade. A beleza inalcançável, a "mulher mais sexy do mundo" segundo a revista *People*. Nenhuma dessas personagens era a verdadeira Athena.

A todo momento surgiam rumores sobre Spyros Petridis e suas atividades criminosas, seus esquadrões da morte, suas quadrilhas de tráfico de drogas e seus atravessadores de pessoas. Mas nada jamais foi provado. Com sua luz ofuscante, sua aura de bondade e sua magia, Athena parecia cegar as pessoas e impedir que vissem as entranhas obscuras do mundo do marido.

Peter suspeitava que os rumores eram verdadeiros, mas nunca culpou Athena, nem no passado nem no presente. Por mais que ela pudesse ter mudado, ele sabia que Athena jamais seria responsável pela morte ou pelo sofrimento de uma criança. Mesmo que estivesse viva, não havia a menor possibilidade de ela estar ligada ao que aconteceu com o pobre menino líbio. Sem chance.

Mas ela não estava viva.

Estava morta, incinerada junto com o marido monstruoso.

Que Deus a tenha.

East Hampton, Nova York

— Puta merda!

Mark Redmayne levou a mão aos olhos para proteger a vista do sol enquanto via sua bola de golfe fazer uma curva descontrolada para a esquerda no décimo primeiro buraco e depois cair com um *ploc* nas profundezas do lago. Ele ficou tenso. *Porra*. Empresário brilhante, porém impiedoso, Redmayne estava com cinquenta e poucos anos, embora tivesse o físico de um homem muito mais jovem. Aliado à postura rígida, como um soldado, o porte físico o ajudava a manter uma aura de alguém que mal continha a violência que sempre pairava ao seu redor, intimidando igualmente rivais e amigos. Mark Redmayne era um homem que ninguém queria desagradar.

Naquele dia, ele estava jogando como um amador. Tecnicamente, claro, ele era amador, mas só porque não tinha tempo de jogar golfe profissionalmente, não porque não era bom o bastante. Comandar uma das quinhentas maiores empresas do mundo era um trabalho cansativo de tempo integral. E, claro, ainda havia o outro trabalho de Mark Redmayne. Seu dever. Seu *chamado*, que lhe exigia ainda mais que a empresa. Sobretudo em dias como aquele.

Naquela tarde, Redmayne tinha ido jogar golfe para espairecer. Não estava funcionando. Sua conversa de horas antes com Gabriel, um dos melhores agentes do Grupo, continuava a assombrá-lo.

— É ela, senhor — informou Gabriel, sem meias palavras, por telefone. — Ela está viva e quer que a gente saiba.

— Ela não está viva. Está morta — retrucou Mark Redmayne, como se, ao dizer essas palavras com vontade, pudesse torná-las realidade. — Nós a matamos.

Massageando a ponte do nariz para tentar aplacar a dor de cabeça que martelava violentamente o interior de seu crânio, olhou pela janela do escritório. Lá embaixo, Manhattan se estendia como um sonho, um reino glorioso que ele havia conquistado. Mark Redmayne não tinha fundado a empresa, mas sob seu comando ela cresceu, deixando de ser a gráfica modesta que seu pai lhe deixara de herança para se tornar um império global multibilionário. Era incrível o efeito que uma infância trágica podia causar na ambição de uma pessoa, em sua determinação para alcançar o sucesso a qualquer custo. Para Mark Redmayne, porém, o sucesso nos negócios não significava nada comparado a isso. O Grupo, e o trabalho que ele fazia sob seu comando — *essa* era a realidade. Era isso que importava.

— Nós matamos os dois — murmurou ele, tanto para si mesmo quanto para o agente do outro lado da linha.

— Talvez não.

— *"Talvez?"*... Não me venha com *"talvez não"*! — explodiu Redmayne. — Eu estava lá, ok? Eu vi o helicóptero cair.

A maioria dos agentes do Grupo morria de medo do temperamento do chefe, e com razão. Mark Redmayne não era conhecido pela compaixão; sua retaliação, quando provocada, era impiedosa. Mas Gabriel era uma das poucas pessoas imunes aos acessos de raiva do chefe. Nada conseguia desviá-lo dos fatos.

— O DNA de Athena Petridis nunca foi encontrado, senhor.

Um músculo na lateral da mandíbula de Mark Redmayne começou a se contrair.

— Isso porque os restos mortais dela foram destruídos nas chamas — retrucou ele.

— E os do marido não foram? — desafiou Gabriel. — Eles estavam na cabine juntos, lado a lado. Se os ossos dele não foram incinerados, por que os dela seriam?

— Sei lá — admitiu Redmayne, mal-humorado. — Só sei que foram. Fim de conversa.

Redmayne desligou na cara de Gabriel, o que foi uma atitude infantil, mas ele não tinha forças nem paciência para continuar escutando as dúvidas do agente. Em grande parte, porque ele próprio também tinha suas dúvidas. Assim que viu a foto da criança morta com a marca no pé, ele soube. Athena Petridis, *aquela piranha, aquela bruxa, aquela mulher monstruosa e inalcançável...* estava viva.

Mark Redmayne odiava os Petridis havia muito tempo. Em sua psique, havia um lugar especial para pessoas que machucavam crianças. O terrível segredo de sua infância — o evento tenebroso que o fez ser quem era e o levou ao Grupo, para começo de conversa — havia atiçado as chamas de seu ódio, transformando-o num inferno de fúria, loucura e vontade de matar que nenhuma força no mundo seria capaz de apagar.

Mas e se de alguma forma — por mais impossível que fosse — Athena Petridis tivesse sobrevivido ao desastre que matou o marido dela? E se ela estivesse lá fora agora, rindo de todos, rindo *dele* por ter a audácia de pensar que havia vencido. Durante doze anos, Athena tinha se feito de morta, acalmando o Grupo, e o mundo inteiro, e deixando-os com uma falsa sensação de segurança. Mas agora, com essa mensagem doentia e cruel, essa violação de uma criança inocente — L —, ela estava de volta.

— Vou pegar bolas novas para o senhor — disse o carregador de tacos de Mark Redmayne, olhando tenso para o chefe. O Sr. Redmayne não estava acostumado a perder, e diziam que descontava a frustração no subalterno mais próximo. Desta vez, porém, para alívio do carregador, Redmayne parecia estranhamente calmo.

— Não precisa, Henry. Não tem nada de errado com as minhas bolas. Só preciso lembrar que tenho um par.

— Hein?

— E depois preciso começar a jogar um pouco melhor.

De volta ao seu Bombardier Challenger Learjet após a partida, Mark Redmayne fez a ligação que vinha adiando desde aquela manhã.

— Digamos que você esteja certo.

— Senhor. — Gabriel esperou.

— Digamos que ela esteja viva.

— Ela está viva, senhor.

— Isso é o que você diz. Mas que pistas tem para provar?

— Ainda nenhuma, senhor.

— Bom, se espera que eu o leve a sério, então encontre alguma — ordenou Mark Redmayne, então desligou.

Redmayne abriu a maleta e olhou novamente para a foto do menino morto. Sem nome. Apenas um cadáver pequeno e mutilado, levado pela maré e largado numa praia como lixo. Era assim que Spyros Petridis havia tratado os pobres e os incapazes. Como lixo descartável. E o demônio da mulher de Spyros o ajudara a fazer isso.

Nenhum governo havia tido coragem de encarar os Petridis. Restou a eles, ao Grupo, a tarefa de fazer o que precisava ser feito, de corrigir o que estava errado, de encontrar o mal onde quer que estivesse escondido e destruí-lo a qualquer custo. O Grupo operava ignorando leis, ignorando fronteiras, ignorando interesses nacionais ou afiliações políticas ou religiosas. Eles corriam riscos que ninguém aceitava correr. E apagavam os rastros. Sempre.

Matar Athena Petridis tinha sido dever de Mark Redmayne.

Matá-la duas vezes seria seu prazer.

Sikinos, Grécia

A irmã Magdalena, madre superiora do pequeno Convento do Sagrado Coração, baixou a cabeça grisalha para rezar. O entardecer já havia caído, e através das janelas da remota capela bizantina construída nas entranhas da natureza selvagem da ilha, era possível vislumbrar o sol poente manchando o mar com os últimos raios.

Perdoe-me por minhas transgressões, murmurou a freira anciã, os dedos artríticos se movendo com dificuldade pelas contas do rosário no pescoço. *Ajude-me a encontrar o caminho correto, Senhor. Guie-me pelas trevas.*

A maioria das freiras estava jantando no refeitório, um prato simples de tomates, azeitonas e folhas de videira recheadas com arroz-selvagem. Mas a irmã Magdalena sempre jejuava neste dia: o aniversário da chegada da irmã Elena.

A irmã Elena e o clérigo visitante, padre Georgiou, eram as únicas outras almas na capela aquela noite. Do outro lado da nave com lajotas, dentro de um lindo confessionário medieval entalhado em madeira, a irmã Elena recebia o sacramento.

— *Padre, eu pequei. Peço perdão.*

A madre superiora só conseguia ouvir murmúrios: primeiro, o tom de voz suave e melodioso de Elena; depois, a voz grave de barítono do padre Georgiou. Apesar de não conseguir escutar, a irmã Magdalena sabia as palavras de cor.

— *Conte seus pecados, minha filha.*

Que pecados Elena poderia ter? Aquela alma bondosa, gentil, dona de uma paciência infinita? Que pecados teria aquela pessoa estoica, até mesmo animada, que havia sofrido tormentas que teriam destruído qualquer ser humano normal? Pobre irmã Elena. Havia perdido tanto. A juventude, a beleza, os entes queridos. Mesmo ali, tantos anos depois, os médicos diziam que ela vivia com dores constantes. E, mesmo assim, sua fé permanecia forte como nunca, um farol reluzente de esperança que cortava as trevas noturnas do desespero.

Ela é quem deveria estar nos comandando, pensou Magdalena pela milésima vez. *Não eu. Eu sou como João Batista, indigna de sequer lavar os pés dela.* Ainda assim, a irmã Magdalena aceitou que esse era o plano de Deus. Elena havia chegado ali num barco proveniente da ilha de Ios, como o bebê Moisés num cesto de junco, uma refugiada desamparada. Embora jamais tivesse revelado do que estava fugindo, ninguém duvidava da sinceridade de sua palavra. Na época, Elena estava fraca demais para liderar a comunidade. Agora, era humilde demais, devotada demais à própria vida espiritual de pureza e sacrifício.

A irmã Elena saiu do confessionário. Ao ver a madre superiora ajoelhada do lado de fora, inclinou a cabeça em sinal de respeito, depois foi depressa para o quarto começar a penitência. Será que palavras, orações e jejum eram realmente capazes de corrigir os erros do passado? Ou, aliás, do presente? Era uma ideia interessante: o bem e o mal existindo como números numa espécie de balancete que poderia ser alterado de acordo com nossa vontade. *Quem dera fosse assim mesmo.*

Na privacidade de seu quarto quase sem mobília, ela começou retirando as peças de roupa uma a uma e colocando-as ordenadamente na cama. A túnica pesada de lã, o cinto, o escapulário e o véu, todos pretos, seguidos por outro véu preto, mais grosso no caso da irmã Elena. Em seguida, um véu branco e, por fim, a "coifa" branca, o ornamento de cabeça usado por todas as irmãs professas em Sikinos. Por fim, ela ficou nua, aliviada por estar livre do torturante hábito naquela noite quente e sufocante.

Não havia espelho em sua cela nem nenhuma parafernália ligada à vaidade, mas à noite a freira de 50 anos via com clareza seu reflexo na vidraça da janela. Sua silhueta ainda era bonita, esguia, mas com curvas, com seios volumosos e cintura fina que se afunilava na curva suave dos quadris, e coxas quase tão firmes quanto na juventude. Do pescoço para baixo, era uma mulher linda. Mas seu rosto era marcado pelo pecado.

Meu rosto é minha penitência, refletiu ela.

Por outro lado, na vida havia coisas mais importantes que perfeição física.

Poder, por exemplo.

A irmã Elena enfiou a mão no bolso da túnica que havia colocado na cama e tirou uma folha de papel que o padre Georgiou tinha lhe dado. Em seguida, desdobrou-a cuidadosamente com suas mãos lentas e habilidosas. Jornais eram proibidos no convento, assim como qualquer outro contato com o mundo externo. Só de ver as palavras *I Avgi* (o jornal mais vendido de Atenas, cujo nome significa "A alvorada") no alto da página depois de todos aqueles anos, a irmã Elena sentiu uma leve emoção.

Mas não tão grande quanto a que sentiu ao ver a foto.

A criança morta. A marca. Bem ali, para o mundo inteiro ver!

Havia muitas pessoas lá fora, crianças e adultos, marcadas a ferro em brasa como aquele menino. Irmãos e irmãs no fogo, na dor. A irmã Elena se agachou e passou os dedos nas reentrâncias da marca na própria pele, na parte interna da coxa. Uma simples letra L, a mesma marca do menino imigrante. Que ironia aquela criança, aquele refugiado sem nome — aquele ninguém —, ser a pessoa que, ao morrer, expôs a marca para quem quisesse ver. Ele simplesmente a colocou na capa do jornal e em todos os noticiários de TV.

Que Deus o abençoe, garoto.

A irmã Elena levou as mãos ao rosto e deixou o papel cair pairando até o chão, com uma sensação estranha que não sabia exatamente qual era.

Então, de repente, ela se deu conta.

A irmã Elena tinha acabado de fazer algo que não fazia havia mais de dez anos.

Ela havia sorrido.

PARTE UM

CAPÍTULO UM

Jim Newsome sentia o suor escorrer entre as escápulas e a poeira arder nos olhos enquanto o pastor seguia falando arrastado.

— *Mimi Praeger... uma boa cristã... uma boa vizinha... retorna à casa do pai...*

O sol castigante o impedia de se concentrar. Um sujeito magro e ativo com quase 70 anos, de lábios finos e postura rígida e ereta de um soldado, Jim Newsome estava ao lado da esposa flácida e rechonchuda chamada Mary e não dava sinal algum de seu desconforto. Mas, por dentro, Jim fervia de raiva. Quem, em sã consciência, faria um velório ao ar livre ao meio-dia no auge do verão? Para onde quer que se olhasse, era como se o ar tremeluzisse com um calor seco e doloroso, e ao redor tudo era vento quente, poeira e solo rachado. O tipo de calor que faz a garganta doer e a pele pinicar com a ameaça de incêndio sussurrando. Era um calor desértico. Só que eles não estavam no deserto. Estavam em Paradise Valley, Califórnia, no Rancho Praeger, um oásis de pasto verde exuberante. Ou pelo menos assim era antes da seca, que acabou com o leito dos rios e transformou os campos verdes em uma terra árida marrom e quebradiça como a pele de um velho.

— *Enquanto nos reunimos para espalhar as cinzas de Mimi na terra que amava...* — Com o rosto vermelho como um tomate, o pastor tomou um gole de água e usou um lenço para secar a testa. — *Vamos nos lembrar de nossos próprios erros...*

Jim Newsome parou de prestar atenção. Os erros do fazendeiro eram problema dele, e não daquele pastor afeminado que mal tinha deixado os cueiros. Jim trataria desse assunto quando estivesse disposto e preparado.

Ali, naquele momento, ele se limitou a observar o rosto das pessoas de luto reunidas do lado de fora da velha casa de Mimi Praeger, uma estrutura simples de madeira de pinheiro que pertencia a outra era, a outro tempo. Mais de trinta pessoas compareceram à cerimônia, um bom número, sobretudo levando em conta que Mimi era uma pessoa reservada. Havia vivido ali sozinha durante anos, a quilômetros de distância do posto de combustível mais próximo e a um dia inteiro de caminhada até a pequena loja de conveniência na Prospect Road. Foi então que a criança apareceu — Ella —, e por alguns anos foram só as duas, avó e neta, como uma dupla de desbravadoras contra o mundo. Mas crianças crescem. Quando Ella finalmente deixou a casa da avó para fazer faculdade em São Francisco, Mimi ficou de coração partido.

Muitas pessoas nunca perdoaram a garota por essa atitude.

— Se quer saber minha opinião, ela tem muita coragem de mostrar a cara aqui hoje — havia comentado Mary, mulher de Jim, em tom ácido ao ver Ella Praeger conversando com o pastor antes da cerimônia.

De vestido reto preto e justo e botas de couro envernizado, e com o cabelo longo e loiro preso numa trança firme, sem dúvida a neta de Mimi havia se transformado radicalmente desde quando era aquela moleca avacalhada e esquisita da qual as pessoas da região se lembravam.

— Não tinha como ela *não* vir — respondeu Jim. — Afinal, ela é da família. É a parente mais próxima. E essa terra agora é dela.

— Não por muito tempo — retrucou Mary Newsome, torcendo o nariz. — Você acha que ela vai querer manter esse lugar agora que tem essa vida esnobe na cidade grande? Ela vai vender assim que receber uma oferta. Pode gravar o que estou dizendo.

— Talvez.

Jim Newsome não conseguia julgar Ella Praeger de maneira tão dura quanto sua mulher — aliás, quanto o restante dos moradores do vale. Deve ter sido difícil crescer ali tendo a velha Mimi como única companhia. Ambos os pais mortos. Sem TV. Sem amigos. Sem *diversão*. Não admirava que a garota tivesse crescido e ficado esquisita. Retraída. *Irritadiça*. Aquele tipo de solidão não era saudável para uma pessoa jovem. Aliás, para uma pessoa de qualquer idade.

Ella Praeger pegou a urna das mãos pegajosas do pastor e, com ar solene, andou até o pé do carvalho. Sua avó adorava essa árvore. Às vezes, Ella via Mimi fazendo carinho, correndo a mão afetuosamente pelo tronco antigo e nodoso, como se fosse um cachorro de estimação.

Essa árvore recebeu mais carinho que eu, pensou. Mas a jovem não se ressentia disso. Mimi Praeger era quem era: uma sobrevivente e uma solitária que tinha escolhido viver em comunhão com a terra. Mimi havia lhe ensinado tudo o que sabia: como cortar uma árvore, consertar um telhado, construir um barco, fazer fogueira, atirar num coelho, estripar um peixe e limpar uma arma. Mimi também tentou ensiná-la a rezar. Ella sabia que sua avó a amava, mesmo que de sua maneira reservada, de poucas palavras. Mimi deu o melhor de si para criar a filha única de seu filho morto, um fardo que nunca pediu para carregar.

Certa vez, quando Ella tinha 11 anos, uma mulher bateu à porta de casa — tempos depois, Ella se deu conta de que era uma assistente social, mas na época nada ficou explicado — e, depois da visita, Mimi, relutante, permitiu que Ella começasse a ir à escola na cidadezinha mais próxima. Era uma viagem de duas horas de ida mais duas de volta, na qual pegava três ônibus e fazia uma longa caminhada por uma estrada assustadora e sem iluminação. Mas essa foi a primeira experiência de Ella fora do rancho. Uma experiência com TV e internet, com roupas diferentes e carros, com música pop, lanchonetes de fast-food e *pessoas*.

Muitas pessoas. Ella observava tudo isso com uma espécie de encantamento desapegado, como uma visitante passando o dia num zoológico de animais exóticos. Mas, embora fosse uma aluna excepcional na escola, socialmente Ella nunca se encaixou. Na verdade, segundo acreditavam seus professores, Ella nunca *tentou* se encaixar. Voltava para casa com recados que continham palavras como "desinteressada" e "arrogante" em meio a outras menos pejorativas. "Superdotada". "Excepcional". Suas habilidades em línguas eram especialmente extraordinárias, incluindo um talento claro para linguagens de computador, os códigos de programação que estavam entrando na moda e que eram tão valorizados pelas universidades da Califórnia.

Infelizmente, a avó de Ella não era a favor da ciência da computação por motivos que, mais uma vez, nunca foram explicados, e por isso a garota teve que abandonar essas aulas. Ainda assim, as médias de Ella continuavam excepcionais, embora as dificuldades com as habilidades sociais aumentassem cada vez mais. Ignorada pelos colegas por usar roupas fora de moda e pelo jeito retraído (com exceção dos garotos, que faziam fila para transar com ela, felizes por sua promiscuidade adolescente e por seu total desprezo pelo conceito de "reputação", tão importante para as outras garotas do ensino médio), o isolamento de Ella se intensificou. A garota vivia em dois mundos — o da escola e o do rancho da avó —, mas não se encaixava em nenhum deles.

O pavor de Mimi quando soube que Ella havia aceitado uma vaga na Universidade de Berkeley pegou a garota de surpresa. Imaginava que a avó ficaria feliz e orgulhosa ao saber do feito, porém mais uma vez, aparentemente, não havia captado sinais importantíssimos.

— Mas eu achava que você queria que eu fosse para a faculdade... — disse Ella, implorando.

— O que fez você pensar isso? — choramingou a avó. — Você não pode ir para a cidade, Ella. Preciso de você aqui.

— Mas... você sempre me incentivou a estudar.

— Não para você acabar indo *embora*! Depois de tudo o que fiz por você, Ella...

— Para quê, então?

— Para você mesma! — Mimi socou com o punho cheio de veias saltadas a mesa de cozinha simples em que as duas comeram todos os dias nos treze anos anteriores. — Para alcançar o potencial que Deus lhe deu. Não para sair correndo para uma dessas faculdades horríveis e hereges e se expor a... a...

— A *quê*, vovó? — gritou Ella, numa das raras vezes em que perdeu a paciência. — À *vida*?

— Ao perigo — respondeu a velha, apontando para Ella. — *Perigo*.

Enquanto sentia a urna de argila entre as mãos, Ella se lembrou dessa conversa como se tivesse acontecido no dia anterior. De que "perigo" sua avó tinha tanto medo? Que destino na cidade poderia ser pior que a morte lenta por sufocação naquele rancho no meio do nada? Ainda mais nos últimos anos, em que nem chovia mais. Parecia que até Deus havia abandonado aquele lugar.

Ella se virou apenas uma vez para olhar as pessoas que tinham se reunido na encosta para dar adeus à sua avó e se perguntou o que estavam fazendo ali. A maioria ela reconhecia vagamente — eram os donos dos ranchos vizinhos ou pessoas que frequentavam a igreja ou a loja —, mas nenhuma delas conhecia Mimi de verdade, ou a si própria. Não eram amigos. A avó de Ella não "fazia" amigos. Talvez por isso Ella nunca tenha adquirido a habilidade de cativar pessoas, de formar laços de afeto como os outros pareciam fazer sem o menor esforço. Em vez disso, assim como Mimi, ela costumava dizer exatamente o que pensava, falando sem pensar ou respondendo a perguntas com uma honestidade brutal que muitas vezes a metia em problemas.

Entre os presentes havia um homem que Ella não reconhecia. Estava ao fundo, de terno preto e óculos de sol espelhados. Além de Ella, era a única pessoa usando roupas "da cidade" e parecia um estranho no ninho entre aqueles fazendeiros simples, tal qual um unicórnio num estábulo. Era alto e magro, e quando tirou os óculos Ella percebeu que ele tinha um rosto de beleza clássica, que poderia muito bem ser modelo de catálogo de roupas masculinas. Maxilar forte. Pele bronzeada. Por um instante, ela se perguntou como aquele homem seria na cama, mas logo depois voltou a se concentrar na identidade dele. *Talvez seja um corretor de imóveis e veio fazer uma oferta pelo rancho*, pensou, sem se dar conta de que uma abordagem dessas, durante um velório, poderia ser considerada insensível ou até ofensiva. Seja como for, a presença do homem despertou curiosidade, não raiva.

Ella desenroscou a tampa da urna e olhou para o pó do lado de dentro — tudo o que restava da avó. Nem a resistente e durona Mimi Praeger era capaz de vencer a velhice. Agora essas cinzas eram tudo o que sobrava da família de Ella. Com mais violência do que pretendia usar, a garota esticou o braço, espalhando as cinzas ao vento.

Os vizinhos de Mimi tomaram um susto com o gesto abrupto, com a chocante falta de cerimônia. Ella percebeu o olhar de reprovação dos presentes, mas escolheu ignorar, deu meia-volta e, decidida, pegou o caminho de volta para a colina, em direção à casa — agora sua casa —, com a bolsa balançando alegremente pendurada no ombro e a urna vazia na mão.

— Pareceu até que estava jogando lixo fora — sussurrou Mary Newsome para Jim, balançando a cabeça em desaprovação. Os rancheiros mais próximos de Mary murmuraram, concordando. *Pobre Mimi. Afinal, ela morreu por essa garota.*

— Calma. Não vamos sair julgando a garota. O luto afeta as pessoas de maneiras diferentes — disse Jim Newsome a eles. — Lembrem-se: essa garota perdeu todo mundo.

* * *

Assim que entrou na casa, Ella correu para o banheiro e se trancou. Sentou-se na privada, inclinou-se para a frente, levou as mãos à cabeça e massageou as têmporas, que estavam latejando. *Por favor, não. Agora não. Não com esse monte de gente aqui.*

A dor de cabeça com a qual tinha acordado estava voltando, embora felizmente não estivesse tão forte quanto antes. Naquela manhã, como vinha acontecendo tantas vezes nos últimos tempos, o ruído branco dentro da cabeça de Ella estava ensurdecedor, a ponto de impedi-la até mesmo de sair da cama. E, quando finalmente conseguiu ficar em pé, cambaleante, uma náusea esmagadora a fez correr para o banheiro aos trancos e barrancos em seu apartamento minúsculo em Mission District, São Francisco, para vomitar tudo o que estava no estômago.

— É um tumor cerebral — informou Ella ao médico duas semanas antes, enquanto se sentava na cadeira no luxuoso consultório no Saint Francis Memorial Hospital, em São Francisco. — Está crescendo. Eu consigo sentir.

— Não é um tumor cerebral.

— Como o senhor sabe? — perguntou Ella, questionando-o. — Como pode saber?

— Eu sei porque sou neurologista.

— Mesmo assim...

— E porque fiz uma tomografia completa no seu cérebro com um equipamento de última tecnologia. Não existe tumor.

— O senhor cometeu um erro.

O médico deu risada e disse:

— Não existe erro nenhum, garanto.

— Que nada. O senhor deve ter cometido um erro.

Ele encarou a paciente com curiosidade no olhar.

— A senhorita *quer* ter um tumor cerebral, Srta. Praeger?

Ella pensou na pergunta por um breve instante. Por um lado, um tumor cerebral era uma coisa ruim. Eles podem matar. *Não quero morrer.* Por outro lado, um tumor do tipo poderia explicar todas as maluquices que vinham acontecendo dentro de sua cabeça. As dores de cabeça e os vômitos eram apenas parte delas, a parte que Ella havia contado aos médicos. Mas o que a assustava de verdade era o que não contava — vozes, música, um latejamento de alta frequência que parecia uma espécie de mensagem codificada. Essas coisas vinham acontecendo havia muito tempo. Na verdade, desde que Ella se lembrava, embora nos últimos meses tivesse piorado muito. *Se eu não tenho um tumor cerebral, então estou louca. Só pode ser.*

— A senhorita quer falar com alguém? — perguntou o médico, o divertimento se tornando preocupação. — Um psicólogo, talvez. Muitas vezes, os sintomas que a senhorita descreve podem ser provocados por estresse. Posso encaminhar a senhorita a...

Mas Ella já havia saído correndo do consultório e ido embora para nunca mais voltar.

No dia seguinte, sua avó morreu. Em paz, enquanto dormia.

— Vocês eram próximas?

Bob, um sujeito de meia-idade careca e tímido que trabalhava na cafeteria perto do trabalho de Ella e era a coisa mais próxima que tinha de um amigo, fez a pergunta quando soube da notícia.

— Era minha parente mais próxima — respondeu Ella. — Meus pais já morreram.

— Sim, mas digo do ponto de vista afetivo. Você era próxima dela, emocionalmente falando?

Ella o encarou com um olhar vazio. Gostava de Bob, mas o achava um sujeito estranho. Evidentemente, ele pensava a mesma coisa a seu respeito, porque, quando Ella sugeriu que transassem meses antes, ele recusou, embora não fosse homossexual.

— Sou casado, Ella — explicou ele, na época.

— Eu sei. — Ela sorriu. — Então, você gosta de ter relações sexuais com mulheres.

Por algum motivo, Bob achou graça.

— Bom, *é*... — Ele deu uma gargalhada. — Gosto.

— Eu sou mulher — ressaltou Ella com um tom de voz carinhoso, como se dissesse "caso encerrado".

— Você *é* mulher — concordou Bob. — Uma mulher linda, aliás. E eu me sinto lisonjeado... Quer dizer, agradeço o convite. Mas...

— Você não quer ter relações sexuais comigo?

— Ok, primeiro, só para você saber: as pessoas usam a expressão "fazer sexo". "Relações sexuais" parece um termo tirado de um livro escolar de biologia.

— Certo — disse Ella, que já havia ouvido isso antes, mas sua avó sempre fazia questão de usar a terminologia correta, e certos hábitos são difíceis de abandonar.

— E segundo, não é que eu não *queira* fazer sexo com você, Ella. A questão é que eu sou casado. Minha mulher não ficaria nem um pouco feliz se eu topasse.

Ella parecia ainda mais perplexa.

— Mas a sua mulher não vai saber. Ela não vai estar lá com a gente. Ou vai?

— Ninguém vai estar lá! — soltou Bob, que parecia ter entrado sem querer num episódio de *Além da imaginação*. — Porque a gente transar não é uma boa ideia. Só por curiosidade, é assim que você costuma... Quer dizer, você já perguntou a outros caras que não conhece bem se eles querem... hum... você sabe...?

— Fazer sexo comigo? — completou Ella, prestativa e feliz por ter se lembrado da expressão que aprendeu naquele dia.

Bob assentiu.

— Claro — respondeu ela.

— E como eles responderam?

— Eles querem. Os casados também. A não ser que sejam homossexuais.

— Certo — disse Bob, esfregando os olhos. — Sabe, você também pode dizer "gay".

Mimi teria odiado isso, pensou Ella. Sua avó não era exatamente uma pessoa "evoluída" quanto aos direitos LGBT. "Não aguento mais ouvir falar dos direitos deles", costumava dizer Mimi. "A gente devia estar falando dos *problemas* deles!"

— Eu já tive relações sexuais... ou melhor, já fiz sexo com 114 pessoas — informou Ella, tranquilamente e com um leve tom de orgulho.

Bob arregalou os olhos.

— Cento e catorze? Uau! Isso é... hum... um número de respeito. De novo, vou só lhe dar um conselho de amigo: não precisa compartilhar esse tipo de informação pessoal com todo mundo.

— Não estou compartilhando com todo mundo. — Ella sorriu. — Só com você. Me traz mais um *latte*? — Se ela não iria ter relações sexuais com Bob, pelo menos podia saborear outra bebida quente. — Ah, com xarope de amêndoas.

Depois dessa conversa, por motivos que Ella não compreendia plenamente, Bob começou a demonstrar mais interesse em seu bem-estar. Foi Bob quem explicou que ela teria de organizar um velório para a avó. Ele até se ofereceu para levá-la de carro até a casa de Mimi, se ela precisasse de companhia ou de um ombro amigo para chorar.

— Está dizendo que *eu* tenho que ir? Pessoalmente? — perguntou Ella, parecendo surpresa.

— Você não "tem" que ir. Mas é a parente mais próxima da sua avó, e ela deixou o rancho para você — explicou Bob. — Então, sim, eu diria que é esperado que você vá.

— Esperado por quem?

— Por todo mundo.

— Quem, por exemplo?

Bob tentou usar outra tática.

— Sua avó ia querer que você fosse.

— Ia?

— Imagino que sim.

— Tudo bem, mas ela está morta agora.

— Sim, eu sei que está. Mas ela criou você. É sua chance de dizer adeus.

Ella fez cara feia, como uma mãe sendo obrigada a explicar algo ridiculamente simples para uma criança.

— Não se pode "dizer" coisas para pessoas mortas, Bob. Isso é ridículo.

Apesar de tudo, no fim Ella aceitou o conselho de Bob, porque ele era seu amigo e porque entendia melhor o mundo que ela. Organizou a cerimônia, publicou no obituário do jornal local, contratou uma empresa para servir sanduíches e bebidas, usou o vestido preto que Joanie, mulher de Bob, sugeriu e ouviu cuidadosamente as instruções de Bob sobre como se comportar. "É só espalhar as cinzas, e, se não conseguir pensar em mais nada para dizer, fale apenas 'obrigada por comparecerem'." Assim, Ella foi para lá de carro sozinha, apesar da dor de cabeça lancinante e de ter que parar o carro na beira da estrada para vomitar, e apesar da tristeza por essa *não* ser a chance de dizer adeus à avó, a quem amava. Ela havia perdido essa chance, assim como havia perdido a chance com os pais. Estava sozinha nesse mundo, enlouquecendo, e sequer tinha um tumor cerebral para explicar. E agora estava ali, sentada naquele banheiro minúsculo com paredes de madeira de lei e versos bíblicos emoldurados em quadros pendurados sobre a pia, na casa onde tinha crescido tão solitária que quase havia morrido.

Eu quase morri.
Eu teria morrido se tivesse ficado aqui.
Qualquer um teria morrido.
Por que Mimi não entendia isso?

Uma batida à porta acabou com o devaneio.

— Ella? — Era o pastor. Reverendo... alguma coisa. Não lembrava mais. — Está tudo bem aí, minha querida? Os convidados estão começando a entrar. Eles querem prestar as condolências.

Ella jogou água fria no rosto e tirou dois comprimidos de ibuprofeno do pote na bolsa. Abriu a porta, tirou o pastor do caminho e correu até a varanda, procurando o homem de terno. Se ele fizesse uma oferta pelo rancho, Ella pensaria no assunto. Mas o sujeito não estava em lugar nenhum, nem do lado de fora nem andando por entre as mesas de comida com os moradores da região.

Bob estava errado. Voltar ali tinha sido um erro. Ella podia até ser uma pessoa diferente agora, mas não era idiota. Sentia os olhares antipáticos, reprovadores, os mesmos olhares de quando era mais nova.

Ella não tem lembranças da vida antes de morar com Mimi, além das sensoriais: o cheiro do perfume da mãe; o toque frio dela, tão diferente das mãos quentes e firmes do pai. Quando Ella tinha 4 anos, seus pais a mandaram para morar com a avó enquanto faziam uma viagem a trabalho para o exterior. Deveria ser por alguns meses, mas eles morreram num acidente de carro e nunca mais voltaram. Ella passou o resto da infância ali, naquela casa de madeira. Apesar disso, aquele lugar nunca foi um "lar". "Lar" era um lugar que Ella jamais conseguiria encontrar. Um lugar onde os pais ainda estivessem vivos.

Foi então que o viu. O homem de terno, fechando o velho portão de madeira e apertando o botão da chave para destrancar um carro elegante de duas portas que parecia ainda mais deslocado que ele próprio ali, se é que isso era possível.

— Ei! — gritou Ella da varanda, mas o homem não escutou. Sua voz deve ter sido levada pelo vento. — Ei! Espere aí!

Ela saiu correndo, desceu o morro, passou pelo carvalho onde as cinzas de Mimi estavam espalhadas e foi em direção ao portão. Mas, antes mesmo de chegar à metade do caminho, tanto o homem quanto o carro já tinham partido.

— É amigo seu? — perguntou Jim Newsome quando ela voltou para casa, indicando com a cabeça o carro que ia embora.

— Não — respondeu Ella, ainda ofegando por causa do pique.

Felizmente, a dor de cabeça estava diminuindo novamente, mas a simples ideia de fazer o papel de anfitriã para os vizinhos irritados de Mimi pelas duas horas seguintes ainda a apavorava. Pelo menos o Sr. Newsome não era tão ruim quanto alguns deles. Em geral, as mulheres eram piores.

— Sabe o nome dele? — insistiu o velho.

Ella meneou a cabeça.

— Não. Nunca o vi antes. O senhor já?

— Não — respondeu Jim. *Que estranho.* — Bebida?

Ele já havia se servido de um copo generoso de Jim Bean e estava oferecendo outro a Ella.

— Deve ser um dia difícil para você.

Ella deu de ombros e recusou a bebida.

— Evito bebidas alcoólicas em ocasiões sociais — justificou. — Fico desinibida e isso... nem sempre é bom.

— Certo.

— Quando fico bêbada é mais provável que eu faça sexo, sabe? — explicou ela. — Bob diz que devo tentar fazer isso menos.

Jim Newsome engasgou com o uísque, tossindo e cuspindo até a bebida queimar suas narinas. Mas seus olhos estavam rindo. Se essa era a Ella sóbria, "apropriada", ele mal tinha coragem de imaginar a versão bêbada. A pobre Mimi Praeger, uma pessoa temente a Deus, deve ter sofrido o pão que o diabo amassou para criar essa garota maluca.

— Ah, ele diz, é? — Jim deu uma risadinha. — Bem, "Bob" parece ser um cara decente.

Mary, mulher de Jim, se aproximou bamboleando e estendeu a mão a Ella de um jeito tenso.

— Oi, Ella. Só queria dizer que lamento sua perda.

Ella encarou a mulher com curiosidade. Mary Newsome a odiava. Isso estava na cara. Mesmo assim, estava sendo simpática. Às vezes — aliás, muitas vezes —, as pessoas se comportavam de um jeito que, para Ella, não fazia o menor sentido.

— Aqui, tome isso. É uma bebida alcoólica — ofereceu Ella, que, sem saber o que fazer, colocou a bebida que Jim Newsome havia lhe oferecido na mão de Mary. Em seguida, lembrou-se do conselho de Bob, sorriu e acrescentou: — Obrigada por comparecer.

Mary Newsome não tirou os olhos de Ella enquanto a jovem se afastava.

A seu lado, Jim começou a rir tanto que seus ombros largos tremiam.

CAPÍTULO DOIS

Ella acordou na manhã seguinte com um tipo diferente de dor de cabeça. Do tipo que a pessoa tem ao beber meia garrafa de bourbon sozinha — assim que convidados, garçons e pastores vão embora — e depois desmaiar sem trocar de roupa na cama em que dormia quando criança.

A primeira coisa que ela percebeu foi a luz, entrando por todas as janelas como se fosse uma invasão. A avó de Ella não gostava de cortinas ou venezianas. "Uma pessoa saudável se levanta junto com o sol", era uma de suas frases favoritas. Muitas das pílulas de sabedoria de Mimi Praeger começavam com as palavras "Uma pessoa saudável..." A maioria eram variações do mesmo tema e falavam sobre trabalho duro, devoção e autossuficiência.

"Uma pessoa saudável nunca deixa os outros fazerem por ela o que ela mesma pode fazer."

"Uma pessoa saudável mantém arma limpa, sapatos limpos e mente limpa."

Ella aprendeu cedo que não era uma "pessoa saudável". Pelo menos, não por natureza. Precisava se esforçar para isso, e até que se esforçava para agradar a avó, mas também porque, em resumo, não havia mais nada para fazer. Caçar animais — fosse com armas de fogo ou armadilhas —, entalhar objetos e fazer trabalhos manuais se tornaram as "brincadeiras" de Ella, atividades que aprendeu a apreciar, porque, no fundo, qual era a alternativa? Depois de anos de prática, ela se tornou excelente em tudo, um feito do qual tanto ela quanto Mimi se orgulhavam.

— Olha só você! — disse a avó certa vez, abrindo um raro e breve sorriso ao ver a menina de 8 anos acertar um coelho a duzentos metros de distância. — No condado de San Joaquin não tem uma criança sequer que atire melhor que você, minha querida.

Certa vez, quando Ella estava escalando rochas perto de uma de suas piscinas naturais de pesca favoritas, Mimi disse que a menina era "ágil como uma cabrita". Foi um dos momentos mais felizes da vida de Ella, um grande elogio. Os elogios da avó eram raros e difíceis de conquistar, mas significavam tudo para a garotinha. Isso porque, claro, Mimi era tudo na sua vida. E vice-versa.

Naquela época as duas se amavam muito.

O que aconteceu?

Ella se arrastou para fora da cama, cambaleou até o único banheiro da casa (que só fora instalado quando tinha 12 anos — água corrente foi outra concessão de Mimi após a visita da assistente social) e jogou água gelada no rosto com raiva, como se isso pudesse levar embora o arrependimento. Muita coisa não fora dita entre Ella Praeger e a avó, mas agora era tarde demais. Pensamentos, sentimentos e emoções desperdiçadas desceram pelo ralo, como água de uma torneira esquecida aberta.

"Uma pessoa saudável nunca desperdiça a água de Deus..."

Depois de tirar o vestido amarrotado que usou no velório e as roupas íntimas pretas, Ella desfez a trança desgrenhada, soltou o cabelo e entrou no chuveiro com água fria. Suspirou assim que os jatos de água acertaram sua pele nua como balas. Seu corpo era bonito, torneado e atlético, com seios empinados e redondos que contrastavam com os quadris estreitos de menino. Seu cabelo era loiro sujo e longo, com um corte fora de moda que estranhamente ela relutava em mudar. Mas era o rosto de Ella que realmente chamava a atenção. Tinha uma beleza exótica, do tipo ame ou odeie. Os olhos verdes e espaçados davam ao rosto um ar de indiferença quando sua expressão era neutra, e as maçãs do rosto altas e o queixo pontudo acrescentavam um ar felino. Quando criança, certa vez Ella caiu de uma macieira, o que deixou o alto do nariz levemente torto, evitando que os traços do rosto fossem perfeitamente simétricos e lhe dessem uma beleza irreal. Em vez disso, Ella Praeger era o que se podia chamar de "marcante". "Sexy" era outro adjetivo muito comum entre os homens que gostavam de mulheres diretas, na mesma medida em que tantos outros detestavam essa característica.

Após colocar sua única muda de roupa — um lembrete para si mesma de que não ficaria muito tempo ali —, Ella preparou o café da manhã: feijão e bacon curado que pegou das sobras de comida na despensa. Fez café no fogão e tomou duas xícaras misturadas com leite em pó. Por fim, encontrou uma área com sombra na varanda, engoliu o último comprimido de ibuprofeno, o que foi como tentar apagar um incêndio florestal com uma pistola de água, e ficou sentada imóvel durante uma hora, até que a dor de cabeça diminuísse e chegasse perto do suportável.

Mentalmente, Ella começou a percorrer a lista de afazeres. Concluiu que, se trabalhasse duro — "uma pessoa saudável..." —, provavelmente terminaria de organizar as coisas e voltaria para a cidade no dia seguinte, ou, na pior das hipóteses, dois dias depois. Mas Bob a lembrara de que, antes de tudo, ainda precisava acertar o pagamento do crematório. Depois, sua tarefa principal seria esvaziar a casa, separando todos os objetos pessoais ou de valor para levar para a cidade, encaixotando o restante e limpando o lugar de cima a baixo para poder trancá-lo e partir até decidir o que fazer.

O homem estranho de terno do dia anterior não tinha sequer chegado perto de tentar convencê-la a vender a propriedade. Provavelmente nem era corretor de imóveis! De qualquer modo, Ella sabia que não demoraria muito para organizar as coisas da avó. Sobrevivencialista de raiz, Mimi Praeger só tinha três vestidos (dois para ir à igreja, um para o dia a dia), dois pares de calças (um para o calor, outro para o frio), um par de suéteres remendados e o sobretudo no qual tinha sido cremada. O único livro na casa era a Bíblia, e, fora as armas, o equipamento de pesca, um tabuleiro de xadrez e algumas peças de porcelana de "família", não havia nenhum objeto para Ella recuperar. A única e preciosa foto de seus pais, William e Rachel, tirada no dia do casamento — foto essa que Mimi mantinha ao lado da cama —, Ella havia levado para o próprio apartamento em São Francisco fazia muito tempo.

Aquela foto tinha motivado uma das piores brigas com a avó. Ella apareceu na casa do Rancho Praeger na manhã seguinte à formatura da faculdade para tentar se resolver com Mimi, mas a velha estava magoada e reagiu com raiva, de forma irracional. Não queria conversa, não queria escutar. Quando Ella pediu a foto, Mimi se recusou a entregá-la.

— Essa foto não é sua! — exclamou Mimi num tom ameaçador, o rosto encarquilhado se retorcendo e se transformando numa máscara feia de raiva. — Você não pode simplesmente chegar aqui e pegar as coisas, Ella.

— Mas eles eram *meus* pais! — retrucou Ella aos gritos. — É a única imagem que tenho deles. O único elo. Você destruiu todo o resto.

Mimi revirou os olhos.

— Não é possível que você ainda esteja falando daquelas roupas!

Ella cravou as unhas na palma das mãos com tanta força que tirou sangue. Conforme foi crescendo, essa se tornou a única atitude pela qual percebeu que jamais perdoaria a avó. A mala que a mãe havia feito quando levou a filha, então com 4 anos, para a casa da avó, com algumas roupas, brinquedos e um cobertor que, pelo menos nas lembranças de Ella, ainda tinham o cheiro da mãe, sumiu de seu quarto certo dia enquanto estava na escola. Quando perguntou a Mimi onde a mala estava, a avó respondeu com indiferença que havia "se livrado dela" — tempos depois, Ella ficou sabendo que Mimi tinha colocado fogo em tudo —, porque era "hora de olhar para a frente, Ella, não para trás. Que utilidade suas roupas de criança teriam para você agora?". Aquelas roupas, aqueles poucos itens organizados com amor por uma mãe que acreditava que ficaria longe da filha só por algumas semanas, eram o último elo físico com os pais. E Mimi havia queimado tudo por impulso. Sem permissão e, ao que parecia, sem pensar nos sentimentos de Ella. Era quase como se tivesse agido por raiva, embora Ella não fizesse ideia do que poderia ter causado essa raiva, nem na época nem agora.

— Eu vou levar a foto. — Ella encarou a avó. — Vou levar, e não tem nada que você possa fazer!

Como uma guerreira amazona, Ella marchou decidida até o quarto de Mimi e pegou a foto emoldurada de cima da cômoda. Mimi a seguiu agitando inutilmente os braços franzinos, gritando com Ella como um animal engaiolado enquanto tentava pegar o precioso objeto das mãos da neta. Num momento que lhe causava vergonha, Ella simplesmente empurrou a avó para o lado. Eram anos de raiva contida explodindo enquanto andava decidida até o carro e dirigia de volta para Berkeley sem olhar uma vez sequer para trás.

Elas jamais conversaram sobre essa discussão. E nenhuma das duas se desculpou. Quanto ao fato de Mimi ter queimado as roupas da mala, o incidente foi varrido para baixo do tapete. Enterrado. Mas, no coração de Ella, tudo isso continuava vivo.

Pessoas saudáveis trabalham de forma metódica, começando pelo começo e terminando no fim. Ella organizou, limpou e desinfetou a casa de cima a baixo, começando pela cozinha, depois indo para a sala de estar, para o banheiro minúsculo e terminando em seu quartinho, pouco mais que uma cama de solteiro embutida, uma cadeira de madeira e uma tábua serrada que servia de mesa. Ficou surpresa ao perceber que seu humor foi melhorando conforme trabalhava; era como se o esforço lhe proporcionasse uma espécie de paz que afastava as lembranças insistentes de solidão e dor. Ao levantar o tapete listrado para bater o pó, Ella empurrou levemente uma das tábuas, seu compartimento secreto onde, quando adolescente, escondia coisas *ilegais*, como um rádio portátil (Mimi proibia terminantemente todas as "tecnologias", não importava se tivessem sido criadas na década de 1920), romances água com açúcar emprestados da biblioteca da escola (em geral, livros de Jackie Collins; Ella fazia orelha nas páginas mais picantes), além de um estojinho e um espelhinho de maquiagem. Mais tarde, passou a esconder ali as cartelas do anticoncepcional e minigarrafinhas de Malibu, rum com sabor de coco que Jacob Lister, filho dos donos da loja de conveniência na Prospect Road, lhe oferecia em troca de poder tocar seus seios nus, o que, para Ella, era um negócio excelente: todo mundo saía ganhando. A tábua levantou com facilidade, e, embora não houvesse nada guardado ali havia muito tempo, Ella sentiu uma empolgação nostálgica ao perceber que aquele pequeno ato de desafio não tinha sido descoberto.

Às quatro da tarde, todo o primeiro andar já estava arrumado e brilhando. Um ronco do estômago a fez lembrar que não comia nada desde o café da manhã. Não havia nada além de enlatados na despensa, então optou por comer um prato de carne de porco enlatada seguido por uma lata de peras em conserva com leite condensado. E tudo pareceu estranhamente delicioso. Revigorada e feliz por estar progredindo rápido — pelo ritmo, com certeza conseguiria trancar a casa e voltar para São Francisco no dia seguinte —, Ella subiu a escadinha para o sótão que também servia de quarto para a avó.

Pela primeira vez no dia fez uma pausa. Ali, onde ainda havia o cheiro da pele de Mimi na fronha e o xale dela estava pendurado nas costas da poltrona, Ella se deu conta da magnitude do que estava fazendo. *Estou limpando e apagando minha infância. Encaixotando a vida de Mimi e uma grande parte da minha própria vida. Para sempre.* Esperou a tristeza bater, a sensação de luto sobre a qual tinha lido, sobre a qual haviam lhe falado e pela qual vinha esperando. Mas, em vez disso, sentiu outra coisa, algo terrível. Uma espécie de alegria. Uma alegria raivosa, desafiadora, exuberante. A alegria de uma sobrevivente. E essa alegria percorreu seu corpo como uma onda, levantando-a, enchendo seus pulmões de risadas e seus membros com um desejo de chutar, socar e bater em tudo com um alívio absurdo. Antes mesmo de perceber o que estava fazendo, Ella havia arremessado o frasco de produto de limpeza com toda a força na parede, fazendo o plástico quebrar e o líquido com essência de lavanda espirrar em tudo num raio de dois metros.

Rindo ainda mais, Ella pegou a bengala de carvalho de Mimi e começou a sacudi-la de um lado para o outro como se fosse uma ninja descontrolada, batendo no chão e nas paredes e, por fim, pulando na cama da avó e batendo a ponta da bengala no teto com toda a força. A maioria das tábuas era sólida e nem se mexia com as pancadas de Ella. Mas logo acima da cabeceira da cama havia uma pequena parte de gesso que parecia implorar para ser destruída. Com um grito estridente de prazer e girando o braço com toda a força, Ella acertou a bengala no gesso como se fosse um taco numa bola de beisebol. Poeira branca e pedaços de gesso choveram por toda parte, na colcha e em todo o seu cabelo. Ella se jogou no colchão e ainda estava gargalhando quando o restante do gesso cedeu e uma caixa de ferro pesada o bastante para matá-la caiu do buraco que havia acabado de abrir e não acertou sua cabeça por milímetros.

— Meu Deus!

Por um minuto inteiro, Ella encarou a caixa a seu lado na cama. A experiência de quase morte a fez voltar a si imediatamente. *Se eu tivesse morrido, quanto tempo demoraria até alguém me achar?*, perguntou-se, imaginando. *Semanas? Talvez um mês?* Envergonhada pelo acesso de histeria, parou de pensar em si mesma e se concentrou na caixa. Claramente, Mimi a havia escondido. E não só escondido, mas construído um pedaço de teto falso para ocultar a caixa, mantê-la em segurança. Isso provavelmente significava que ali dentro havia algo valioso, secreto ou as duas coisas. Ella não conseguia imaginar a avó escondendo algo ilegal. Por outro lado, não conseguia imaginar a avó escondendo qualquer coisa que fosse. "Pessoas saudáveis são honestas e abertas. É impossível esconder segredos de Nosso Senhor." Estranho que era preciso uma pessoa morrer para descobrir coisas inimagináveis a respeito dela.

Hesitante, Ella passou um dedo no fecho da caixa. Talvez ali dentro houvesse cartas de amor de Bill, marido de Mimi morto havia muito tempo. Ou talvez de outra pessoa — um amante secreto! Ella sorriu só de pensar na possibilidade. Seria um alívio descobrir que a avó nem sempre fora uma puritana quando o assunto se referia a sexo, mas isso era algo difícil de imaginar. O que quer que houvesse ali dentro, Ella sabia que, assim que abrisse a caixa, o "segredo" de Mimi seria descoberto. Seria tarde demais para voltar atrás. Assim, respirou fundo, saboreando a santidade daquele momento, e, por fim, levantou a tampa.

Cartas.

Eu tinha razão!

Algumas estavam soltas e dobradas; outras, guardadas dentro de envelopes abertos, todas amarradas juntas por um laço de algodão xadrez. No fundo da caixa parecia que também havia cartões — dava para ver partes coloridas e com glitter por baixo das folhas de papel amareladas e desbotadas.

Com cuidado, Ella tirou a pilha de dentro da caixa e a colocou na cama. Desfez o laço com um puxão suave, pegou a primeira carta e, com os longos dedos, desdobrou a folha com toda delicadeza.

"Querida mãe", começava a carta.

O coração de Ella foi parar na boca. Era uma carta de seu pai!

"Não quero mais discutir com a senhora. Sei que não aprova o trabalho que eu e Rachel fazemos. Mas nem todos enxergam o mundo como a senhora. O que estamos fazendo é importante, não só para nós mesmos, mas para o mundo. A senhora acha que está protegendo Ella com essa mentira, mas não está. O que está fazendo é cruel e errado. Por favor, mãe, conte a verdade a minha filha — se não por mim, pela própria Ella. Entregue nossas cartas à sua neta. Agora ela não entende, mas um dia entenderá. Com amor, seu filho, William."

As mãos de Ella tremiam. Leu as palavras do pai uma segunda e uma terceira vez, tentando decifrar qualquer gota de significado que pudesse extrair daquelas poucas linhas. O que ele queria dizer quando escreveu que Mimi "não aprovava seu trabalho"? Os pais de Ella eram médicos. Como alguém poderia ser contra isso? Eles estavam cuidando dos pobres na Índia quando o táxi bateu de frente com um caminhão, matando ambos imediatamente.

E que "mentira" sua avó havia lhe contado?

O mais importante de tudo: o que significavam essas cartas que seu pai havia mencionado? Será que, na verdade, seus pais tinham lhe escrito? Se fosse o caso, certamente Mimi teria guardado essas cartas, certo? Não as teria destruído também, como tinha feito com a mala de roupas, certo?

Frenética, Ella revirou o restante da pilha, abrindo cartas e passando os olhos rapidamente por todas, procurando o próprio nome.

"Querida mãe...", começou a carta seguinte. E a seguinte, e a seguinte. "Querida mãe", "Querida mãe", "Querida mãe"... E, finalmente, ali estava.

"Minha querida Ella..."

Como se fosse o Santo Graal, Ella passou carinhosamente o dedo sobre cada letra escrita na folha de papel, com uma lentidão infinita.

"Espero que esteja bem e ajudando a vovó em tudo o que puder no rancho. Sei que sente a nossa falta, e sentimos a sua, muito, muito mesmo. Queria poder explicar mais, mas não é seguro que você fique com a mamãe e comigo neste momento. Espero que um dia seja. Mas, até lá, por favor, lembre-se de que você está sempre nos nossos corações. Com amor eterno, papai."

Seus olhos se encheram de lágrimas. Por que Mimi não havia lhe entregado essas cartas? Sua avó certamente sabia o quanto significariam para ela.

Não havia endereço no cabeçalho, mas havia uma data: 2 de setembro de 2000.

Ella prendeu a respiração. *Isso deve estar errado. É dois anos após a morte deles.*

Olhou para a data novamente, com olhos fixos, quase em estado de transe. Em seguida, pegou um a um os cartões na parte de baixo da pilha. Eram oito no total. Quatro de Natal e quatro de aniversário. Tremendo de incredulidade, leu todos.

"Feliz aniversário de 6 anos!"

"Agora você já tem SETE anos!"

Uma ilustração de um cachorro usando cartola segurava um balão. "Para a menina de 8 anos mais legal do mundo."

Todos os cartões estavam assinados. "Com todo o nosso amor, mamãe e papai."

— Não — disse em voz alta. *Não. Ela não teria feito isso. Ela não podia ter feito isso!*

Minha avó me disse que eles tinham morrido.

Minha avó me disse que eles tinham morrido quando eu tinha 5 anos.

Sua respiração ficou entrecortada. De repente, sentiu tontura e vontade de vomitar. Arrastou-se até a beira da cama da avó e inclinou o corpo para a frente, com a cabeça entre os joelhos.

Inspira. Expira.

Minha avó me disse que eles estavam mortos.

Inspira. Expira.

Minha avó mentiu para mim!

Ella se levantou, se sentou e depois se levantou de novo — parecia um personagem de desenho animado indeciso. A cabeça começou a doer novamente, a pressão aumentando dentro do crânio como se um espírito maligno estivesse ali inflando um balão gigantesco. Desta vez, não ouviu vozes nem o ruído branco — por mais estranho que fosse, esses sintomas nunca apareciam quando ela estava ali, na casa do rancho, só na cidade —, mesmo assim era uma sensação debilitante. Precisava ler o restante das cartas, mas não conseguia. O quarto estava girando, e imagens começaram a pairar diante de seus olhos.

Preciso de um médico, pensou Ella, enquanto a dor de cabeça a fazia se ajoelhar, sentindo que estava começando a perder a consciência.

Mas não havia telefone naquela casa, e o sinal do celular só pegava a quilômetros dali. Se pelo menos tivesse aceitado a oferta e deixado Bob acompanhá-la, ele poderia ter saído para buscar ajuda.

Seu último pensamento foi se perguntar como seria irônico se morresse no dia em que descobriu que os pais não estavam mortos. E como a avó *ousou* morrer sem lhe explicar nada disso?

CAPÍTULO TRÊS

Gary Larson cruzou suas coxas gordas e se recostou na poltrona com uma expressão de dor estampada no rosto.

— Sinto muito, Ella, mas vou ter que demitir você.

Gary havia alcançado o posto de CEO da Biogen Medical Research dois anos antes sem querer, quando seu amigo Marti Gruber, CEO original e fundador da companhia, morreu num acidente absurdo de snowboard em Tahoe. Todos adoravam Marti, o típico empresário *millenial* proativo apaixonado por correr riscos e vencer barreiras. Ninguém adorava Gary, o melhor amigo e parceiro de negócios de Marti, um tarado sem talento que desde o ensino médio se aproveitava de Marti para alcançar o sucesso, no melhor estilo Ringo Starr. Mas, ao que parecia, a sorte nem sempre favorece os corajosos. Às vezes, favorece os gordos, mimados e covardes, deixando os corajosos para morrer sufocados debaixo de seiscentas toneladas de uma neve inesperadamente instável.

— Essas faltas sem justificativa se tornaram um hábito, e um hábito que a BMR não pode tolerar — disse Gary, num tom formal. Mais de uma semana havia se passado desde o velório de Mimi, mas aquele era o primeiro dia em que Ella estava se sentindo bem o suficiente para voltar ao trabalho no emprego entediante no setor de estatísticas da empresa, onde passava o dia fazendo contas.

— Tudo bem — disse ela com calma, já se levantando para sair.

Gary Larson franziu a testa.

— Espere! — chamou. Era irritante a forma como Ella Praeger parecia imune à sua autoridade. Mesmo ali, quando a estava demitindo, a filha da mãe não tinha sequer a cortesia de demonstrar nenhuma emoção. Gary estava secretamente torcendo para que ela chorasse, talvez até implorasse. Imaginava Ella de joelhos, com aquele rosto estranhamente lindo virado para ele, desesperado. *"Por favor, Sr. Larson. Eu preciso desse trabalho. Vou fazer o que for preciso!"* Mas, em vez disso, ela estava saindo da sala e de sua vida com o mesmo grau de preocupação de alguém que acabou de saber de uma pequena mudança no horário do ônibus.

— Por favor, sente-se. — Gary apontou para a cadeira que Ella havia acabado de vagar. — Não é nada pessoal, sabe? Sempre gostei de você.

— Eu sei — respondeu Ella, ainda de pé.

Gary amoleceu. Talvez estivesse sendo apressado demais ao dispensar Ella Praeger. Uma mulher esquisita, sem dúvida, e nada popular entre os colegas de trabalho. Mas era uma estatística brilhante e pegava pesado no trabalho, quando se dignava a comparecer. E, além de tudo, tinha aquele corpo...

— Você quer me levar para a cama desde o dia em que entrei aqui.

— Como é? — Gary ficou corado.

— No meu primeiro dia aqui, você colocou as mãos na minha bunda no elevador — disse Ella, imitando a ação com as mãos.

— Não tenho a menor lembrança disso! — soltou Gary.

— Eu tenho — disse Ella com calma. — Além disso, quando eu comia na cantina, você costumava se sentar ao meu lado e encostar a perna na minha.

— Ella, eu garanto que...

— Além de tudo, diversas vezes você fez comentários positivos sobre a minha aparência — continuou Ella —, o que é outro sinal bem conhecido de atração sexual.

O rosto do CEO foi de rosa para vermelho e, por fim, ficou roxo.

— Escute, Ella, essa situação não precisa ficar feia.

Ella pareceu perplexa. *Por que ficaria feia?*

— Você está fazendo umas acusações bem malucas. Sinto muito se interpretou mal minhas aproximações, como seu chefe...

— Não precisa se desculpar — interrompeu Ella, com aquele tom irritantemente neutro. — E não interpretei mal. Simplesmente decidi ignorá-las porque não achei você atraente. Adeus.

Gary abriu a boca para dizer algo, depois fechou de volta, como um peixe moribundo numa linha de anzol. Aquilo era uma ameaça? Ou um insulto? Ou Ella Praeger estava apenas sendo ela mesma, uma pessoa desconcertante e socialmente desajeitada?

Ella saiu do escritório, e desta vez Gary Larson não tentou impedir. Assim que a porta se fechou, ele afrouxou o nó da gravata, que de uma hora para outra parecia terrivelmente apertado, pegou o telefone e ligou para o RH.

— Ofereça uma indenização generosa a Ella Praeger — vociferou. — E, quando ela aceitar, faça com que ela assine uma cláusula adicional se comprometendo a não processar a empresa no futuro.

— Claro, senhor. E quando o senhor diz "generosa" quer dizer...

— Dê tudo o que ela quiser — disse Gary bruscamente. — Apenas se livre dela.

Noriko Adachi tomou um gole de água gelada enquanto escutava atentamente o homem sentado diante dela à mesa.

A ligação dele na noite anterior tinha sido inesperada, mas bem-vinda. A professora Adachi ainda não fazia ideia de como aquele completo estranho sabia de sua presença em Nova York, que dirá o hotel onde estava hospedada, o número do quarto e detalhes precisos de seu itinerário. O seminário sobre literatura feminista do começo do século XIX na Universidade de Nova York era um evento com pouca publicidade, sobretudo fora do mundo acadêmico. Ainda assim, aquele empresário bem-educado e erudito, Mark Redmayne — segundo o Google, um bilionário —, parecia saber tudo o que era possível a respeito dela.

Em outras circunstâncias, Noriko teria rejeitado o contato imediatamente. Não gostava de ser perseguida. Mas, assim que ouviu a palavra "Petridis", ele passou a ter total atenção da acadêmica.

— Meus pêsames pela sua perda, professora — começou Redmayne assim que Noriko se sentou a uma mesa de canto no The Finch, no Brooklyn. — Pelo que nós soubemos, seu filho, Kiko, era um jovem excepcional.

— Obrigada. Ele era.

Era estranha a forma como Redmayne usava "nós" em vez de "eu". Ele havia feito a mesma coisa por telefone na noite anterior. Noriko se perguntou em nome de quem mais aquele homem falava.

— Faz quinze anos, não é?

— Isso mesmo. — Noriko tentou evitar, mas sentiu os olhos se encherem de lágrimas. Fazia muito tempo que ninguém conversava com ela sobre Kiko. Ouvir o nome dele fez tudo voltar.

— Mas parece que foi ontem, não é?

— É. — Noriko pigarreou. — Tem sido difícil deixar meu filho descansar em paz sabendo que os assassinos dele nunca foram levados à justiça. E pior: foram exaltados, adorados pelo mundo. — Um músculo começou a se contrair em sua mandíbula. Noriko torceu o guardanapo violentamente entre os dedos, como se estivesse tentando quebrar o pescoço de um frango.

— Acredite, eu compreendo — disse Redmayne. — Meu Grupo, a organização que comando, está investigando os Petridis há anos. Décadas. Já tentamos fazer as autoridades investigarem. Governos, agências internacionais, polícias locais. Mas ninguém nos levou a sério. Por fim, fomos obrigados a resolver o problema com as próprias mãos.

Noriko escutou, fascinada. Por fim, perguntou:

— Como assim "com as próprias mãos"? — Ela parou por um instante, sua mente inteligente raciocinando a mil enquanto respondia à própria pergunta. — O acidente de helicóptero? — Ela baixou a voz e sussurrou: — Foram vocês?

Redmayne assentiu.

— Fomos nós.

Enquanto a comida chegava, Redmayne descreveu seu "Grupo" para Noriko, embora de forma genérica, sem detalhes. Pelo que pôde entender, eles pareciam ser uma espécie de sociedade secreta de justiceiros — uma sociedade engenhosa e bem financiada, se as credenciais apresentadas por Mark Redmayne eram confiáveis —, que tinha como alvo criminosos que as polícias ou os políticos não queriam ou não podiam levar à justiça. Talvez ela devesse ter escutado com mais atenção, mas seu cérebro ainda estava concentrado nos Petridis. Finalmente Noriko havia conhecido alguém que não só acreditava em sua palavra com relação ao ocorrido com Kiko e à destruição que Spyros e Athena haviam causado mas que também de fato *fez algo a respeito*! Estava empolgada.

— Li seu artigo. Aquele que a *Newsweek* não quis publicar — contou Redmayne. — Você estava certa sobre muitas coisas. Senti sua dor emanando das páginas.

— Sim. Foram tempos sombrios — admitiu Noriko, tão envolvida com o momento que nem perguntou *como* ele havia encontrado e lido um artigo que nunca fora publicado. — Depois da queda do helicóptero, as coisas melhoraram por um tempo. Comecei a seguir em frente. Mas então...

— Mas então isso aqui, certo? — Mark Redmayne deslizou na mesa uma cópia em alta resolução da foto do menino imigrante afogado. O L no pé estava bem nítido.

Noriko mordeu o lábio e massageou o nariz, determinada a não chorar novamente.

— Certo.

— Não consigo imaginar a dor que a senhora sentiu ao ver isso — disse Redmayne.

Noriko virou o rosto e olhou para a rua cheia do outro lado da janela.

— Ela está viva — sussurrou.

— É o que parece — concordou Redmayne.

— Como? Como ela pôde ter sobrevivido ao acidente?

— Não sabemos — respondeu Redmayne, sendo sincero. — Nesse momento, tem muita coisa que não sabemos. Mas queremos descobrir. E, se Athena Petridis *estiver* viva, vamos fazer justiça. A senhora tem a minha palavra.

Noriko o encarou com um olhar penetrante.

— Está em busca de justiça? Ou de vingança?

— Faz diferença? — Redmayne inclinou a cabeça. — Acho que podemos dizer que é vingança. Uma vingança justa.

Os dois permaneceram em silêncio por um tempo. Depois de um minuto, Redmayne começou a se perguntar se havia feito o suficiente. Mas então a professora Noriko Adachi o encarou e sussurrou as palavras que ele esperava escutar.

— Quero ajudar, Sr. Redmayne. Por favor, fale mais sobre seu Grupo.

De volta a São Francisco, a ansiedade de Ella aumentava cada vez mais. Na verdade, ficou muito menos otimista com a demissão do que deixou transparecer diante do agora ex-chefe. Andando para casa, um apartamento minúsculo na Fillmore Street, depois da conversa, ela se esforçava para conter a sensação de pânico cada vez maior. *E agora?*

Depois de passar uma semana entrando e saindo de consultórios médicos, pedindo segundas, terceiras e quartas opiniões depois do desmaio na casa de Mimi (e o mais deprimente foi que todas as opiniões eram iguais — "fisicamente, não há nada de errado com a senhorita"; "é possível que o gatilho tenha sido psicológico"), e em seu apartamento à noite, lendo e relendo todas as cartas do pai para sua avó e para si própria, Ella se sentiu física e emocionalmente exausta.

É verdade que seu trabalho com pesquisa médica era entediante, e as cantadas desajeitadas de Gary a irritavam no dia a dia. E, verdade, o salário não era grande coisa. Mas o trabalho lhe proporcionava rotina e estabilidade, algo palpável em que podia se apoiar. E, mais que nunca, precisava de apoio. Os acontecimentos das últimas três semanas haviam virado sua vida de pernas para o ar — a morte de Mimi, a volta ao rancho para o velório, as cartas encontradas, e tudo isso somado à situação intolerável de suas dores de cabeça.

Pelo menos Bob, da cafeteria, a ajudou a tentar entender as cartas.

— Eu não sairia tirando conclusões precipitadas — aconselhou ele. — Você não sabe quais podem ter sido os motivos para sua avó ter escondido a verdade. Faltam muitas peças nesse quebra-cabeça.

Ella o encarou angustiada.

— O problema não é só Mimi. Se meus pais estavam vivos, por que não voltaram para me buscar?

Bob lhe deu um abraço. Para uma pessoa agressiva e às vezes até grosseira, Ella podia ser extremamente sensível, quase como uma criança.

— Não sei, minha querida.

— Como puderam me deixar lá para sempre? E por que pararam de escrever? A última carta foi enviada quando fiz 8 anos. Você acha que eles pararam por que eu nunca respondi? Acha que eles pensaram que eu não os amava?

— Não — respondeu Bob, decidido. — Tenho certeza de que não pensaram isso. Veja as cartas do seu pai para sua avó. Ele sabia que ela estava escondendo as cartas de você. Sabia que ela havia mentido para você a respeito do acidente de carro.

— E por que só ele escreveu? — questionou Ella, com raiva. — E a minha mãe? Onde esteve durante todos esses anos? Onde ela está *agora*?

— Olha, todas as suas perguntas são válidas. Mas a única forma de ter certeza de qualquer coisa é descobrindo a verdade por conta própria. Me parece que a primeira coisa que você precisa saber é se seus pais ainda estão vivos.

Bob tinha sido gentil — como sempre — e prático. Ella queria ter essa capacidade de dividir os problemas em partes administráveis. E ele estava certo: ela *realmente* precisava assumir o controle e descobrir a verdade por conta própria, de algum modo. Mas alguma coisa a impedia. Em seus momentos mais verdadeiros, ela se deu conta de que essa "coisa" era medo.

Ella digitou a senha no teclado do prédio para abrir a porta, entrou, subiu três lances de escada, os degraus rangendo, e entrou em seu apartamento, que ficava no sótão. Lá dentro, tirou os sapatos e os arrumou simetricamente contra a parede, como era seu ritual. À sua frente, a sala de estar/cozinha estava exatamente como a havia deixado horas antes: limpa, organizada e espartana. A mesa de fórmica branca brilhava como se tivesse sido tirada de um laboratório de patologia, uma impressão que se acentuava com o cheiro impregnante de produto de limpeza usado no tampo da bancada. Diante da TV havia uma poltrona vermelha também completamente limpa, e o único outro móvel do cômodo era uma estante de livros funcional da Ikea, na qual havia uma variedade de romances e livros de autoajuda estritamente organizados pela cor da lombada.

São onze da manhã numa segunda-feira, pensou Ella, mudando o pé de apoio meio desengonçada, conforme o pânico voltava mais intenso que nunca. *O que eu faço agora?* Quando criança no rancho, sempre havia uma tarefa a ser cumprida e uma hora para tudo. Na cidade era diferente. Não havia armas a limpar, coelhos a caçar ou cercas a consertar. Para preencher os dias, era preciso ter um emprego. Um propósito inventado. Até aquele dia Ella tivera um emprego. Mas, agora, se assomava diante dela a terrível perspectiva de "tempo livre"; de longas horas e sem nenhuma estrutura, nas quais as vozes em sua cabeça teriam liberdade para falar desenfreadas. E elas já estavam falando agora, num volume baixo. Uma voz masculina começou citando sequências de números assim que Ella entrou no prédio. *Talvez os médicos tenham razão. Talvez isso esteja relacionado a estresse.*

Andou a esmo pelo quarto, sentou-se à escrivaninha e abriu o notebook, resistindo à vontade de abrir a gaveta onde estavam as cartas do pai. Na noite anterior, havia passado mais de três horas estudando obsessivamente os carimbos em todos os envelopes que Mimi havia guardado. As cartas foram enviadas de todas as partes do globo: Paquistão, Grécia, África do Sul, ilhas Fiji. *Meus pais exploraram o mundo juntos sabendo que eu estava presa naquela casa, completamente isolada, em luto por mortes que não haviam acontecido.* No começo, Ella havia ficado do lado do pai, culpando apenas a avó pela "mentira cruel" com a qual havia se acostumado. Mas, conforme os dias foram se passando, não conseguiu evitar a dura realidade de que seus pais também foram coniventes. *Eles sabiam onde eu estava e mesmo assim nunca voltaram.*

O que Ella precisava fazer agora, e urgentemente, era encontrar outro emprego. Não podia permitir que as cartas a consumissem, não até que sua vida se estabilizasse. Ao passar os olhos pelas vagas num site especializado e pelo site de ex-alunos de Berkeley, sentiu um aperto no peito. Até para cargos em que o funcionário passava o dia sentado, ou para vagas de pesquisador e programador, os empregadores queriam pessoas "extrovertidas", "carismáticas" com "habilidades interpessoais comprovadas". As credenciais acadêmicas de Ella eram magníficas e sempre a chamavam para entrevistas. Mas nesse ponto as coisas inevitavelmente davam errado.

— Nos diga *por que* a senhorita quer trabalhar para a Humperfloop Industries — pediram os funcionários de RH, com brilho no olhar.

— Para ganhar dinheiro — respondia Ella, sendo sincera. Em geral, isso provocava risadas, que depois eram seguidas por perguntas mais capciosas.

— Quais são suas paixões? — perguntou certa vez uma entrevistadora de meia-idade numa *startup* do ramo de tecnologia. — Além de programação.

— *Além* de programação?

— Sim — respondeu a mulher, que em seguida sorriu e completou: — Estamos em busca de colaboradores equilibrados. Pessoas versáteis, capazes de fazer mais de uma coisa.

As mãos de Ella começaram a suar. Todas as respostas que havia treinado eram sobre programação. De que tipo de "paixões" aquela mulher estava falando? Aos berros, Bob havia alertado para que ela nunca, jamais falasse de sexo nesses encontros. Mas então o que restava?

— Eu gosto de... bolo — respondeu ela, por fim.

A mulher fez cara de desentendida.

— Bolo?

— Consigo alvejar um cervo a trezentos metros de distância — soltou Ella de repente. A expressão horrorizada da entrevistadora fez Ella entender imediatamente que havia cometido uma gafe, mas uma espécie de desejo suicida a fez continuar com: — Eu sei estripar peixes!

— Muito interessante. Bem, obrigada, Srta. Praeger. Por gentileza, pode se retirar.

Conseguir o emprego na Biogen um ano antes tinha sido um verdadeiro milagre. Ella estava certa de que só havia conquistado a vaga porque tinha despertado a atração sexual de Gary Larson. Mas agora havia perdido tudo, em parte graças às suas estúpidas dores de cabeça, que não estavam melhorando em nada e provavelmente acabariam com suas chances num próximo emprego — isso se um dia conseguisse um.

Não seja negativa, disse a si mesma. *Pessoas saudáveis transformam limões em limonada.*

Desta vez ela se sairia melhor. Seguiria o exemplo de Bob e dividiria o problema em pequenos passos. Passo 1: melhorar nas entrevistas.

Ella se levantou e ficou de frente para o espelho numa postura rígida. Muitas pessoas lhe disseram que o "tom de voz" era importante, assim como a linguagem corporal e o contato visual.

— Prazer em conhecê-la! — Ella sorriu para o reflexo, oferecendo a mão direita. — Meu nome é Ella Praeger.

Hum. Não, muito efusivo.

— Como vai? — tentou outra vez. — Eu sou Ella.

Desta vez seu sorriso parecia mais uma carranca provocada por *rigor mortis*.

— Obrigada por me receber — disse ela de frente para o espelho, relaxando a mandíbula e jogando o cabelo para trás de um jeito que esperava parecer relaxado e natural. — Eu sou Ella.

— O prazer é todo meu, Ella.

Ella deu meia-volta e gritou. Em pé atrás dela, encostado na porta do quarto como se tivesse todo o direito de estar ali e com um sorriso largo, estava o homem que havia comparecido ao velório de sua avó.

CAPÍTULO QUATRO

— Sai daqui!

Ella pegou uma escova da penteadeira perfeitamente arrumada e a arremessou no rosto bonito do sujeito. Ele parecia ainda mais atraente do que ela se lembrava de quando o viu no rancho, mas aquele não era o momento para se distrair. O arremesso foi preciso e extremamente rápido, acertando a lateral da cabeça do homem.

— Por que você fez isso? — perguntou o sujeito, sentindo dor, fazendo cara feia.

— Você invadiu meu apartamento — rebateu Ella, já pegando um vidro de perfume pesado.

— Não faça isso! — implorou o homem, protegendo a cabeça com os braços. — Eu não invadi seu apartamento. A porta estava aberta.

Ella semicerrou os olhos.

— Eu sempre fecho a porta quando saio.

— Não dessa vez. — O homem deu de ombros.

— Quem é você? — exigiu saber Ella, ainda segurando o perfume.

— Isso não importa — respondeu o homem, já recuperando a confiança, embora estivesse esfregando um calombo cada vez maior na cabeça, já do tamanho de uma noz.

— É importante para mim. Por que você está aqui? E por que foi ao velório da minha avó?

— Abaixe o perfume, e eu conto.

O homem sorriu, e pela primeira vez Ella se permitiu dar uma boa olhada no rosto dele. Já havia percebido que era atraente, mas só naquele momento notou que o atributo físico que o definia era a mandíbula. Forte e talvez um pouco larga demais, dava ao sujeito uma aparência durona e rústica que contrastava com seu comportamento educado e suas roupas sofisticadas. Tinha olhos castanhos cercados por leques de linhas profundas que o faziam parecer mais velho do que Ella havia imaginado durante o velório. Quarenta anos, chutando, mas em forma para a idade e sem nenhum sinal de branco nas pontas do cabelo volumoso e escuro. Estava de terno outra vez, uma peça cara e bem-cortada, com abotoaduras de ouro que reluziam quando ele erguia os braços para se proteger dos ataques de Ella.

Enquanto observava o homem, ele retribuiu o elogio, seu olhar extremamente desconcertante e lânguido percorrendo o corpo de Ella de cima a baixo. A expressão nos olhos do sujeito era parte curiosidade, parte predatória. Ella sentiu o sangue descer instintivamente para o meio das pernas. Segurou o vidro de perfume com mais força.

— Me diga agora mesmo quem é você e por que está me seguindo, senão vou chamar a polícia e pedir que prendam você por invasão de domicílio.

— Não vai, não. — O homem se virou e foi para a sala de estar de Ella, sentou-se à mesa e esticou as pernas com uma despreocupação irritante. Se tivesse um cigarro, teria acendido.

— Talvez eu faça isso — retrucou Ella, insegura, sem saber como havia perdido o controle da conversa. — Ou por assédio.

— Ninguém está assediando você, Ella. — Foi a primeira vez que ele pronunciou o nome dela. — Sente-se. — O sujeito apontou para a cadeira à sua frente, como se o apartamento fosse dele. Ella pensou em recusar, mas concluiu que seria um gesto de fraqueza e falta de educação. Além do mais, agora que o choque de ter sido acuada havia passado, estava se sentindo mais intrigada que ameaçada. Assim, guardou o perfume e se sentou à mesa junto com o homem.

— Ótimo. — Ele sorriu de novo, exibindo os dentes brancos como se fosse um lobo. — Bem, imagino que queira me fazer algumas perguntas, certo?

— Por que você foi ao velório de Mimi?

— Para ver você.

— Mas não viu. Não se apresentou. Foi embora antes de eu poder falar com você.

— Eu vi o que precisava ver.

Ella fez cara de irritada. Detestava charadas.

— O que isso significa? O que você *quer* de mim? — A irritação dela estava começando a ficar evidente. — Você aparece no velório da minha avó sem ser convidado. Depois entra na minha casa sem nenhum aviso e, pior, num momento horrível. Fui demitida hoje de manhã.

O homem deu de ombros, demonstrando zero interesse na informação, nem sequer um pingo de compaixão.

Meu Deus, que sujeito grosseiro, pensou Ella. *De todas as pessoas detestáveis, egocêntricas que já conheci...*

— Você teria que sair desse emprego de qualquer forma — disse ele com toda a naturalidade. — A partir de agora você vai trabalhar para nós

Ella ergueu uma sobrancelha.

— Ah, vou, é? E quem exatamente é "nós"?

De repente o homem se inclinou para a frente, animado.

— A organização que represento é um grupo poderoso, mas secreto. Trabalhamos como uma força por justiça ao redor do globo.

Ella conteve a vontade de dar uma gargalhada. O que significava aquilo, uma revista em quadrinhos? Daqui a pouco ele iria dizer que todos usavam capas e viviam em batcavernas. Mas, quando voltou a falar, o homem pareceu extremamente sério.

— Tem certas coisas que não posso explicar hoje. E outras vão ficar claras ao longo do tempo. Assim que você começar o treinamento.

Treinamento? Pela primeira vez Ella se deu conta de que talvez aquele desconhecido atraente fosse lunático — um esquizofrênico paranoico que a viu na rua ou na cafeteria e decidiu segui-la. Primeiro no velório de Mimi, e agora ali, em sua própria casa. Será que deveria se preocupar com sua segurança?

— Olha, me desculpe — começou ela, levantando-se e andando calmamente até a porta do apartamento. — Tenho certeza de que você tem boas intenções, mas acho que me confundiu com outra pessoa. Não vou fazer "treinamento" nenhum nem entrar em grupo nenhum. Tenho uma vida comum. Trabalho num escritório.

— Você não disse que tinha sido demitida?

Uau, pensou ela, franzindo a teste. *Ele consegue ter menos habilidades sociais que eu.*

— Bom, sim. Fui demitida. Mas a questão não é essa. A questão é que preciso que você vá embora agora.

Ela manteve a porta aberta. O homem não se mexeu.

— Por favor, saia.

Nada.

— É sério — continuou ela, num tom mais duro. — Se não sair, eu vou...

— Seus pais, William e Rachel Praeger, foram membros importantes do Grupo — interrompeu o homem, sem desviar os olhos da mesa. — Eles devotaram a vida à nossa causa.

Ella ficou paralisada.

— Você conheceu os meus pais?

— Não pessoalmente. Mas conheci a fama deles, claro. Eram lendas, na época. Todos no Grupo conhecem os Praegers.

Ella fechou a porta. Seu coração começou a bater tão rápido que estava difícil respirar. Olhou para o sujeito e disse:

— Você usou o verbo no passado. Eles "eram" lendas.

— Sim.

— Então... meus pais estão mortos?

— Sim.

Não houve meias palavras. Nada de completar dizendo "sinto muito" ou "achei que soubesse". A resposta foi seca e direta, como se ela tivesse perguntado as horas ou alguma coisa sem importância. *Sem o menor tato. Como eu*, pensou Ella novamente. Não que as semelhanças suavizassem o golpe.

Ella se recostou na parede e lutou para acalmar a respiração. Durante toda a sua vida, até dias antes, havia acreditado que os pais tinham morrido num acidente de carro quando era muito jovem. Mas, desde que encontrou a pilha de cartas escondidas no teto de Mimi, passou a alimentar uma esperança. Uma esperança raivosa. Uma esperança confusa. Mesmo assim, uma esperança. De que talvez, por milagre, ainda *não fosse* tarde demais. De que um dia *reveria* a mãe e o pai, e eles explicariam tudo. Dariam um jeito em tudo.

Mas agora, com uma só palavra, aquele desconhecido bizarro, arrogante e lindo apagou a esperança, como um padre no fim da missa apagando uma vela casualmente.

— Tem certeza de que estão mortos? — sussurrou Ella.

— Absoluta. Eles morreram numa missão para nós em 2001.

Dois mil e um. O ano em que as cartas pararam de chegar.

— Acredito que você estivesse com 8 anos na época — continuou o homem.

— Que tipo de "missão"? — perguntou Ella, sem se questionar como ele sabia sua idade, ou qualquer coisa ao seu respeito. — Está me dizendo que meus pais eram espiões?

O homem encolheu os ombros.

— Preferimos o termo "agentes".

— Como eles morreram? — exigiu saber Ella, se lixando para que termo o sujeito preferia.

Ele hesitou por um brevíssimo instante, depois respondeu.

— Foram assassinados.

Ella engoliu em seco.

Assassinados.

Por alguns segundos ficou muda, mas então perguntou:

— Como?

O homem ergueu a mão.

— Não posso dizer mais nada, infelizmente. Não ainda. Mas saiba que seus pais foram pessoas extremamente corajosas, Ella. Fizeram o melhor que podiam para proteger você, para permitir que você aproveitasse uma infância segura e feliz.

Segura e feliz?, pensou Ella, com rancor. Essas dificilmente seriam as palavras que escolheria para descrever a vida naquela casa de madeira com Mimi.

— Quero saber como e por que foram assassinados.

— E vai saber, quando estiver pronta. Seus pais sempre desejaram que você se juntasse a nós um dia, que continuasse o legado deles.

O homem continuou falando sobre "o Grupo", "missões" e "treinamento", mas Ella já estava com a cabeça em outro lugar. Não dava a menor importância para a seita de que ele queria persuadi-la a participar. Tudo o que importava era que aquele homem sabia coisas a respeito de sua mãe e seu pai. Coisas reais. Coisas específicas. Pela primeira vez na vida de Ella, alguém estava lhe oferecendo respostas — respostas de verdade, fatos, e não mentiras, meias verdades e banalidades que sua avó lhe contava, fossem elas bem-intencionadas ou não.

— O que mais você sabe sobre meus pais? — interrompeu-o, sentando-se de volta na cadeira de frente para ele à mesa. — Você disse que não chegou a conhecê-los pessoalmente.

— Isso.

— Mas outras pessoas do seu grupo conheceram os dois?

— Ainda existem pessoas no Grupo que os conheceram pessoalmente, sim — respondeu o homem com cautela.

— Quem? Posso falar com elas?

— Infelizmente, nesse estágio não posso lhe dar nomes.

— Como assim *"nesse estágio"*? — perguntou Ella, com um tom de voz mais estridente. — E por que não pode? Eles eram *meus* pais. Eu tenho direito de saber.

— Como já expliquei, assim que começar o treinamento para sua primeira missão, você receberá mais informações — explicou o homem calmamente.

Ella massageou as têmporas. Toda aquela conversa vinha sendo surreal desde o começo, mas aquele papo de "treinamento" e "missões" estava indo longe demais. Não queria se juntar à seita daquele esquisitão, muito menos se voluntariar para participar de nenhum tipo de "operação especial". Qualquer que tenha sido a historinha usada para enganar seus pais no passado não funcionaria naquele momento. Ela não era Lara Croft. Era uma estatística desempregada com habilidades sociais questionáveis e algum tipo de transtorno mental que fazia parecer com que centenas de homens estivessem usando picaretas dentro do seu crânio diariamente. Na maior parte do tempo, chegar ao fim do dia já era uma "missão" para Ella.

Exausta, ela pressionou os dedos abertos na lateral da cabeça.

— O treinamento vai ajudar com as dores de cabeça que você vem sentindo — disse o homem, com indiferença. — Assim como os outros efeitos colaterais dos seus... dons. — Ele escolheu as palavras com cuidado, analisando-as, como um esquilo tentando selecionar uma noz específica. — Os enjoos, as vozes na sua cabeça, tudo isso.

Ella sentiu o estômago revirar. Como diabos aquele completo estranho sabia das vozes? Ela nunca havia falado disso com ninguém, nem com seus médicos inúteis.

— Como assim meus "dons"? — perguntou, a voz saindo rouca e tensa. — Como você sabe essas coisas a meu respeito?

— Aqui. — O homem enfiou a mão no bolso do casaco e tirou um pen-drive que parecia um isqueiro antigo. — Dê uma olhada nele depois que eu for embora. Você vai entender melhor os detalhes. Você é única. Mas o importante é entender que não há nada de errado com você, Ella.

Seu cérebro simplesmente foi projetado de forma diferente do cérebro das outras pessoas.

— Cérebros não são "projetados" — murmurou Ella, olhando fixamente para o pen-drive na palma da mão, falando tanto para o sujeito quanto para si mesma.

— O seu foi. *In vitro*. Seus pais foram pioneiros na edição genética. Como cientistas, individualmente eles eram brilhantes, mas como equipe ultrapassaram limites dos quais nenhum cientista da época sequer ousou se aproximar.

— Espere aí. — Ella ergueu a mão. — Meus pais eram médicos.

— Essa informação não é precisa — retrucou o homem.

— É precisa, *sim* — insistiu Ella, irritada. — Minha avó me contou que...

— Essa é a mesma avó que disse que eles tinham morrido num acidente de carro? — O homem a encarou com olhar de pena. — Tenho certeza de que a essa altura você já se deu conta de que sua avó mentia para você. Repetidas vezes. Sobre muitos assuntos.

Ella mordeu o lábio. Queria que ele estivesse errado, queria poder defender Mimi. Mas não podia.

— O que estou lhe contando agora é a verdade — continuou o homem. — Quer escolha acreditar ou não. Seus pais não eram médicos, eram cientistas pesquisadores. Sua mãe era neurologista, e seu pai, geneticista, e eles se tornaram duas das mentes mais brilhantes daquela geração. Você foi a maior façanha deles.

Ella esperou o sujeito continuar.

— As vozes e as mensagens que você ouve não são alucinações auditivas. São todas reais — explicou. — São sinais eletrônicos: e-mails, mensagens de texto, dados e transmissões de voz. Antes de nascer, você foi geneticamente modificada para ser capaz de receber e, pelo menos em tese, decodificar essas mensagens. Também acreditamos que você tenha habilidades visuais, mas não vamos saber o alcance total dos seus dons até a levarmos para o laboratório. É de fato muito empolgante — acrescentou ele, animado.

Empolgante? Ouvir que seus pais conceberam você como uma espécie de experimento? As palavras "geneticamente modificada" fizeram Ella pensar naqueles tomates perfeitamente redondos e vermelhos que pareciam lindos nas prateleiras de supermercado, mas tinham gosto de bola de tênis. *Falsos. Arruinados.*

— Está dizendo que meus pais causaram meus problemas cerebrais? — reiterou ela, lentamente. — De propósito?

— Problemas, não. Habilidades. Você está enxergando a situação pelo ângulo errado, Ella. Imagine as possibilidades. Você tem um dom. Tem acesso ao desconhecido. É como um... um receptor humano.

— Bom, se é isso, eu sou um receptor quebrado. Não consigo "decodificar" nada. Tudo o que ouço é ruído branco até parecer que minha cabeça vai explodir. Vivo enjoada. Esse foi o único "dom" que eles me deram. A única "habilidade".

Seu tom de voz era nitidamente de rancor, de raiva.

— Entendo que seja um choque — disse o homem, numa tentativa de demonstrar uma empatia que claramente não era natural para ele. — Mas essas coisas vão melhorar. Com treinamento. Assim que você aprender a dominar suas habilidades, esperamos que elas se tornem um ativo inestimável para o Grupo e para o bem maior. Como seus pais queriam.

O sujeito se levantou, empurrou a cadeira para trás e endireitou a gravata de seda com a mão de unhas bem cuidadas.

— Sei que é muita informação para absorver. Baixe tudo do pen-drive. Quando fizer isso, preste atenção total, porque, assim que você vir os arquivos, eles vão se apagar sozinhos automática e permanentemente. Daqui a alguns dias entrarei em contato para falar dos próximos passos.

Ella também se levantou. Simplesmente não podia deixá-lo ir embora. Não estava mais pensando que ele era louco, mas ao mesmo tempo nada daquilo fazia o menor sentido. Como aquele sujeito, um completo desconhecido, tinha a ousadia de entrar em sua vida e soltar bombas e mais bombas, se recusar a responder às suas perguntas e depois dar o fora, deixando para Ella o trabalho de limpar o estrago?

Ella colocou a mão no braço do sujeito e disse:

— Espere! Por favor.

— Entrarei em contato — avisou o homem, afastando a mão dela e seguindo para a porta.

— Quer saber? Não precisa! — gritou Ella às costas dele em tom desafiador, conforme o homem descia a escada. — Porque não vou me juntar a nenhum Grupo idiota. Nem por você, nem pelos meus pais, nem por ninguém. Então, não volte mais aqui!

O sujeito continuou andando.

— Eu tenho vida, sabia? — gritou Ella.

Ele parou, deu meia-volta e a encarou com uma expressão não de raiva, mas de curiosidade.

— Tem mesmo? Sem trabalho. Sem família. Sem amigos. Sem um objetivo real. — Ele contou as deficiências de Ella nos dedos, não com maldade, mas de um jeito prático, como um cientista deixando os dados falarem por si mesmos. — Eu não chamaria isso de vida — concluiu. — Mas talvez nossos padrões sejam diferentes.

Ella balbuciou de raiva, tentando responder à altura, mas, quando pensou em algo para dizer, o homem tinha ido embora. Estava parada sozinha, no alto da escada, o pen-drive prateado apertado na mão, com a sensação de que um tornado havia acabado de varrer sua vida e lançar tudo por terra. Se o homem ainda estivesse perto, Ella teria lhe arremessado o pen-drive na cabeça e torcido para derrubá-lo. *Babaca convencido*.

Bom, se aquele sujeito achava que iria determinar seu futuro, podia esperar sentado. Qualquer que tivesse sido a intenção de seus pais, Ella não era o monstro de Frankenstein. Ele podia pegar aquele Grupo idiota, o treinamento e as missões e enfiar tudo onde o sol não bate.

Você vai ver, Sr. "Talvez nossos padrões sejam diferentes". Sr...

Foi neste momento que se deu conta de que aquele homem que alegava saber tanta coisa sobre ela e seus pais — aquele estranho que havia explicado o mistério das vozes secretas em sua cabeça e resolvido o enigma de seu passado — não tinha revelado uma única informação a respeito de si mesmo.

Não sabia como ele havia entrado para o Grupo ou o que fazia para eles.

Não sabia a idade do sujeito, nem onde morava.

Não sabia sequer o nome dele.

CAPÍTULO CINCO

Helen Martindale afastou o cabelo, que começava a ficar grisalho, do rosto redondo e o prendeu para trás com um grampo. Sorriu pacientemente para a jovem diante dela, que ainda não havia levantado a cabeça e desgrudado os olhos do contrato de uma única página que Helen lhe entregara havia mais de seis minutos, lendo e relendo todas as linhas do texto como se ali estivesse a resposta para o sentido da vida.

— É só o nosso contrato padrão de representação — explicou Helen. — Não tem nenhuma pegadinha aí.

A jovem continuou lendo.

— Vamos conseguir um valor justo pelo lugar — continuou Helen, para tranquilizá-la.

Estava radiante pelo fato de a neta de Mimi Praeger ter escolhido anunciar o valioso rancho Paradise Valley com a Martindale & Jessop, em vez de alguma imobiliária extravagante da cidade, que ofereceria "tours virtuais" e "presença nas redes sociais" e prometeria obter ofertas do nível dos valores antes da crise, valores esses que corretores locais, como Helen Martindale, sabiam que não podiam mais ser alcançados.

— Tem alguma coisa incomodando você, meu bem? — perguntou Helen, quando dez minutos inteiros tinham se passado.

— Hein? — Ella ergueu a cabeça, confusa, como se de repente estivesse vendo Helen, uma mulher mais velha, pela primeira vez. — Ah, não. Obrigada. Está tudo bem. Precisa que eu assine alguma coisa?

Helen Martindale apontou para a linha pontilhada no pé da página e entregou uma caneta a Ella. A pobre garota parecia estar no mundo da lua. Ela sempre foi esquisita, é claro, com uns parafusos a menos, como dizia o pai de Helen. Natural, considerando a vida isolada que havia sido obrigada a levar naquele rancho. Fora da escola, Ella mal brincava com as outras crianças e não aprendia como interações sociais deveriam funcionar. Mas, naquela manhã, ela parecia pior que o normal. Talvez se desligar do rancho e dar adeus à casa onde havia crescido estivesse sendo mais angustiante do que imaginava.

— Vai ficar na propriedade durante sua estada aqui? — perguntou Helen, simpática.

— Não — respondeu Ella, curta e grossa. Não pretendia ser rude, mas era incapaz de jogar conversa fora.

— Bom, isso facilita as coisas do nosso ponto de vista. — Helen sorriu. — Imagino que, para você, não seja fácil voltar aqui para o vale, agora que sua avó se foi.

Sem saber como responder ao comentário, Ella se levantou, apertou a mão de Helen com formalidade e foi embora, fechando a porta do escritório ao sair.

Helen Martindale ficou observando pela janela a garota parada na calçada, balançando como um choupo ao vento, sem saber para onde ir até de repente escolher virar à esquerda e pegar a Main Street.

Tadinha, pensou a corretora imobiliária outra vez. Em seguida, se perguntou se o dinheiro da venda do Rancho Praeger tornaria a vida da cliente melhor ou pior e ficou com a sensação deprimente de que, provavelmente, pioraria. Os problemas de Ella, de acordo com as suspeitas acertadas de Helen Martindale, não eram do tipo que podiam ser resolvidos com um cheque.

De fato, a sensação de voltar ao vale foi ruim, mas não porque Mimi havia partido. Ella ainda estava furiosa demais com a avó para se permitir ter quaisquer outros sentimentos. Não, o ruim era o fato de que ela continuava no limbo, sem ter a menor ideia de como seria o próximo capítulo de sua vida. Numa atitude estúpida, havia parado de procurar emprego até receber novas notícias do "homem", que prometera contatá-la em poucos dias. Já fazia nove dias da visita inesperada do sujeito ao apartamento, e desde então Ella não tinha notícia alguma dele.

Não que tivesse a mais remota intenção de se unir ao "grupo" dele ou de fazer qualquer "treinamento" besta. Mas estava ansiosa para dar essa notícia desafiadora pessoalmente e, sendo nonesta, para vê-lo outra vez. Embora não gostasse de admitir, as aparições aleatórias daquele homem em sua vida causavam um *frisson* que só em parte tinha a ver com as pistas tentadoras que ele oferecia sobre seus pais.

Entretanto, ele havia sumido completamente, por isso Ella voltou a Paradise Valley ainda mais desesperançosa e desanimada que no dia do velório. Por sorte, até agora, não havia esbarrado em nenhum dos colegas/algozes da época da escola. Isso, sim, seria a cereja do...

— Não acredito! É a Srta. Ella! Ella Praeger, que surpresa ver você por aqui!

Se tivesse acontecido com outra pessoa, teria sido engraçado.

Danny Bleeker, loiro, de olhos azuis, craque do time de beisebol da escola no ensino médio e o diabo na vida de Ella do fim do ensino fundamental até o último ano da escola, estava saltitando pela rua para cumprimentá-la como se fosse um cachorrinho animado.

— Caramba, como vai, Ella Praeger?

Ella não era a pessoa mais competente do mundo para interpretar essas interações sociais, mas o estranho era que ele parecia de fato satisfeito em revê-la, com um sorriso largo no rosto e colocando as mãos nos ombros de Ella, como se estivesse diante de uma prima que não via fazia bastante tempo ou uma velha amiga muito querida. Danny parecia o mesmo, embora talvez o macacão azul-escuro de mecânico lhe desse uma aparência mais madura do que a que tinha no ensino médio.

— Achei que você nunca mais ia dar as caras por aqui pela cidade. As coisas não deram certo em São Francisco?

— Minha avó morreu — respondeu Ella, com seu jeito direto de sempre.

— Sinto muito.

— Estou vendendo o rancho dela.

Danny Bleeker assobiou.

— Deve valer uma nota. Então agora você é rica, né? Ou vai ficar. Que ótimo! Bom pra você.

Neste exato instante, um murmúrio ensurdecedor, como cem linhas cruzadas, explodiu na cabeça de Ella como um alto-falante estourado. Então tapou os ouvidos e se encolheu, gemendo de dor.

— O que foi? — perguntou Danny, instintivamente envolvendo-a com um dos braços. — O que aconteceu?

Ella ficou paralisada, esperando as vozes estridentes perderem força — em geral, isso acontecia em questão de segundos —, então se contorceu para se afastar do braço dele. Por fim, respondeu:

— Nada. Só uma dor de cabeça.

— Você ainda tem isso? — perguntou ele, parecendo preocupado. — Sabe, é melhor procurar um médico. Essa merda já acontece há anos. Lembra aquela vez na aula da Srta. Haelstrom, quando você...

— Danny... — interrompeu Ella.

— Que foi?

— Por que você está agindo como se fosse uma boa pessoa?

Ele gargalhou.

— Não estou agindo! Eu sou.

— Não — retrucou Ella com sinceridade. — Não é. Você é uma pessoa cruel e maldosa.

Danny franziu a testa, parecendo espantado de verdade.

— Ei, olha, eu sei que fui meio babaca na escola.

— Você era horrível.

— Admito que era meio convencido na época. Mas, sabe, eu era adolescente. Tinha 17 anos!

— Todo mundo no segundo ano tem 17 anos — salientou Ella, sem saber ao certo por que ele mencionou esse fato irrelevante.

— Só quis dizer que...

— Você disse para as pessoas que a gente teve relações sexuais.

Danny corou.

— Eu disse? Não me lembro disso.

— Disse que eu implorei para você ter relações sexuais comigo. "Implorar". Essa foi a palavra que você usou.

Danny ergueu as mãos num gesto de *mea culpa*.

— Nossa, ok. Caramba. Bom, não sei o que dizer. Eu fui um babaca e sinto muito. Mas isso é passado, não é? Hoje em dia estou casado — continuou, animado. — Você se lembra de Beth Harvey?

Ella não lembrava, mas Danny tirou uma foto do bolso da frente do macacão e a colocou na mão de Ella. Era de uma mulher de cabelo preto e aparência normal que Ella poderia ou não já ter visto antes, junto com dois bebês gordos e carecas, cada um num lado do colo.

— Esses são os nossos gêmeos — disse Danny, orgulhoso. — Nate e Charlie. Você tem filhos?

— Não! — Desconcertada, Ella olhou ao redor à procura de um jeito de escapar sem precisar empurrar Danny ou dar as costas e sair correndo.

— Casada?

Ela balançou a cabeça com veemência. Não importava o que fizesse ou dissesse, Danny continuava com aquele sorriso de lunático. Por que ele estava fazendo aquelas perguntas? Por que estava puxando papo? Ella gostava mais dele quando era um valentão implicante. Pelo menos sabia onde estava metida. O que dizer para um Danny Bleeker "legal"?

— Entendi. — Ele assentiu, os olhos ardendo com a expressão bem--intencionada, mas completamente vazia, de quem não estava entendendo *nada*. — Foco total na carreira, certo? Bom, acho que, apesar de maluca, você sempre foi muito inteligente — acrescentou, num tom simpático. — Você foi para São Francisco, não foi? E aí, acabou fazendo o que por lá? Medicina? Direito? Não? Não me fale: física quântica! —

Ele deu risada. — Você está trabalhando num acelerador de partículas ou coisa do tipo?

— Não. Eu trabalhei com estatística, mas fui demitida. Oficialmente, foi porque eu passava muito tempo fora da empresa, mas na verdade foi porque me recusei a ter relações sexuais com meu chefe. Eu não sentia a menor atração por ele — acrescentou, para explicar. — Preciso ir para o meu hotel agora. Tchau.

Danny Bleeker coçou a cabeça enquanto observava sua velha colega de turma se afastar rapidamente, seguindo para o precário Double Tree, o único hotel da cidade. Ver Ella Praeger se afastar sempre foi agradável. Ela ainda tinha uma bunda maravilhosa. Mas os anos que se passaram desde o fim do ensino médio a deixaram ainda mais esquisita. Na época, Danny era doido para transar com ela. Todas as provocações e crueldades não passavam de uma tentativa desastrada de flerte, um esforço para chamar a atenção de Ella. Mas, olhando em retrospecto, ele se deu conta de que escapou por um triz.

De volta ao simples quarto de hotel, Ella se deitou na cama marrom feia e fechou os olhos. Estava se preparando mentalmente para sofrer uma emboscada de mais vozes. Até então, na viagem ela havia passado por dois "episódios" debilitantes na Main Street, além de vários outros menos intensos aii no hotel, como se um houvesse um rádio escondido no quarto emitindo som de estática conforme o sinal variava entre duas estações.

Desde que aquele homem saiu de seu apartamento, aparentemente para nunca mais voltar, Ella teve tempo suficiente para refletir sobre a teoria bizarra que ele havia lhe contado para explicar esses sintomas.

"As vozes e as mensagens que você ouve não são alucinações auditivas São reais. São sinais eletrônicos. Antes de nascer, você foi geneticamente modificada para ser capaz de receber e, pelo menos em tese, detectar essas mensagens."

A ânsia por encontrar uma resposta para a condição debilitante a instigava a acreditar no sujeito, mas, quando colocava o pé no chão, era difícil levar a sério. *Geneticamente modificada antes de nascer?* Sem essa. Isso sequer era possível? Uma breve pesquisa no Google sugeriu a Ella que não, assim como exposição à radiação gama não transforma ninguém num brutamontes verde e uma picada de aranha não dá a ninguém a capacidade de formar teias com as próprias mãos. Claramente aquele sujeito, quem quer que fosse, estava tentando se aproveitar de suas fraquezas, dizendo algo que ela queria ouvir só para ganhar sua confiança, para atraí-la para as garras do "Grupo". E o fato é que ele havia tocado nos dois calcanhares de aquiles de Ella — sua sede de conhecimento sobre os pais e sua busca desesperada por uma cura para as dores de cabeça insuportáveis; um jeito de acabar com as vozes que balbuciavam dia e noite —, usando ambos com crueldade para tentar manipulá-la. Ella se perguntou se o sumiço dele era só mais uma das táticas de manipulação. Se sim, estava funcionando.

Mas por quê? Essa era a questão. O que ele queria dela? O que esperava ganhar?

Essas eram as perguntas que a assombravam noite após noite, além de querer descobrir como ele sabia tanta coisa sobre ela. Como ele sabia tanto de seus sintomas? Ela nunca havia falado com ninguém das vozes que a atormentavam, nenhuma alma viva sabia disso. Se seus pais tinham sofrido lavagem cerebral dessa tal seita, e se realmente eram geneticistas, então, mesmo que fosse bizarra, a explicação para o ruído branco parecia fazer sentido. *Geneticamente modificada.* Apesar de não ser reconfortante, pelo menos era uma resposta. Um ponto de partida, mesmo que resolvesse alguns problemas e apresentasse outros.

Já deitada na cama do hotel, Ella enfiou a mão no bolso e segurou o pen-drive. Ainda não havia olhado o conteúdo. A combinação de medo e insubordinação era um pouco mais forte que a curiosidade e continha seu ímpeto.

Ele quer que eu veja o que tem aqui, pensou Ella, *e esse é o exato motivo por que não devo fazer isso. Fazer o que ele quer, deixá-lo no comando. Isso seria dar o controle da situação a ele de mão beijada.*

O homem claramente a considerava ingênua. Uma pessoa suscetível, uma ovelha a ser guiada. Ella pretendia mostrar que estava redondamente enganado. Mas *como* fazer isso, se ele havia sumido? E se nunca mais voltasse e o pen-drive fosse a única pista para Ella descobrir a verdade sobre a própria condição?

Os dedos percorreram as ranhuras da superfície metálica, que já estava morna por causa do calor de sua mão e um pouquinho molhada por causa do suor. Por fim, Ella tirou o pen-drive do bolso, se levantou e o colocou na mesa, perto do computador. As vozes não tinham voltado — ainda. O silêncio era total, tanto no quarto quanto na cabeça. Por fim, trancou a porta.

Se eu conectar o pen-drive agora, ninguém vai saber que olhei o que tem nele. Ninguém além de mim.

Ele só vai me manipular se eu permitir.

Ella plugou o dispositivo no laptop e esperou algo aparecer na tela. Nada aconteceu.

Ella clicou em "arquivo" e procurou em "conteúdo". Não havia nada. O pen-drive estava totalmente vazio.

— Desgraçado! — exclamou. Para ele isso era uma piada? A raiva começou a crescer. Ela queria bater em alguma coisa, quebrar alguma coisa, *machucar* alguma coisa, de preferência, aquele homem.

Mas então algo estranho começou a acontecer na tela do laptop. Primeiro, ficou preta. Depois, piscou de volta, e neste momento a área de trabalho de Ella reapareceu, junto com seus arquivos e aplicativos bem organizados, que oscilavam na tela. Então, para assombro e depois horror de Ella, os aplicativos começaram a sumir de repente, um a um, diante de seus olhos.

O que está...?

Na parte de baixo do monitor surgiu um contador mostrando o espaço em disco "utilizado" diminuindo, no começo aos poucos: 225GB... 200GB... 160GB... Depois, muito rapidamente: 8GB... 1GB... 470MB.

O pen-drive estava formatando seu computador! O homem não estava lhe dando informações — estava roubando informações! Ella arrancou o pen-drive da porta USB, mas já era tarde demais. A tela ainda deu uma última piscada, como a derradeira respiração ofegante de um idoso, e por fim ficou preta.

Tremendo, furiosa consigo mesma diante da própria estupidez, Ella se sentou calada, olhando para o nada à sua frente. Mas foi então que, após alguns segundos, o computador emitiu um leve estalo, o mesmo ruído branco que ela ouvia dentro da cabeça, só que desta vez externo, real. Em seguida, um rosto apareceu. Era o rosto de um homem meio nas sombras; no começo, imóvel, um *frame* congelado de um vídeo antigo. Em seguida, outro estalo, então o rosto começou a se mexer saindo das sombras e a olhar para a câmera.

Ella se segurou na lateral da mesa. *Não, não pode ser.*

— Minha querida Ella. — William Praeger pigarreou e começou a falar. — Se você está assistindo a esse vídeo, então já sabe que deixei esse mundo. Não posso mais estar com você, e lamento muito por isso, minha querida.

— Pai!

Ella arfou, com dificuldade para respirar. Aquela voz! Ela não a ouvia fazia 22 anos. Na verdade, tinha se esquecido completamente dela — ou pelo menos era isso que pensava, até que voltou com tudo, como uma velha amiga, encantadora e inebriante, trazendo à tona um amor perdido, como um feitiço cruel, porém lindo. Instintivamente, Ella tocou a tela, como se, de alguma forma, os dedos pudessem conectá-la a ele, transportá-la para o passado. Mas é claro que não podiam.

— Você vai ser contatada por alguém do Grupo. E tenho certeza de que vai ficar confusa, talvez até com medo. Por favor, não fique.

Ele parecia tão jovem, no máximo trinta e poucos anos. Vestia uma camisa branca e usava um terço no pescoço. Tinha cabelo longo, estilo hippie ou surfista, e um bronzeado intenso. Nenhuma dessas características batia com as poucas lembranças que tinha do pai. Mas os trejeitos, os movimentos, o sorriso... tudo isso continuava igual. Ela assistia ao vídeo paralisada, prestando atenção total em cada palavra.

— Seu destino, assim como o de sua mãe e o meu, sempre esteve entrelaçado com o Grupo e o trabalho que ele realiza. O nosso trabalho. Sei que nesse momento talvez você não enxergue assim. Mas o fato é que esse destino é ao mesmo tempo um privilégio, talvez o maior privilégio que uma pessoa pode ter. Você nasceu para fazer o bem, Ella. Para fazer o bem de maneiras que outras pessoas talvez não compreendam. Não é um caminho fácil de seguir. O mal está espalhado por esse mundo, Ella, e esse mal tem um alcance e uma intensidade que a maioria das pessoas nem sequer imagina. Infelizmente, as poucas pessoas que podem vê-lo escolhem não agir. Elas fecham os olhos. Simplesmente torcem para o mal ir embora. Muitas vezes isso inclui nosso próprio governo.

Ella sentiu o estômago revirar. Amava o pai, e ao longo dos muitos anos de ausência passou a idolatrá-lo, como também idolatrava a mãe. Mas ali, naquela gravação, William Praeger parecia ter sofrido lavagem cerebral de uma seita, tal qual as pessoas que tinha visto na TV, falando sobre teorias da conspiração, governos corruptos e afirmando que só o "Grupo" compreendia a verdade.

— Ella, você é abençoada com dons únicos. Você é produto do amor, mas também da ciência. Seu cérebro pode funcionar de formas que nenhum outro pode. O Grupo vai lhe explicar tudo na hora certa. Nesse momento, não sabemos exatamente até onde esses dons vão levá-la ou qual o potencial deles. Mas sua mãe e eu sabemos que você vai usá-los para o bem. Acreditamos em você, Ella. Nós te amamos.

Lágrimas silenciosas escorreram pelo rosto de Ella. Tinha vontade de entrar na tela e abraçá-lo, beijá-lo... e depois gritar com ele, sacudi-lo até a cabeça dele doer tanto quanto a sua. Como pôde fazer isso com ela? Seu próprio pai! Aquilo que ele chamava de "dons" tinha condenado Ella a uma existência de infelicidade diária! A dores de cabeça, paranoia e uma solidão tão profunda que ele jamais conseguiria compreender. Como ele e sua mãe foram capazes de brincar de Deus com sua vida, tentar fazer aquela palhaçada genética experimental com a própria filha? Ou com qualquer outro ser humano inocente que fosse.

— Aja de acordo com seus princípios, minha querida — continuou William. — Acredite no Grupo e tente ser paciente. Acredite: você vai entender no futuro o que não entende agora. — Os olhos dele se encheram de lágrimas, e Ella percebeu o esforço que seu pai estava fazendo para conter a emoção. — Ella, acima de tudo, por favor, nunca esqueça que sua mãe e eu amamos você. Dê um beijo na sua avó por mim. Adeus, minha preciosa Ella Mae.

Ainda foi possível ouvir um chiado breve, até que, por fim, a tela ficou preta de vez.

— Não — sussurrou Ella. — Não, não, não, não, não! — O vídeo não podia ser só isso. Ele não havia falado nada da sua mãe. Onde ela estava? Por que não apareceu no vídeo?

Desesperada, colocou o pen-drive outra vez no laptop e tentou de tudo para reproduzir o vídeo novamente, para voltar do começo. Mas o arquivo não estava em lugar algum. Tinha sumido, desaparecido, como o homem tinha lhe dito que iria acontecer.

Nãããão! Ella se levantou e começou a puxar os cabelos numa frustração que beirava o pânico. Tinha que haver mais! Já era ruim o suficiente não haver cartas e cartões de aniversário escritos pela mãe na caixa de Mimi. Mas por que ela não aparecia no vídeo? Por que não estava ali, na tela, sentada ao lado de seu pai, dando as próprias explicações, dando o próprio adeus? Será que Rachel Praeger não se importava nem um pouco com a filha? Será que Ella não passava de um experimento, de uma oferenda a ser sacrificada ao todo-poderoso "Grupo"?

Ella estava começando a odiar esse Grupo. *Quem* eram eles para bagunçar com a vida das pessoas, separar pais de filhos e voltar anos depois "alegando" que essas crianças, na verdade, pertenciam a eles?

Ella fechou o laptop com força e o atirou na cama com fúria. Era inútil, estava arruinado, o HD irremediavelmente corrompido. *Igual à minha vida*, refletiu com amargura. Ficou andando de um lado para o outro no quarto, como um animal enjaulado, exausta, mas ao mesmo tempo cheia de uma energia incansável. Tinha uma necessidade avassaladora de saber, de entender. Por outro lado, parecia que, quanto mais sabia, mais informações instigantes entravam a conta-gotas em sua vida, mais a incerteza e a curiosidade a tiravam do sério. Será que ela era uma pessoa de verdade, um ser humano com alma e identidade próprias? Ela era filha de seus pais ou não passava de um projeto científico? A cada golpe que levava, sentia a autoestima ruir. Mas, como se fosse um vício, a necessidade de entender a fazia seguir em frente, mesmo sabendo que essa necessidade poderia destruí-la.

Poder ver e ouvir o pai foi uma alegria extraordinária, mas, ao mesmo tempo, uma tortura angustiante. Por causa de todas as coisas que ele não disse. Porque ele estava ali, mas um segundo depois tinha sumido. E porque ele não se desculpou.

Ele devia desculpas por muitas coisas, mas, acima de tudo, por nunca ter voltado.

Ella abriu a água da banheira na temperatura mais quente que podia aguentar e entrou. Ficou vendo a pele ficar vermelha como uma lagosta, torcendo para que a sensação desagradável da pele queimando afogasse a angústia. Não deu certo.

Você tem duas escolhas, disse a si mesma, o vapor subindo e a envolvendo numa nuvem densa e inebriante. *Você pode afundar. Ou pode nadar.*

Você pode controlar a própria vida. Ou pode ser controlada.

O vídeo a que Ella havia acabado de assistir confirmava a história que o homem lhe contara sobre suas origens científicas. Seus pais de fato *tentaram* programá-la como um computador. Assim, ela poderia ser útil para o "Grupo". *Sério, nem George Orwell poderia ter inventado uma dessas.* Os pais de Ella acreditavam que tinham o direito de controlar não só a mente e o corpo, como também todas as futuras decisões da filha. Seu "destino", como o próprio pai havia colocado. Claramente os Praegers tinham sofrido lavagem cerebral do "Grupo". E agora, de dentro do túmulo, queriam enviar Ella para sofrer lavagem cerebral também.

Não. Sem chance.

Ella já havia resistido à ideia de "destino" de sua avó — uma vida de isolamento e devoção cristã no rancho, afastada do restante do mundo. Foi difícil se desligar dessa vida, mas Ella conseguiu. E era capaz de repetir a dose.

Tudo bem, então o cérebro de Ella tinha sido alterado. Isso era um problema. Mas um problema que ela podia resolver por conta própria, sem a ajuda da própria seita que a havia prejudicado. Ainda era possível ter uma vida normal, se fizesse essa escolha. O tipo de vida que Bob levava, na cidade, com trabalho, família e amigos. Ela era capaz de fazer isso. Bob podia ensiná-la.

O problema... eram as vozes, as dores de cabeça, os enjoos, o falatório interminável que jamais cessaria. No fim, essas coisas acabariam por enlouquecê-la. Como ela imaginava ter qualquer esperança de manter um emprego, ou um relacionamento, quando a qualquer momento emaranhados ensurdecedores de sons e dores podiam atacá-la e deixá-la literalmente de joelhos?

Era preciso aprender a controlar as vozes. A subjugar o "dom" indesejado que seus pais tinham lhe dado. Porque, do contrário, nenhuma vida que escolhesse levar valeria a pena.

Ella saiu da banheira pingando, deitou-se na cama e deixou o ar fresco do quarto sugar o calor do seu corpo.

Como quer que se sentisse em relação àquele homem — por mais que o odiasse profundamente naquele instante —, ele era a chave para seu futuro. Não porque lhe devesse qualquer coisa, ou aos seus pais, ou ao Grupo idiota deles. Mas porque talvez, só talvez, ele pudesse ensiná-la a dominar as vozes em sua cabeça. Ou pelo menos apresentá-la a pessoas capazes disso. E talvez, só talvez, se *essas* vozes se calassem, ela poderia ter uma chance de aprender a interpretar as vozes reais ao seu redor, a entender os sinais das pessoas, a se encaixar.

— Cadê você? — gritou Ella em voz alta. — Cadê você, seu filho da puta?

— Feche os olhos.

Ella se virou, pegou o tapete ao pé da cama e cobriu o corpo nu às pressas. A voz do homem era tão nítida que, no começo, parecia que ele estava no quarto do hotel. Ela passou os olhos pelo espaço, percorrendo rapidamente todos os cantos da suíte, mas não havia ninguém ali.

— Você vai me ouvir melhor de olhos fechados — repetiu o homem.

Só então Ella percebeu, com peso no coração, que a voz dele na verdade vinha de dentro de sua cabeça. Mas, ao contrário de todas as outras, a dele soava nítida, como uma ligação numa linha perfeita, sem chiado.

Ele está transmitindo para mim?

Mesmo não querendo, ela ficou fascinada. Como diabos ele era capaz de...?

— Não tente responder — instruiu ele. — Não vai funcionar. Você pode receber, mas não transmitir. Só escute.

Perfeito, pensou Ella, com rancor. *Então você está no controle. De novo.*

— Fico feliz que tenha assistido ao vídeo — continuou o homem. — Imagino que tenha perguntas.

Só algumas.

— Você terá a chance de fazê-las no treinamento. Começa amanhã nas instalações ao norte do estado. Estão esperando por você.

Claro que estão.

— Pegue alguma coisa para escrever. A informação que vou lhe dar agora é importante. Não a compartilhe com ninguém.

Talvez fosse uma bênção o fato de Ella não poder responder, pois o tom ditatorial do sujeito estava começando a tirá-la do sério. Depois de cerca de vinte segundos de silêncio, ele deu algumas coordenadas geográficas e repetiu duas vezes. Ella anotou. Eram só números, nada mais. Em seguida, ele disse "tchau" bruscamente e sua voz sumiu, tão repentinamente quanto havia aparecido.

Sentindo-se só um pouco menos agitada que antes, Ella se enfiou debaixo da coberta.

No dia seguinte, conheceria aquele tal "Grupo" pessoalmente. Não tinha intenção de se juntar a eles. De sofrer lavagem cerebral e ser corrompida, como seus pais tinham sido. E certamente não aceitaria fazer nenhuma "missão" para aquele monte de lunáticos. Em vez disso, viraria o jogo. Pegaria tudo de que *ela* precisava, do jeito que *ela* quisesse. Faria com que a ensinassem a controlar e até desligar as "transmissões" que tornavam sua vida insuportável. Faria com que a ensinassem a desativar o "dom". Além disso, extrairia mais informações sobre os pais, em especial sobre a mãe. Depois de todo o estrago que havia causado, o mínimo que essa seita poderia fazer era preencher as lacunas. Quando estivesse satisfeita, iria embora, livre das dores de cabeça, livre de sua avó, livre das expectativas dos pais, livre de tudo. Iria começar a construir a vida normal e feliz que tanto queria. A vida que merecia.

Pela primeira vez desde o velório de Mimi, Ella dormiu quase imediatamente, um sono profundo e feliz.

CAPÍTULO SEIS

Daphne Alexandris se virou para o marido, Stavros, e perguntou:
— Ouviu esse barulho?
— Que barulho? — respondeu Stavros, tirando os olhos do iPad e encarando a mulher.
— Esses... tinidos. Olha aí de novo!

Os Alexandris estavam sentados frente a frente no salão de recepção de sua mansão colonial em Putre, Chile. Um amigo de Stavros tinha lhe vendido a propriedade por uma pechincha na época em que Stavros estava em alta como ministro do Interior da Grécia e braço direito do presidente Dimitri Mantzaris. Em troca, Stavros havia autorizado a construção de conjuntos habitacionais numa área pobre de Atenas, prédios esses que talvez sim, talvez não, estivessem de acordo com as leis de prevenção de incêndio da Grécia. De qualquer modo, a casa em Putre era um oásis de calmaria e paz, um lugar onde Stavros e sua mulher podiam fugir da pressão da política grega — ou de qualquer outra coisa de que precisassem fugir. Afastada do antigo *pueblo* do belo vilarejo montanhoso, com os picos do vulcão Taapaca se erguendo como divindades benevolentes nos fundos, a mansão era, ao mesmo tempo, luxuosa e extremamente confortável, mobiliada com um conjunto inestimável de móveis antigos sul-americanos. Era possível viver como um rei no Chile com recursos razoavelmente modestos, e os recursos dos Alexandris estavam longe de ser modestos. Claro que uma boa segurança era essencial. Mas felizmente também podiam pagar por isso.

— Provavelmente são só raposas ou gambás — disse Stavros, bocejando. Estava tarde, e, com mais uma boa dose de conhaque, iria para a cama. — Revirando o lixo. Vou mandar Juanita dar um jeito neles.

Stavros esticou o braço esquerdo e balançou o sininho de prata na mesa ao seu lado como um lorde vitoriano. E, de fato, a governanta apareceu tal qual um gênio da lâmpada sendo invocado.

— Vá ver o que está causando essa bagunça ali fora, por favor, Juanita. O barulho está incomodando a *señora* Alexandris.

— Não sei como você consegue ficar tão calmo, Stavros — comentou Daphne Alexandris em tom de crítica, o pescoço fino tão tensionado que os tendões saltavam por baixo da pele enrugada de 60 anos. — E se não forem raposas? E se for *ela*? Ninguém próximo a Mantzaris está seguro. Você mesmo disse. É por isso que estamos aqui, não?

Stavros foi até Daphne e pousou a mão magrela no ombro da esposa.

— Estamos aqui porque *é* seguro, minha querida — lembrou ele. — Os negócios de Athena, isso se ela *realmente* estiver viva, são na Grécia. Acredite em mim: o Chile não vai sequer estar no radar dela. Ela não desperdiçaria recursos para mandar alguém subir até aqui, no topo do mundo, só para encontrar gente como nós.

Dando as costas para a mulher, Stavros foi até o bar e se serviu de uma grande dose de Frapin Extra Grande Champagne Cognac.

— Mais uma dose, Daphne? Para acalmar os nervos antes de dormir — perguntou ele, servindo um segundo copo. — Daphne? Você abriu a janela? Está muito...

Quando Stavros se virou para Daphne, ficou petrificado e deixou os dois copos caírem no chão, estilhaçando-se em milhares de cacos pelo tapete persa. Sua mulher estava sentada exatamente no mesmo lugar, perfeitamente parada, os olhos arregalados. Só que agora havia um buraco no meio de sua testa. O caixilho da janela atrás dela estava aberto, as cortinas de renda esvoaçando à brisa noturna.

Um terror lento e frio se apoderou de Stavros, paralisando-o.

Stavros não tinha ouvido nada. *Nada!* Nem um tiro. Nem uma respiração. Nem um som.

De repente, pontos pretos começaram a flutuar diante de seus olhos. *Por quê? Por que Daphne? Por que não ele? Certamente era ele que ela queria. Aquela maldita! A bruxa de Dimitri...*

Ele passou os olhos pelo cômodo vazio e pela escuridão além da janela, com pânico estampado no olhar.

Em seguida, como um animal sendo caçado, deu meia-volta e saiu correndo.

— Podemos?

Ella ergueu a cabeça e olhou outra vez para os portões de madeira de meio metro de espessura à sua frente. Localizados no meio de uma cerca de arame farpado, tinham o dobro de sua altura e pareceriam enormes em qualquer outro lugar. Mas ali, nas entranhas da floresta da Califórnia, apequenados entre sequoias que se erguiam como um batalhão de gigantes anciões, os portões pareciam quase comicamente pequenos, como o portão de um forte infantil.

A viagem até ali havia sido longa e bizarra. Foram seis horas de carro do hotel de Ella até as coordenadas que o homem tinha lhe dado na noite anterior. Isso se o que ela ouviu antes de se deitar fosse *de fato* o homem tentando contatá-la, e não um sinal de que havia finalmente enlouquecido e precisava se internar num sanatório o quanto antes, quer gostasse ou não.

Segundo o GPS, ela precisava pegar uma estrada estreita e sinuosa que subia mais e mais as colinas. A paisagem era de tirar o fôlego. Mais selvagem e irregular que os pastos uniformes do rancho da avó, mas igualmente linda, aquela parte do estado parecia criada por algum escritor de fantasia tolkieniana, com pinheiros, rochas, cervos, ursos e um céu azul deslumbrante que parecia se estender ao infinito. Vendo águias planando no céu e cascatas descendo por rochas ao lado da estrada, algumas tão próximas que dava para abrir a janela do carona, esticar o braço e quase tocá-las, Ella esquecia tudo o que vinha acontecendo enquanto se perdia na natureza majestosa ao redor. A visão rígida que a avó tinha da religião nunca a atraiu, nunca pareceu real. Mas lugares como aquele — a paz, a beleza — a faziam querer acreditar em Deus, ou pelo menos em algum ser superior, em algo maior e mais importante. Algo em que fosse capaz de acreditar.

A tranquilidade foi interrompida pela parte seguinte da viagem. Ao chegar às coordenadas indicadas pelo homem, Ella foi recebida por uma jovem chamada Agnes, que a guiou por uma caminhada num terreno íngreme e escarpado, cheio de rochas soltas. Depois, insistiu em que usasse uma venda no banco de trás de um Range Rover Velar que parecia caro para pegar uma estrada acidentada e tortuosa pelo meio da floresta durante quarenta minutos. Confusa e exausta, Ella estava prestes a exigir voltar para casa. Mas, depois de oito horas cansativas de viagem, precisava ir até o fim.

A propriedade que Ella viu de relance parecia mais um hotel bem-cuidado que a prisão sugerida pelos portões de entrada. Pequenos bangalôs brancos se espalhavam por gramados bem aparados, e refletores de jardim destacavam canteiros de flores bem-cuidadas e caminhos de tijolos charmosos que serpenteavam pelo terreno. Aqui e ali, carrinhos de golfe estacionados, alguns cheios de sacos do que pareciam ser roupas sujas, faziam Ella ter ainda mais a impressão de estar entrando num resort de luxo, e não talvez arriscando a vida se colocando à mercê de uma seita obscura e secreta.

— Lindo, não é? — comentou Agnes, ao perceber a surpresa da passageira. — O programa de treinamento é bastante pesado, por isso o Sr. Redmayne acredita que é importante que os membros estejam num ambiente agradável no fim do dia. Não é luxuoso, mas é relaxante.

Ella escutou com atenção. Perguntou-se se o homem que a visitara era o tal "Sr. Redmayne" e, se fosse o caso, quando ele apareceria ali pessoalmente.

— As acomodações são divididas por sexo — continuou Agnes. — Você vai ficar na ala feminina, claro. Opa, calma aí!

Ela pisou fundo no freio. Um grupo de mulheres desgrenhadas e exaustas apareceu cambaleando à frente na estrada. Usavam farda camuflada, a maioria imunda, o cabelo embaraçado e o rosto sujo de lama. Além de tudo, estavam muito magras. No momento em que Agnes freou, uma delas se virou e encarou Ella antes de cair de joelhos e vomitar violentamente. Como era de esperar, a cena arruinou a *vibe* "resort de luxo".

— Ai, meu Deus! — Ella levou a mão à maçaneta da porta.

Agnes esticou o braço para impedi-la e perguntou:

— O que você está fazendo?

— Eu vou ajudar a moça, óbvio. Não viu o que acabou de acontecer?

— Ela está treinando — disse Agnes, como se isso explicasse tudo. — E, além disso, está com a própria unidade.

— Treinando para o quê? Para o Armagedom? — perguntou Ella, ao ver outra mulher cambaleando enquanto uma companheira de equipe caía de costas no asfalto, aparentemente desmaiada. — E a "unidade" dela acabou de largá-la aqui.

Com um mau pressentimento cada vez maior, Ella esperou chegarem ao check-in, ao local de cadastro ou qualquer que fosse o lugar aonde estavam indo. Mas, em vez disso, algumas centenas de metros à frente, Agnes parou diante de um dos bangalôs e, com um gesto, pediu a Ella que descesse do carro.

— Aqui é sua acomodação — avisou Agnes, saindo do carro e pegando a mochila de Ella na mala do automóvel.

— Ok... — disse Ella, hesitante.

— Algo errado?

— Não, é só que... não preciso fazer check-in? Avisar a alguém que estou aqui?

Agnes gargalhou.

— Ah, Ella! Todo mundo sabe que você está aqui, minha querida. Onde mais estaria? Todos nós estávamos esperando você.

Ella tentou não pensar em Bob avisando que poderia estar se metendo numa seita suicida. Onde quer que estivesse, agora era tarde demais.

Você está aqui por escolha própria, pensou, tentando se doutrinar. *Não por eles. Por si mesma. Para obter o que VOCÊ precisa. Para recuperar a SUA vida.*

Depois você dá o fora.

— O jantar comunitário é daqui a uma hora — avisou Agnes, animada.

Ella refletiu e concluiu que as pobres mulheres que tinha acabado de ver pareciam não comer havia semanas, em comunidade ou não, mas guardou esse pensamento para si.

— Se precisar de alguma coisa até lá, sua colega de quarto vai ajudar. — Agnes entregou a mochila a Ella e voltou para o banco do motorista. — Bem-vinda ao Acampamento Esperança! — exclamou alegremente e partiu de carro.

Hesitante, Ella abriu a porta do bangalô.

— Olá?

Foi recebida por um gritinho estridente, um cheiro forte de perfume e uma visão um tanto constrangedora de uma mulher loira rechonchuda numa blusa rosa colada no corpo saltitando em sua direção como um cachorrinho. Essa garota certamente não havia passado fome. Pelo contrário, parecia ter comido a refeição das outras mulheres, e cada grama havia ido direto para os seios enormes.

— Ai, meu *Deus*. Você está aqui! Finalmente. Não acredito, ai, meu Deus, ai, meu Deus, ai, meu *Deus*!

A loira parecia ter mais ou menos a idade de Ella, embora tivesse um jeitão de adolescente, das boas-vindas escandalosas às roupas chamativas. O quarto era dividido em dois, cada metade com uma cama de solteiro e uma pia. Enquanto o lado de Ella estava vazio, a garota havia transformado o dela num mar cor-de-rosa, com direito a travesseiros macios de arco-íris e roupa de cama da Hello Kitty. Pelo menos no quesito decoração, parecia menos o quarto de uma espiã e mais o de uma estudante pré-adolescente japonesa.

— Você deve ser a Ella.

— Isso mesmo.

— Meu nome é Christine. Christine Marshall. Muuuuuuito prazer em te conhecer.

Christine puxou Ella para um abraço apertado e deu outro gritinho, só um pouco mais baixo que o anterior.

Ella se soltou do abraço empolgado de Christine e, cansada, colocou sua bagagem na cama.

— Você deve estar exausta — disse Christine gentilmente, dando um passo atrás. Aonde quer que fosse, uma aura de perfume a seguia como um miasma. — Bem, eu fiquei quando cheguei aqui. Se tiver alguma pergunta, qualquer pergunta, pode mandar.

Ella queria fazer várias perguntas, mas eram para o homem, não para aquela Barbie humana.

— Estou procurando uma pessoa — disse Ella, descrevendo o sujeito o melhor que podia. Sarado. Cabelo preto. Maxilar forte. Bem-vestido. Conforme falava, Ella se deu conta de como sua definição era vaga e genérica. — Foi a pessoa que me recrutou, e preciso muito, muito falar com ele. Hoje à noite, se possível. Você o conhece?

Christine pareceu desanimada.

— Acho que não. Desculpe. Mas, pela sua descrição, gostaria de conhecer. Olha, se ele estiver no acampamento, vai comparecer ao jantar comunitário. Todo mundo vai ao jantar comunitário.

— Todo mundo? — Ella mencionou o grupo de mulheres pelo qual havia passado ao atravessar o acampamento de carro pouco antes, comentando que elas pareciam famintas.

— Ah, sim, provavelmente eram agentes de operação — respondeu Christine, que, assim como Agnes, parecia convencida de que, de alguma forma, se eram agentes, estava tudo bem. — Disciplina e abnegação fazem parte do programa.

Neste instante, um sujeito muito gordo de barba desgrenhada e cabelo comprido caindo pelos dois lados de uma careca prematura entrou de repente na casa com um olhar quase louco de tão empolgado.

— Ah, então você finalmente está aqui, não é? — disse, encarando Ella.

— Conheço você? — perguntou Ella, com cara de desconfiada.

— Ainda não. — Ele abriu ainda mais o sorriso. — Mas eu conheço você. Todo mundo conhece. Você é uma celebridade por aqui, Srta. Praeger. Meu nome é Jackson. — Ele ofereceu a mão, que mais parecia uma pata de urso. — Sou amigo da Chrissie.

— Ele mais enche meu saco do que é meu amigo, isso sim — corrigiu Christine, embora tenha falado com afetuosidade. — Jackson se acha mais importante que o resto de nós porque trabalha com sistemas e é um gênio.

— Ela só está de palhaçada porque quer o meu corpinho e sabe que não vai conseguir — disse Jackson a Ella, impassível.

A princípio Ella hesitou, mas depois deu risada e disse:

— Olha, não sei o que vocês ouviram, mas não faço parte do Grupo de vocês. Só vim aqui por causa de um homem que apareceu no velório da minha avó. Ele disse que tinha informações sobre meus pais e... outras coisas. Talvez já tenham ouvido falar deles: William e Rachel Praeger. Entraram para o Grupo décadas atrás, antes de eu nascer.

Jackson e Christine trocaram olhares.

— Desculpe, não conheço o nome deles — comentou Jackson. — Mas já ouvimos falar de *você*. Que tem habilidades especiais que podem ser fundamentais para o nosso trabalho.

— E que é superimportante fazer você se sentir à vontade aqui — acrescentou Christine, abrindo o jogo.

— Bom, então... bem-vinda — disse Jackson.

— Obrigada — agradeceu Ella. — Mas vocês nunca ouviram falar da minha mãe e do meu pai?

Tanto Jackson quanto Christine balançaram a cabeça.

— Talvez *você* saiba quem foi o homem que me recrutou — disse Ella, olhando para Jackson e descrevendo o sujeito novamente. — Christine disse que não o conhece.

— Sinto muito. Também não me soa familiar — respondeu Jackson, como quem pede desculpas.

Ninguém parecia saber nada além do fato de que ela era "importante", "aguardada" e "diferente", como uma espécie de unicórnio mágico do qual já tinham ouvido falar e que milagrosamente havia acabado de aparecer.

Eu sou tipo um messias de uma religião que não compreendo e da qual nunca tinha ouvido falar, pensou. Uma mistura de cansaço e raiva tomou conta de Ella.

— Sinto muito. — Ella se levantou abruptamente. — Acho que cometi um erro. Eu não devia ter vindo. Preciso ir embora.

— Ir embora? — Christine parecia chocada. — Mas você não pode *ir embora*. Você literalmente acabou de chegar.

— Sinto muito — repetiu para Christine e Jackson. — Boa sorte com tudo. Prazer em conhecer vocês dois.

Ella pegou a mochila e saiu da casa sem olhar para trás. Tinha sido um dia longo e exaustivo, e, ao chegar ali depois da noite anterior, estava com as esperanças nas alturas. Mas foi tudo em vão. O homem usara de má-fé para iludi-la. Ela acreditava que ninguém no acampamento conhecia seus pais. O homem a havia conduzido para seu grupo de desajustados e esquisitões, como um bom garotinho que havia sofrido lavagem cerebral, depois sumiu. De novo.

Jackson parecia um sujeito simpático, e talvez Christine também fosse legal com aquele jeito animado e risonho dela. Mas era um "legal" cuidadosamente calculado. Legal como alguém de uma seita seria, como quem diz "seja paciente, e tudo vai ser revelado", com o intuito de sugar Ella para a causa do "Grupo", qualquer que fosse, sem responder a nenhuma de suas perguntas.

Ela marchou até o labirinto sinuoso de caminhos rumo ao portão de entrada. Passou por poucas pessoas no caminho, algumas das quais olharam de relance para ela com curiosidade, embora ninguém tenha intervindo. Todo mundo claramente estava indo para o jantar comunitário. Quando enfim chegou ao portão e se aproximou dos dois homens em guarda, sentia o coração bater forte.

— Preciso ir embora — disse, sem rodeios. — Agora.

— Embora? — perguntou o primeiro homem, parecendo confuso.

— Isso mesmo — respondeu Ella com firmeza, embora por dentro o pânico estivesse cada vez mais intenso. E se não a deixassem ir embora? E se tentassem mantê-la prisioneira ali?

— Tem certeza? — perguntou o segundo homem, fazendo a ansiedade de Ella aumentar ainda mais. — Está muito tarde. Para onde você vai?

— Só abra os portões logo — exigiu Ella.

Ele hesitou.

— Abra!

Para sua surpresa e alívio, o homem deu de ombros e obedeceu, pressionando um botão que fez os portões do acampamento se abrirem. Lá fora, mais além do brilho suave dos holofotes do acampamento, a floresta escura se estendia infinitamente diante de seus olhos. Ella hesitou. *Para onde eu vou?*, perguntou-se. De repente, se deu conta de que não fazia ideia de onde seu carro estava; além disso, Agnes deve ter dirigido por alguns quilômetros desde onde ela deixou o automóvel. Havia ursos e pumas lá fora, e sabe Deus mais o quê. Seu telefone estava sem bateria e ela estava desarmada. Será que era melhor dar meia-volta e esperar até a manhã seguinte?

— Já está nos abandonando, Ella?

Ella deu meia-volta. A voz do homem ressoou em sua cabeça nitidamente, como se ela estivesse vendo TV ou ouvindo rádio no quarto. Como sempre, ele parecia extremamente calmo e despreocupado. Quase se divertindo. Era irritante.

— *Cadê* você? — A voz exasperada de Ella ressoou por entre as árvores. Devia haver uma câmera em algum lugar lá em cima, escondida na copa de alguma árvore, mas sem luz não dava para ver. — Me responda!

— Não precisa gritar. Você tem total liberdade para ir embora a qualquer momento — continuou ele, falando lenta e pacientemente num tom arrogante, como se Ella fosse a louca, não ele. — Isso aqui não é uma prisão.

— Mas parece — gritou Ella para a escuridão, ciente de que qualquer um que estivesse escutando a acharia totalmente louca por ter uma discussão com um amigo imaginário. — Todo mundo ali dentro sofreu lavagem cerebral.

— Não seja tão dramática.

Então do lado de fora também havia dispositivos de vigilância? Só podia ter, porque, do contrário, como ele podia estar ouvindo o que ela dizia?

— Como você está fazendo isso? Como está falando comigo? Transmitindo para mim...?

— Seja paciente. As respostas que procura estão todas aqui, Ella. Eu garanto. Sobre seus pais. Seu passado. Seu futuro.

— Não — retrucou Ella. — Não estão. Ninguém sabe de nada.

Um longo suspiro.

— Eles sabem, sim. Confie em mim.

— Por que deveria? — perguntou Ella, furiosa. — Por que eu deveria confiar, se você não me diz quem é ou onde está? Se não me dá nenhuma informação? E, se você realmente tem as respostas, por que não me conta tudo logo agora? O que está esperando? Que eu também sofra lavagem cerebral? Porque eu já adianto logo: isso não vai acontecer.

Houve um instante de silêncio. Silêncio total. Ella se perguntou se o homem tinha ido embora, "desconectado" a linha direta que parecia ligada à sua mente, à sua psique. Mas então ele voltou a falar, num tom mais gentil agora.

— Fique aqui essa noite — disse o homem, mais como sugestão que como ordem. — A floresta não é segura, e você precisa dormir.

Isso, pelo menos, era verdade, por mais que ela quisesse negar.

— Alguém vai lhe dar instruções básicas amanhã ao fim do dia. Se quiser ir embora depois dessa reunião, eu mesmo ajudo você a chegar em casa em segurança.

Em silêncio e exausta, Ella assentiu. Sem dizer uma palavra, desceu a colina de volta para o bangalô, sendo observada pelos dois guardas, que pareciam confusos.

Ela não confiava no homem. Nem um pouco. *Mas também não confiava nos ursos.*

Amanhã.

Ela iria embora amanhã.

Um dia no Acampamento Esperança não iria matá-la.

CAPÍTULO SETE

Eles estão tentando me matar. Estão literalmente tentando me matar.

Ella se ajoelhou, incapaz de dar mais um passo sequer. Seus pulmões estavam agonizando. Depois de uma corrida de doze quilômetros debaixo de um castigante sol de meio-dia, a sensação era de ter respirado um saco cheio de lâminas de barbear. A pele ardia, as bolhas nos pés gritavam, e uma náusea terrível subiu do fundo do estômago (vazio) direto pela garganta ressecada. Fuzileiros navais coisa nenhuma. O treinamento físico "introdutório" do primeiro dia do Acampamento Esperança claramente havia sido projetado por um torturador experiente, possivelmente escolhido a dedo pelo Grupo e resgatado de uma prisão da Malásia.

— Tudo bem, senhoras. Um minuto de pausa para beber água, e depois vocês vão voltar para a recuperação ativa. Isso significa uma corrida leve de volta para a base. Nada de andar.

O gigante que estava de roupa de ginástica no dia anterior sorriu para Ella e para as outras duas jovens jogadas no chão ao lado dela, como se estivesse lhes fazendo um favor. Aparentemente, ele havia abandonado a equipe de esqueletos do dia anterior para iniciar Ella e as outras novas recrutas nos prazeres do treinamento de operações especiais, experiência que Ella certamente *jamais* repetiria. E o mais incrível foi que, ao ouvi-lo, as outras duas garotas sorriram, recebendo um olhar fulminante de

Ella. Aquelas tietes da seita que sofreram lavagem cerebral eram demais para ela. Ao perceber que as garotas ficaram intimidadas pelo seu olhar de raiva, Ella não deu a mínima.

Correndo de volta pela floresta, Ella se sentiu cada vez mais frustrada, embora a agonia nos pulmões estivesse começando a diminuir. O homem não havia entrado em contato ao longo do dia para dar as tais informações que deveria receber nem para mais nada. As vozes na sua cabeça estavam em silêncio total. Ela não estava de relógio, mas imaginava que já eram pelo menos três da tarde, a julgar pela posição do sol e pelas longas e exaustivas horas de treinamento. Estava louca para dizer onde o gigante de uniforme da Adidas podia enfiar aquelas ordens que gritava, mas, depois de chegar tão longe, não queria estragar tudo e comprometer o encontro e a explicação que o homem tinha prometido. Agora, porém, começava a achar que ele estava apenas tentando enrolá-la outra vez, colocando cenouras na frente dela sem a menor intenção de lhe entregar.

De volta ao acampamento, Ella parou por um instante para recuperar o fôlego antes de seguir pelo caminho que Christine havia indicado que levava à sede administrativa.

— Praeger! — gritou o gigante. — Aonde pensa que vai? Os chuveiros ficam do outro lado.

A única resposta de Ella foi um sucinto dedo do meio erguido acima da cabeça enquanto andava, fazendo as colegas de treinamento darem um suspiro audível, chocadas. Poucos minutos depois, Ella abriu a porta da sede com tanta violência que quase a arrancou das dobradiças, chegou à recepção como um touro furioso, suando e ofegando, olhou para o jovem do outro lado da mesa e soltou:

— Exijo ver quem quer que esteja no comando dessa espelunca. Imediatamente.

O jovem nem sequer pestanejou.

— Claro, Srta. Praeger. — Ele sorriu. — A Sra. MacAvoy estava à sua espera. Aceita um copo de água ou prefere ir direto até lá?

Desconcertada pela reação educada do rapaz, Ella hesitou. Antes de conseguir responder, a porta de vidro atrás da recepção se abriu, e uma mulher bonita e bem-vestida de cinquenta e poucos anos surgiu de dentro da sala.

— Ah, Ella. Imaginei que fosse você mesma. Meu nome é Katherine MacAvoy. Sou supervisora do Acampamento Esperança. — A mulher esticou o braço e apertou a mão de Ella com entusiasmo. — Entre, por favor.

O interior do escritório era claro e limpo, com muito branco, móveis modernos e detalhes em cromo. Uma enorme janela panorâmica dava vista para sequoias e campos mais distantes. Também havia quadros com fotos de cascatas e paisagens outonais pendurados nas paredes. A mesa de Katherine MacAvoy tinha poucos objetos além de um MacBook Air aberto, um iPhone carregando e uma pasta bege com o nome de Ella digitado na frente.

— Por gentileza. — Katherine se sentou à mesa e, com um gesto, pediu a Ella que ocupasse a cadeira à sua frente. — Você deve estar exausta. Eu me lembro do meu primeiro dia de treinamento. Não é moleza, né?

Katherine sorriu, mas Ella não retribuiu. Sem chance de cair no charme daquela gente.

— Não estou interessada no treinamento de vocês. Não sou membro do seu Grupo idiota, certo? Eu vim aqui para descobrir mais informações sobre meus pais, William e Rachel Praeger, e sobre o que eles podem ou não ter feito com o meu cérebro. Essa é, literalmente, a única razão para eu estar sentada aqui agora. Porque me prometeram respostas. Não porque estou caindo na conversa de vocês, nem na sua.

Katherine MacAvoy assentiu calmamente.

— Entendo.

— Não entende, não! — soltou Ella, de repente. — Como poderia entender?

— Você está agitada — disse a mulher mais velha, com gentileza. — Por que não...

— O homem que entrou em contato comigo, que foi ao velório da minha avó e me falou desse lugar... ele disse que minha mãe e meu pai faziam parte da sua organização. Me mostrou um arquivo de vídeo do meu pai, e esse vídeo parecia confirmar a história. Também me disse que meus pais eram cientistas e que tinham... — Ela procurou a palavra correta. — ... *editado* partes do meu cérebro.

— Isso mesmo. — A mulher mais velha assentiu.

— Eu cresci acreditando que minha mãe e meu pai morreram num acidente de carro em 1998. Isso está correto?

Katherine MacAvoy retribuiu o olhar hostil de Ella com uma expressão firme.

— Não está correto. Mas imagino que o homem com quem conversou já tenha lhe explicado isso, certo?

— Ele disse que meus pais foram assassinados.

Katherine pigarreou e disse:

— Infelizmente é verdade, Ella.

— Bem, vai me desculpar se eu não acreditar na sua palavra — sibilou Ella, com uma fúria impotente feito uma cobra presa numa armadilha. — Eu quero provas.

— Entendo. Bem...

— Também quero provas de que foram meus pais mesmo, e não vocês, que mexeram no meu cérebro para eu ouvir essas malditas... *coisas. O tempo todo!* — Ella bateu os punhos nas têmporas. Era como se anos de raiva, medo e frustração reprimidos estivessem prestes a irromper. Como se seu crânio estivesse prestes a literalmente explodir, feito uma granada. — Porque ele também disse isso, aquele homem. E disse que, se eu viesse para cá, me ajudaria, mas não me ajudou, e ele prometeu outra vez ontem à noite, mandando malditas mensagens de áudio direto para o meu cérebro como se tivesse direito a acessar a minha cabeça, *o que ele não tem*, e estou achando que tudo não passa de papo furado!

Ela deu um soco na mesa, fazendo a pasta bege deslizar pela superfície de madeira polida. Ao ver o próprio nome na capa, Ella pegou a pasta.

— Então isso aqui é para mim, certo? — perguntou ela em tom de exigência, ainda furiosa.

— É — respondeu Katherine MacAvoy, com uma calma que não titubeava em momento algum.

— E aqui tem provas?

— Não. A "prova" que está procurando não existe, Ella. Mas o que Gabriel lhe disse é a verdade.

Gabriel? De alguma forma, Ella não imaginava que esse fosse o nome do sujeito.

— Essa pasta — Katherine deu um tapinha na pasta bege — contém um documento sobre nós e sobre nosso trabalho, além de algumas informações preliminares sobre sua primeira missão. Espero que responda a algumas das suas perguntas iniciais. Mas talvez você deva ler primeiro para podermos continuar, não acha?

— Não. — Ella se levantou, balançando a cabeça. — Chega. Isso acaba aqui. Esse sujeito... *Gabriel*... me disse ontem à noite que, se eu não ficasse satisfeita depois da minha reunião hoje, poderia ir embora, e ele me ajudaria a voltar para São Francisco. Então, estou indo embora. Agora mesmo.

Katherine MacAvoy observou o rosto de Ella. Não havia arrependimento ali, nem hesitação. Apenas uma combinação muito perigosa de repulsa e determinação. *Se ela for embora agora, nós vamos perdê-la. Ela não vai voltar.*

— Como Gabriel entrou em contato com você ontem à noite?

Ella tinha dado meia-volta para ir embora. A pergunta foi como uma flechada nas costas.

— Ele fez uma transmissão diretamente para o seu cérebro, não foi? — continuou Katherine.

Ella fez que sim com a cabeça, de má vontade.

— Eu já falei. Ele faz isso de vez em quando. É como se atravessasse todos os outros sons.

— Como? Certamente, a única forma de fazer isso é se ele entendesse as mudanças que seus pais fizeram na química do seu cérebro, não? Pense nisso, Ella. Nós *sabemos* quem você é. Nós *entendemos* por que você é diferente. Ninguém mais entende.

— Então me diga! — vociferou Ella, virando-se para encará-la. — Me diga agora mesmo, hoje, senão eu vou embora daqui e não volto mais. Quero ver esse Gabriel. Quero ele aqui, em pessoa. — Ela bateu o dedo na mesa de Katherine. — Quero que *ele* me conte tudo o que sabe a meu respeito e sobre o que aconteceu com meus pais. Se ele não fizer isso, eu vou embora e vou... eu vou à polícia falar desse lugar.

A expressão de Katherine ficou séria.

— Não faça isso, Ella.

O tom de calma continuava lá, mas agora havia uma inconfundível nota de ameaça.

— Por que não? — O corpo inteiro de Ella parecia vibrar, desafiador.

— Porque não. — Por um instante, um silêncio pesado tomou conta da sala. — Vou pedir a Gabriel que compareça ao acampamento durante sua estada aqui — prosseguiu. — Também vou me comprometer a lhe fornecer evidências escritas mais detalhadas sobre o tempo que seus pais passaram conosco, mais especificamente sobre a última missão que fizeram e as circunstâncias da morte de ambos.

— Quando?

— Vou precisar de alguns dias. Talvez uma semana.

— Uma *semana*? Não. Não vou ficar aqui uma semana inteira. Não posso.

— Claro que pode — disse Katherine, animada, sorrindo novamente. — Jovens da sua idade pagam milhares de dólares para entrar num spa fitness.

— Eu não. E isso aqui não é um spa fitness.

— Tem razão. É muito mais — concordou Katherine. — A questão física é só parte do seu treinamento.

Ella bufou, irritada.

— Qual é a lógica de me treinar para uma "missão" que já disse que não vou fazer?

Katherine encarou Ella com atenção.

— Porque acredito que você é uma boa pessoa, Ella. Uma pessoa com princípios morais. Acredito que você é parecida com seus pais. E, por isso, assim que entender o trabalho que fazemos e como ele é fundamental — Katherine devolveu a pasta a Ella —, tenho certeza de que vai escolher se juntar a nós. Em algum momento.

Ella pegou a pasta sem dizer uma só palavra.

— Mas — acrescentou Katherine, se recostando na cadeira —, se eu estiver enganada e você decidir não se juntar a nós, então tente enxergar esse tempo aqui como uma oportunidade; uma oportunidade de entrar em forma, de aprender mais sobre suas habilidades, de alcançar novos limites. Uma oportunidade de descobrir sua verdadeira força, Ella. Eu começaria enviando você para o professor Michael Dixon. Ele deve ser capaz de ajudá-la imediatamente com as dores de cabeça.

— Ajudar como? — perguntou Ella com cautela, percebendo que mais uma vez estava sendo enrolada para que continuasse ali sem nenhuma garantia. — Ele é médico?

Katherine abriu um sorriso radiante.

— De certa forma, sim.

— Não dá para ser médico "de certa forma". Ou é ou não é.

— Tenho certeza de que você vai gostar dele — comentou Katherine, alegre. — Gordon, o recepcionista, vai lhe mostrar o caminho. Fique à vontade para ir agora.

— Quer que eu me encontre com essa pessoa agora mesmo?

Katherine pareceu se divertir.

— É melhor se decidir, minha querida. Não era você quem estava com pressa?

* * *

O professor Michael Dixon, também conhecido como Dix, mais parecia um gnomo, com pouco mais de um metro e meio, cabelo grisalho e desgrenhado, uma corcunda acentuada e um rosto tão encarquilhado que lembrou Ella das nozes em conserva que sua avó Mimi guardava em jarros. Seus minúsculos olhos de um preto muito intenso pareciam enterrados nas órbitas, como duas uvas-passas empurradas com força demais na massa de um biscoito de gengibre. Ele vestia uma camisa grossa de algodão, um colete de tricô que fez Ella suar só de olhar, calça baggy de cotelê e um par de brogues perfeitamente polidos. Quando falou, foi com sotaque inglês da classe alta vindo direto de *Downton Abbey*.

— Ella Praeger! Só pode ser miragem! — Dix a olhou de cima a baixo assim que ela entrou no laboratório, que por fora era um prédio comum de blocos de cimento com uma fileira de janelas quadradas e altas, mas por dentro era o retrato perfeito do ápice da inovação tecnológica. — Todos nós achávamos que você não passava de um mito, minha querida. Uma lenda urbana. Mas não! Aqui está você, em carne e osso, vindo falar logo comigo. Bom, eu me sinto honrado, minha querida. Honrado. — O professor Dixon se virou para um grupo de técnicos amontoados perto de uma tela de computador num canto da sala, fez uma careta reprovadora e disse: — Pelo amor de Deus! Será que um de vocês, moleques, pode pegar uma cadeira para a Srta. Praeger?

Dois jovens se levantaram imediatamente. Um deles correu para pegar uma cadeira de plástico, colocou-a no chão sem fazer contato visual e voltou depressa para a segurança do grupo.

— Aceita uma xícara de chá? — perguntou o professor Dixon, solícito.

— Obrigada. — Ella sorriu. — Adoraria.

Era impossível não gostar daquele senhor doce e com jeito de tio, especialmente vendo que ele parecia tão encantado por ela.

— Desculpe. — Ella corou quando seu estômago roncou alto. — Não como desde o café da manhã.

O professor Dixon bateu palmas na direção de seus colegas de laboratório mais jovens e, num tom autoritário, exigiu:

— Chá, biscoitos e bolo, agora mesmo! Sinceramente, não sei o que há de errado como esses bobalhões do setor de operações — disse o professor, num tom simpático. — Claro que o treinamento físico é ótimo, mas eu já disse milhares de vezes: um exército não pode marchar de estômago vazio. Agora, Srta. Ella Praeger, por onde começo? O que posso fazer pela senhorita?

Pela primeira vez, Ella sentiu seu cinismo com relação ao Acampamento Esperança começar a perder força. Se aquele homem tinha escolhido devotar a vida e os talentos ao Grupo, então simplesmente era impossível que todos fossem maus.

— O senhor obviamente sabe quem eu sou, professor Dixon — começou Ella, hesitante. — Quer dizer, meu nome era familiar para o senhor, certo?

— Claro que era. E é. — O homem assentiu com seriedade. — O nome Praeger significa algo para todos nós aqui, Ella. Posso chamá-la de Ella?

— Claro.

— Obrigado. — Ele abriu um sorriso largo. — E você deve me chamar de Dix. É como todos me chamam.

— Está bem — concordou Ella, assentindo.

— Todos nós do Grupo estávamos esperando por você havia muito tempo, Ella. Cientificamente falando você é... bem, você é única.

Ella respirou fundo.

— Professor...

— Dix — corrigiu ele, interrompendo.

— Dix. Desculpe. O quanto você sabe sobre os procedimentos que foram feitos no meu cérebro antes de eu nascer?

— Bom, vejamos. — Dix abriu um sorriso encorajador e esfregou as mãos como se Ella fosse um projeto caseiro que ele estivesse louco para pegar. — Acho que sei tanto quanto todos que não estavam de fato aqui na época. Li as suas anotações médicas e as anotações sobre a gravidez da sua mãe. Também tive a sorte de acabar herdando os artigos sobre neurologia genética em que seus pais vinham trabalhando durante o tempo em que estiveram aqui. Então, eu diria que tenho uma ideia razoável do que seus pais estavam *tentando* alcançar. Quanto ao sucesso que obtiveram, ou seja, o escopo e os limites dos seus poderes hoje em dia, bom, *nenhum* de nós vai saber ao certo até começarmos a trabalhar juntos. Por isso é tão empolgante saber que você está...

— Você pode me ajudar a me livrar das dores de cabeça? — interrompeu Ella.

Dix a encarou, pensativo. Estava na cara que essa era a primeira questão dela. A pobre garota provavelmente havia sofrido mais do que ele imaginava.

— Espero que sim — respondeu ele, sério.

— E quanto a... outras coisas? — Ella mordeu o lábio com ansiedade. Dix esperou que explicasse melhor. — Nem sempre eu sou muito boa com outras pessoas. — Ella corou. — Tenho dificuldade para perceber os sentimentos delas, ou para saber o que dizer. Eu cometo erros.

— Todos nós cometemos erros — disse Dix num tom simpático. — Tenho certeza de que, juntos, podemos reduzir algumas das suas... incertezas... em situações sociais — continuou Dix, escolhendo as palavras com cuidado. — Não deve ser fácil tentar interpretar os outros quando existe um tumulto acontecendo dentro da sua cabeça.

— Não é — concordou Ella, profundamente grata diante da simples compreensão do professor.

— Claro que mudar hábitos de uma vida inteira não é algo que vai acontecer da noite para o dia, assim como não vai conseguir dominar seus dons tão rápido assim. Você precisa estar preparada para colocar a mão na massa.

— Ah, eu estou. Acredite. Vou fazer de tudo.

— Ótimo. — Dix sorriu. — E peço desculpas por ter aborrecido você agora há pouco. Eu me deixei levar pela empolgação. Vamos descobrir muita coisa juntos ao longo dos próximos dias e semanas, Ella. Mas há outras perguntas suas que eu possa responder agora?

Ella parou para pensar. Havia tantas perguntas que era difícil saber exatamente por onde começar.

— Gabriel, o homem que me recrutou — disse, por fim. — Ele disse que as vozes que tenho ouvido na minha cabeça são sinais eletrônicos. Isso é verdade?

— Bem, essa é uma descrição bem genérica — murmurou Dix, num tom de reprovação. — Mas, sim, em termos leigos, é por aí mesmo.

— E disse também que eu sou uma espécie de "receptor". É isso mesmo? Disse que as dores de cabeça aparecem porque não aprendi a decodificar todos os dados que entram.

Dix torceu o nariz com desdém.

— Eu adoraria que os agentes deixassem as explicações científicas para os cientistas. Pelo que estou vendo, "Gabriel" lhe deu uma explicação meia-boca, na melhor das hipóteses.

— Mas e quanto às dores de cabeça?

— Quanto às dores de cabeça, sim, ele tem razão. Quando você dominar o lado auditivo das suas capacidades, quando aprender a sintonizar certos sinais e dessintonizar outros, suas dores de cabeça devem parar. Ou, pelo menos, vão diminuir bastante.

Ella suspirou. Se mais nada de bom surgisse desse capítulo bizarro de sua vida, pelo menos acabar com as enxaquecas debilitantes já valeria a pena.

— Você disse "lado auditivo" — comentou Ella. — Existe outro lado do meu... das mudanças que meus pais fizeram?

— Ah, sim! — Dix arregalou os olhos. O entusiasmo incontido estava de volta. — Com certeza. Nós acreditamos... ou melhor, nós esperamos... que você tenha a capacidade de desenvolver todo tipo de habilidade de interpretação de dados visuais.

— Hein? — Ella ficou perplexa.

— Você já escuta coisas — explicou Dix. — Mas também deve ser capaz de enxergar coisas que outras pessoas não veem. E deve ser capaz de *armazenar* e *interpretar* essas informações de maneiras únicas. Por exemplo, minha esperança é de poder ensinar você a usar os olhos como se fossem câmeras, para tirar fotos e gravar vídeos "mentais" de tudo o que enxergar.

— Como se fosse memória fotográfica? — perguntou Ella, lembrando-se da facilidade que tinha ao estudar para as provas da escola, gravando informações só de passar os olhos por elas.

— Sim, mas uma versão muito, muito mais detalhada disso. Só que no seu caso, pelo menos em tese, talvez nós possamos ser capazes de baixar as imagens *diretamente do seu cérebro*! — O homenzinho estava tão empolgado que praticamente dava pulinhos. — Imagine só! Ainda não chegamos lá, claro, mas, quando começarmos a trabalhar juntos, quem sabe? O céu é o limite! E por falar em céu...

Ella se pegou querendo que ele parasse para respirar.

— A tecnologia de satélites progrediu consideravelmente desde que seus pais editaram seus genes. Minha esperança é de que, mais para a frente, você seja capaz de receber e interpretar todo tipo de dado de GPS. E é claro que as aplicações estratégicas de algo do tipo são basicamente ilimitadas. Você pode usar coordenadas de satélite para se orientar, por exemplo. Para visualizar áreas enormes de terra, mar ou até do espaço. Zonas de combate.

Eu não vou para a guerra, pensou Ella. *Vou dar um jeito nas dores de cabeça, aprender mais sobre minha família e voltar para casa*. Mas como as pressuposições vinham daquele velho homem bondoso e empolgado, ela não ficou ressentida. Na verdade, sua preocupação era como dispensar Dix com gentileza.

— Você conheceu meus pais? — perguntou ela, mudando de assunto.

Dix pegou a mão macia de Ella entre suas mãos nodosas.

— Infelizmente, só ouvi falar da reputação deles. Mas tenho máximo respeito pelos dois. Como cientistas e como pessoas. Eles eram destemidos.

— Provavelmente estão por isso mortos — murmurou Ella.

A maioria das pessoas poderia reagir com espanto à acidez de um comentário tão direto e insensível, mas Dix pareceu achar graça do ponto de vista de Ella.

— Rá! — Ele deu uma risada alta. — Talvez tenha sido por isso mesmo! Essa foi boa, minha querida! Você é uma pessoa revigorante.

Ella ficou satisfeita. O que quer que acontecesse no Acampamento Esperança, Dix claramente se daria bem com ela. "Revigorante" não era uma palavra que costumavam usar para descrevê-la. A maioria optava por "indelicada", na melhor das hipóteses, ou "grosseira", na pior. Ella gostava de "revigorante". Teria que contar essa a Bob.

Os colegas de trabalho do professor apareceram trazendo uma bandeja com uma xícara de chá e comida, e de repente Ella se deu conta de como estava esfomeada. Maravilhado, Dix se limitou a olhar enquanto ela devorava três fatias de bolo de frutas importado da Fortnum, ajudando tudo a descer com uma grande caneca de chá Earl Grey da Twinings.

— Bem, ninguém me falou quanto tempo você vai ficar por aqui — comentou Dix, enquanto Ella tomava o restinho de chá da xícara. — Mas, enquanto estiver aqui no Acampamento Esperança, gostaria que trabalhássemos pelo menos quatro vezes por semana, se não for um problema para você. Minha missão é identificar o alcance total dos seus dons e ensiná-la a dominar o maior número possível deles antes de ir embora. O que acha?

— Tudo bem — disse Ella. — Ótimo — acrescentou, tentando reverberar pelo menos um pouco do entusiasmo dele.

— Você não me parece muito convicta.

— Desculpe. — Ella suspirou. — É só que, para você, meu cérebro é um "dom". Mas, para mim, sempre foi uma maldição.

Dix olhou fixamente para ela. Quando falou, foi com uma bondade e uma empatia que quase a fizeram chorar.

— Eu compreendo, Ella. Você sofreu. Mas seu cérebro, seu cérebro único, aprimorado, incomparável, *é* um dom. Ele é. Um dom poderoso, fascinante, maravilhoso, não só para você mesma, mas para o mundo inteiro. Para a ciência! — Dix segurou as mãos dela novamente. — Espero que, assim que descobrir como usá-lo, você também passe a enxergar dessa forma.

— Eu também espero — acrescentou Ella, sendo sincera.

— Aliás, tenho um presente para você — disse ele, batendo palmas e sorrindo numa tentativa de deixar o clima mais leve. — Venha comigo.

Seguido por Ella, Dix subiu lentamente alguns degraus metálicos até chegar a uma plataforma elevada que parecia ser seu espaço pessoal no laboratório. Abriu uma gaveta da mesa e pegou uma caixinha. Sorrindo como um menino, colocou-a na mão de Ella.

Ella virou a caixa de um lado para o outro com curiosidade.

— O que é isso?

— Uma coisa em que venho trabalhando nos últimos dois anos — respondeu Dix, empolgado —, desde que Redmayne decidiu que era hora de fazer contato com você. É meio que uma gambiarra — admitiu —, mas espero que seja uma ferramenta útil para começarmos com os trabalhos, pelo menos na parte auditiva, que é por onde você parece receber os sinais mais fortes até agora.

Redmayne. Era a segunda vez que Ella ouvia esse nome em 48 horas, mas, diante da alegria infantil e cativante do professor, as perguntas que queria fazer ficaram em segundo plano.

— Abre! Abre! — gritava ele, se contorcendo de tanta expectativa, como uma criança de bexiga cheia.

A caixa se abriu do mesmo jeito que uma caixa de fósforos. Dentro dela, numa base de isopor, havia dois objetos que pareciam um par de aparelhos auditivos.

— Coloque os dois — instruiu Dix.

Ella obedeceu.

— Não, não, assim não. Dentro do ouvido. Me dá aqui, deixe que eu coloco para você. — Com cuidado, ele inseriu os dispositivos dentro dos ouvidos de Ella. — Estão confortáveis?

Ela fez que sim.

— Ótimo. Agora, espere um minutinho.

Dix deu as costas para Ella e começou a digitar algo num iPad. Ella levou as mãos à cabeça quando uma onda de som, vozes, estática e bipes altos e desafinados explodiu dentro de seu crânio. Dix se aproximou com cuidado e girou um pequeno sintonizador em cada um dos fones. Como que por mágica, a onda recuou, e só duas vozes eram audíveis, ambas nítidas.

— Incrível! — exclamou Ella.

O som era o mesmo da noite anterior, quando a voz de Gabriel surgiu no momento em que ela tentou ir embora do acampamento, e do quarto de hotel em Paradise Valley. Era como se, de algum modo, todas as outras transmissões tivessem sido desligadas e restasse apenas um canal com áudio perfeito.

— Como você fez isso? — perguntou Ella.

Dix encostou o dedo nos lábios, pedindo silêncio, e a observou atentamente.

— Escute com atenção — pediu.

Ella obedeceu. Ambas as vozes eram masculinas. No começo, ela não sabia do que estavam falando, mas depois de alguns instantes surgiu um padrão. Coordenadas, velocidade dos ventos e... estavam falando de marés?

Ela olhou para Dix.

— É a guarda costeira?

— Bingo! — Ele bateu palmas, empolgado. — Maravilha, maravilha. Muito bom, Ella. Era exatamente isso que estávamos esperando. Tudo bem, pode tirá-los.

Ella atendeu ao pedido e lhe entregou os dispositivos.

— O que são essas coisas? Como funcionam?

O velho abriu um sorriso.

— São filtros bem simples. Daqui a um tempo você vai aprender a fazer isso sozinha, de forma orgânica. Existe uma técnica que eu vou lhe ensinar. Parece com *mindfulness*. Já ouviu falar disso? Não é complicada, mas requer prática. Quando você pegar o jeito, vai conseguir baixar o volume de certos sinais e aumentar o de outros por conta própria. Mas, até dominar essa técnica, esses aparelhos vão ajudá-la. Confesso que estou muito feliz de ver que eles parecem funcionar muito bem! — Ele escancarou o sorriso, claramente satisfeito com a criação.

Ella ficou sentada em silêncio por um tempo, processando a informação.

— O que aconteceria se *você* colocasse esses dispositivos nos ouvidos? — perguntou.

— Nada. Não tenho nada para filtrar. Não recebo dados. Você, por outro lado, recebe mais do que é capaz de lidar. Por isso tem dores de cabeça.

— Eles podem desligar o barulho, aliás, os dados, completamente? Como se fosse um botão de mudo?

— Não. Não são sofisticados a esse ponto. Para bloquear totalmente os sinais que você está recebendo, no momento temos que usar um *firewall* externo. Claro que aqui, no Acampamento Esperança, bloqueamos todos os dados por questão de segurança. Quando você ouviu a mistura de sons agora há pouco, foi porque eu desliguei o *firewall* temporariamente e permiti que eles chegassem a você para conduzirmos o teste.

— Então eu *sempre* vou ouvir algumas vozes, não importa o que aconteça? — perguntou Ella, desolada.

— Não foi o que eu disse. — Dix sorriu. — Esses aparelhos não são capazes de desligar a capacidade de recepção do seu cérebro. Mas *você* pode fazer isso. Aliás, pode fazer o mesmo com os estímulos visuais também. Vou ensinar você a fazer isso.

— Sério?

— Sério — respondeu Dix, firme. — Seu cérebro provavelmente é a máquina mais sofisticada com que já tive o privilégio de trabalhar, Ella. Ainda não sabemos muito a respeito dele, mas sabemos que ele pode fazer coisas incríveis.

Mais uma vez, Ella precisou de um instante para digerir a informação antes de continuar com as perguntas.

— Se, além de você, outra pessoa soubesse como funciona essa coisa dentro do meu cérebro, ela seria capaz de transmitir diretamente para mim? A transmissão dela seria mais alta, não seria só um simples ruído de fundo?

— Sim! — Dix pareceu empolgado com a pergunta. — É exatamente assim. Você tem uma frequência neurológica primária que naturalmente se sobrepõe às frequências secundárias.

— E foi assim que Gabriel conseguiu falar comigo ontem à noite?

Dix inclinou a cabeça, confuso.

— Espere aí: você disse que *Gabriel* transmitiu para você? Ontem à noite?

Ella assentiu.

— Aqui? No acampamento?

— Sim. Quer dizer, *eu* estava aqui — confirmou Ella. — Não sei se ele estava. Eu estava tentando ir embora, mas ele meio que me convenceu a ficar.

Dix pareceu furioso, seu rosto enrugado praticamente se contorcendo de raiva.

— Convenceu você a ficar, não é? — murmurou. — Hum. Isso é a cara dele. Ele é bom nisso.

— Isso significa que ele *estava* aqui? Fisicamente? — perguntou Ella. — Ou que estava perto o suficiente para, pelo menos, conseguir transmitir para mim?

— Não necessariamente. Em geral, é verdade que, quanto mais próxima a transmissão ocorre, geograficamente falando, mais alto você vai "ouvir".

— É como o alcance do Wi-Fi?

— Por aí. — Dix franziu a testa. — Vou explicar melhor mais tarde, mas a questão é que, no caso de Gabriel, isso não necessariamente é verdade, porque ele tem acesso remoto aos nossos sistemas aqui. Me parece que ele desativou o *firewall* de onde quer que estivesse para poder transmitir diretamente para você sem que eu soubesse. Aquele... filho da mãe. — O velho parecia falar tanto consigo mesmo quanto com Ella, nitidamente indignado. — Quando eu pegar aquele garoto...

— Ele já transmitiu para mim antes — interrompeu Ella, jogando lenha na fogueira. — Na noite anterior à minha vinda para o acampamento. Foi assim que eu soube como chegar aqui. Onde encontrar vocês.

— E onde você estava na hora *dessa* transmissão? — perguntou Dix, incrédulo.

— Em Paradise Valley. Onde cresci. Um lugar bem afastado. Geralmente eu nunca ouço vozes lá, mas ouvi a dele. Então, ele teria que estar por perto *naquela* hora? — perguntou Ella, ainda confusa em relação à mecânica da coisa toda.

— Provavelmente. Embora eu imagine que em tese ele poderia... se, de alguma forma, ele tivesse conseguido hackear... — O professor continuou resmungando algo ininteligível, mas, pela expressão dele, Ella supôs que Gabriel estava cada vez mais em maus lençóis com Dix.

— Mas eu não conseguia falar com ele — acrescentou Ella.

— Não. Você não tinha como fazer isso.

— Isso porque eu não posso transmitir, certo? Foi o que Gabriel disse, que eu sou só uma receptora.

O professor bufou.

— Recomendo fortemente que você tenha um pé atrás com tudo o que Gabriel lhe disser.

— Não vou esquecer isso — disse Ella, entretida. — E então? Eu *posso* transmitir?

— Em tese? Sim. Provavelmente, pode. Mas não existe motivo para isso.

— Por que não?

— Porque ninguém mais conseguiria ouvir o que *você* diz. Até onde sabemos, você é a única pessoa do mundo com um cérebro capaz de receber dados dessa maneira. O experimento dos seus pais nunca foi repetido. Você é única, Ella — acrescentou Dix, encarando-a com genuíno assombro. — É por isso que precisamos de você. É por isso que o mundo precisa de você.

Tudo bem, mas eu não quero salvar o mundo!, pensou Ella. *Eu quero ter uma vida normal. Quero ser normal. Nunca pedi nada disso.*

— Juntos, nós vamos aprender a extrair o máximo das suas habilidades — continuou Dix, com uma amabilidade que desarmou a frustração de Ella. — Começando com os sinais auditivos. O experimento que acabamos de fazer foi um começo, mas foi artificial. Por causa do firewall, todas as frequências do acampamento são bloqueadas, menos a da guarda costeira, que usa uma transmissão de rádio simples. Seu amigo Gabriel certamente usou algo do tipo ontem à noite. Foi por isso que você só ouviu a voz dele, que estava direcionada para seu tubo neural. Mas, no mundo real, vai haver múltiplos sinais conflitantes ao mesmo tempo, claro. Parte do seu treinamento aqui vai ser aprender a diferenciá-los, a se transformar num sintonizador, se é que me entende.

Ella pareceu confusa.

— Vamos chegar lá, minha querida.

Dix era tão tranquilizador, tão carinhoso, que Ella sentiu os olhos começarem a ficar marejados de lágrimas.

— Ah, não, não. Por favor. Não precisa disso — disse o velho homem meio sem jeito, envergonhado. Como a maioria dos ingleses, o professor Dixon claramente sentia dificuldades em lidar com emoções excessivas. — Tenho uma pergunta — continuou, conduzindo a conversa habilmente de volta para questões práticas. — Você está com um telefone móvel?

— Um "telefone móvel"? — Ella deu risada. Esse era o tipo de expressão que Mimi teria usado. — Claro, mas ele não pega aqui. Estou sem sinal há muito tempo. Além disso, acho que a bateria acabou.

Dix soltou um *tsc-tsc* e bateu os braços.

— Não tem problema. Pode trazer o aparelho para o laboratório? Vou baixar um aplicativo maravilhoso para você. Chama-se Babbel.

— Aquele de idiomas? — perguntou Ella, lembrando-se de já ter ouvido uma propaganda dele no rádio. — Não é tipo uma Pedra de Roseta?

— Exato.

— Para que eu preciso dele?

— Para o treinamento da missão, minha querida — respondeu Dix, distraído. — Ajudar você a entender suas habilidades especiais é parte do meu trabalho, a parte mais interessante, mas não adianta nada interceptar e interpretar sinais muito importantes se eles estiverem em outras línguas, não acha?

Outras línguas? Ella esfregou os olhos. Não estava acompanhando a conversa.

— Achei que a Sra. MacAvoy já havia explicado — continuou Dix. — Mas sem problema. Temos bastante tempo.

— Bastante tempo para quê? — perguntou Ella, cansada.

Dix deu um tapinha amigável no ombro dela.

— Para aprender grego, é claro.

CAPÍTULO OITO

Gabriel se recostou no banco de couro macio de seu Maserati e pisou fundo no acelerador. Sorriu enquanto o carro ganhava velocidade, avançando como uma pantera pela estrada vazia mas familiar. Meu Deus, como era bom estar de volta à Califórnia. E melhor ainda estar ali para ver a encantadora e obstinada Ella Praeger. Gabriel não parava de pensar nela desde a última vez em que se encontraram. Em grande parte, pensamentos obscenos, algo que ele sabiamente havia escolhido não contar ao chefe.

— Essa provavelmente é a missão mais importante do Grupo em uma década — comentou Mark Redmayne, sem necessidade, durante a teleconferência da noite anterior. — Precisamos dessa garota a bordo. Mas ela continua arredia.

— Sim senhor. Eu entendo.

— Ela quer mais informações — acrescentou Katherine MacAvoy. — Não só sobre as próprias habilidades mas também sobre os pais. Quer saber a verdade sobre o que aconteceu com eles.

— Estou me lixando para o que ela *quer*, Katherine — vociferou Redmayne. — Só apronte a garota. Esse é o seu trabalho.

A supervisora do Acampamento Esperança engoliu em seco. Mark Redmayne havia conduzido o Grupo a alguns de seus maiores sucessos. Mas, ao mesmo tempo, ele era grosseiro e agressivo. Assim como a maior parte da equipe sênior de Redmayne, Katherine MacAvoy o temia.

— Eu sei, senhor, e estou tentando cumprir minha tarefa. Só não acredito que ela vá se comprometer conosco se não perceber que estamos comprometidos com ela.

— Então faça com que ela perceba.

— Como?

— Sei lá! Não falando dos pais dela, com certeza. Se precisar, pode até forçá-la, mas precisamos de Ella Praeger naquele avião.

— Forçá-la é uma ideia idiota — disse Gabriel, que parecia não ter o gene de autopreservação e medo que era acionado em Katherine e todos os outros quando tinham que lidar com Redmayne. — Se ela não estiver comprometida, a missão vai ser um fracasso.

— Hum — resmungou Redmayne. Como sempre, embora odiasse admitir, Gabriel estava certo. — Então, o que sugere?

— Me deixe falar com ela. Ela me conhece. Temos certo grau de... afinidade.

Mark Redmayne hesitou. Era capaz de imaginar o tipo de "afinidade" que Gabriel podia ter com Ella. O homem já havia levado inúmeras mulheres para a cama. Por mais bizarro que fosse, a última coisa que Redmayne podia se dar ao luxo era permitir que Gabriel — um sujeito claramente do espectro autista e sem o menor tato para nada — se aproximasse da mulher que poderia se tornar o bem mais valioso do Grupo.

— De fato, Ella *pediu* para ver Gabriel pessoalmente, senhor — acrescentou Katherine MacAvoy, nervosa. — Diversas vezes.

A supervisora decidiu não mencionar que, de acordo com o professor Dixon, Gabriel já havia entrado em contato com Ella dentro do Acampamento Esperança, transmitindo diretamente para os neurorreceptores dela, algo que só poderia ter sido feito hackeando os sistemas do laboratório. O fato de Gabriel ter visto Ella tentando ir embora do acampamento significava que provavelmente também havia acessado ilegalmente o circuito interno de câmeras. Ambas as ações depunham contra a segurança do lugar. Redmayne já estava de mau humor. A última coisa de que ela e Gabriel precisavam era vê-lo soltar os cachorros.

Katherine falaria com Gabriel sobre as quebras de protocolo sozinha, quando ele chegasse ao acampamento.

E era por isso que Gabriel estava acelerando a toda por entre as sequoias da Califórnia, com a missão de fazer Ella Praeger mudar de ideia. Na verdade, ele estava desfrutando dessa perspectiva — sempre adorou um desafio.

Deliciado com o ronco do motor, Gabriel acelerou ainda mais o Maserati. O chefe não gostava do fato de Gabriel dirigir um automóvel caro. Mark Redmayne podia ser podre de rico, mas preferia que seus funcionários levassem vidas mais modestas. Para "se misturar", como dizia. "Se passar por alguém comum no meio da multidão." Essa ideia nunca agradou a Gabriel.

Antes de ele *se tornar* Gabriel — quando ainda era criança, com seu nome antigo, sua vida antiga —, seu pai, um vendedor de carpetes de Rockford, Illinois, era um homem comum. O pai de Gabriel tinha levado uma vida comum numa casa comum cheia de sonhos comuns, e morreu da doença mais comum, câncer de pulmão, com a patética idade de apenas 47 anos. Esses eram passos que Gabriel não pretendia seguir de modo algum.

A moral de seu pai também tinha sido a de uma pessoa comum. Um mulherengo incorrigível, mas infeliz, por mais estranho que pareça, havia partido o coração e destruiu a alma de sua mulher, transformando-a num fantasma da pessoa que era antes. Diziam a Gabriel que a depressão de sua mãe era uma doença que a acompanhara a vida inteira, bem antes de ela conhecer o pai dele. Mas o garotinho não engolia essa. Não no velório da mãe, quando ele tinha 8 anos. Nem ali, agora. Seu pai havia deixado sua mãe arrasada. Essa era a verdade.

Gabriel havia jurado que jamais deixaria uma mulher arrasada. Mas, tendo herdado a libido elevada do pai, a abstinência nunca foi uma opção realista. Em vez disso, surgiu uma solução mais simples e eficaz: nunca se casar. Nunca se comprometer. Solitário por natureza, a solidão lhe fazia bem. Gabriel passou a última década "casado" com o

Grupo, devoto à causa com tanta paixão quanto o amante mais ardente à sua mulher e tão viciado na adrenalina quanto qualquer drogado inveterado. Ele havia mudado de nome, em parte por causa da vida nova mas também para deixar para trás uma infância que queria esquecer a qualquer custo, para arrancar como um membro podre essa parte de sua vida.

Sua vida nova não era perfeita. Verdade, ele não gostava de Mark Redmayne, mas quem gostava? Ele não havia se unido ao Grupo para fazer amigos ou receber a aprovação de ninguém. Quanto à vida amorosa, embora fosse verdade que inúmeras mulheres lindas já tivessem passado por sua vida, nenhuma delas teve o coração partido. Gabriel não se interessava pelos "corações" e jamais fazia promessas que não pudesse cumprir. No fim das contas, era uma forma extremamente satisfatória de se viver a vida.

Depois de estacionar no lugar de sempre, pegou a mochila no carro e começou a caminhada final de três quilômetros morro acima até o Acampamento Esperança. Ele se lembrava bem de lá, da época de seu próprio treinamento, e sempre sentia um *frisson* quando voltava ao lugar onde tudo começara. Mas naquele dia era diferente. Naquele dia o "*frisson*" havia se transformado num fogo que ardia no peito. A ânsia por ver a garota estava beirando o preocupante.

Você está aqui para cumprir uma tarefa, pensou Gabriel, fazendo questão de se lembrar. *Uma tarefa vital*. Ele se forçou a pensar na criança afogada na beira da praia, na insígnia maligna gravada a ferro em brasa no pezinho dela.

Foco.

— Parece que você tem visita. — Christine deu um cutucão nas costelas de Ella e, tensa, apontou para o sujeito bonito vindo na direção delas. — Ele está acenando para você! — exclamou Christine, empolgada. — Ai, meu Deus, foi esse o cara que te recrutou? Você nunca me disse que ele parecia o Ryan Gosling!

— Não parece — discordou Ella, irritada, já tirando os fones de ouvido e fazendo cara feia para Gabriel.

Vestido de forma mais casual que nas duas outras vezes em que a encontrou, de calça de corrida, tênis e regata preta, tudo da Nike, além de estar com os ombros musculosos cobertos por uma leve camada reluzente de suor, Ella precisava admitir que Gabriel estava tão bonito naquela tarde que o visual dele a desarmou. Ela, por outro lado, estava com um visual simples, pois tinha acabado de sair do chuveiro depois do treinamento, o rosto cheio de arranhões e sem maquiagem, o cabelo ainda molhado e as pernas magras cheias de hematomas. Estava longe de parecer atraente.

— Você demorou muito — sibilou ela, enquanto Gabriel ainda se aproximava.

— E você teve sorte de eu sequer ter vindo — retrucou ele, falando arrastado. — Acredite ou não, Ella, eu tenho mais o que fazer em vez de ficar pegando você pela mão. Mas, quando a supervisora do acampamento disse que você implorou para me ver...

— *Pegar pela mão?* — soltou Ella, tão irritada que teve dificuldade para falar. — *Implorei?*

Ignorando-a, Gabriel se virou para Christine, os olhos dele vagando, admirando sem o menor pudor suas curvas amplas valorizadas pelo shortinho jeans e pelo top do biquíni cor-de-rosa.

— Acho que não nos conhecemos — disse ele a Christine.

— Acho que não mesmo — concordou Christine, ofegante, encarando com a mesma falta de pudor o peitoral definido de Gabriel. — Eu *certamente* me lembraria de você.

— Digo o mesmo.

— Vou deixar vocês dois à vontade, está bem? — interrompeu Ella com malícia, recolhendo suas coisas furiosa e enfiando tudo na mochila aos seus pés. "Implorou" para vê-lo... Que palhaçada! Se ela implorou por alguma coisa, foi para ter as informações que ele havia prometido e depois guardado para si de propósito. Se não fosse por Dix e o progresso que ela própria estava fazendo para controlar as vozes em sua cabeça, teria ido embora dali uma semana antes, com ou sem a ajuda de Gabriel.

— Não seja boba — retrucou ele, condescendente, os olhos ainda fixos nos de Christine. — Eu vim aqui falar com você. Vamos dar uma volta.

— Ah, não vamos, não — disse Ella, cruzando os braços numa postura desafiadora. — Qualquer coisa que tenha a me dizer pode dizer aqui mesmo.

Sentada no banco do carona do Maserati, Ella ficou olhando pela janela de mau humor enquanto as últimas árvores ficavam para trás e davam lugar a campos abertos e alguns ranchos.

— Você é sempre rabugenta desse jeito? — perguntou Gabriel com um sorriso de canto de boca. — Ou o problema sou eu?

— É você.

O silêncio voltou a reinar.

— Eles me disseram que seu nome era *Gabriel* — disse Ella depois de um tempo, num tom que parecia que o nome a ofendia. — Para mim, você não tem cara de Gabriel.

— Ah, não?

Ninguém jamais havia feito qualquer comentário sobre o nome que ele havia adotado. Foi um pouco desconcertante.

— Não. O anjo Gabriel? Definitivamente não é você.

Ele abriu um sorriso largo.

— Nem todo Gabriel é anjo. O que está achando do treinamento? — perguntou, mudando de assunto antes de ela fazer mais perguntas sobre seu nome. Essa era uma conversa que podia levá-los de volta ao seu passado, e ele não estava com a menor vontade de fazer isso. Sobretudo com Ella.

— Horrível — respondeu Ella, com amargura. — Totalmente desumano.

— Você está ciente de que a missão para a qual está sendo treinada vai começar muito em breve?

— *Você* está ciente de que eu não vou participar de missão nenhuma?

Gabriel abriu um sorriso no melhor estilo "isso é o que você acha" que o deixou ainda mais bonito e a deixou ainda mais furiosa.

— Aliás, como vão as aulas de grego?

— *Ante gamisou* — respondeu Ella, sem paciência.

— Impressionante. — Ele sorriu novamente. A tradução do que Ella havia acabado de falar era algo claramente impróprio para crianças. — Vamos comer.

Fazendo uma curva abrupta e violenta, ele entrou numa estradinha de pista única não sinalizada que rapidamente os levou ao que parecia ser uma antiga casa de fazenda, a construção toda de argila.

Cautelosamente, Ella saiu do carro e perguntou:

— Isso aqui é um restaurante?

— Quando necessário, sim. O lugar pertence ao Grupo. O casal que vive aqui está aposentado, mas disponibiliza a casa quando é preciso. Estamos sendo esperados.

A última frase claramente era verdade. Ella seguiu Gabriel e entrou numa sala de jantar bonita de paredes caiadas, onde uma mesa de fazenda tinha sido posta para duas pessoas, com um banquete de pratos quentes e frios, flores recém-colhidas, uma jarra de água gelada e uma garrafa resfriada de *chablis* de uma boa safra.

— Sirva-se à vontade — anunciou Gabriel, seguindo o próprio conselho e colocando uma montanha de ensopado de cordeiro, arroz de açafrão e salada verde no prato antes de se sentar. — Podemos falar à vontade aqui.

Ella deu uma risada cética.

— Falar à vontade? Isso significa que você vai responder às minhas perguntas?

— Algumas delas — respondeu ele, admirando como o cabelo ainda molhado de Ella cacheava na altura dos ombros e descia até os seios. Ela havia trocado de roupa, colocando um vestido de verão amarelo simples para o passeio, um vestido que teria ficado discreto em qualquer outra mulher, talvez até antiquado, mas que, de alguma forma, grudava no corpo de Ella como uma segunda pele. Era provocante. — Se responder às minhas. Vinho?

— Não, obrigada.

Relutante, Ella pegou um pouco de comida e um copo de água e se sentou de frente para ele. Gabriel encheu uma taça grande de *chablis* e tomou um longo gole antes de fazer a bola rolar.

— Vamos um de cada vez? — perguntou ele.

— Está bem. Quem vai primeiro?

— Eu — anunciou Gabriel, em tom autoritário. — Se você não vai participar da missão, por que ainda está no Acampamento Esperança?

Por um instante, Ella ficou em silêncio. Era uma boa pergunta para começar.

— Eu disse que ajudaria você a voltar para a cidade se escolhesse partir — continuou Gabriel. — Mas você não foi embora. Por quê?

— Eu não tinha como entrar em contato com você — balbuciou Ella, sem jeito.

— Sem essa. — Gabriel tomou outro gole de vinho. — Katherine poderia ter entrado em contato comigo sem a menor dificuldade. Você nem tentou.

— Tudo bem — disse Ella, já com o sangue fervendo. — Também fiquei por causa de Dix. Ele tem me ajudado a controlar os barulhos na minha cabeça, a entender o que são, de onde vêm e a sintonizar e dessintonizar certos sinais. Também me ajudou com outras coisas, como, por exemplo, a interpretar melhor as pessoas e a lidar com situações sociais, coisas que nunca tive a chance de aprender quando criança. E estou melhorando. De verdade! Dix parece saber de verdade o que tem de errado comigo, coisa que até hoje nenhum médico tinha sequer chegado.

— Não tem nada de errado com você. Você tem um...

— Não diga "dom" — interrompeu Ella, erguendo um dedo para alertá-lo. — Não ouse dizer "dom". Você não faz ideia de como é isso. Nenhum de vocês faz ideia. Enfim, minha vez. Como você sabia que eu estava tentando ir embora do acampamento aquele dia? Você devia estar me espiando.

— Não seja paranoica — disse ele, despreocupado.

— Eu quero saber — insistiu Ella. — Tem câmeras escondidas? Ou tem pessoas lá dentro me seguindo e reportando os meus passos a você?

— Talvez. — Gabriel se inclinou lentamente para perto dela. — Eu consigo ler seus pensamentos. Eu vejo o que tem dentro de seu cérebro lindo e confuso. Já parou para pensar nisso?

Ella sentiu o estômago embrulhar e a respiração ficar entrecortada. Isso não podia ser verdade. Podia?

— Não — disse ela com uma confiança que não tinha. — Nunca pensei nisso porque é papo furado. Dix já me disse que eu só posso receber informações, não transmitir.

— E se o bom e velho Dix estiver errado? — provocou Gabriel. — Ele não é Deus, sabia? Ele também erra.

Gabriel se aproximou ainda mais e colocou a mão quente e seca sobre a de Ella. O enjoo ficou ainda mais forte, mas junto com ele havia outra sensação, algo que Ella sabia o que era, mas se recusava a aceitar. Agora não. Com *ele*, não.

— E se eu dissesse que sei *exatamente* no que você está pensando nesse exato momento? Isso a deixaria assustada?

Ella engoliu em seco.

— Não.

— Acho que não acredito em você. — Gabriel sorriu, sem fazer nenhum esforço para esconder o prazer que sentia em constrangê-la. — O que você está tentando esconder de mim, Ella?

— Pare. — Ela afastou a mão de repente. — Você não pode acessar meus pensamentos.

Ele se recostou de volta na cadeira e soltou uma gargalhada.

— Tudo bem, você tem razão. Não posso. Tem câmeras lá, está bem? Na guarita e em vários outros pontos do terreno. E sim, talvez eu tenha xeretado um pouco mesmo. Só para ver se você estava bem. E, aliás, naquela noite em particular, você não estava bem. Por isso eu me meti para ajudar. De nada — acrescentou, em resposta ao olhar duro de Ella. Em seguida, Gabriel deu uma garfada no cordeiro e gesticulou para que Ella também comesse. — Você está magra demais.

— Ah, é mesmo? E a culpa é de quem? Estou ralando todos os dias — resmungou Ella, mas obedeceu a ele e comeu uma colherada de arroz.

— Minha vez de perguntar — continuou Gabriel enquanto ela comia. — Como estão as coisas com Dix?

— Está tudo bem.

— O que significa "bem"? Quanto tempo ainda vai demorar até você poder usar plenamente seus... essa coisa que você chama como quiser? Até conseguir sintonizar no que quer e dessintonizar todo o resto?

— Não faço ideia — respondeu Ella, sendo sincera. — Eu nunca fiz isso antes, nem Dix. Talvez alguns meses. Ele me deu mais exercícios. É um tipo de *mindfulness*, quase uma auto-hipnose. Eu tenho que...

— Consegue em dez dias?

— O quê? Não! Claro que não. Não é tão fácil quanto ligar um interruptor, sabia?

— Mas e se você precisasse fazer isso?

— Eu não preciso. E, antes que você diga mais uma palavra sobre essa tal "missão", vou falar o que falei para Katherine MacAvoy. Eu não vou a lugar algum nem vou fazer nada antes de vocês me contarem alguma coisa sobre os meus malditos pais!

Gabriel hesitou. Mark Redmayne tinha deixado claro que ele não deveria entrar nesse território sob hipótese alguma.

Que se dane. Ele daria um jeito.

— Sua mãe e seu pai entraram para o Grupo juntos em 1990. Na época em que você nasceu, eles já eram membros engajados, mas chegaram ao ápice tempos depois, mais ou menos na época em que confiaram você aos cuidados da sua avó.

Ella se inclinou para a frente, prestando atenção a cada palavra.

— O trabalho deles envolvia conhecimentos científicos. Como eu já disse antes, sua mãe era neurologista e seu pai era pioneiro na teoria de substituição genética. Em geral, eles trabalhavam juntos, mas depois de um tempo sua mãe alcançou um posto mais alto dentro das operações e às vezes trabalhava com outras pessoas.

— Sério? — disse Ella, intrigada com esse detalhe humanizador. Seus pais tinham se tornado figuras sombrias, mas agora a mãe parecia ainda mais obscura que o pai. Pelo menos, ele havia escrito as cartas e os cartões-postais, deixando algo palpável para Ella agora que tinha colocado a mão nesse material. O lugar que a mãe deveria ocupar na memória, porém, era um espaço vazio, ocupado apenas por algumas palavras, alguns toques e alguns cheiros dos quais Ella se lembrava, e mesmo esse pouco estava desaparecendo a cada ano que passava.

— As missões deles eram secretas — continuou Gabriel —, por isso não posso falar sobre elas.

— Só o governo pode classificar algo como secreto — retrucou Ella, irritada. — Você percebe como soa arrogante?

— Eles morreram em 2001 — continuou Gabriel, ignorando o ataque de Ella.

— Você quer dizer que eles foram assassinados em 2001. Foi o que você mesmo me disse antes.

— Isso.

— Você também disse que me contaria como eles foram assassinados assim que eu começasse o treinamento — lembrou-o Ella.

— Acho que eu disse que contaria na hora certa, quando estivesse pronta.

— E quando vai ser isso, na sua arrogante opinião? — perguntou Ella furiosa, erguendo a voz.

— Quando você partir para sua missão — respondeu Gabriel, bebendo o que restava do vinho na taça, dobrando seu guardanapo de volta e colocando-o cuidadosamente sobre a mesa.

— Chega! — disse Ella, cansada demais para ter essa discussão com Gabriel outra vez. — Quero que me leve de volta para casa agora, por favor. Como prometeu. Para São Francisco.

— Tudo bem — concordou Gabriel, calmamente —, se é isso que você quer.

— É, sim.

Gabriel assentiu.

— Então vamos agora.

Eles voltaram até o carro em silêncio. Numa demonstração atípica de cavalheirismo, Gabriel abriu a porta para Ella e esperou que colocasse o cinto de segurança antes de se sentar ao volante e ligar o motor.

— Dix vai ficar triste por você não ter se despedido — comentou Gabriel enquanto voltavam pela pista rumo à estrada principal.

— Vou sentir falta dele. É um homem bom. Por favor, diga a ele que vou continuar treinando as técnicas que ele me ensinou e que sou muito grata por tudo o que fez. — Melancólica, tirou do bolso e colocou no colo os dispositivos auditivos que o professor tinha lhe dado no dia em que se conheceram. — Pelo menos vou ter isso para me lembrar dele.

— Infelizmente, não vai, não — disse Gabriel, abrindo a mão. — Vamos precisar desses aparelhos de volta.

— O quê? Não — disse Ella, segurando os aparelhos. — São meus. Dix me deu.

— Deu enquanto você trabalhava com a gente. Qualquer coisa criada ou produzida nos nossos laboratórios é tecnologia particular. Você deve devolver.

— E se eu não quiser? — desafiou Ella, de saco cheio de Gabriel lhe dizendo o que devia fazer. — O que vocês vão fazer? Ligar para a polícia? Me denunciar por roubo?

— Não.

— Não — repetiu Ella, zombando. — Claro que não vão! Porque você sabe tão bem quanto eu que as autoridades vão ficar muito mais interessadas no que *você* e seus amiguinhos estão fazendo nessas florestas. Praticando lavagem cerebral nas pessoas, forçando-as a passar fome e a viver numa seita que as faz cometer crimes, só para acabarem assassinadas e chamando isso de "justiça".

Gabriel pisou fundo no freio, fazendo os pneus cantarem alto e criando um spray aterrorizante de cascalho. Em seguida, desligou o carro e, com os lábios brancos de tão furioso, virou para Ella e perguntou:

— É isso mesmo que você pensa? Que nós somos uma seita? Depois desse tempo todo, depois de tudo o que fizemos, mostramos e compartilhamos com você?

Ella queria responder gritando que não tinha pedido nada daquilo que havia sido "feito por ela". Que tudo que queria era ser deixada sozinha, era ficar de luto por sua família e seguir com a vida da melhor forma possível, em paz. Mas alguma coisa no rosto dele, aquele rosto magoado, furioso e ridiculamente atraente, a fez se segurar.

— Você acha que o professor Dixon é o tipo de homem em quem alguém consegue fazer lavagem cerebral? — perguntou Gabriel, exigindo uma resposta.

Ella tinha que admitir que não.

— Mas Dix é exceção — disse.

— Não! — vociferou Gabriel. — Exceção, não. Exce*p*cional, sim. Brilhante. Comprometido. Honrado. Corajoso. Mas todos os nossos agentes são assim, cada um à sua maneira. Michael Dixon tinha uma carreira e uma vida na Inglaterra, Ella. Teve inúmeras oportunidades de fazer dinheiro e se tornar um acadêmico de grande reputação. Mas escolheu sacrificar tudo isso em prol do bem maior. Devotou os dons que tem ao bem do próximo, à evolução da humanidade, a algo maior que ele mesmo.

— Isso é o que você diz — retrucou Ella, satisfeita em sua indignação. — Mas de que "bem maior" você está falando? Você nunca explica. Aliás, você nunca explica nada. Em vez disso, pede que eu arrisque a vida por uma "causa" que nem nome tem. Por que eu deveria fazer isso, Gabriel? *Por quê?*

Gabriel desviou os olhos por um instante. Tinha ordens diretas de não contar nada a Ella até que a missão estivesse em curso. Até que ela já estivesse no voo, a caminho do alvo, comprometida. Até que fosse tarde demais para voltar. Gabriel vinha seguindo essas ordens até agora, mas desde o começo sentia que estava errado. A pergunta de Ella era justa. Por que deveria viajar pelo Grupo sem nenhum motivo sólido além de confiança e clichês? Ela merecia uma explicação. Talvez não toda a verdade. Mas merecia alguma coisa.

— Todo mundo se junta ao Grupo e corre esses riscos por motivos próprios — começou Gabriel. — No meu caso, foi uma mulher.

— Por que não estou surpresa? — disse Ella, mas a expressão dele a fez perceber imediatamente que não era momento para gracinhas.

— Quando eu estava na faculdade, fiz estágio numa empresa de tecnologia da Índia. Passei seis meses em Bangalore — disse Gabriel. — Fiquei amigo de uma garota lá. O nome dela era Mira. Mira Saluja.

Ella escutava com atenção.

— Mira era cinco anos mais velha que eu. Genial, linda, de uma família panjabi culta. Namoramos por alguns meses, mas os pais dela não aprovavam a relação. Já tinham escolhido um marido para Mira. Acho que talvez ela teria enfrentado os pais e ficado comigo se eu tivesse me comprometido com ela — refletiu. — Isso se eu a tivesse pedido em casamento. Mas não pedi. Ela achou que eu não a levava a sério.

— E ela estava certa?

Gabriel pareceu sentir dor.

— Não! Eu amava Mira. Ela era perfeita. Mas não sou feito para casar.

Ella assentiu, compreensiva.

— Nem eu.

— De qualquer forma, no fim das contas não fez diferença, porque, seis semanas antes do fim do meu estágio, Mira foi brutalmente estuprada e assassinada.

Gabriel disse isso com tanta tranquilidade que Ella ficou chocada.

— Por quem? Pelo marido indiano, ou a família dele?

Gabriel balançou a cabeça com o rosto triste.

— Não. Embora muitas pessoas influentes tenham gastado bastante tempo e se esforçado tentando enquadrar o crime como um assassinato em nome da honra. Mas não. Sanjit, o noivo de Mira, era um bom sujeito. Mira foi assassinada por um experiente diplomata americano chamado Scooter Ryan. Talvez você já tenha ouvido falar dele.

Ella ficou pálida. Não acompanhava política e raramente lia jornais ou assistia ao noticiário, mas até ela ouviu falar de Scooter Ryan — patriota devotado, homem de família e pai de três filhos, assassinado por um carro-bomba nos arredores de Boston num dos poucos ataques terroristas não desvendados nem reivindicados por nenhum grupo que aconteceram em solo norte-americano ao longo da última década.

— O Scooter Ryan? O republicano, defensor dos valores familiares?

Gabriel assentiu.

— Sim. E estuprador, assassino e mentiroso.

— Ele não era ex-fuzileiro naval? — perguntou Ella, conforme se recordava da história do carro-bomba em Boston.

— Isso mesmo. Scooter deu em cima de Mira certa noite no bar de um hotel perto do consulado americano na Índia. Ela não se interessou. Depois que Mira o rejeitou, ele a seguiu, a espancou, a estuprou e a estrangulou com o cachecol que ela estava usando. Por fim, largou o corpo numa montanha de lixo vinte quilômetros ao norte da cidade e seguiu em frente rumo à casa de campo, onde passou o fim de semana jogando polo com um grupo de famílias de funcionários do Departamento de Estado que estavam visitando o país.

— Ele não foi preso?

Gabriel baixou a cabeça e olhou para o próprio colo.

— Não, não foi — respondeu, lentamente, como se um terapeuta o tivesse ensinado a falar dessa forma para manter a calma. — Porque, aparentemente, não é assim que as coisas funcionam no "mundo real". Rumores foram negados, evidências foram apagadas, muito dinheiro trocou de mãos e a imunidade diplomática foi evocada. Mira foi enterrada, a imprensa se manteve em silêncio, e Scooter voltou para os Estados Unidos, causando tanta comoção como se tivesse atropelado e matado sem querer um faisão perambulando sozinho pela estrada. — Gabriel ergueu a cabeça, e seus olhos penetraram nos de Ella. — Então, isso me deixou irritado.

O eufemismo que tomou conta do ar entre eles tinha o poder da descarga de um raio.

— Semanas depois eu encontrei o Grupo. Ou talvez eles tenham me encontrado, não tenho certeza de como aconteceu. Eu estava bebendo muito. Mas é isso que o Grupo faz, sabe? Quando os poderes do "mundo real" decepcionam; quando tomam o lado dos poderosos, não importa se essas pessoas sejam boas ou más, estejam certas ou erradas, o Grupo entra em ação para garantir que a justiça prevaleça.

Depois de um silêncio que pareceu durar uma eternidade, Ella perguntou sem papas na língua:

— Está me dizendo que você, ou melhor, que o Grupo, assassinou Scooter Ryan?

Pela primeira vez desde que começou a contar a história, Gabriel sorriu.

— Não acredito que contei isso para você. Só estou explicando o que aconteceu com minha amiga Mira e como isso *me* levou a ter a vida que levo hoje. Estou dizendo que Mira foi o *meu* gancho emocional. Porque você quer saber qual é o *seu*. Quer saber por que *você* deveria se juntar a um grupo sobre o qual não sabe nada.

— Você matou Ryan? — indagou Ella novamente. Não deixaria Gabriel fugir da pergunta com tanta facilidade.

Gabriel retribuiu o olhar.

— Às vezes... aliás, em geral, fazer a coisa certa significa salvar vidas. Às vezes, significa expor o que está escondido ou até esconder o que outros querem expor. Às vezes, significa infringir a lei em busca do bem maior. E, vez ou outra, sim, significa matar pessoas. Pessoas ruins. O mundo está cheio de Scooter Ryans. De pessoas que se acham acima da lei. Desde chefões do tráfico de drogas, chefes de Estado e CEOs até atravessadores de pessoas, padres pedófilos e carcereiros corruptos. O Grupo não é o Greenpeace, Ella. Mas também não somos uma seita. Somos uma força de elite secreta e com princípios morais. Ser convidado a se unir a nós é um privilégio e uma responsabilidade. A forma como você escolhe responder a esse chamado é uma escolha sua totalmente livre.

— Então, você realmente matou Ryan.

Gabriel conteve um sorriso.

— Se é isso que diz, Ella... Tudo o que *eu* estou dizendo é que fiz o que fiz por Mira. E acredito que tudo o que *você* fizer, caso escolha se juntar a nós, será por seus pais. Eles são o seu gancho. Portanto, se está procurando um motivo para aceitar a missão, que tal vingar o assassinato deles?

Ella ficou tensa. Ele havia conseguido sua atenção.

— A missão tem algo a ver com meus pais?

— Tem. — Gabriel assentiu. — Não posso dizer mais que isso. Não devia sequer ter contado isso. Mas, sim, tem.

Gabriel ligou o carro e voltou a dirigir. Minutos depois, chegaram à estrada principal.

— São Francisco é para lá. — Gabriel indicou a direita com a cabeça. — E o acampamento é para a nossa esquerda. A escolha é sua.

A escolha é minha, pensou Ella. Em uma direção encontraria perigos e incertezas e seria forçada a confiar num grupo que não lhe revelava praticamente nada e esperava que ela obedecesse às suas ordens às cegas. No outro estavam a segurança, a calma e pelo menos a possibilidade de levar uma vida normal.

Mas eu não vingaria o assassinato dos meus pais.

Não corrigiria os erros do passado.

Teria que viver o resto da vida sem saber o que poderia ter acontecido.

Sem dizer uma só palavra, Ella apontou para a esquerda. A decisão já estava tomada, e ambos sabiam.

Ela não podia mais voltar atrás.

Os dois fizeram o restante da viagem em silêncio. No estacionamento no meio da floresta onde começava a trilha, Ella estava sendo aguardada por um jovem que reconhecia vagamente do acampamento. Gabriel acenou de dentro do carro e não fez menção de sair do automóvel.

— Você não vem? — perguntou Ella.

Gabriel balançou a cabeça.

— Não. Eu tenho que voltar para minha própria missão. Mas vou manter contato. Boa sorte. — Abaixando o tom de voz, acrescentou: — E não conte a ninguém o que lhe falei.

— Quando vão me contar mais? Digo, sobre a missão — perguntou Ella, de repente em pânico ao perceber que Gabriel estava indo embora. Não sabia dizer exatamente o motivo, mas, apesar de toda a arrogância e toda a agressividade de Gabriel, ele era um elo com a realidade, com o mundo externo e com sua vida antiga. Um caminho de volta. Gostasse ou não dele, Gabriel era seu bote salva-vidas. Não queria ter que vê-lo ir embora.

— Você sabia de Scooter, do que ele havia feito — lembrou-lhe Ella. — Me disse que *você* foi atrás do Grupo, que você procurou sua própria vingança. Comigo não é assim. Eu ainda não sei nada dessa missão. Não sei quem matou meus pais, nem por que, nem para onde estão me mandando. Quer dizer, está claro que tem uma ligação com a Grécia, do contrário Dix não teria me feito ter aulas no Babbel, mas, fora isso...

— Ella. — Gabriel pousou a mão por um breve instante no braço dela. — Esqueça isso. Comprometa-se com o Grupo. Eles vão contar mais quando for seguro. Mas não vão aceitar ser apressados. Meu palpite é de que só vão dar todas as informações a você quando já estiver no avião.

Ella revirou os olhos.

— Se isso aqui for perda de tempo, vou jogar a culpa em você. — Abrindo a porta do carona, Ella apontou para Gabriel um dedo derrotado. Sem pensar, ele esticou o braço e agarrou o dedo, e de repente as mãos deles se entrelaçaram.

— Não confie em mim, Ella — disse Gabriel com voz rouca e garganta seca. — Não confie em ninguém. Só em si mesma.

— Tudo bem — disse Ella, de repente também rouca e sentindo a garganta seca. Saiu do carro e desamarrotou a parte de baixo do vestido. — Não vou confiar.

— Adeus — disse Gabriel e deu a partida no motor.

É só isso? "Adeus"?

Ella observou o rosto de Gabriel, mas a expressão dele já estava neutra outra vez, tão indecifrável quanto uma tábua com escritos em sânscrito.

De coração apertado, observou Gabriel partir de carro.

Para o bem ou para o mal, sua nova vida estava prestes a começar.

PARTE DOIS

CAPÍTULO NOVE

— Moud! Mahmoud!
O policial gordo, Thalakis, bateu palmas com suas mãos peludas e com dedos de salsicha diante do rosto do prisioneiro. Dentro da cela fazia um calor sufocante. Não era o calor seco e desértico da Líbia, onde Mahmoud Salim, ou "Moud", cresceu, num vilarejo tranquilo a cem quilômetro de Murzuk. Ali era o calor fétido e pesado da Grécia, um país que Moud havia aprendido a odiar com todas as forças. Ali o ar tinha cheiro de suor, peixe, queijo e mentiras, do bafo fedorento de homens como o oficial Thalakis. *Homens, não. Bestas. Animais sem um pingo de compaixão.*
— Fale, homem! — Perdigotos voaram dos lábios inchados do policial e foram parar na pele do prisioneiro. — Responda à pergunta — ordenou Thalakis. — Responda, senão vai ser pior para você.
Pior para mim. Em outras circunstâncias, em sua antiga vida, Moud teria caído na gargalhada. Como aquele porco ignorante era capaz de imaginar que algo poderia ser pior do que a situação em que estava agora?
— Quem pagou sua passagem? Me diga! — O punho de salsicha bateu forte na mesa barata de fórmica. — Quem trouxe você para cá, Mahmoud? Sua família...
Aconteceu antes de qualquer um saber o que estava acontecendo. O prisioneiro se ergueu da cadeira soltando um rugido primitivo, como um monstro saído das profundezas do mar Egeu, e avançou no oficial

Thalakis, envolvendo o pescoço do homem gordo com suas mãos gigantescas e poderosas.

— Não ouse falar da minha família!

As mãos gigantes apertaram. O rosto de Thalakis ficou vermelho, depois roxo, os olhos esbugalhados saltando das órbitas como uvas prestes a estourar a casca. Os dois guardas presentes se jogaram sobre o prisioneiro, mas nem usando todas as suas forças foram capazes de afastá-lo de Thalakis. Era como usar uma colher de plástico para tentar tirar uma craca presa no casco de um barco.

Ele vai matar Thalakis!

Thalakis estava perdendo a consciência. Em pânico, um dos guardas sacou a pistola e bateu a coronha com força na parte de trás da cabeça do prisioneiro. Ouviu-se um estalo alto, depois começou a escorrer sangue, e por fim o silêncio. Como uma árvore derrubada, Mahmoud Salim deslizou pela parede e caiu no chão. O oficial Thalakis tombou para a frente, na mesa, ofegando como um peixe moribundo.

A última coisa de que Moud se lembrou, antes de ser engolido pela escuridão, foi do frio da onda final. Disso e do som dos gritos da filha de 6 anos sendo arrastada...

Moud Salim nasceu numa família grande de pastores de cabras na região de Fezã, sudoeste da Líbia. Caçula de seis filhos homens, teve uma infância espartana, mas feliz. Não havia brinquedos, TVs ou outros luxos da vida moderna. A família Salim vivia da mesma forma que inúmeras outras gerações anteriores, o mais afastada possível da política de Trípoli e do restante do mundo. Os amigos com quem Moud brincava eram seus irmãos e seus primos, e as infinitas *ergs* — as dunas de areia — do Saara eram seu parquinho. Moud jamais passou fome e, como não havia levado outro tipo de vida, não teria se considerado pobre.

Mas agora essa Líbia fazia parte do passado, viva apenas nos livros de contos das filhas de Moud. Ele e sua mulher, Hoda, foram abençoados com duas meninas. Parzheen, a mais velha, tinha cabelo e olhos castanho-escuros e era esperta e perspicaz. A irmã mais nova, Ava, era mais afável, rechonchuda e carinhosa e tinha uma risada que lembrava a Moud água brotando de uma fonte no deserto.

— A risada dela é como a vida, como um presente do Paraíso — costumava dizer a Hoda ao observar Ava, ainda bebê, engatinhar pelo apartamento apertado em Tarhuna. Hoda sorria e o beijava. Ela adorava o jeito romântico do marido, a poesia na alma de Moud, que, para ela, era consequência do fato de ele ter sido criado no deserto. A infância dela tinha sido completamente oposta: instruída, classe média, urbana e não muito feliz. Seus pais se divorciaram quando ela estava com 11 anos. A partir de então, Hoda e seu irmão, Khalil, basicamente passaram a ter que se virar sozinhos.

Todos comentavam que os Salims eram um casal de opostos, o caso típico de uma colisão entre a antiga e a nova Líbia, embora ninguém pudesse questionar o sucesso da união. Moud, tão grande e parrudo quanto um touro — quase dois metros de altura —, e Hoda, uma mulher miúda, eram totalmente devotados um ao outro e às suas filhas. O apartamento modesto em Tarhuna emanava felicidade.

Agora, não restava nada lá além de escombros.

A política, a guerra e a miséria que se espalharam pelo Oriente Médio demoraram a atingir a família Salim. Mas, quando chegaram, foi como um tsunami, destruindo tudo pelo caminho, aniquilando todo o passado e lançando uma nuvem preta e carregada no que podia haver de futuro.

Quando os primeiros barcos começaram a zarpar de Sabrata e cruzar o Mediterrâneo rumo à Itália ou à Grécia, Moud achava que a chance de ele e suas meninas um dia entrarem num deles era tão grande quanto a de viajarem para a Lua. Mas os horrores medievais do Estado Islâmico — as ondas de fanáticos perversos que se espalhavam pela Líbia, Síria e Iraque como a Peste — o fizeram mudar de ideia rapidamente. Em pouco tempo, Moud, assim como tantos de seus vizinhos, vendeu tudo o que tinha para garantir para si mesmo e para suas meninas um lugar num barco rumo à ilha grega de Lesbos.

O homem que lhe vendeu as passagens também era líbio, mas de pele clara e alguns anos mais jovem que Moud. Usava terno importado, relógio caro e pós-barba, três luxos ofensivos numa cidade onde as pessoas não tinham nada, em que dezenas de velhos e crianças morriam de fome.

— Você está fazendo a escolha certa, irmão — disse o homem a Moud, sorrindo enquanto aceitava o dinheiro.

— Não é escolha — retrucou Moud. — E você não é meu irmão.

Mas o acordo estava feito.

Todos lhe disseram a mesma coisa: as condições nos piores barcos eram subumanas — barcos pesqueiros minúsculos e caindo aos pedaços, superlotados com mais de trezentas pessoas. Sem coletes salva-vidas. Os deques prestes a desabar. Alguns dos atravessadores de pessoas mais impiedosos tinham começado a oferecer descontos "de mau tempo" a famílias tão pobres que não tinham opção além de encarar o mar durante as tempestades de inverno, às vezes em botes abertos de borracha, ou oferecendo "gratuidade" a crianças menores de 3 anos, como se aquilo fosse um cruzeiro de férias. Moud havia tomado o cuidado de conseguir lugares num barco melhor, um barco pesqueiro de porte médio, feito de madeira, mas em bom estado, que carregaria no máximo quarenta imigrantes. Mesmo assim, a viagem seria árdua e perigosa. Mas pelo menos esse sofrimento, esse perigo, envolvia alguma ação por parte de Moud. Resgatar as meninas era algo que ele estava *fazendo*, em vez de ficar na Líbia esperando passivamente ser bombardeado, alvejado, privado de comida ou torturado até a morte por um grupo de loucos descontrolados. Pelo menos a Europa — a Grécia, para ser mais exato — oferecia uma chance de vida, de futuro, de esperança.

Na semana anterior à viagem, a família Salim fez amizade com outra família que estava no mesmo abrigo que eles, nos arredores de Sabrata. O pai tinha sido morto, mas a mãe, Zafira, e os três filhos, dois meninos gêmeos da idade de Parzheen e uma menina ainda de colo, tinham pagado passagem para ir no mesmo barco dos Salims. Moud se lembrava de Zafira como um oásis de calma no deserto de medo e incerteza que era a vida deles naquele momento, esperando serem chamados a bordo.

— Durmam preparados — diziam os atravessadores. — É possível que a gente bata à porta para chamar vocês às três da manhã. E vocês devem vir imediatamente, senão vamos partir sem vocês.

— Acreditem em Alá — dizia Zafira a Moud e Hoda, o rosto redondo e radiante de bondade e fé, quando mais uma noite se passava e ninguém batia à porta.

Se o barco não partisse logo eles podiam acabar incinerados nas próprias camas.

— Ele abençoa os inocentes — garantia Zafira. — Ele vai proteger tanto a nós quanto aos nossos filhos.

Não protegeu.

Estava um breu total quando eles subiram a bordo, a escuridão tão densa que mal dava para ver a mão à frente do rosto. Mesmo assim, Moud contou pelo menos oitenta almas no barco "para, no máximo, quarenta pessoas", e, a cada passo pesado que dava, a madeira podre sob os pés vergava de forma ameaçadora.

— Não foi por isso que nós pagamos! — gritou um homem diante de um dos atravessadores, que de imediato sacou um machete, encostou-o no pescoço do sujeito e pressionou perigosamente o fio na jugular enquanto o apertava contra a parede.

— Cala a boca! — ordenou, em tom ameaçador. — Chega de barulho. Mais um pio e a gente corta você. Aliás, todos vocês!

O atravessador deu meia-volta e vociferou com o grupo de pessoas aterrorizadas, todas agachadas no escuro. Hoda e as meninas se agarraram. Triste, mas sem se sentir envergonhado, Moud tirou um velho da frente e pegou quatro coletes salva-vidas de uma pilha que tinha no máximo trinta no meio do barco. Então voltou para perto da família, vestiu os coletes em si e nelas e abriu os braços para proteger as três, como se fosse um grande carvalho. Era o máximo de proteção que podia oferecer naquele momento. Segundos depois, a embarcação caindo aos pedaços zarpou rumo ao mar aberto.

A viagem fez Moud se lembrar de uma velha piada sobre enjoo no mar que seu sogro costumava contar. Na primeira noite o enjoo é tão forte que você tem medo de morrer. "E na segunda é tão ruim que você tem medo de *não* morrer!" A pobre Ava vomitou por horas a fio até que seu corpinho exausto não aguentou e caiu no sono nos braços ensopados da mãe. Parzheen não estava muito melhor e teve que ser forçada a engolir um pedaço do pão e as tâmaras que Hoda tinha levado para mantê-los bem até chegarem à terra firme. Moud também estava enjoado, mais por causa do cheiro horrível de vômito das outras pessoas que por causa do balanço do barco em si, embora uma tempestade de seis horas durante a travessia tenha feito todos se agarrarem nas laterais do barco e rezar, convencidos de que iriam virar ou simplesmente seriam esmagados por uma das ondas colossais.

Mas isso não aconteceu. E, depois de mais doze horas de relativa calma, os nervos de todos começaram a acalmar. Se não saíssem muito do curso, podiam esperar alcançar terra firme no mais tardar à meia-noite, ou em Lesbos, conforme o planejado, ou em outra ilha, caso houvesse muitas lanchas de patrulha da guarda costeira no mar.

Moud se lembrou de olhar para Hoda enquanto as duas meninas dormiam; sorriu para ela — nenhum deles tinha energia suficiente para conversar. Mas sua linda mulher sorriu também e apertou-lhe a mão, e a esperança e a gratidão fluíram entre os dois. Depois disso, mais exausto do que jamais havia se sentido em toda a sua vida, Moud finalmente dormiu.

Quando acordou, estava na água. Mais tarde, na lancha de resgate, uma garota britânica ruiva de óculos lhe disse que o barco deles tinha sido abalroado na lateral por outra embarcação de imigrantes, e ambos afundaram em questão de minutos. Mas no momento ele não sabia de nada além da escuridão que via e do frio brutal que sentia, o corpo afundando sob as ondas, e então, como se estivesse amarrado a uma corda elástica de *bungee-jump*, voltando rapidamente, impulsionado pelo colete salva-vidas, saltando acima da superfície como um peixe-voador.

Moud não se lembrava de quase nada. Ele tentando se agarrar a qualquer coisa que encontrasse. Gritando o nome das filhas e de Hoda. Ouvindo com atenção para tentar distinguir as vozes dos gritos de angústia e terror de gelar o sangue ao seu redor, como uma ovelha procurando por seus carneirinhos perdidos num pasto cheio de animais balindo desesperados. Ele se lembrou da escuridão, da desorientação, do pânico, das batidas do coração, altas e zombeteiramente comprovando que ele havia sobrevivido quando tudo o que lhe importava era que elas sobrevivessem.

E de repente ele a viu. Um flash de luz momentâneo, e ali estava ela: Parzheen, boiando, se debatendo, os braços magros esticados em busca de qualquer coisa que pudesse salvá-la do afogamento.

— Parzheen! — *Será que ela conseguia ouvi-lo?* — Parzheen, é o papai. Estou chegando!

A luz desapareceu, mas ele nadou às cegas na direção dela. Agora não havia nada além dele, de sua filha e da água que os separava. A cada braçada Moud estendia o braço, a ponta dos dedos esticada, tentando agarrar, procurando o corpo franzino de Parzheen em algum lugar daquele mar vasto. E então, de repente, como um milagre, ela estava ali. Em seus braços. Agarrada. Respirando.

— *Papai!*

— Está tudo bem, Parzheen. Está tudo bem, meu bebê. Peguei você.

Foi quando o mundo voltou a Moud, pelo menos o pouco que ele podia ver e ouvir conforme recobrava os sentidos rapidamente. Outro flash de luz — de onde vinha? — e um bote salva-vidas. Borracha, à deriva e meio vazio. Com a filha nos ombros, ele nadou até o bote como se estivesse possuído. Uma esperança louca em seu peito o fez pensar que talvez Hoda e Ava estivessem lá. Os coletes salva-vidas tinham salvado a vida dele e de Parzheen. Não havia por que acreditar que sua mulher e sua filha mais nova também não tivessem sobrevivido.

Por fim ele alcançou o bote. Com sua mão gigantesca e escorregadia, segurou-se na borda e subiu. Reconheceu um dos atravessadores.

— Minha filha — disse Moud, ofegante. — Pegue ela. Pegue a criança.

Num primeiro momento o homem pareceu hesitar, mas então se arrastou para a frente, esticou os braços e tirou Parzheen dos ombros do pai.

Ela gritou.

Foi o grito de uma criança pequena com mais medo de se afastar do pai naquelas águas escuras do que de os dois morrerem afogados juntos. Foi um grito de amor, o grito mais lindo do mundo, e foi o último som que Moud ouviu antes de a onda quebrar sobre os dois e seu mundo acabar para sempre.

Sarah Wade se aproximou do gigante líbio e fez um carinho na mão dele enquanto, lentamente, o homem recobrava a consciência. Sarah trabalhava na *Constance*, uma lancha de resgate que trabalhava 24 horas por dia, sete dias por semana, na costa grega havia quase cinco meses, mas era impossível se acostumar com isso. Os afogamentos diários, grande parte das vítimas crianças, trazidas pela maré como bonecas de olhos revirados. Os gemidos de luto dos sobreviventes. A total falta de remorso dos atravessadores. E a indiferença dos gregos à tragédia humana épica se desdobrando ao redor deles.

O chefe de Sarah, Pascale Dutroit, comentou que achava injusto.

— Quando a morte se torna um lugar-comum, é da natureza humana aprender a conviver com ela. Ninguém consegue passar anos da vida chorando e arrancando os cabelos. E, mesmo que conseguisse, de que adiantaria?

Mas Sarah não se sentia assim. Talvez porque tivesse apenas 23 anos e fosse uma "idealista", segundo os pais. Se ela podia chorar todos os dias por aquelas pessoas, por que os cidadãos de Lesbos não podiam fazer o mesmo? Para Sarah, isso acontecia porque os gregos não enxergavam os imigrantes africanos como "pessoas". E a verdade nua e crua era que a indiferença provavelmente era a emoção mais amena, mais piedosa que eles demonstravam em relação às pessoas que chegavam nos barcos. Muitos moradores sentiam raiva, uma raiva que beirava o ódio da multidão de famílias desesperadas que tomava conta das ilhas. Usavam palavras como *eisvoli* (invasão), *panoukla* (praga) e *zoyfia* (*vermes*). Pascale Dutroit argumentava que, por também serem pobres, não se podia esperar que os habitantes das ilhas gregas conseguissem suportar um fluxo tão grande de pessoas.

— Se quer culpar alguém, culpe a União Europeia. Culpe as Nações Unidas, os países ricos do mundo, por não fazerem nada.

Entretanto, Sarah Wade não queria culpar ninguém. Só queria que as pessoas demonstrassem um pouco de humanidade. Talvez, se os gregos trabalhassem nas lanchas de resgate como ela...

O grandalhão gemeu e tossiu, cuspindo uma mistura de água do mar e catarro. Estava voltando a si.

— Você está bem — disse Sarah calmamente, afastando o cabelo ruivo do rosto para se aproximar mais do dele. — Está seguro. Vamos levá-lo para Lesbos, onde será examinado por um médico.

Ele se sentou com aquela expressão de desespero que Sarah já havia visto tantas vezes.

— Minhas filhas! — exclamou em árabe. — Minha mulher?

Sarah se esforçou para não chorar.

— Sinto muito — respondeu ela em inglês. — Pouquíssimas pessoas sobreviveram. Quase ninguém.

— Sim, mas talvez... Elas estavam... — O inglês de Moud estava hesitando e ele ainda não havia recuperado o fôlego. — Hoda Salim. Minha mulher. Ela é baixa, cabelo escuro. E minhas filhas. Elas estavam usando... — Moud baixou a cabeça para segurar seu colete salva-vidas laranja, mas não estava mais com ele.

Sarah Wade colocou a mão no peito molhado de Moud e se forçou a olhar nos olhos dele.

— Sinto muito, mas todos os sobreviventes são homens adultos. A guarda costeira ainda está fazendo buscas...

A voz de Sarah morreu, mas seu rosto tinha dito a Mahmoud Salim tudo o que ele precisava saber. Moud se deitou e fechou os olhos, entorpecido demais pelo choque para fazer qualquer coisa além de respirar. A jovem continuou falando e fazendo-lhe carinho na mão. Outra embarcação havia batido na deles. Ambas emborcaram. O pessoal de resgate havia feito tudo o que podia, mas quase todos os passageiros do barco de Moud ficaram presos enquanto a embarcação afundava. Só os atravessadores mais experientes e alguns homens fortes sobreviveram.

E quanto a Parzheen?, pensou Moud. *Ela lutou. Ela lutou pela vida. Talvez...?*

Mas a esperança era dolorosa demais. Ele não conseguia. Tinha que bloqueá-la, tinha que tentar se proteger.

— Quando sair desse barco, você vai ser levado a um médico em um dos acampamentos. Vai ter direito a comida e abrigo e, tecnicamente, a um representante legal, mas provavelmente não vai conseguir um. A polícia local vai querer interrogá-lo quando estiver bem o suficiente para falar. O que vai acontecer lá depende das autoridades gregas, mas é bem provável que você seja enviado de volta para casa.

Casa. Para Moud Salim, esse lugar não existia mais.

A inglesa ruiva foi o último rosto amigável que ele viu e a última pessoa a tratá-lo como ser humano. A partir do momento em que pôs os pés em solo grego, deixou de ser Moud Salim, marido, pai, filho e irmão, e se tornou um animal, uma coisa a ser conduzida, cutucada, encarada com raiva, insultada e menosprezada. Mas tudo bem.

Moud não queria compaixão.

Ele queria vingança.

O oficial Georgiou Thalakis levou as mãos ao pescoço, agradecendo por estar vivo. Levantou-se com dificuldade, se olhou no espelho e viu linhas roxas marcadas no pescoço, uma para cada dedo daquele árabe monstruoso. Por quanto mais tempo teria que lidar com essa escória desse tipo? Esses estrangeiros violentos e enlouquecidos, esses animais, piores até que os turcos. Todos alegavam estar fugindo da violência, e talvez estivessem mesmo. Mas em algum momento eles foram infectados por essa mesma violência. E agora ela estava se espalhando ali, pela Grécia, como uma doença abominável para a qual, aparentemente, ninguém tinha a cura.

— Ele está morto? — Thalakis olhou para baixo com raiva e viu o detento jogado no chão de pedra da cela, com uma poça de sangue ao redor da cabeça, como se fosse uma auréola do diabo.

Um guarda se agachou e encostou o dedo no pescoço do gigante.

— Ainda não. Devo chamar um médico?

Thalakis refletiu. Para ele, um líbio morto era um problema resolvido. Por outro lado, queria o nome do desgraçado no comando daquela gangue de atravessadores de pessoas. Graças aos intrometidos e idealistas nas lanchas de resgate das ONGs, ele havia capturado o assim chamado "capitão" do barco e seus subordinados maltrapilhos. Mas Georgiou Thalakis não estava interessado em seis miquinhos amestrados. Ele queria o tocador de realejo.

Os atravessadores tinham muito mais medo dos chefes que da polícia grega e jamais dariam um nome. Por isso, ele precisava de um dos sobreviventes, fosse aquele brutamontes chamado Mahmoud ou seu vizinho choramingando na cela ao lado.

De repente, a porta se abriu e o oficial Vallas, colega de Thalakis, entrou afobado.

— Acho que o pegamos! — exclamou, sorrindo. — O meu imigrante não me deu o nome, mas conseguimos uma confirmação por foto. Andreas Kouvlaki. Aliás, o que aconteceu aqui? — Ele olhou de relance sem se preocupar muito para o prisioneiro caído no chão e a poça de sangue ao seu redor.

— Escorregou — respondeu Thalakis, igualmente desinteressado. *Kouvlaki*. De onde conhecia esse nome? De repente, um estalo. — Andreas Kouvlaki. Alguma relação com Perry Kouvlaki?

— Bingo. — O oficial Vallas sorriu. — Andreas é irmão mais novo de Perry.

— Então Alexiadis está por trás disso? — O oficial Thalakis massageou o pescoço ferido novamente. — Eu sabia!

Makis Alexiadis, o "Big Mak" para amigos e asseclas, era o verdadeiro líder por trás da operação criminosa Petridis, uma enorme rede de negócios ilegais que continuava com força total doze anos após seus fundadores, que davam nome à organização, terem morrido num "trágico" acidente de helicóptero nos Estados Unidos. Perry Kouvlaki era conhecido por ser o braço direito de Alexiadis e seu maior bajulador. Se o irmão mais novo de Perry estava na Líbia, recrutando carga para os barcos da morte, então era porque a Petridis estava expandindo os negócios para o ramo da imigração, o que fazia sentido. Mesmo nesse mundo moderno de Bitcoins e fraudes cibernéticas, ainda era possível fazer uma fortuna com a boa e velha escravização e seus muitos e nefastos derivados — prostituição, trabalho ilegal em lavouras, crime organizado e até assalto à mão armada. Assim que chegavam a solo europeu, os imigrantes não tinham direitos nem dinheiro e se viam numa situação perfeita para serem explorados por gente como a gangue Petridis.

Claro que nenhuma corte aceitaria a palavra de um líbio sem um centavo no bolso como evidência de que Makis Alexiadis estava envolvido no tráfico de pessoas, ou sequer de que ele era algo além de um legítimo empresário, que era sua fachada. Assim como Spyros Petridis antes dele, Alexiadis era um cliente escorregadio, com mais advogados caros à disposição para proteger seu "bom nome" que um ditador congolês típico. Mas uma identificação positiva do irmão de Perry Kouvlaki era um bom começo. Agora, tudo o que precisavam fazer era encontrar o desgraçado.

— Devo chamar um médico? — perguntou o oficial Vallas ao colega.

O oficial Thalakis olhou outra vez para o homem que tinha acabado de tentar matá-lo.

— Claro. Vá em frente.

A pista sobre o envolvimento de Andreas Kouvlaki fez crescer dentro do oficial uma pouco comum disposição ao perdão.

Por outro lado, Moud Salim, deitado imóvel no chão, sentia tudo, menos vontade de perdoar.

Se aqueles gregos desgraçados achavam que ele estava inconsciente, ótimo. Já não se importava mais com os interrogadores, assim como não se importava com a própria vida. Agora ele sabia um nome. Na verdade, três:

Andreas Kouvlaki. Perry Kouvlaki. E Makis Alexiadis.

Moud não descansaria até que os três estivessem mortos e enterrados.

Até que a alma podre e assassina dos três estivesse queimando no inferno.

Simples assim.

CAPÍTULO DEZ

Makis Alexiadis estava na sacada de sua suntuosa *villa* modernista observando os convidados chegarem. Era um grupo impressionante, formado por modelos e estrelas do cinema, bilionários da tecnologia e magnatas do setor imobiliário, astros do rock e políticos e até um ou outro membro da realeza europeia. Todas as mulheres usavam vestidos de alta-costura e os melhores diamantes israelenses, enquanto os homens exibiam relógios Louis Moinet Meteoris, recém-saídos de seus superiates Heesen e jatinhos particulares BD-700.

Ah, o verão em Mykonos! Sem dúvida a vida não ficava muito melhor que isso.

Batizada em homenagem ao neto do grande deus Apolo, Mykonos sempre foi a joia do mar Egeu e, para Makis Alexiadis, a mais bela ilha grega. Talvez não fosse tão exuberante e verde como as outras — os ventos fortes e constantes impediam a vegetação de prosperar, fazendo com que a paisagem da ilha fosse conhecida por suas colinas íngremes, áridas e pedregosas, que afundavam de forma dramática nas águas azul-celeste —, mas Mykonos tinha uma beleza única, desértica, varrida pelo vento. As praias eram margeadas por vilarejos simples de pescadores com casas de paredes caiadas, enquanto no alto das colinas, ao redor de Ano Mera, *villas* enormes e grandiosas se empoleiravam como águias, encarando os ventos em troca de uma vista espetacular da ilha de Delos e mais além.

Localizada entre suas vizinhas mais modestas, Tinos, Syros, Paros e Naxos, e com 85 quilômetros quadrados, Mykonos era de longe a maior e mais "exibida" das Cíclades, atraindo playboys da elite mundial às suas costas idílicas muito antes de Makis Alexiadis passar a fazer parte desse grupo.

Dono de uma beleza grega clássica — cabelo preto e cheio, pele olivácea e olhos acinzentados como a bruma marinha da manhã —, Makis era um homem de estatura mediana e corpo sarado, como um touro. Mesmo quando era pobre, durante a adolescência passada num conjunto habitacional caindo aos pedaços no subúrbio de Atenas, em Sepolia, ele atraía mulheres como mel atrai moscas. Mas agora Makis Alexiadis não era mais pobre. A carreira dele, que começou quando tinha apenas 15 anos como faz-tudo-motorista-carregador-de-tacos-de-golfe-puxa-saco, floresceu e, vinte anos depois, se transformou em riqueza e poder muito além de seus sonhos mais mirabolantes. Desde a morte de seu chefe, o Big Mak passou a comandar o dia a dia do império criminal Petridis, simultaneamente fazendo crescer seu próprio negócio de fachada como incorporador imobiliário, magnata, filantropo e superastro da mídia grega. Ao explorar as "sinergias" entre suas duas vidas, Makis Alexiadis tinha feito uma fortuna comparável ao patrimônio líquido de seu mentor, Spyros Petridis, na época em que estava no auge.

Bons tempos.

Num paraíso repleto de bilionários, era natural que houvesse vários candidatos à residência privada mais luxuosa de Mykonos. Mas a adorada *villa* Mirage, de Makis, sem dúvida faria parte do top 3 da maioria das pessoas. Cerca de 1.400 metros quadrados de vidro e mármore empoleirados no alto de um despenhadeiro em Agios Lazaros, aninhada entre vinte mil metros quadrados de jardins formais bem cuidados que reluziam verde-esmeralda sobre a grande rocha vermelha, a *villa* Mirage oferecia vistas do mar tão lindas que, segundo diziam, faziam Makis Alexiadis chorar. O que era um feito. Seria até eufemismo dizer que o Big Mak não era um homem sensível. Aqueles que tiveram azar o bastante para cruzar seu caminho nos negócios, ou mesmo na vida pessoal, sabiam que ele tinha coração de pedra, como as enormes rochas espalhadas ao redor de sua amada ilha, que, segundo a lenda, eram os testículos petrificados dos titãs, gigantes míticos supostamente assassinados por Hércules ali mesmo.

O Samsung de última geração de Makis Alexiadis vibrou no bolso do blazer. Ele franziu a testa. Só usava essa linha para os assuntos mais particulares e importantes e jamais se afastava do aparelho, mesmo na hora de dormir. Em tese, uma mensagem de texto a essa hora da noite podia significar uma boa notícia, mas desta vez ele duvidou. Estava certo.

Tirou o telefone do bolso e leu a mensagem: "Cargas perdidas em Lesbos e Chios. Dois barcos afundados, um capturado. Mais notícias em breve."

— Merda! — gritou Big Mak. Era o quarto carregamento perdido só naquele mês. *Quatrocentos e vinte imigrantes a um lucro médio total de 3 mil euros por pessoa...* Ele calculou de cabeça o valor total perdido em vidas humanas como se fosse palha de milho ou sacas de açúcar. Não que dinheiro fosse o mais importante. No esquema macro do império Petridis comandado por Big Mak, 1,2 milhão de euros era fichinha. Mas o crescimento do negócio do contrabando de pessoas e, em particular, o controle da lucrativa rota do mar Egeu poderiam render centenas de milhões de dólares para qualquer gangue que a comandasse. Perder não um barco mas dois no mesmo dia era um tremendo revés. *A gente vai parecer piada*, pensou Makis, rancoroso.

E o pior: ele teria que explicar isso para a única pessoa a quem, pelo menos em tese, ainda devia satisfações. Essa não era uma perspectiva nada agradável, além do fato de que qualquer comunicação com essa pessoa em particular expunha tanto Makis pessoalmente quanto a organização a um sério risco, isso sem contar os desafios logísticos envolvidos.

Não era nada fácil se comunicar com os mortos.

— Achei você, meu anjo. — Tatiana, companheira ucraniana de Makis e moradora da *villa*, apareceu na sacada e se enroscou nele como uma serpente faminta. — Estava procurando você por todo lado. As pessoas estão perguntando por você, meu bem. Está tudo bem?

Cinco centímetros mais baixa que Makis e dona de uma crina de cabelo castanho-escuro, lábios inchados como se tivesse levado uma ferroada de abelha e corpo tão curvilíneo que parecia uma personagem de desenho animado sexualizada — corpo esse quase todo à mostra aquela noite, coberto apenas por uma espécie de cota de malha de ouro —, Tatiana era a fantasia de todo e qualquer homem viril. Makis se sentiu excitado e ao mesmo tempo tão irritado que adoraria poder agarrar com as próprias mãos o pescoço esbelto de Tatiana e quebrá-lo como um graveto.

— Não — respondeu ele, irritado, segurando a mão de Tatiana e colocando-a em seu pau duro como uma rocha, mais por hábito que por desejo. — Não está tudo bem. Mande todos embora.

Tatiana deu uma risada nervosa.

— Não posso fazer isso. O presidente da França está aqui, meu amor, e a...

Ela arfou quando Makis deu meia-volta e a agarrou pelo cabelo, puxando-a para perto com tanta violência que, por um instante, Tatiana achou que ele iria dar uma cabeçada e quebrar seu nariz, do mesmo jeito que ela própria já o tinha visto fazer com subalternos que o estressavam.

— Está querendo me desafiar? — vociferou ele como um cão selvagem.

Aterrorizada, ela balançou a cabeça veementemente.

— Não, Mak. Nunca! Vou fazer o que você quiser. Me desculpe.

Mais calmo diante da submissão e do olhar inconfundível de medo na expressão de Tatiana, Makis a deixou ir.

— Pegue lápis e papel para mim — ordenou. — E mande Frankie vir aqui. Agora.

Makis ficou observando a garota sair correndo e se deu conta de que, apesar da perfeição física de Tatiana, estava entediado. Hora de arranjar uma nova modelo.

Segundos depois, apareceu uma empregada com lápis e papel, e logo em seguida surgiu Frankie Goulakis, um garoto camponês desdentado que Makis Alexiadis tinha resgatado no acostamento de uma estrada certo dia, só por curiosidade e diversão, tal qual um cachorro vira-lata, e o manteve pelo mesmo motivo. Frankie era um garoto simples, mas confiável para cumprir tarefas descomplicadas, além de ser totalmente leal ao mestre.

— Leve isso para as cavernas — ordenou Alexiadis, então escreveu um bilhete curto, dobrou-o e o entregou ao garoto. — Deixe no lugar de sempre.

Frankie fez que sim com a cabeça e partiu.

Big Mak olhou para baixo, para aquela ostentação obscena de riqueza e modernidade andando pelo jardim, e refletiu mais uma vez sobre as ironias de se fazerem negócios na Grécia moderna. Sobretudo negócios ilícitos. Embora recebesse informações cruciais por mensagens de texto criptografadas, a única forma de transmitir aquela informação com segurança era escrevendo à mão e entregando a folha de papel a um menino analfabeto, que montaria numa mula, iria até a entrada de uma caverna e a colocaria numa fenda específica. Então, outro camponês iria até lá, retiraria a folha e começaria uma longa e árdua jornada até *seu próprio* mestre, e dali em diante, numa cadeia elaborada que chegaria à pessoa acima de Maki. O processo todo podia levar até duas semanas, um conjunto de precauções frustrante, mas necessário.

Ali a tecnologia estava evoluindo tão rápido quanto em qualquer outro lugar do mundo. Mas ela trazia uma nova série de riscos. Detecção. Interceptação. Rastreabilidade. Por isso, os sistemas antigos seguiam firmes e fortes na Grécia. A pessoa acima de Makis Alexiadis fazia questão de usá-los.

O suor escorria pelo rosto e pelas costas do homem, a pele coçando e queimando sob a calça simples de lã e a camisa de linho. O sol, sempre forte, parecia queimar com intensidade febril. Era quase como se ele estivesse sendo punido por encarar o caminho sinuoso e rochoso rumo ao convento. Mas, claro, isso não podia ser verdade. O padre Georgiou tinha lhe dito que ele estava fazendo o trabalho do Senhor ao pegar essas mensagens na caverna e levá-las para a irmã Elena.

— A Igreja precisa de você, Bazyli — foi o que disse o padre Georgiou. — Não lhe cabe questionar. Faça sua parte e deixe que a boa irmã faça a dela.

Extremamente devoto, Bazyli teria adorado se tornar sacerdote, mas no fundo sabia que não era digno. Em vez disso, devotou a vida a servir humildemente àqueles mais importantes e santificados que ele. Isso incluía o padre Georgiou e, claro, a própria irmã Elena, embora a reverenciada freira fosse cercada por uma aura mística que o confundia e, às vezes, amedrontava. E tinha outra coisa a respeito dela: algo feminino e carnal, que desvirtuava a vida espiritual que a irmã Elena escolhera e que fazia os homens se sentirem felizes e culpados ao mesmo tempo por estarem em sua presença. Para Bazyli, essas sensações eram apenas sintomas de sua natureza pecaminosa, por isso fazia o possível para deixá-las de lado.

A viagem até Sikinos tinha sido longa e árdua, a pé e a cavalo por estradas secundárias difíceis e a pior parte para Bazyli: a travessia marítima, que sempre o fazia vomitar, por mais calmas que estivessem as águas. Em geral, a essa altura, a poucas centenas de metros do ponto de encontro em um pomar ao lado das muralhas do convento, ele estaria se sentindo aliviado. Em breve a viagem chegaria ao fim, a mensagem seria entregue com segurança ao primeiro elo da cadeia, e Bazyli poderia voltar para seu sítio em Paros, para suas galinhas, suas ervilhas e sua Bíblia. Mas o calor naquele dia impossibilitava esse alívio. Tudo o que queria era parar e descansar à sombra imediatamente; enfiar o rosto na água gelada e beber e se refrescar com uma ânsia furiosa, como um animal.

Protegendo os olhos do sol ofuscante, Bazyli ergueu a cabeça e olhou mais uma vez para a encosta da montanha. E então, como um milagre, lá estava ela, um vulto de preto e branco descendo para cumprimentá-lo.

O rosto dela estava debaixo do véu, escondido, como sempre, dos olhos libidinosos dos homens, e suas formas femininas estavam completamente escondidas pelo hábito. Mesmo assim, a forma como se mexia, seu jeito de andar, os movimentos curtos e graciosos das mãos — tudo fascinava o mensageiro como se fosse uma droga exótica e rara.

— Irmã. — Bazyli curvou a cabeça quando ela se aproximou, baixando-se sobre os joelhos artríticos tanto em sinal de deferência quanto por cansaço. — Para a senhora.

Com as mãos tremendo e ofegando como um cachorro, entregou à irmã Elena o papel dobrado.

— Obrigada.

A cadência suave da voz da irmã fluiu sobre ele como azeite. A irmã Elena raramente falava. Nesses três anos em que ele vinha trabalhando como mensageiro para o padre Georgiou, Bazyli não a ouviu falar mais de dez palavras no total. Mesmo assim, ele sabia que, no Paraíso, ouviria aquela voz novamente; sabia que iria se deliciar nas palavras dela para sempre.

— Por favor.

A irmã Elena tirou uma grande garrafa de plástico cheia de água de baixo do hábito e entregou a Bazyli em troca do bilhete, o qual enfiou num bolso sem ler. Quando Bazyli já havia bebido mais ou menos metade, ela ofereceu um pedaço de queijo embrulhado num papel, dois tomates grandes e pão.

— Não é necessário, irmã — disse Bazyli, mas ela insistiu, pressionando os alimentos nas mãos dele. Em seguida, colocou a palma da mão na cabeça do homem para abençoá-lo, deu meia-volta e subiu a colina rumo ao portão do convento, tão suave e silenciosamente quanto havia descido, como um fantasma.

Ela é a personificação da bondade e da gentileza, pensou Bazyli. *A perfeição da feminilidade, como Nossa Senhora. A vida devotada a Jesus Cristo.*

Ele nunca se sentiu tentado a ler qualquer uma das mensagens que entregava, embora, ao contrário de Frankie Goulakis, soubesse ler. Já havia maculado a pureza espiritual de Elena com seus pensamentos libidinosos — desejos há muito reprimidos, mas jamais dominados. Por isso não era sacerdote. Mas não iria agravar seu pecado bisbilhotando algo que pertencia a outra pessoa. De alguém tão acima de Bazyli que ele sequer sabia o nome. Embora presumisse que a irmã Elena sabia...

Bazyli terminou de beber a água, colocou os alimentos na mochila de lona e desceu a colina apressado para fazer o caminho de volta.

A irmã Elena demorou quinze minutos para chegar à clareira, um lugar secreto e totalmente isolado por pinheiros de troncos grossos por onde passava um pequeno córrego alimentado por um manancial cuja água era sempre gelada, por mais escaldante que estivesse o sol. Como o local pertencia à Ordem do Sagrado Coração, nenhum morador da região ia até ali — as pessoas que viviam na ilha eram respeitosas, tão impregnadas pela obediência religiosa e pela ideia de propriedade social quanto um servo da Idade Média. E, como estava do lado de fora dos muros do convento, a clareira era considerada um lugar "proibido" pelas freiras também. Ou seja, ali era o reino particular de Elena, o único lugar onde podia ser "ela mesma".

O que quer que isso significasse.

Tantas reinvenções. Tantas identidades diferentes. Vidas diferentes. Todas elas "reais", cada uma à sua maneira.

Elena havia percebido que não funcionava assim com as outras pessoas. Em seus 50 anos neste mundo, viu outras pessoas crescerem, mudarem, amadurecerem e evoluírem de um modo totalmente diferente de sua experiência de vida. A vida delas não era estática, mas *contínua*, avançando numa linha reta e ultrapassando marcos identificáveis: nascimento, infância, adolescência, juventude, meia-idade, velhice, morte. Ao longo de todos esses momentos a pessoa era sempre *ela mesma.*

Mas não com ela. Elena havia existido como diversas pessoas distintas sem nenhuma continuidade entre si. Sua versão criança: feliz e tranquila. Sua versão adolescente: apaixonada, idealista, sensual. Em seguida, seu papel mais longo e significativo — sua versão adulta, com uma energia obscura que aniquilou suas versões anteriores. Foi nessa encarnação que conheceu a pessoa que mudaria não só sua vida, mas a de todo o planeta. Alguém a quem, de certa forma, ainda servia, como a marca em sua coxa a fazia lembrar.

Apesar disso, essa sua versão também morreu, no dia em que ela chegou ao convento. E das cinzas surgiu a "irmã" Elena. Silenciosa, paciente, devotada, calma, uma bênção para todas as irmãs e todos aqueles que cruzavam seu caminho. Afastada do mundo por escolha própria, ela já não era mais uma influenciadora, ou sequer uma observadora, mas uma reclusa, uma pária por vontade própria.

No começo, a vida no convento parecia uma maldição. Uma punição. Mas com o passar dos anos Elena aprendeu a enxergar a profunda paz proporcionada pela rotina das freiras como uma bênção. Era um privilégio estar livre de tudo — das provações, das paixões, dos conflitos — e se devotar exclusivamente a Deus. Trabalhar, rezar, dormir e não deixar espaço no coração para qualquer outra coisa.

Ela suspirou. Uma pena isso ter que acabar.

Nada dura para sempre.

Ser a "irmã" Elena tinha sido maravilhoso. Mas o bilhete em sua mão significava que agora ela era necessária em outro papel. Elena não tinha mais como impedir essa nova transformação, assim como uma lagarta não pode se recusar a tecer seu casulo. Era hora de se desfazer do hábito.

Alguém mais poderoso que a irmã Elena jamais poderia ser estava prestes, assim como Lázaro, a ressurgir dos mortos.

O bilhete em suas mãos tinha sido enviado por Makis Alexiadis. Um homem importante, sem dúvida, mas que não merecia sequer beijar os pés da pessoa que estava por vir.

Athena Petridis.

Athena!

Só o nome dessa pessoa fazia a irmã Elena sentir calafrios, como uma corrente elétrica percorrendo suas veias.

A irmã Elena abriu e leu devagar o bilhete que Makis Alexiadis lhe escreveu e fez de tudo para chegar às suas mãos. Seu estômago estava embrulhado, e ela sentiu uma tensão no corpo — nos braços, nas mãos e no pescoço —, uma tensão que era, ao mesmo tempo, estranha e vagamente familiar. Má notícia. Muito má. Mais dois carregamentos perdidos, com os barcos afundando e dezenas de vidas perdidas. Era quase como se alguém estivesse tentando sabotar o glorioso retorno de Athena, impedir a reivindicação de seu direito de herança que estava nas mãos de Makis Alexiadis.

Makis.

Big Mak. Era assim que as pessoas o chamavam agora, o sujeitinho ávido e magricela que Spyros Petridis costumava levar a todo lugar, como um cachorro. Ele alegava ainda ser leal ao casal que o arrancara da obscuridade e o jogara num mundo de poder, influência e riqueza inimagináveis. Mas era leal mesmo? E se fosse Makis quem estivesse tentando fazer Athena fracassar, permitindo que a lucrativa rota migratória do mar Egeu escapasse por entre os dedos de Athena, lançando as bases de um plano para usurpar seu lugar?

E se Makis Alexiadis não fosse confiável?

Claro que havia muitos outros a temer. Velhos inimigos. Em especial, o "Grupo". Foram eles que sabotaram o helicóptero dos Petridis naquele dia. No dia em que eles morreram.

Só que, claro, Athena não tinha morrido. De alguma forma, havia sobrevivido às chamas terríveis dos destroços, desafiado o calor ardente como uma bruxa. "Alguém" provavelmente a ajudou.

A irmã Elena deu uma risadinha.

O garoto morto afogado com o calcanhar marcado provavelmente fez o Grupo saber que ele havia fracassado. Se a memória de Elena não lhe falhava, o Grupo não gostava nada de fracassar. Como todo e qualquer fanático, o Grupo continuaria lutando até a morte. Até que o trabalho fosse concluído. Não pararia até enfiar uma estaca no coração de Athena.

Através dos pinheiros altos, a irmã Elena observou os muros do convento que foi seu lar, seu refúgio, por tantos e longos anos. Se pudesse escolher, retardaria a partida por mais alguns meses. Para se preparar emocionalmente. Para se aprontar para sua missão, para o que estava por vir. Mas a criança morta na praia significava que o tempo havia se esgotado. O bilhete de Makis Alexiadis apenas confirmava isso.

O segundo advento estava próximo.

CAPÍTULO ONZE

O assassino se agachou na escuridão, escondido nos arbustos suspensos que cercavam a propriedade. As pernas doíam e os dedos da mão estavam dormentes de frio. A sensação é de que estava esperando ali havia uma eternidade. Mas essas coisas não devem ser feitas na pressa. O *monsieur* e a *madame* Jamet, caseiros da propriedade de Andreas Kouvlaki, tinham ido para a cama havia apenas meia hora. Ele precisava esperar os dois caírem num sono profundo para agir.

A *villa* de Andreas Kouvlaki no sul da França era um imóvel de surpreendente bom gosto. Estava longe de ser uma daquelas mansões chamativas, modernas, toda de vidro e com vista para a praia de Pampelonne, ou uma das grandes propriedades cercadas na cidade. Em vez disso, o abastado contrabandista de pessoas tinha escolhido uma fazenda do século XVII nas colinas acima de Ramatuelle convertida, o terreno isolado circundado por um bosque e totalmente protegido dos olhares intrometidos dos moradores da região. Talvez Kouvlaki achasse que o isolamento daquele refúgio lhe proporcionasse segurança suficiente. Será que era por isso que havia contratado apenas *monsieur* e *madame* Jamet, o casal de idosos que cuidava da casa, e um único vigia noturno entediado, além de colocar dois dobermanns para proteger a propriedade? Ou, quem sabe, Kouvlaki era apenas arrogante demais para acreditar que seus inimigos ousariam atacá-lo.

Seu irmão, Perry Kouvlaki, tinha sido bem mais cuidadoso, instalando sistemas de alarmes elaborados e armadilhas ao redor de sua propriedade e rodeando-se de um pequeno exército de guarda-costas. Não que essas medidas tenham adiantado, no fim das contas. O assassino havia eliminado Perry no mês passado, em Paris, espancando-o até a morte com um martelo numa sala nos fundos de uma boate abandonada, antes de gravar a ferro em brasa a letra A no corpo dilacerado de Perry. Assim que descobriu a tara do irmão Kouvlaki mais velho por jovens árabes — quanto mais jovem, melhor —, foi fácil instigar aquele pedófilo nojento a se desfazer de suas várias camadas de proteção e atraí-lo para a própria morte. O assassino chegou a pensar em gravar a letra A enquanto Perry ainda estava vivo. Deus sabia que aquele desgraçado merecia. Mas, quando segurou o martelo, foi como se uma cortina vermelha tivesse descido e um ódio justiceiro e assassino tivesse tomado conta de seu corpo. Perry morreu em questão de segundos. No fim, o assassino teve dificuldade para encontrar um pedaço de pele intacto para fazer a marca. Acabou optando pelo que havia sido a escápula de Perry Kouvlaki.

Da próxima vez ele tinha que tentar ir com mais calma.

Andreas soube do destino do irmão, mas presumiu que o terrível assassinato havia sido cometido por um cafetão ou por "amigos" de um dos brinquedinhos de Perry. Como não compartilhava das perversões do irmão, Andreas achou que não corria risco. Charmoso e bonito, de corpo esbelto e grande apreciador de roupas feitas sob medida, o mais jovem dos irmãos Kouvlaki era popular e querido, representando com perfeição o papel de empresário respeitável. Mulheres se aglomeravam à sua volta e os homens competiam pela sua amizade, sem terem a menor noção da miséria humana sob a qual seu império empresarial tinha se construído.

Mas Andreas havia se tornado complacente e desleixado. Ninguém era infalível, como bem sabia o assassino. E ele estava ali para realizar o trabalho. O dia do acerto de contas tinha chegado.

Ele saiu lentamente do esconderijo, contraindo-se ao sentir o sangue voltar a fluir pelas pernas esticadas, e foi em direção ao chalé do caseiro. Se seus cálculos estivessem corretos, os cachorros sentiriam seu cheiro em aproximadamente quinze segundos, começando uma cacofonia de latidos que ele deveria eliminar assim que possível.

Quinze, catorze... dez...

O assassino colocou a mão na bolsa pendurada no peito e pegou dois bifes pingando, encharcados com uma generosa quantidade de tranquilizante inodoro de cavalo e os segurou à frente do corpo, como um talismã.

Dois... um...

No instante exato, os dobermanns surgiram da escuridão como um par de cães gêmeos do inferno, latindo alto, mas os bifes os fizeram parar na hora. O assassino se afastou enquanto os animais farejavam e depois comiam a carne, sem fazer ideia de que um sedativo estava percorrendo suas correntes sanguíneas. Ambos apagaram em menos de um minuto.

O assassino atarraxou o silenciador na arma, se ajoelhou e fez um carinho no pelo lustroso de cada animal. Queria não ter que fazer isso, mas não tinha jeito. De coração na mão, deu um tiro na cabeça de cada um.

Eles são vítimas de Kouvlaki, não minhas, disse a si mesmo ao se aproximar da porta do chalé e arrombar a fechadura sem dificuldade. Subiu rapidamente a escadaria, parou por um instante diante do quarto dos Jamets, olhou para o casal de idosos dormindo lado a lado, os rostos marcados pelo sol visíveis mesmo na escuridão, do lado de fora do edredom, parecendo duas nozes em conserva. Ele se aproximou da cama e pressionou um pano embebido em clorofórmio sobre as narinas de ambos antes de qualquer um deles sequer ter a chance de se mexer. Menos de um minuto depois, com ambos desmaiados e algemados a um pé da cama, o assassino saiu do chalé e foi em direção à casa principal.

O último obstáculo era Laurent, vigia noturno preguiçoso e inútil de Andreas Kouvlaki. A maioria dos casarões na Cote d'Azur empregava um vigia, supostamente para deter ladrões de carro ou hipotéticos ladrões de casas, embora, das pessoas que aceitavam esses trabalhos extremamente entediantes, a maioria era algum jovem desempregado da região, totalmente destreinado, muito menos útil que cães de guarda. Mesmo assim, as pessoas se sentiam melhor sabendo que, enquanto dormiam, havia alguém patrulhando suas casas com uma lanterna. E Kouvlaki ao menos se deu ao trabalho de dar uma arma a Laurent, colocando-o um patamar acima do restante.

Laurent, entretanto, tinha um metro e setenta e era franzino, portanto não foi páreo para o assassino, que se aproximou e enfiou um terceiro pano sobre o nariz e a boca de Laurent, assim como havia feito com os caseiros, e em pouco tempo colocou a última linha de defesa de Kouvlaki amarrado, amordaçado e trancado num galpão de ferramentas.

Um vento frio soprou quando ele usou um pé de cabra para abrir uma janela do térreo e entrou com facilidade no casarão escuro. A partir de então, parou de sentir frio. Em vez disso, um calor satisfatório começou a tomar conta dele lentamente enquanto refletia sobre o que fazer e por quê.

Eu sou um anjo da vingança.
Um servo da justiça.
Um destruidor do mal.

Com um sorriso no rosto, o assassino começou a subir os degraus.

O oficial Anjou esfregou os olhos com a mão calejada.

— *La vache!* — exclamou entre os dentes.

A cena diante de seus olhos era diferente de tudo o que ele havia visto ao longo de mais de vinte anos na polícia. O que começou como uma noite no quarto de um casal agora parecia um abatedouro, como um daqueles vídeos apavorantes postados na internet por ativistas dos direitos dos animais ou por militantes veganos. A diferença era que o corpo mutilado no centro da carnificina não pertencia a um bezerro ou a uma leitoa, mas a um jovem no auge da vida.

— A namorada está falando? — perguntou o oficial Anjou a um dos comandados, os olhos ainda fixos na coisa estraçalhada e ensanguentada que havia sido Andreas Kouvlaki.

— Não senhor — respondeu o policial. — Só grita. Ainda em estado de choque.

— Ela viu acontecer?

— Não. Estava sedada e amarrada à cama. O invasor arrastou Kouvlaki para o lado de fora. Ao que parece, foi a última vez que ela o viu com vida. Quando acordou, ele estava... — O jovem indicou com a cabeça o corpo, mas desviou os olhos. Parecia prestes a vomitar. O oficial Anjou não o culpava.

— Mas ela ligou para nós, certo?

O jovem policial assentiu.

— O assassino colocou o telefone ao lado dela na cama. Provavelmente queria que ela ligasse para pedir ajuda.

O oficial Anjou resmungou.

— Ah, sim. Esse assassino era um grande sujeito, com certeza.

— Claro que não, senhor. Mas chama a atenção que ele não tenha ferido mais ninguém na propriedade — comentou o jovem policial. — Além dos cães de guarda. Quer dizer, está claro que o assassino estava atrás do Sr. Kouvlaki.

E, rapaz, ele deu um jeito em Kouvlaki mesmo.

Anjou se ajoelhou ao lado do cadáver. Teve o cuidado de não tocar em nada, mas se aproximou dos ferimentos no corpo de Andreas Kouvlaki e observou todos os detalhes, examinando com nojo a obra do assassino. O rosto tinha sido estraçalhado de tal forma que se tornara uma massa disforme, provavelmente com os próprios punhos ou com o cabo de uma arma de fogo. A maioria dos outros ferimentos tinha sido feita com uma faca, embora o assassino claramente também estivesse portando uma arma. Havia balas nos pés e nas canelas — talvez usadas para derrubar a vítima quando ela tentou fugir. O pescoço tinha sido cortado diversas vezes. Mas os detalhes mais marcantes do cadáver eram as duas mutilações que o oficial Anjou torcia para terem sido feitas após a morte.

Uma era uma letra P gravada a ferro em brasa no peito, como se tivesse marcado gado.

E a outra era a mão direita. Ainda estava com os anéis de ouro e diamante da vítima. Quem quer que tivesse feito aquilo não estava interessado no dinheiro. Mas o dedo indicador tinha sido cortado.

Ele mata cachorros, pensou o oficial Anjou. *É extremamente violento. Deixa "sinais" nas vítimas e leva partes do corpo como troféus.*

Mas... ele deixa um telefone para a namorada ligar e pedir ajuda. E deixa os funcionários vivos.

Que *tipo* de psicopata era esse?

De volta à segurança do quarto que havia alugado, o assassino tomou um banho, vestiu uma calça de moletom e uma camisa limpa e se deitou na cama. Estava exausto, fisicamente falando, mas sabia que não conseguiria dormir. Nada seria capaz de acalmar sua mente frenética a mil.

O pico de adrenalina não era por causa do assassinato. Matar não lhe deu prazer algum. Afinal, ele não era um monstro. Na verdade, a adrenalina era consequência da sensação de completar algo, de fazer justiça, de uma missão que ainda não havia sido finalizada, mas estava em andamento. Estava fazendo seu trabalho, não para si mesmo, mas para os outros.

Andreas Kouvlaki era um homem inteligente. Assim como Perry, havia implorado por sua vida corrupta e inútil. Mas, ao contrário do irmão, tinha uma estratégia — ele se ofereceu para levar o assassino ao alvo mais importante de todos.

— Posso dar para você acesso à casa em Atenas — balbuciou ele. — É onde ele está agora. Acredite, eu o odeio tanto quanto você. Tudo o que fiz foi porque ele me obrigou.

O assassino não acreditou em Kouvlaki. Nem por um segundo. Mas a promessa de acesso era interessante. Interessante o bastante para retardar sua morte.

— Como? Como pode me dar acesso?

— Os códigos para os portões do perímetro externo e para a porta da frente estão salvos no pen-drive dentro do meu cofre. Eu entrego o pen-drive agora. O cofre está dentro de um dos quartos de hóspedes. Mas só com os códigos você não vai muito longe. À noite, ele dorme no quarto principal, que tem alarme a laser. Você precisa de acesso biométrico para entrar, e eu sou uma das únicas quatro pessoas que têm acesso. Você vai precisar da minha ajuda.

O assassino olhou pensativo para o homem rastejando aos seus pés. Lembrou-se da primeira vez que viu Andreas Kouvlaki, longe, muito longe dali. Naquele dia o sol brilhava, assim como Andreas, irradiando autoridade e confiança, seu poder e sua riqueza contrastando com a pobreza, a miséria e o desespero ao redor. Parecia um golfinho prateado nadando num mar de imundície.

Mas agora o jogo virou.

— Por favor! — implorou Andreas. — Nós podemos fazer isso juntos. Você precisa de mim. Me deixe ajudar.

— Obrigado — agradeceu o assassino em voz baixa. — Vou deixar.

E havia deixado. Enfiou a mão na bolsa ao lado da cama, pegou os dois tesouros daquela noite e os segurou com carinho.

O primeiro era um pen-drive contendo os códigos de acesso à residência da próxima vítima.

E o segundo era o dedo indicador direito de Andreas Kouvlaki, a "chave" biométrica para a suíte máster, bem embrulhado num saco de gelo.

CAPÍTULO DOZE

Ella pressionou a testa na janela de acrílico do avião conforme desciam atravessando a última camada de nuvens em direção ao Elefthérios Venizélos, também conhecido como Aeroporto Internacional de Atenas. Como nunca havia saído dos Estados Unidos, estava fascinada com tudo o que via. Mesmo a 4.500 metros de altura, claramente não estava entrando apenas num país diferente, mas num mundo diferente.

Um céu tão azul que parecia tirado de um livro de colorir para crianças reluzia acima de uma colcha de retalhos formada por campos verdes e marrons cortados por estradas minúsculas ladeadas por alguns edifícios brancos de diversos formatos e tamanhos. Mais além dos campos, um mar cristalino batia numa costa de areia branca. O avião continuava descendo, e em breve Ella conseguiria distinguir os rios, as igrejas e o que pode ter sido um anfiteatro ou algum tipo de ruína. Um único barco a vela vermelho seguia rumo ao mar aberto. *Tudo parece tão tranquilo*, pensou Ella.

Graças ao *briefing* que finalmente recebeu no Aeroporto de São Francisco e leu inúmeras vezes ao longo das dez horas de voo, agora Ella sabia que esse lugar diferente e colorido era Ática, a região ao redor da capital grega.

Também descobriu que, em algum lugar lá embaixo, seus pais perderam a vida.

"Perderam", não, corrigiu-se Ella. William e Rachel Praeger tinham sido privados de suas vidas, brutalmente assassinados. Agora, enfim, sabia a quem culpar.

Seu pai, William, tinha morrido primeiro, com um tiro na cabeça à queima-roupa dado por membros de uma organização criminosa comandada por um homem chamado Spyros Petridis. William estava numa missão na Europa. Fazia parte de uma equipe que tentava expor uma enorme operação de lavagem de dinheiro que era comandada por Petridis e envolvia vários oficiais importantes de governos europeus. De acordo com o *briefing*, William foi assassinado em algum lugar da Grécia continental. Embora seu corpo jamais tenha sido encontrado, desde então o Grupo interceptou várias comunicações internas do império Petridis confirmando o assassinato.

A mãe de Ella, Rachel, teve um fim ainda mais terrível. Atraída para a Grécia pelos Petridis em busca do marido (que já estava morto), Rachel foi sequestrada, levada a uma praia remota e afogada no mar Egeu pelo próprio Spyros Petridis, enquanto Athena assistia à cena. Furioso pelo estrago que William Praeger havia causado em seus "negócios", Spyros jurou que se vingaria do Grupo, indo além do simples assassinato de William. Matar a mulher de William, e de forma tão sádica, tinha sido um ato de fúria e terror, com a intenção de amedrontar os mais altos escalões da liderança anônima do Grupo.

Mas o efeito foi contrário. Revoltado pelo assassinato dos Praegers, dois de seus agentes mais corajosos e brilhantes, o Grupo reagiu e conseguiu assassinar Spyros Petridis e sua mulher, Athena, no ano seguinte, sabotando um helicóptero no qual ambos eram passageiros e provocando um acidente fatal. Até meses atrás, o mundo acreditava que ambos os Petridis tinham falecido nesse "acidente". Mas acontecimentos recentes sugeriram ao Grupo, e àqueles que estavam por dentro do caso, que Athena Petridis talvez tivesse sobrevivido e se escondido durante todo esse tempo.

A missão de Ella era estabelecer a veracidade dessa suposição e, caso fosse, encontrar Athena Petridis. Encontrar a mulher que, como uma ratazana, ficara parada assistindo à sua mãe morrer afogada. A expectativa do Grupo era de que as habilidades únicas de receber e interpretar dados de transmissão, assim como seu interesse pessoal na missão, a ajudariam a ser bem-sucedida onde outros agentes tradicionais fracassaram. "Quando for localizado, o alvo será destruído", afirmava o *briefing*, curto e grosso.

No início, Ella ficou decepcionada com a falta de detalhes sobre a morte dos pais. No *briefing* de setenta páginas, menos de duas eram dedicadas aos assassinatos de William e Rachel Praeger. As outras 68 focavam no império criminoso Petridis, tanto no passado quanto no presente, e nas poucas informações concretas que o Grupo tinha até então sobre a possível localização do alvo de Ella, Athena Petridis.

Mas, conforme lia, Ella se viu deixando de lado o assassinato dos pais enquanto começava a compreender a escala dos crimes da gangue — se é que se poderia chamar uma organização tão ampla e sofisticada de "gangue". A profundidade da desgraça que Spyros Petridis e seus capangas causaram ao longo dos anos era de tirar o fôlego, sobretudo para um grupo do qual, até então, Ella nunca havia sequer ouvido falar. Mesmo que somente uma pequena parte do relatório estivesse correta, aquelas pessoas estavam no nível da Máfia e da Tríade numa escala de torturas e assassinatos, e talvez fossem até mais bem-sucedidos no que dizia respeito a crimes do colarinho branco, acumulando uma riqueza absurda. Assim como as vastas fortunas feitas em atividades ilegais, como prostituição e tráfico de drogas, os Petridis cometeram fraudes, desviaram fundos e intimidaram pessoas para lavar dinheiro sujo e transformá-lo em inúmeros negócios "legítimos", de especulação imobiliária a transporte marítimo de mercadorias, mineração e bancos de investimento. No fim do reinado de terror, nos anos imediatamente anteriores ao acidente de helicóptero, eles expandiram seus negócios até para o ramo da educação, investindo pesado em escolas particulares em áreas pobres de grandes cidades dos Estados Unidos. O irônico é que esse fora um dos setores mais rentáveis até então, um modelo de negócio simples que ludibriava famílias de imigrantes e de pessoas brancas pobres, mas ambiciosas, e as fazia cair numa dívida eterna e numa vida de servidão à máquina Petridis.

Mesmo que não tivessem matado meus pais, pensou Ella, *essas pessoas eram perversas até o último fio de cabelo.*

Ella fechou os olhos e decidiu treinar a técnica ensinada por Dix. Ativou a parte receptora do cérebro e tentou sintonizar exclusivamente no diálogo entre o controlador de tráfego aéreo e a cabine de comando. Satisfeita, percebeu que conseguia fazer isso sem dificuldade. Não que a conversa recheada de jargões significasse qualquer coisa para ela. Mas era incrível pensar que, poucas semanas antes, teria ouvido apenas um ruído incompreensível, que viria acompanhado por uma dor de cabeça nauseante.

Mesmo contra a vontade, Ella admitiu que tinha de agradecer ao Grupo por algumas coisas.

Com uma única pancada forte, o avião tocou o chão.

— Bem-vindos a Atenas. Esperamos que tenham tido um voo agradável.

— Está fazendo um bilhão de graus aqui! E dois bilhões por cento de umidade. Eu estou derretendo feito um picolé.

Ella estava falando com seu amigo Bob a alguns quarteirões do hotel, lutando para segurar o celular com as mãos meladas e encharcadas de suor.

— Para você ver: eu saí só para comprar um refrigerante, mas a vontade é de ficar pelada e me jogar numa fonte ou qualquer coisa com água.

— Não faça isso — pediu Bob, que adorava e ao mesmo tempo odiava o fato de Ella ter ligado da *Grécia* às quatro da manhã depois de três semanas sem dar notícias, mas agindo como se tivessem se falado no dia anterior, como se tudo estivesse normal.

— Então você não morreu na floresta. Que bom. — Bob esfregou os olhos, ainda sonolento.

— Que floresta?

— A floresta da Califórnia. O cara esquisito de terno. Coordenadas. A tal seita. — Bob a lembrou da última conversa que tiveram quando ela estava na estrada rumo ao Acampamento Esperança.

— Ah, não — respondeu Ella, como quem diz que aquilo é notícia velha. — Não morri. E não é uma seita. Bem, não exatamente. Quer dizer, acho que dá para dizer que é mais ou menos...

— Meu Deus, Ella...

— Por que você está sussurrando?

— Estou sussurrando porque é madrugada e Joanie está dormindo ao meu lado — explicou Bob. — O que você está fazendo na Grécia?

— Não posso falar.

— Senão vai ter que me matar? — brincou Bob.

— Não se preocupe. Eu nunca mataria você — respondeu Ella, falando sério. — Mesmo se eles me pedissem.

Bob se sentou na cama.

— Ella, o que está acontecendo? Você percebe que isso não é normal? Quer dizer, nada disso é minimamente normal. Pode me dizer exatamente onde está? Ou quanto tempo planeja ficar?

— Não, desculpe...

— Bom, pelo menos posso dar uma olhada no seu apartamento enquanto está fora? Isso se estiver planejando ficar aí por muito tempo, o que espero que *não* seja o caso. Quero fazer alguma coisa, Ella. Estou preocupado com você.

— Obrigada, mas não precisa se preocupar. Só liguei para avisar que estou bem. E para pedir desculpas por pedir que você fizesse... que você dormisse comigo. Quando a gente se conheceu.

Bob conseguia sentir que ela estava corando do outro lado da linha.

— Tudo bem, Ella.

— Não, não está tudo bem. Agora eu sei. Venho trabalhando para controlar os meus impulsos.

— Sei... Que bom — disse Bob. Talvez houvesse um lado positivo no fato de Ella se meter com aquele monte de esquisitos. — Isso é ótimo. Então você *não* vai tirar as roupas e entrar numa fonte, certo?

— Mas está *tão* quente! — resmungou Ella. — Meu Deus, você não faz ideia.

— E não convide gregos aleatórios para transar com você — acrescentou Bob, ainda torcendo para que o comentário de Ella sobre a fonte fosse brincadeira.

— Pode deixar. Se cuide, Bob.

— Não, não, não, não desligue ainda! — implorou Bob, mas era tarde demais.

Ella ergueu a cabeça e olhou para o garçom.

— *Chimos portokali, epharisto* — pediu, confiante. O garçom assentiu e se afastou.

O grego de Ella estava melhorando a cada dia, e seu sotaque já era natural o bastante para os locais não perceberem de cara que se tratava de uma turista. Mas Gabriel não ficou impressionado.

— Ainda não está bom o suficiente — informou ele, curto e grosso, durante a última ligação antes de ela partir do acampamento rumo ao aeroporto. — Se esforce mais.

— Obrigada, não tinha pensado nisso — retrucou Ella, ofendida. — Você sabe motivar as pessoas, hein?

— No campo, a forma de falar é parte tão importante do disfarce quanto qualquer outra coisa — explicou ele, sem se desculpar. — Pode significar a diferença entre a vida e a morte.

— Ah, é? Bem, se você queria que meu grego fosse fluente, talvez devesse ter treinado comigo por seis meses, não por seis minutos — rebateu Ella. — Aliás, eu tive que aprender outras coisas além do idioma. Passo quatro horas por dia com Dix, além de três horas me exercitando. Tente você fazer isso!

O suco de laranja chegou, inexplicavelmente sem gelo — ou os gregos não sentiam a umidade ou adoravam castigar as pessoas —, e Ella bebeu lentamente, absorvendo o cenário ao redor. A alguns quarteirões dali havia uma rua engarrafada — estreita, mas com carros parados buzinando — com todos os sons típicos da vida na cidade: bebês gritando, vendedores aos berros, música tocando nas esquinas e bares abertos. Mas ali, naquela pracinha, o silêncio era quase sinistro. Além de Ella e de alguns outros clientes, o café estava vazio. As poucas almas corajosas que se aventuraram a sair naquele calor estavam sabiamente nas sombras, fumando sob árvores ou pórticos ou sentadas nos degraus da escada de uma igreja minúscula. Numa esquina, uma mulher toda de preto e tão velha que poderia muito bem já estar morta rezava baixinho enquanto contava as pedras do terço. Parecia uma bruxa de um conto de fadas. Ella tentou se imaginar tão idosa, ou pertencendo a esse mundo antigo de sinos de igrejas, rituais e cheiros estranhos e misturados de incenso, café, cebola, jasmim e suor. Sentada ali, o mundo moderno que havia acabado de deixar para trás nos Estados Unidos parecia um sonho.

Por outro lado, a maior parte do mês anterior tinha parecido um sonho, um sonho do qual ela já não tinha certeza de que queria acordar. Admitiu para si mesma que estava empolgada.

O relógio no campanário da igreja informou que eram três da tarde. Dali a três horas um dos agentes gregos do Grupo apareceria para pegá-la no saguão do hotel e levá-la para um "jantar de *briefing*". Era tempo suficiente para voltar ao quarto, tomar banho (mais um), trocar de roupa e talvez ler pela centésima vez as informações que Gabriel havia lhe dado. Todos os seus membros doíam, e ela estava louca para dormir depois da longa viagem, mas sabia que, assim que fechasse os olhos, nenhuma força na Terra seria capaz de acordá-la.

— Ella. *Ella!*

O barco estava balançando. Ondas, ondas enormes, quebravam no convés e ameaçavam jogá-la ao mar, arrastando seu corpo exausto de um lado para o outro.

— Ella, acorde!

Ela se sentou na cama. Estava em pânico e totalmente desorientada. Um homem gordo de meia-idade com os braços mais peludos que já tinha visto segurou seus ombros. O rosto dela estava pingando, a água tão fria que a deixou sem ar.

— O que... Quem é você? — perguntou, ofegante, ao gorila, que respondeu com um sorriso, revelando duas fileiras de dentes extremamente amarelados de fumante.

— Meu nome é Nikkos. E você está atrasada! — Ele sorriu novamente. — Mas não tem problema. Você é mulher e estamos em Atenas. *Hari ka pousas gnorissa.*

— Não me diga que é um prazer me conhecer! Você acabou de jogar água no meu rosto!

— Eu não conseguia acordar você — explicou ele, como quem pede desculpa. — Você estava roncando. Assim, ó.

Nikkos jogou a cabeça arredondada para trás até esticar o pescoço e imitou Ella, escancarando a boca e fazendo sons pavorosos, como um porco grunhindo.

— Sem chance de eu ter feito esses barulhos — disse Ella, secando o rosto e tentando conter um sorriso. Havia algo de caloroso em Nikkos, uma simpatia que dificultava ficar com raiva dele. — Como você entrou no meu quarto?

Ele ergueu um dedo em sinal de advertência e estalou a língua.

— Muito, muito fácil. Você não deu duas voltas na chave. Tem que tomar mais cuidado, ok?

Antes mesmo de Ella dizer qualquer coisa, Nikkos saiu andando rápido e batendo a palma das mãos parrudas como um sargento alegre.

— Ande, ande, se apresse, a gente precisa ir ao restaurante. Rápido, agora mesmo. Temos muitos assuntos a discutir.

— Ok — disse Ella, largando a toalha que ainda estava usando desde o banho que tomou mais cedo e indo até o closet totalmente nua, sem a menor inibição. — Vou me vestir. Só um minutinho.

Nikkos corou até a raiz dos poucos cabelos que lhe restavam quando Ella se abaixou para colocar uma calcinha limpa tirada da mala. Quem *era* aquela louca? O chefe tinha lhe avisado que Ella podia ser meio "excêntrica", mas Nikkos não esperava *isso*.

— Vou esperar no carro. Lá fora — avisou ele em voz alta, demorando a desviar os olhos.

O jantar acabou sendo numa taverna lotada e barulhenta bem no centro do bairro turístico de Atenas ao pé da Acrópole, à sombra do famoso Partenon. Embora estivesse a menos de três quilômetros do hotel, Nikkos a levou por um trajeto tão tortuoso de carro que eles demoraram quase quarenta minutos para chegar.

— Isso é medo de estar sendo seguido? — perguntou Ella, pegando um lugar numa mesa de canto e folheando o cardápio grego. Tudo parecia delicioso.

— Medo, não! — garantiu Nikkos. — Medo é perda de tempo. Mas preparado? Sim, sempre.

Nikkos acendeu um charuto grosso, claramente desafiando as placas de "Proibido fumar" em todas as paredes. Em seguida, com um gesto, chamou o garçom e imediatamente começou a pedir pelos dois. *Gavros tiganitos*, um prato de anchovas fritas, fatias de queijo feta embebidas em azeite, tomate e salada *kalamata*, polvo refogado no alho e *dolmathes*, folhas de videira recheadas com arroz temperado e cebola. Ella tentou se opor, mas Nikkos fez um gesto para que o garçom a ignorasse e finalizou o pedido com uma garrafa grande de *retsina* e pão e azeitonas "para começar".

— Você costuma escolher a comida das pessoas com quem sai para comer? — perguntou Ella não com raiva, mas um pouco perplexa. — Porque acho que não chego nem perto de comer tudo isso.

— Com outro homem, não, claro que não — explicou Nikkos rapidamente. — Mas com uma mulher, sim. Naturalmente, o homem vai escolher a comida que vai pagar. É assim que funciona na Grécia.

— Mas e se a mulher não gostar do que o homem escolher?

— Você não gosta desse tipo de comida? — Nikkos parecia chateado.

— Tenho certeza de que vai estar uma delícia. É só que, bem... não acha sua atitude meio sexista? Quer dizer, e se a mulher pagar a conta?

Nikkos jogou a cabeça para trás e caiu na gargalhada só de pensar. Ao fazer isso, uma atraente mulher de meia-idade a algumas mesas de distância se virou e o encarou.

— Caramba.

Nikkos ficou pálido e rapidamente apagou o charuto quando a mulher foi até a mesa em que estavam e começou a repreendê-lo em voz alta e tom dramático, primeiro em italiano, sua língua nativa, e depois em grego. Mesmo sem o confiável Babbel, Ella entendeu o tom da conversa com base na expressão furiosa da mulher e nas mãos gesticulando de forma descontrolada. Distinguiu perfeitamente as palavras *pseftis* (mentiroso), *apateonas* (traidor) e *choiros* (porco), repetidas vezes. Nikkos se defendeu da melhor maneira que pôde dos ataques verbais e, às vezes, também dos físicos, se encolhendo como um cachorro levando uma bronca enquanto os garçons, aparentemente ignorando o drama, chegavam e colocavam prato atrás de prato do banquete que Nikkos havia acabado de pedir. Por fim, a mulher acabou ficando esgotada e, como um tornado, voltou para a própria mesa, de onde continuou encarando com raiva seu infeliz ex-namorado.

— Peço desculpas pela grosseria dela — murmurou Nikkos, colocando uma montanha de comida em ambos os pratos, enchendo as taças de vinho gelado até a borda e bebendo a sua quase num só gole fortificante.

— Ela parecia bem irritada — comentou Ella, tentando dar uma garfada num *polpi*.

— É italiana — disse Nikkos, como se isso explicasse tudo. — Meu italiano é excelente — acrescentou, se gabando, sua vivacidade natural já voltando ao normal. — Sou poliglota.

Por mais que tentasse, Ella era incapaz de desgostar daquele homem. Nikkos parecia um Papai Noel irresponsável, ganancioso e malcomportado.

— Ela está irritada por que você a traiu — disse Ella, tomando um gole de vinho.

— Não, não. — Nikkos fez um gesto negando a acusação e tomou outro gole de vinho. — Foi um mal-entendido. Garanto.

— Ela disse que você transou com duas mulheres pelas costas dela.

Ella sorriu ao perceber a expressão de choque no rosto de Nikkos.

— Eu também sou poliglota. Bem, quase isso. E também tenho relações sexuais com um monte de pessoas diferentes — acrescentou, com naturalidade.

Nikkos engasgou e tossiu até a *retsina* sair pelas narinas.

— Você é muito diferente das mulheres gregas — disse ele, quando recuperou o fôlego.

— Sou muito diferente de todo mundo — reforçou Ella, dando de ombros.

— Sim — disse Nikkos, ficando sério de repente. — Eu sei. Sobre sua história e suas... habilidades. Você está usando essas habilidades agora?

Ella fez que sim.

— Estou aprendendo a ativá-las e desativá-las. Treinei no acampamento.

— Certo. E nesse momento você consegue "ouvir" alguma coisa?

— Sim. — Ela baixou a voz. — O homem perto da porta está trocando mensagens com o traficante dele. Estão conversando sobre o preço do grama de cocaína.

Nikkos arregalou os olhos.

— Sério? Você ouviu isso? Ou viu?

— Nenhuma das duas coisas, exatamente. É difícil explicar. Mas eu sei. Milhares de sinais eletrônicos atravessam meu cérebro dia e noite. Estou aprendendo a sintonizar nos que quero e dessintonizar os que não quero. Também estou aprendendo a detectar frequências e ondas de rádio diferentes. Como a polícia grega ali fora.

— A polícia está lá fora? — perguntou Nikkos, virando-se.

— Está — respondeu Ella, tranquilamente. — Os que nos seguiram. Estão de olho em você, mas não parecem saber quem eu sou. Que bom que você nunca sente medo — provocou Ella, com ironia.

Nikkos apoiou a faca e o garfo no prato e encarou Ella, chocado.

— Isso é muito impressionante. Agora entendo por que mandaram você, e rezo para que possa nos ajudar. Para que consiga ser bem-sucedida onde outros fracassaram.

Ella se inclinou para a frente, ansiosa.

— Eles me disseram que você me faria um resumo sobre a primeira fase da missão. É hoje à noite? Agora?

— Ã-hã — respondeu Nikkos. Ele arrancou um pedaço de pão quente com a mão e passou numa tigela de *homus*. — Acomode-se — disse, em voz baixa, sem tirar os olhos do prato. — Relaxe. Continue comendo e bebendo. Vamos ter uma conversa normal e entediante enquanto jantamos, certo? Nada que seja do interesse de ninguém.

Ella obedeceu, ajustando a linguagem corporal e voltando a atenção para a deliciosa pilha de anchovas fritas que Nikkos havia lhe servido.

— Pelo que sei, você já sabe o nome e o passado do seu alvo, certo? — perguntou Nikkos.

— Ã-hã.

— Ótimo. Bem, essa operação tem duas partes. A fase um é de coleta de informações. Como você sabe, recebemos relatórios recentes que sugerem que ela, Athena Petridis, pode estar viva.

— A marca no calcanhar do garoto que morreu afogado — disse Ella, sentindo um calafrio.

— Sim, tem isso. E há rumores antigos vindos dos Estados Unidos sobre uma mulher muito ferida que foi tirada dos destroços. Mas tem uma coisa que você precisa saber. — Ele pronunciou *saberrrrrr*, enrolando a língua até não poder mais. — O local do acidente era extremamente remoto. A chance de alguém estar perto o bastante para ver o que aconteceu e, mais ainda, resgatar um dos passageiros, era quase nula.

— Está dizendo que você não acredita nesses relatórios? — perguntou Ella, soando surpresa o bastante para receber um olhar de advertência de Nikkos. *Fique calma. Não chame a atenção das pessoas. Isso aqui é uma conversa chata durante o jantar, lembra?*

Ella captou a mensagem e baixou o tom de voz.

— Você acha que Athena não sobreviveu?

— Provavelmente, não — respondeu ele, depois de uma pausa.

Ella ficou em choque. Esse ceticismo de Nikkos contrastava com a certeza do restante do Grupo. Da maneira como as informações foram passadas para Ella, estabelecer o *fato* de que Athena estava viva não passava, a essa altura, praticamente de mera formalidade. A marca no calcanhar do garoto afogado era prova disso. O verdadeiro motivo da missão de Ella era localizar Athena, para que um esquadrão de assassinos pudesse entrar em cena e finalizar o trabalho.

— Sobreviver a um acidente de helicóptero por si só seria um milagre — explicou Nikkos, enchendo as taças outra vez e pedindo uma segunda garrafa. — Mas a ideia de que ela não só sobreviveu ao impacto como também de que alguém a viu, a tirou das chamas e a carregou por uns cinquenta quilômetros até a cidade mais próxima, e além de tudo conseguiu manter segredo tempo o suficiente para cruzar o mundo escondida? Para mim, parece fábula. Como um mito grego, sabe? — Ele deu uma risadinha, satisfeito com a própria analogia.

Ella tomou um gole de vinho, refletindo em silêncio.

— Meus pais estavam trabalhando para levar os Petridis à justiça. Quando eu era criança. Foi a última missão que fizeram.

— Sim, eu sei. — Nikkos baixou a cabeça e olhou para a toalha de mesa, desconfortável.

— Você os conheceu? Eles seriam um pouco mais velhos que você hoje. E, se eles vieram à Grécia, talvez você tenha conhecido os dois.

— Não cheguei a conhecer seu pai, mas conheci sua mãe — admitiu Nikkos, pigarreando. — Não muito bem, mas... nossos caminhos se cruzaram.

— Como ela era?

Nikkos desviou o olhar.

— Era uma mulher notável.

— Notável em que sentido?

Ella se inclinou para perto de Nikkos outra vez, de olhos arregalados e ansiosa por saber mais, por descobrir qualquer detalhe que ele pudesse lhe contar, como um cachorro esfomeado torcendo para caírem migalhas da mesa do dono. Mas Nikkos pareceu reticente, um comportamento atípico para ele.

— De muitas maneiras. Ela era apaixonada. Era bondosa. Extremamente inteligente, claro.

— Bom, e eu me pareço com ela? Você vê semelhanças?

Era uma pergunta infantil, feita com inocência. Foi como se uma flecha de aflição, uma sensação muito parecida com culpa, tivesse atravessado o coração de Nikkos.

— Ainda não sei se você é como ela — respondeu ele, discreto. — Espero que sim. Você vai precisar da coragem da sua mãe nas próximas semanas, Ella. Disso eu sei.

A segunda garrafa de vinho chegou. Ignorando os pedidos de Ella, Nikkos encheu a taça dela até a boca.

— Como sabe, seu objetivo aqui é funcionar como uma ferramenta de coleta de informações. Espero que suas habilidades nos deem uma vantagem. Por meio de você, esperamos descobrir se Athena Petridis está de fato viva ou se a marca no calcanhar daquele menino foi uma farsa cruel. Uma jogada para fazer com que nós e outros acreditassem que ela está viva.

— Mas por que...?

Nikkos colocou a mão sobre a dela.

— Muitas perguntas — respondeu, sem ser indelicado. — Para se manter em segurança e ser bem-sucedida na missão, você precisa se concentrar na sua tarefa. Por ora, isso significa esquecer Athena e focar exclusivamente *nesse* homem.

Nikkos enfiou a mão no bolso do blazer, pegou um pedaço de uma folha de jornal amassado e entregou a Ella. Tinha sido tirado do caderno de alta sociedade do jornal *Eleftherotypia* e exibia um grupo de homens glamorosos em roupa de gala diante da mansão presidencial no centro de Atenas. No meio do grupo havia um homem bonito, de peitoral largo e cabelo preto que, com sinais implícitos mas inegáveis de sua linguagem corporal, de sua expressão e de sua postura, projetava seu domínio sobre os outros homens da foto.

— Makis Alexiadis — disse Nikkos. — Conhecido como Big Mak. Muito famoso na Grécia.

— Pode me falar mais dele?

— Claro. Uns se referem a ele como empresário de sucesso. Outros como playboy. Essa palavra grega aqui — ele apontou para a legenda da foto. — Acho que, na sua língua, você chamaria de "influenciador". Significa que ele é cortejado por políticos. O povo está sempre acompanhando o que ele faz, pelas redes sociais e pela TV, e copia suas atitudes, seu estilo.

— E como você se refere a ele?

— Eu digo — Nikkos levou comida à boca e mastigou lentamente — que ele é um assassino. Um sádico. Ele é... — ele murmurou algo em grego, enquanto pensava na palavra certa para traduzir — uma *praga* para esse mundo. Como um câncer. — Ele se inclinou para a frente e continuou falando enquanto fazia carinho no cabelo de Ella, como se estivesse sussurrando frases carinhosas. — Por muitos anos, Makis foi o número dois de Spyros Petridis. Desde o acidente, ele se tornou o número um; na prática, o líder. Hoje à noite você vai receber uma encomenda anônima no hotel com mais detalhes sobre Makis e as operações que ele comanda. Mas, por ora, posso dizer que um dos "negócios" dele é raptar crianças bem novas, sobretudo do Oriente Médio, e vendê-las para clientes ricos do Ocidente.

— Vender?

Nikkos fez que sim com a cabeça.

— Para sexo?

— Às vezes.

Ella levou o guardanapo à boca para conter a vontade de vomitar.

— Nos últimos três anos, nós, o Grupo, conseguimos atingir vários "clientes" dele — disse Nikkos, pegando a faca e cortando um tomate para mostrar o que significava "atingir".

— Mas não ele.

— Não. — Nikkos fez uma careta de quem realmente lamentava. — Não ele. Infelizmente, se Athena estiver de fato viva, então Makis Alexiadis é nosso elo mais próximo com ela. Talvez Makis até tenha estado em contato com Athena. Não sabemos. Mas acreditamos que quem quer que tenha feito a marca no calcanhar daquela criança estava enviando uma mensagem não só para Makis como também para nós ou para qualquer outra pessoa. Um aviso.

— Que tipo de aviso? O que significa aquela marca, a letra L?

— Era a marca que Spyros Petridis usava para representar seu domínio sobre os outros. Seu poder. Alguns acreditavam que o L era de Lagonissi, onde Spyros nasceu. Talvez seja isso mesmo.

— Mas...? — instigou Ella. — Pelo jeito, tem um "mas".

Nikkos parecia desconfortável. Jamais devia ter tocado nesse assunto.

— Mas, quando os Petridis estavam no auge, esse L não era o único caractere grego que eles gravavam nos inimigos e nos subordinados. De vez em quando surgia um alfa, um ômega ou um pi. Encontrávamos esses sinais nos cadáveres ou às vezes até em pessoas vivas que os contrariavam. Donos de restaurantes ou empresas que se recusavam a pagar por proteção. Até um famoso produtor de Hollywood, um sujeito chamado Larry Gaster, supostamente teve um L gravado a ferro em brasa no pé, por "flertar" com Athena. Antes de se casar com Athena, esse L era certamente a marca dele. Mas, nos últimos anos, isso mudou. Se L era de Lagonissi, o que significavam o O, o A e o P?

— Talvez tenham sido lugares do passado de Athena — sugeriu Ella.

Nikkos deu de ombros.

— Talvez. Não sabemos. Mas o que sabemos é que só Spyros ou Athena usavam essas letras, e Spyros está morto. Também sabemos que Makis deve ter visto essas fotos, do corpo do menino na praia. Portanto, a primeira fase da sua missão é se aproximar de Makis e avaliar a reação dele às imagens. O que ele disse sobre elas? E a quem? Ficou surpreso? Ou já sabia que seriam publicadas? Ficou irritado? Satisfeito?

Ella assentiu.

— Tudo bem. Posso fazer isso.

Nikkos pressionou o recorte de jornal com o dedo indicador gordo, tapando o belo rosto de Makis Alexiadis.

— Não tente confrontá-lo. Sob hipótese alguma. Não comprometa seu disfarce. Descubra tudo o que puder sobre as fotos e sobre o elo entre ele e Athena, caso exista um elo. Use sua... você sabe, essa coisa cerebral... se for possível. — Nikkos apontou para a própria cabeça, para o caso de Ella não ter entendido o que ele queria dizer. — Depois, volte para Atenas.

— *Voltar* para Atenas? — Ella ergueu uma sobrancelha. — Mas Makis não mora aqui?

— Em agosto, não. Só idiotas e turistas ficam em Atenas no auge do verão. É quente demais — explicou, como se Ella não tivesse percebido. — Não se preocupe. Ele fica numa mansão própria em Mykonos. É um lugar lindo e não muito longe daqui. Você vai partir no fim de semana.

— No fim de semana? Por que não amanhã?

Nikkos deu uma risadinha.

— Você vai entender quando receber o pacote mais tarde. Vai demorar um pouquinho para montar seu disfarce. Sua nova identidade. E depois você precisa treinar um pouco. Se transformar em outra pessoa da noite para o dia não é tão fácil assim, minha querida.

Era o que eu costumava pensar, refletiu Ella, *até conhecer Gabriel.*

Eles concordaram em sair do restaurante separados, com Nikkos indo na frente para atrair o carro que o seguia, afastando-o de Ella.

— Tem certeza de que a polícia continua ali fora? — perguntou ele, pagando a conta e deixando um maço gordo de cédulas como gorjeta.

— Absoluta. Eu vou ficar bem. Vou ficar aqui por vinte minutos, depois volto para o hotel e durmo. Amanhã de manhã eu leio os documentos que vocês mandarem. Estou cansada demais para ler essa noite.

Nikkos deu um beijo na bochecha de Ella e foi embora, tomando o cuidado de passar longe da ex-namorada irritada.

Ela estava certa a respeito dos policiais. Eles seguiram Nikkos até em casa, mas ele não tentou despistá-los. Afinal, seu endereço não era segredo algum, e ele não tinha feito nada de ilegal — ainda.

De volta ao modesto apartamento no bairro de Exarcheia, Nikkos tirou os sapatos, serviu-se de uma dose grande de *ouzo* e ligou para o chefe, como era esperado.

— Como foi? Como ela estava? — perguntou Redmayne com seu jeito brusco de sempre.

— Estava bem. — Nikkos coçou a testa, cansado. — Ela entende o objetivo. Concordou em ir a Mykonos.

— Ela não questionou? — perguntou Redmayne, parecendo surpreso, mas satisfeito.

— Não — respondeu Nikkos. Naquele exato momento, não conseguiu se forçar a completar a resposta com "senhor".

— Ela fez perguntas?

— Não muitas — mentiu Nikkos. — Mas perguntou sobre os pais. Se eu os conheci. Como eram.

— E você conseguiu evitar responder, certo? — disse Redmayne, com um familiar tom de ameaça voltando à voz.

— Claro que sim. O que mais poderia fazer? — retrucou Nikkos, mais exasperado do que pretendia, ou do que provavelmente era melhor demonstrar. — Eu lá ia dizer a verdade, que jogamos Rachel Praeger aos lobos, assim como estamos fazendo com a filha dela agora? Duvido que Ella teria ficado até o fim do jantar se eu dissesse isso.

— Ninguém "jogou" ninguém em lugar nenhum — declarou Redmayne num tom frio e ameaçador. Tão ameaçador que, mesmo bêbado, Nikkos entendeu o recado. — Lembre-se: eu conheci Rachel bem. Muito bem.

Ah, eu lembro, pensou Nikkos, amargamente.

— Ela foi uma agente comprometida, que gostava de correr riscos e entendia perfeitamente o que estava fazendo quando viajou para a Grécia.

— Bom, a filha dela não sabe — retrucou Nikkos, teimoso. — Ella é jovem, é ingênua. Hoje entrei direto na suíte dela. A porta estava destrancada e ela estava deitada, dormindo! Os homens de Makis poderiam ter cortado a garganta dela em segundos.

— Ella é um recurso único. Uma arma, uma arma poderosa, e a hora de usá-la é agora — disse Redmayne, com uma calma que contrastava com o nervosismo de Nikkos. — Estamos falando de *Athena Petridis*. Está esquecendo quem é Athena? O que ela faz? Ela e aquela gangue de monstros?

— Não. — Nikkos afundou no sofá, esfregando os olhos. — Claro que não.

— Não *senhor* — rebateu Redmayne.

— Não senhor — respondeu Nikkos, obediente. — Não estou esquecendo.

— Portanto, não ouse me dizer que não é *certo* usar Ella, que não é certo usar todos os recursos que temos. Se Athena ainda está viva, se ainda está por aí, então *é* certo. É essencial.

— Sim senhor.

— E, se eu souber que você sabotou essa missão de alguma forma, se você avisar a garota ou der a ela informações desnecessárias e que possam pôr em risco nosso sucesso, as consequências vão ser graves. Entendido?

— Sim, sim. Entendido.

— Nenhum agente é maior que o Grupo. Nenhuma vida vale mais que a missão — vociferou Redmayne. — Rachel Praeger entendia isso melhor que qualquer um.

É, e veja o que aconteceu com ela!, pensou Nikkos. Em voz alta, porém, ele se limitou a dizer um respeitoso "sim senhor" e desligou.

Por um lado, o chefe estava certo. Ella Praeger tinha literalmente sido *criada* para servir ao Grupo. Seria possível argumentar que tudo o que ela estava fazendo agora era cumprir seu destino. E a verdade é que Ella não estava fazendo isso contra a vontade. Mesmo assim, Nikkos sentiu um embrulho no estômago. Porque o fato era que dali a poucos dias eles enviariam uma criança inexperiente a Mykonos para espionar Big Mak Alexiadis. Para "se aproximar" de um psicopata. Era como jogar um filhote de gato na jaula de um leão, e, por mais que Redmayne distorcesse os fatos para se justificar, essa era a verdade.

Nikkos tentou se convencer de que estava sendo muito emotivo, mas acabou precisando beber muito mais para pegar no sono naquela noite. E, quando enfim conseguiu dormir, foi assombrado por sonhos com Rachel Praeger, a expressão reprovadora da ex-agente se misturando com o som doce da voz da filha. Ella. Tão determinada. Tão crédula:

— Eu me pareço com ela?

Meu Deus, você é parecida com ela!

Muito, muito parecida com ela.

Do fundo do coração, Nikkos queria que não fosse tão parecida.

CAPÍTULO TREZE

Makis Alexiadis foi andando até Mythos, clube de praia da elite de Mykonos, parando por um instante enquanto passava pelo bar para saborear a sensação de ter todos os olhares voltados para ele — o olhar de inveja dos homens e de desejo das mulheres. Era uma sensação familiar, e Makis nunca se cansava dela. A sensação de ser rei era ótima.

 Seguindo até o lugar de sempre, uma cabine com temática marroquina e poltronas de veludo que ocupava a melhor posição na área VIP do restaurante, separada por uma corda e com vista panorâmica logo acima da praia, Makis e sua comitiva se acomodaram enquanto os garçons corriam para atendê-los, carregando bandejas de prata com mojitos e caipirinhas, além de *bellinis* de pêssego para as mulheres. Makis levou três aquela noite: Arabella, uma *it-girl* inglesa elegante e filha de um duque, dava um toque de classe ao harém. Lisette, a estrela do cinema francês, acrescentava o mesmo fator ao grupo. E Miriam, a princesa persa, tinha um corpo tão curvilíneo que deixava os homens com torcicolo quando passava. Mak tinha ido para a cama com as três nos últimos dias, mas nenhuma delas o inspirou de verdade, sexualmente falando. Era difícil chegar ao nível de Tatiana nesse sentido, embora fosse um alívio se livrar daquela presença sentimentaloide e carente na *villa*. Felizmente, ela não iria mais incomodar nem a ele nem a ninguém fazendo demandas toda chorosa. *Qual o problema dessas mulheres genuinamente lindas que as deixa tão inseguras?*

Makis não sabia, e nesta noite não se importava nem um pouco. Livre outra vez, deixou os olhos pairarem com luxúria pelo salão, observando os espécimes mais bonitos de uma clientela feminina que, pelo nível, poderia muito bem ter sido arrancada das páginas da *Sports Illustrated*. Vez ou outra uma "amiga" feia ou uma matriarca com várias joias incrustadas de diamantes colocava o traseiro gordo num dos bancos do bar ou usurpava uma vaga na pista de dança. Mas essas eram manchas raras numa fruta perfeita. Com um pôr do sol espetacular e música árabe no volume máximo, Mythos era um lugar obrigatório para as mais bonitas, jovens e desejadas modelos da ilha, o antro favorito da alta sociedade de Mykonos. Nammos e Cavo podiam ser mais famosas entre novos-ricos dos Estados Unidos, e as Kardashians recebiam boas-vindas naqueles lugares bregas. Mythos era aonde os verdadeiros poderosos iam nas noites de verão. Big Mak Alexiadis jamais frequentava outro lugar.

Quase de imediato, uma garota sentada na outra ponta do bar chamou sua atenção. De calça cigarrete preta e smoking masculino, ela já se destacava do restante das garotas praticamente nuas exibindo seus atributos e torcendo para chamar a atenção de algum bilionário. O cabelo curto e repicado tinha luzes de ouro branco, e ela não usava joias, nem mesmo relógio. Mas foi o rosto dela que realmente chamou a atenção de Mak. Ele não conseguia concluir se a garota era bonita ou feia. Nenhuma palavra parecia se encaixar. "Atraente" foi o único adjetivo que lhe ocorreu para descrever os olhos enormes e afastados daquele nariz não muito reto, as maçãs do rosto tão altas que podiam servir de base para lançamento de mísseis, os lábios pequenos e rosados se afunilando acima de um queixo pontiagudo e delicado.

Claramente Makis não era o único que pensava assim. A garota estava tomando um martíni e dando garfadas em seu niguiri de salmão, enquanto conversava com um homem bonito que estava ao seu lado tentando, sem sucesso, causar boa impressão. Mak percebeu que ela estava sendo educada, mas parecia entediada.

Com um estalo de dedos autoritário, Mak chamou Jamie French, gerente inglês do Mythos, que correu até a mesa. Jamie era uma fonte enciclopédica de informações sobre todos os seus clientes e o homem que sabia as últimas fofocas da ilha.

— Quem é ela? — perguntou Mak, os olhos ainda grudados na garota.

— Persephone Hamlin. Herdeira de uma fortuna imobiliária nos Estados Unidos.

— Americana? — Makis ficou surpreso. A garota parecia chique demais para ser uma turista ianque rica. — E ela não está no Nammos com uma comitiva?

Jamie deu risada.

— Não. Persephone cresceu em Los Angeles, mas a mãe era grega. Daí o nome.

E a classe, pensou Makis.

— Estava num iate atracado alguns dias atrás, mas os amigos dela seguiram viagem para Santorini sozinhos — continuou Jamie. — Acho que agora ela está na suíte presidencial do The Grand.

Outra grande surpresa. Era raro ricaços ficarem em hotéis, pelo menos em Mykonos. Eles costumavam se hospedar em iates ou *villas*.

— Está sozinha? — perguntou Mak.

— Pelo que me disseram, sim.

— Casada?

— Siiiim — disse Jamie. — Mas acho que não por muito tempo. O marido tem um grande problema com vício. Pelo que soube, depois de um bom tempo sóbrio, em julho ele caiu na esbórnia em Saint-Tropez, com direito a prostitutas e tudo mais. Ela veio a Mykonos para se afastar.

Mak o dispensou, sentindo-se encorajado. Esse era o tipo de história com o qual podia trabalhar.

Ele se levantou e atravessou a pista, indo até ela.

— Gostaria de me apresentar. Makis Alexiadis — disse, ficando bem na frente do homem com quem ela conversava, e estendeu a mão. — Persephone, certo?

— Isso mesmo. — Mais curiosa que entusiasmada, apertou a mão de Makis. — Como você sabe meu nome?

— Estamos em Mykonos. — Makis abriu seu sorriso mais charmoso. — Se você está aqui há mais de dois dias, todo mundo sabe de tudo.

— Ei, com licença. — O outro homem deu um tapinha no ombro de Mak. — Estávamos no meio de uma conversa.

Mak se virou e o encarou com o ódio puro e frio de um assassino.

— Você sabe quem eu sou?

O sujeito o reconheceu, e um nó começou a se formar lentamente em sua garganta. Ele fez que sim.

— Ótimo. Agora retire-se.

O homem já havia saído quando Mak lhe deu as costas.

— Desculpe. — Ele sorriu para Persephone enquanto se sentava no assento vago deixado pelo sujeito. — Onde estávamos?

— Acho que não estávamos em lugar nenhum — respondeu ela, tomando o que restava do martíni e, com um gesto, pedindo a conta ao chef de cozinha japonesa.

— Você não está indo embora, está?

— Eu *estou* indo embora. O que você acabou de fazer foi muito grosseiro.

— Que nada! — exclamou Mak, segurando-lhe o braço. — Foi um gesto de cavalheiro.

Ela afastou a mão dele e o encarou com um olhar intimidador.

— Cavalheiro?

— Com toda certeza. Ele estava chateando você. Dava para ver do outro lado do salão. Eu vim cavalgando em seu resgate.

Ela passou a mão no cabelo curto e repicado (o tipo de corte que Makis geralmente detestava) e o encarou com uma expressão que só podia ser interpretada como de profunda aversão.

— Bem, obrigada, Sr. Alexiadis. Mas não sou o tipo de garota que precisa ser resgatada. Sugiro que vá aterrorizar as companhias de uma das suas outras... amigas. — Ela olhou de relance para a cabine de Makis, onde Arabella, Miriam e Lisette a encaravam irritadas. — Tenho certeza de que todas vão adorar seu cavalheirismo.

— Pelo menos me deixe pagar-lhe uma bebida — disse Mak, adorando a adrenalina da caçada. Fazia muito, muito tempo que uma mulher não demonstrava interesse algum nele. — Peço desculpas se começamos com o pé esquerdo.

Ela assinou a conta, levantou-se e, com o mesmo olhar de curiosidade e avaliação, disse:

— Como estamos em Mykonos, provavelmente você já sabe que sou casada.

— Talvez eu tenha ouvido algo a respeito — confessou Mak, sem tirar os olhos dos dela, que eram muito maiores de perto e tinham um tom verde como uma garrafa de vermute.

De repente o desejo de transar com aquela mulher — e não só de transar, mas também de conquistá-la, de fazer com que ela o *desejasse* — ficou quase insuportável.

— Você nunca trai seu marido, Persephone? — perguntou, a voz rouca de tanto desejo.

— Às vezes — respondeu ela com indiferença, sem um pingo de desejo na voz. — Mas só quando sinto uma atração poderosa. E, infelizmente, não é o caso com você. Adeus.

O clube inteiro assistiu, atônito, enquanto aquela americana usando roupas estranhas atravessava a pista de dança e ia embora, deixando Makis Alexiadis sentado ali como um moleque abandonado. A tensão no ar era palpável. Big Mak não era o tipo de homem que alguém humilhava ou ofendia. Não se valorizasse sua vida.

Mas, quando Mak voltou para seu grupo, estava sorrindo de orelha a orelha. Pediu outra bebida, puxou Miriam — que ficou em êxtase — para seu colo e se distraiu com os seios fartos da garota.

"*Adeus!*" Ela não disse "boa noite". Foi "adeus". Tão seca, tão definitiva, que foi como se tivesse dito "adeus para sempre", "cai fora".

A rigidez que sentia entre as pernas era mais por causa da forma curta e grossa como Persephone Hamlin o havia dispensado do que por causa dos seios espetaculares de Miriam.

Que triunfo seria ouvir aquela putinha mal-humorada gemer seu nome de prazer, implorar que a possuísse inúmeras vezes. Com todo o estresse recente causado pelas cargas perdidas e pelos milhares de dólares afundados no mar Egeu, seria bom se distrair um pouco.

Amanhã ele iria descobrir tudo o que havia para saber a respeito da Sra. Persephone Hamlin.

De volta à suíte no Grand Hotel, Persephone tirou as roupas e andou nua até o banheiro, observando o próprio corpo no espelho rococó.

Era bom poder voltar a ser Ella Praeger, apesar da frustração sexual represada depois do primeiro encontro com Makis Alexiadis. Meu Deus, o jeito como olhou para ela! Parecia um leão faminto encarando uma gazela. Makis tinha uma aura sexual e masculina tão irresistível que ela precisou se esforçar para não rasgar as próprias roupas e agarrá-lo ali mesmo. Sentia as partes baixas latejando e a garganta seca só de pensar nisso e em todas as coisas que o animal dentro dela gostaria que o animal dentro de Makis fizesse. Persephone Hamlin podia até ser um modelo de decoro e comedimento, mas Ella Praeger não estava nem um pouco acostumada a impor limites à própria sexualidade. Tendo que resistir a Makis *e* a Gabriel, aquela missão tinha tudo para ser exaustiva e frustrante.

Apreciando o reflexo de seu corpo nu, Ella passou a mão pelo cabelo curto, ao qual ainda não tinha se acostumado. Em Atenas, depois de receber um documento com o histórico de dez páginas da mítica Sra. Hamlin (Gabriel havia inventado uma persona extremamente detalhada, com escolaridade, irmãos, relações parentais complexas e um acidente de esqui quando tinha 9 anos que explicava o nariz torto), Nikkos a mandou a um cabeleireiro para mudar o visual.

— Qualquer cor serve — disse Ella ao cabeleireiro com seu grego cada vez mais fluente. — E pode ser qualquer estilo, desde que razoável. Só, por favor, não corte muito curto.

Na primeira tesourada, trinta centímetros de seu precioso cabelo loiro caíram no chão do salão.

— O que você está *fazendo*? — gritou Ella com voz estridente, mas o homem simplesmente deu de ombros.

— O Sr. Nikkos já me deu instruções. Ele me pagou, e muito bem — acrescentou o cabeleireiro, esfregando os dedos com satisfação.

Já não basta os homens daqui escolherem o que as mulheres comem?, pensou Ella, furiosa. *Eles também escolhem o corte de cabelo delas?*

— Por que essa cara feia? — perguntou Nikkos quando apareceu para pegá-la. — Você está linda. Muito sexy.

— Odiei — resmungou Ella. — Pareço um garoto.

— Não é para você. É para Makis. Ele vai gostar — insistiu Nikkos. — É... — ele procurou a palavra certa — marcante.

— Marcante de tão horrível — murmurou Ella como uma adolescente irritada, embora secretamente tivesse que admitir que o loiro claro e o corte tenham ficado melhores do que havia imaginado.

Depois do cabeleireiro, uma mulher chamada Grace a levou a uma espécie de spa onde suas sobrancelhas foram feitas, seus cílios foram coloridos e seus pelos foram removidos de todas as partes imagináveis do corpo. Foi uma agonia.

— Estou me sentindo uma galinha depenada! — reclamou com Nikkos por telefone. — E, só para você saber, eu não vou ter rela... não vou dormir com esse cara, então qual o motivo dessa porra toda? Ele nunca vai saber como estou lá embaixo.

— Você vai estar em Mykonos — explicou Nikkos, feliz por Ella não ter visto suas bochechas corarem. — Vai usar biquíni em algumas ocasiões. Na Grécia, os homens não gostam...

— Foda-se a Grécia! — cortou Ella, irritada. — Eu sou Persephone Hamlin e não vim à Grécia para arranjar namorado. Eu vim só para provocar meu marido escroto viciado em cocaína e sua nova namorada prostituta.

— Que se chama...? — perguntou Nikkos, para testá-la.

— Katya — respondeu Ella, de imediato. — Eles se conheceram na boate Les Caves, em Saint-Tropez, um dia depois de Nick comemorar seis meses de sobriedade, e eu o expulsei do iate na manhã seguinte. Pode deixar, Nikkos. Estou preparada.

Na verdade, Ella estava longe de ter certeza de que estava preparada. Claro que, desde que esteve no Acampamento Esperança e começou o treinamento cerebral, vinha se sentindo cada vez mais confiante. Com o ruído branco na cabeça sob controle pela primeira vez na vida, estava começando a se sentir diferente. Era como se uma nuvem carregada tivesse sumido e ela estivesse vendo o mundo do jeito que realmente era — do jeito que todos viam. Sentia-se menos incapaz, socialmente falando. E, por incrível que pareça, ao assumir um alter ego, ficou mais fácil praticar suas novas habilidades. Mesmo assim, Ella sabia que tinha um histórico de dizer a coisa errada na hora errada. Se desse um passo em falso como Persephone Hamlin, as consequências poderiam ser graves. Ela não estaria arriscando só a própria vida.

Por outro lado, se não projetasse confiança para Nikkos agora, talvez nunca mais tivesse outra chance de vingar os pais. Era o chamado do destino, e, preparada ou não, iria agarrar a oportunidade.

Ao longe, os sinos da igreja bateram uma vez, indicando que era uma da manhã. A noite tinha sido boa, melhor que o esperado. Makis Alexiadis a desejava. Ela percebeu isso no clube e confirmou a sensação enquanto esperava o táxi do lado de fora, quando, satisfeita, conseguiu sintonizar com o celular dele. Desde que saiu do Acampamento Esperança, as tentativas de usar seus poderes por conta própria foram na base da tentativa e erro, apesar dos treinamentos diários de *mindfulness* prescritos pelo professor Dix. Era preocupante. Mas, desta vez, as ligações de Makis chegaram perfeitamente claras.

— Ele pediu duas acompanhantes, ambas de cabelo loiro e curto, dez minutos após eu sair — disse Ella a Gabriel depois do banho, no que seria a primeira de suas ligações noturnas regulares para relatar as novidades. — Isso significa que está muito interessado. — Sabiamente escolheu não falar da poderosa atração que ela própria havia sentido por Makis, o assassino impiedoso com o magnetismo sexual bruto de um Marlon Brando jovem multiplicado por mil.

— Ótimo — disse Gabriel, embora o tom de voz dele não indicasse que de fato achasse "ótimo" o interesse de Makis por Ella. — Não suma e me avise quando for fazer contato da próxima vez. E tenha cuidado, Ella.

— Agora é Persephone — corrigiu ela, provocando. — E não se preocupe, vou me cuidar.

Ella teve dificuldade para dormir naquela noite. Não por causa do tráfego intenso de ruído branco provocado pelos outros hóspedes do hotel — a essa altura já era capaz de diminuir o volume ao nível de um zumbido quase confortável —, mas por causa da adrenalina correndo nas veias misturada com um rio caudaloso e indomado de um tesão insaciável. Parecia impossível pensar que apenas seis semanas antes ela era Ella Praeger, solitária analista de dados na Biogen Medical, trabalhando para um sujeito repugnante chamado Gary. E agora ali estava, uma espiã internacional numa missão para seduzir um chefão do crime e ajudar a destruir sua rede global maligna. E, com sorte, neste meio-tempo, se vingar da mulher que tinha assistido à sua mãe ser morta afogada.

Pensar na morte da mãe fez Ella colocar os pés no chão. Será que a vingança representaria um ponto final no assunto? Não havia como saber. Mas pela primeira vez na vida sentiu que tinha um propósito, que suas ações e decisões importavam. Ser Persephone Hamlin seria uma aventura, mas uma aventura que tinha um significado.

A sensação era ótima.

Ella ainda estava acabando de tomar o café da manhã, um bufê delicioso com iogurte grego cremoso, mel, frutas e vários tipos de pães e queijos, quando recebeu a primeira ligação.

— Bom dia, Srta. Hamlin. Aqui é Makis Alexiadis. Nos conhecemos ontem à noite.

A voz de Big Mak fez com que ela sentisse um arrepio na espinha, que desceu e foi até o meio das pernas, mas Ella rapidamente deixou a sensação de lado e entrou na personagem. *Você consegue.*

— É *Sra.* Hamlin — corrigiu, num tom esnobe. — E como conseguiu meu telefone?

— Sou um homem de muitos recursos — respondeu Mak com toda a tranquilidade. — Queria me desculpar.

— Entendi — disse Ella, num tom que não era rude mas também não era exatamente convidativo. — Pelo quê, exatamente?

— Você achou que fui mal-educado ontem à noite. Odiaria que ficasse com essa impressão de mim.

— Obrigada. Aceito suas desculpas — disse Ella, num tom imponente, e depois desligou.

Esparramado em sua cama de dossel na suíte master da suntuosa *villa* Mirage, Makis deu uma risada.

Piranha!

Quem diabos Persephone Hamlin pensava que era?

A ligação seguinte aconteceu na tarde do mesmo dia. Ella estava lendo a nova biografia de Lincoln à beira da piscina. (Por motivos que só Gabriel conhecia, ele tinha estabelecido que Persephone Hamlin era louca por história.)

— Persephone. Posso chamar você de Persephone?

— Sr. Alexiadis... — Ella suspirou. — Posso ajudar em mais alguma coisa?

— Para falar a verdade, pode, sim. Quero convidá-la para jantar comigo hoje à noite. E insisto que me chame de Mak.

— Mak — repetiu ela, pegando um pouco mais leve. — Olha, eu agradeço o convite. De verdade. E admiro sua persistência. Mas, como eu disse ontem à noite, sou casada.

— Com um homem que não é digno de você — rebateu Mak.

— Ah, e imagino que você seja digno, então? — retrucou Ella, com malícia.

Sentado à mesa do escritório com paredes de vidro, Mak se sentiu triunfante. A fria Lady Persephone estava começando a descongelar. Só um pouquinho. Mas sua última resposta tinha um tom nitidamente jocoso que antes não estava lá.

— Jante comigo e descubra — convidou ele, a voz rouca de desejo.

Ela hesitou, só o suficiente para deixá-lo esperançoso.

— Infelizmente, hoje não posso. Mas obrigada novamente.

Pela segunda vez no dia, ela desligou o telefone na cara dele.

É uma provação, pensou Mak, feliz como não se sentia havia anos. *Ela quer ser caçada.*

Cuidado com o que deseja, Sra. Hamlin.

Demorou quase duas semanas para "Persephone" finalmente ceder e concordar com uma espécie de "encontro". Duas semanas que foram tão difíceis para Ella quanto para Makis.

— Você fez o *quê?* — Gabriel surtou quando soube da notícia. — Está maluca? Não. Cancele.

Ella ficou perplexa.

— Por que deveria cancelar? Foi você quem me disse que eu estava correndo o risco de arrastar demais essa história. Você literalmente me instruiu a aceitar.

— Sim, mas um convite para *jantar*. — A voz de Gabriel estremeceu de frustração e ansiedade. — Rodeada por outras pessoas e num lugar onde você tem a chance de interceptar algum e-mail ou qualquer tipo de mensagem que ele possa receber no celular. Não num *barco*! Sozinha! Sem sinal de celular, sem nenhum meio de resgate. Ele é um assassino, Ella. Parece que você se esqueceu desse fato.

— Claro que não esqueci — retrucou Ella, acanhada, porque a verdade era que muitas vezes ela *de fato* esquecia, sobretudo quando Mak encarava Persephone com aquele olhar de leão faminto. — Mas um barco é mais íntimo que um jantar. Só nós dois, no mar aberto.

— Esse é exatamente meu medo.

— Mas eu estou aqui para me aproximar dele. Para estimular confidências. Esse não é o objetivo principal?

— Não! — respondeu Gabriel, irritado. — O objetivo principal é usar as suas habilidades para reunir informações sobre Athena. E isso você não vai conseguir fazer sozinha num barco ou numa praia particular sabe-se lá onde com um psicopata.

— Mak quer seduzir Persephone, não matá-la — disse Ella, teimosa.

— Vou ficar bem.

É o que você acha, pensou Gabriel, desesperado. Odiava essas ligações com Ella, odiava não estar perto para ajudar, se necessário. Nikkos Anastas era o agente local da missão, mas Nikkos estava tão gordo e lerdo nos últimos tempos que mal conseguia correr de leve sem correr o risco de sofrer um ataque cardíaco, que dirá executar uma missão de resgate ousada de última hora, caso Ella precisasse. Eles tinham que auxiliá-la de alguma forma.

— Me surpreende que Big Mak tenha sugerido um barco de pesca, e não um superiate — disse Gabriel, tentando arrastar a conversa de volta para um tema mais tranquilo. — Isso não tem nada a ver com o estilo dele. Em geral, ele ostenta tanto que faz Kanye parecer discreto.

— Verdade, mas Persephone não é igual a ele, lembra? Ela é o contrário. E ostentação foi uma das coisas que ela passou a odiar no marido. O barco de pesca foi sugestão dela.

Gabriel bufou. Essa batalha estava perdida e ele não gostava disso Não gostava nada disso.

Miriam Dabiri também não gostava.

Observando pelas janelas de vidro escurecido de seu sedã de luxo enquanto Makis Alexiadis ajudava Hamlin, aquela esquisita, a descer do quebra-mar e entrar num barco de pesca simples e rústico de madeira, ela sentiu o vômito subir pela garganta. Mak estava mais elegante que nunca, numa camisa polo verde-mar e bermuda Ralph Lauren, o cabelo preto penteado com gel para trás e os olhos escondidos por óculos Prada com armação de casco de tartaruga. A garota, Persephone, por outro lado, parecia não ter feito nenhum esforço — na verdade, mais que nunca parecia um garoto, de calça saruel larga, regata preta, lenço simples na cabeça e chinelos.

Quem é você?, pensou Miriam, ressentida, enquanto via os dois partirem rindo rumo a águas abertas. *De onde você veio?*

Duas semanas antes o grande Makis Alexiadis estava comendo na palma de sua mão, implorando sua atenção. É verdade que havia outras garotas por perto, mas nenhuma que Miriam não tivesse certeza de que podia vencer, na cama ou fora dela.

— Você tem um corpo construído para o sexo — disse Makis na primeira noite em que fizeram amor. — Você é incrível.

E era tudo verdade. Até que de repente aquela americana sem peito, sósia andrógina da Uma Thurman, apareceu do nada e, sabe-se lá como, conseguiu tirar Miriam da jogada. Pelo amor de Deus, nem bonita ela era! Isso sem contar o jeito rude, melancólico. Miriam não conseguia enxergar em Persephone Hamlin o motivo da obsessão de seu quase namorado.

Estou de olho em você, piranha.

Miriam Dabiri podia até parecer uma *sex-doll*, mas estava longe de ser idiota. Tampouco estava disposta a deixar um partidão como Big Mak Alexiadis escapar por entre seus dedos sem lutar.

Tinha algo de errado com aquela tal Sra. Persephone Hamlin.

Miriam queria descobrir o que era.

Mak observava Persephone sentada numa almofada na proa do barco, passando os dedos delicados na água enquanto ele remava. Como queria que aqueles dedos estivessem acariciando seu corpo nu, implorando para que fosse mais forte, mais rápido, mais fundo...

A fantasia se dissipou conforme aumentava a exigência física de lutar contra as ondas, fazendo os braços de Makis queimarem e o peito arfar. Ele não conseguia se lembrar da última vez que havia entrado num barco a remo, que dirá *usado* o remo. Fazia tanto tempo que tinha esquecido como era boa a sensação do vento no rosto e do spray de água salgada nos braços; infinitamente mais divertido que malhar no simulador de remo indoor na *villa*.

Preciso fazer isso com mais frequência, pensou, então riu ao perceber como essa ideia era ridícula e como havia se permitido afetar por aquela garota desinteressada.

— Quanto ainda falta até a praia? — perguntou ela, a voz meio perdida ao vento quando se virou para olhá-lo.

— Não muito — respondeu ele, ofegante. — É logo depois de contornar o próximo pontal.

"A praia", no fim das contas, era uma enseada particular em uma de várias ilhotas enfileiradas que Makis havia comprado ao longo dos anos, subornando pessoas para contornar as leis gregas de propriedade privada, que eram extremamente complexas. Enquanto se aproximavam da faixa estreita de areia branca, era difícil imaginar um lugar mais pacífico, mais idílico. Ou mais romântico. Dava para ver as ruínas de Delos no horizonte, mas, além delas e de uma traineira ao longe, não havia nada a se ver ali além do mar e do céu. A ilha em si estava totalmente deserta, com apenas uma ou outra oliveira obstinada, enraizada com teimosia na costa, encarando o vento quente e incessante. Pela primeira vez Ella sentiu uma pontada de nervosismo, ao se lembrar da advertência de Gabriel. *Sozinha! Sem sinal de celular, sem nenhum meio de resgate. Ele é um assassino.*

— O que gostaria de fazer primeiro, madame? Pescar, comer ou nadar? — perguntou Mak, muito longe de parecer um assassino enquanto abria a toalha de piquenique no chão e prendia as pontas com pedras que encontrou espalhadas perto das árvores. Na verdade, ele estava tão bonito e charmoso, estava sendo tão lisonjeiro para tentar agradá-la, que

Ella teve de colocar na cabeça que: a) ele não estava interessado nela, mas em Persephone Hamlin, um fruto da imaginação de Gabriel; e b) ele *era* um psicopata, como Gabriel fazia questão de lembrá-la. Mais que isso: era um homem que vendia crianças para predadores, que comercializava vida humana como se pessoas fossem meros bens que pudessem gerar lucro, e a chave para encontrar a mulher que tinha assassinado seus pais. Estava envergonhada pela poderosa atração sexual que sentia por Mak e preocupada porque a vergonha não parecia diminuir em nada essa atração.

Como se estivesse esperando uma deixa, de repente a voz de Gabriel ressoou no volume máximo dentro da cabeça de Ella, como o sino de uma igreja vazia:

— TOME CUIDADO.

Você está de brincadeira?, pensou Ella. De alguma forma, o desgraçado conseguia transmitir para ela, mesmo ali. E o pior: pelo jeito, ela não conseguia dessintonizá-lo. *Cadê ele? E como está bloqueando todas as minhas frequências?* A última coisa de que precisava agora era de um palpiteiro intrometido.

Passando os olhos ao redor, sua atenção foi atraída pela traineira rumo à ilha de Delos. *Seria possível?* Tentou se lembrar do que o professor Dix tinha lhe dito sobre hackear transmissores locais remotamente. Será que Gabriel ou Nikkos tinham usado aquele barco como uma espécie de estação de rádio móvel?

— Eu *estou* tomando cuidado! — respondeu Ella, irritada, e inutilmente, pois sabia que Gabriel não podia ouvi-la.

— Hein? — Makis a encarou, os olhos pretos semicerrados.

Merda. Ella sentiu o coração afundar ao se dar conta, apavorada, de que tinha falado em voz alta.

— Estou tomando cuidado... com o que como — consertou Persephone, abrindo um sorriso tranquilizador para Makis. — Eu vi toda a baclava que você trouxe. Vamos nadar primeiro para garantir que merecemos essa comida toda.

— Claro. — Mak se animou, empolgado com a chance de por fim ver mais partes do corpo da Sra. Hamlin. Entregou-lhe a bolsa simples de algodão que ela havia trazido, imaginando que ali dentro houvesse um biquíni. Com sorte, minúsculo. — Pode ir primeiro.

— *NÃO!* — vociferou Gabriel. — *Diga que não. Fique de roupa!*

Ella massageou as têmporas, tentando desesperadamente desligar Gabriel. Será que ele não percebia que a estava distraindo? Ela tentou desesperadamente se lembrar de outros truques que Dix havia lhe ensinado. Por que nada estava funcionando?

— *Diga a ele que esqueceu o biquíni.*

— Não posso!

— Não pode o quê? — perguntou Makis. — Algum problema, Persephone?

Meu Deus. Fiz besteira de novo.

— Não, não. Está tudo bem. Só estava pensando que não consigo me decidir entre nadar e pescar. Quer dizer, faz anos que não pesco, mas tem algo de romântico em você capturar seu próprio alimento, não tem?

Ela tocou o braço de Mak de leve e inclinou a cabeça de um jeito insinuante, conseguindo dissipar a irritação dele. *Graças a Deus.*

— Imagino que sim — concordou Makis de forma não muito simpática, colocando a mão quente sobre a dela.

Uma descarga de desejo percorreu-lhe o corpo, tão violenta que a fez temer que Gabriel tivesse percebido.

— Sabe... você me lembra uma pessoa — disse Mak, a expressão mudando de repente.

— *Muito cuidado!* — exclamou Gabriel. — *Ele está tentando...*

— Pareço? — Ella sorriu para Mak enquanto tentava interromper o sinal de Gabriel com uma das técnicas de controle mental ensinadas por Dix. Se ele não parasse de distraí-la, acabaria cometendo outro erro, e mais um erro poderia ser fatal. Porém, para seu enorme alívio, desta vez conseguiu bloqueá-lo. A voz de Gabriel sumiu.

— Hum... Parece, sim — continuou Makis. — E o mais estranho é que não consigo lembrar quem. Mas agora, vendo você sorrir, tive um estalo.

— E viu o quê? — Ela se aproximou de Makis. Ficou perigosamente próxima.

— Uma coisa que reconheci.

Ele ergueu a mão e, lentamente, passou o dedo pelo rosto de Ella, parando pouco antes de tocar os lábios. Por um instante, ela ficou tão excitada que achou que ia entrar em combustão espontânea. Precisou usar todo o seu autocontrole para não deixar transparecer.

— Não sei... — Mak sorriu e afastou a mão. — Talvez a gente tenha se conhecido numa vida passada. Vocês da Califórnia acreditam nesse tipo de coisa, não é?

— Nem todos — respondeu Ella, pigarreando e decidindo que Persephone Hamlin era uma pessoa prática e realista demais para acreditar nessa baboseira de "vidas passadas".

Ela foi até as duas varas de pesca que Makis havia deixado encostadas num banco de areia a poucos metros da água. Makis a seguiu. Depois de lhe entregar a vara menor, ficou atrás dela, pressionando seu corpo forte e rígido no dela enquanto a ensinava a segurar a vara.

— Lançar a isca é uma forma de arte — disse Makis. Ella sentiu a respiração quente na orelha e o cheiro da colônia que ele usava, uma mistura inebriante de patchuli e pinheiro. Ela quase chorou de tanto desejo. — Mas ao mesmo tempo é uma habilidade, como fazer malabarismo ou andar de bicicleta. Quando você aprende, nunca mais esquece.

A palma da mão quente e macia de Makis se fechou sobre a mão de Ella, levantou a vara, puxou para trás com um movimento rápido e parou de repente. *Ele é mau. É um psicopata.* O cérebro de Ella mandava essa mensagem repetidamente, mas o corpo continuava ignorando. Outro arrepio de desejo percorreu seu corpo quando um segundo movimento do punho fez a linha voar para a frente e a isca cair de forma nada elegante na superfície da água. Ela tentou não pensar nas mensagens frenéticas que Gabriel certamente estava tentando lhe mandar naquele exato instante.

— Entendeu como funciona, Persephone? — sussurrou Makis.

— Acho que sim — respondeu ela, se forçando a dar um passo à frente para que os corpos deixassem de se tocar. — Vou tentar.

— No começo não é fácil, por isso não fique frustrada — comentou ele, afastando-se alguns metros para o lado com a própria vara.

Se ele soubesse quão frustrada eu estou..., pensou Ella. Em voz alta, disse:

— Pode deixar. — Ela assentiu de um jeito brusco, erguendo a vara e lançando a isca de um jeito tão gracioso e perfeito que parecia um movimento de balé. Mak observou espantado a linha ir duas vezes mais longe que quando ele a ajudou, a isca tocando a água com a suavidade de uma pluma.

— Você já fez isso antes — constatou Mak, admirado.

— Algumas vezes. — Ella sorriu. — No rancho onde cresci, eu costumava pescar o tempo todo.

Mak franziu a testa.

— Rancho?

Ella sentiu o estômago revirar ao perceber, tarde demais, que havia cometido um erro — e desta vez um erro espontâneo. Persephone Hamlin cresceu na cidade. Eles conversaram sobre a infância de cada um poucas horas antes, no quebra-mar. Mak falou da pobreza que enfrentou num conjunto habitacional de Atenas, e "Persephone" descreveu a casa da família no luxuoso bairro de Brentwood Park, em Los Angeles.

Ai, meu Deus, como eu pude ser tão idiota?

— Bom, quer dizer, eu não "cresci", literalmente falando — corrigiu-se Ella às pressas, torcendo para o rosto não estar tão vermelho e as batidas do coração não estarem tão altas quanto ela temia. — Eu cresci em Los Angeles. O rancho era mais um lugar para passar férias, fins de semana. Minha avó morava lá.

— Ah, é? — disse Mak, o olhar se dirigindo para a água quando lançou a isca. Ou será que estava olhando para mais longe? Para a traineira? Não é possível que estivesse suspeitando que... — Parece legal. Qual era o nome dela?

Ella entrou em pânico. *Merda, merda, merda.*

— Da minha avó?

— Ã-hã. — A isca de Mak começou a se mexer e chamou sua atenção.

— Lucy — respondeu Ella, o nome surgindo do nada. — Ei, acho que você pegou alguma coisa.

Felizmente, o peixe na outra ponta da linha de Makis permitiu que mudasse de assunto. E Mak pareceu feliz em deixar para lá enquanto lutava para puxar uma perca de tamanho razoável, louco para impressionar Persephone de novo. Ella torceu para se safar desta vez, mas aquele tinha sido um erro muito, muito estúpido.

De coração apertado, percebeu que teria de contar isso a Gabriel naquela noite.

— O que você estava *pensando*?

A raiva na voz de Gabriel parecia estalar como uma chama incandescente.

— Me desculpe. Escapou — disse Ella.

— Você chegou a entregar um *nome* a ele?

— Ele perguntou! — retrucou Ella, deitada na cama do quarto de hotel, usando um pijama listrado de seda. Ela afastou o celular da orelha para se proteger dos gritos de Gabriel. — O que eu deveria fazer?

— Contar a história combinada! Você deveria contar a história combinada. É isso que "disfarce" significa.

— Ah, é mesmo? E você, que decidiu aparecer na hora H sem me avisar usando aquela porra de traineira como transmissor? Monopolizando todas as minhas frequências? Acabando com a minha concentração com aquele monte de *"faça isso, faça aquilo... tome cuidado"*. Como se eu não estivesse tomando!

— Se hoje você estava sendo cuidadosa, tenho medo de pensar em como seria uma missão imprudente — retrucou Gabriel, irritado. Ele não ia admitir que Ella estava certa ao reclamar de sua emboscada. E com certeza não ia admitir que não conseguiu resistir a interromper Makis em suas perigosas tentativas de seduzi-la.

— Você não acreditou que eu seria capaz de lidar com Makis sozinha.

— E agora você sabe por quê!

Ella bufou.

— Eu inventei o nome mais genérico possível, ok? — explicou-se ela, na defensiva. — Quer dizer, sei que foi um erro, mas será que isso é tão importante assim? Persephone não poderia ter uma avó chamada Lucy?

— Claro que *poderia* — explicou Gabriel, baixando o tom de voz e extraindo reservas de paciência que nem sabia que tinha. — Mas não é assim que as coisas funcionam, Ella. Vovó Lucy não estava na história, e agora vai precisar estar. Isso significa que vou ter que criar outra presença on-line inteira para validar a existência dessa nova pessoa. E isso é complicado. Precisa ter um rancho, com escritura no nome dela, além de um registro de venda. Ela precisa de uma certidão de nascimento e outra de óbito e constar na lista de eleitores, para parecer real caso alguém a procure. Porque, se Makis suspeitar de alguma coisa, de *qualquer coisa*, acredite, ele vai atrás da verdade. Ele já fez buscas por Persephone Hamlin e Nick Hamlin, mas já tratamos disso antes mesmo de mandar você para a Grécia. Fotos de casamento falsas, menções em sites de ricos e famosos, tudo isso. Essa é a sua armadura, Ella, você entende? E hoje você simplesmente... tirou essa armadura.

— Como você sabe que ele pesquisou?

— Por que podemos rastrear todos os cliques nos sites que plantamos na internet e já houve alguns. Quem mais estaria pesquisando uma mulher que não existe?

— Desculpe — repetiu Ella, sentindo-se uma idiota.

Toda a adrenalina e toda a fanfarronice de pouco antes desapareceram. Pelo jeito, no fim das contas ela não era uma espiã invencível, mas uma amadora cometendo erros primários. Havia demorado quase cinco minutos para burlar as técnicas de bloqueio de Gabriel e ignorar a voz dele na ilha. No Acampamento Esperança, ela conseguira fazer isso em questão de segundos, mas na hora H, sob pressão, as coisas eram muito diferentes. E o pior: no fundo, sabia que parte do motivo de ficar ressentida com a intromissão de Gabriel era o fato de que estava tentando impressionar Mak. Embora quisesse negar, a desconfortável verdade era que se sentia atraída por Makis Alexiadis.

— Sem problema — garantiu Gabriel. — Vou virar a noite trabalhando para cobrir esse buraco. Mas você precisa tomar mais cuidado no futuro.

— Vou tomar. Desde que *você* saia do meu pé e me deixe fazer meu trabalho. Enfim, também tenho boas notícias — disse Ella, ansiosa para agradá-lo e recuperar o prestígio.

— Ah, é? Diga.

— Mak perguntou se quero ficar na *villa* dele. Vou fazer o check-out no hotel amanhã de manhã.

O silêncio na outra ponta da linha foi tão longo que, no começo, Ella pensou que Gabriel tinha desligado. Quando ele enfim falou, sua voz parecia diferente, estridente e sufocada.

— Então vocês... hum... vocês ficaram hoje? Depois que perdemos contato.

— Se ficamos? Não. — Ella pareceu surpresa. — Eu deveria?

— Não! Não, não, não. De jeito nenhum! Ninguém espera que você faça esse tipo de sacrifício — disse Gabriel, nitidamente aliviado.

Não seria um sacrifício tão *grande*, pensou Ella, mas sabiamente guardou o pensamento para si mesma.

— Presumi isso quando você disse que ele fez esse convite.

— Não. Na verdade, ele foi um cavalheiro quanto a isso. Vou ficar lá como convidada. Vou ter suíte própria, sala de estar própria, banheiro próprio, tudo isso.

— Isso é ótimo — disse Gabriel, sinceramente satisfeito. — É ótimo que você vai entrar na *villa*. Você precisa obter o máximo de informações possível.

Ah, não me diga, pensou Ella, mas novamente se conteve.

— Tente conseguir algo concreto sobre Athena — prosseguiu Gabriel. — Depois, vá embora assim que puder. Mas, pelo amor de Deus, Ella, você precisa ser cuidadosa de verdade. Agora está na cova do leão.

— Entendido — disse Ella, acrescentando, melancólica: — Quer dizer, está claro que ele *quer* me levar para a cama. Mas estou conseguindo mantê-lo afastado.

— Viu? É disso que estou falando. Você *precisa* se manter na personagem. Chega de deslizes. Ele não quer levar *você* para a cama, quer levar Persephone Hamlin — lembrou-a Gabriel, tenso. — É Persephone quem está conseguindo mantê-lo afastado.

— Certo — disse Ella. — Por enquanto.

Gabriel desligou.

Ele não estava tranquilo.

Ele não estava nem um pouco tranquilo.

CAPÍTULO CATORZE

Makis Alexiadis sentiu os músculos dos ombros arderem ainda mais enquanto nadava intensamente, os braços fortes impulsionando o corpo na última das cem voltas. Sempre achou a natação um ótimo exercício para aliviar o estresse, desde a época em que começou a trabalhar para Spyros Petridis, quando teve que aprender a executar pessoas inocentes a mando do chefe e depois dormir à noite com o som de gritos e súplicas se repetindo infinitamente em sua cabeça.

Claro que "inocente" era um termo subjetivo. Em geral, os alvos eram maus devedores, empresários que pegavam dinheiro emprestado com Spyros e não pagavam o ágio.

— Isso é roubo — dizia Spyros, instruindo Makis, na época ainda adolescente. — Eles são ladrões e mentirosos. E já receberam avisos mais que suficientes.

A última parte era verdade. Casas incendiadas, entes queridos sequestrados e até dedos cortados faziam parte do repertório de "avisos" de Spyros na época. Conforme envelhecia, era esperado que Makis participasse de tudo isso. O estresse era terrível, mas a natação salvou a sanidade daquele jovem. Ele costumava ir a uma piscina comunitária em Atenas, onde nadava, nadava e nadava até os braços magrelos não conseguirem mais se mexer e os pulmões implorarem por ar. E, quando saía da piscina, dizia a si mesmo que a culpa havia sido levada embora pela água, e ele se ensinou a acreditar nisso.

Eu sou um sobrevivente. Meu único dever é sobreviver.

Nos últimos tempos os estresses eram diferentes. Persephone, aquela maldita, ainda se recusava a ir para a cama com ele e vinha até falando em voltar para os Estados Unidos para "se resolver" com o marido, seja lá o que isso significasse. Se ela não fosse tão bem relacionada e tão rica, a essa altura ele já teria feito à força e/ou teria sumido com o marido viciado em cocaína. Mas herdeiras americanas ricas costumam ter pessoas cuidando delas — em geral, um exército de advogados —, e Makis não podia se dar ao luxo de fazer uma lambança dessas, não com todo o resto que vinha acontecendo ao mesmo tempo. O mais perturbador, porém, era que ele tinha a leve suspeita de que estava realmente começando a gostar daquela mulher. Gostar de verdade, com afeto, o tipo de sentimento que não tinha desde que... bem, fazia muito tempo. Havia alguma coisa naquela americana, uma qualidade mágica parecida com a que o mundo inteiro havia associado a Athena Petridis quando jovem.

Athena. A simples palavra enchia seu peito de tensão e raiva. Ela, claro, era a outra fonte de estresse, surgindo como um monstro das profundezas do oceano depois de tanto tempo para tentar recuperar seu império, para diminuir o poder que ele havia conquistado a duras penas. Ah, claro que ela o tranquilizou de todas as formas possíveis sempre que se corresponderam. Makis tinha feito um trabalho maravilhoso. Ela estava velha demais, cansada demais e fisicamente esgotada para tentar recuperar as rédeas do negócio em tempo integral. Ele, Makis, permaneceria no comando no dia a dia e ela se limitaria a dar conselhos estratégicos. "Como uma presidenta para o CEO", conforme ela havia colocado. (Uma analogia que não agradava a Mak. CEOs se reportam aos seus presidentes.) Mas as analogias de Athena não importavam, porque Makis não acreditava numa só palavra dela. Afinal, uma imagem vale mais que mil palavras, e o que estava gravado a ferro em brasa no calcanhar da criança imigrante morta afogada, senão um sinal claro de que os anos de Athena como parceira silenciosa haviam acabado?

O L não significava Lagonissi, como vinham sugerindo alguns idiotas. Não mais. Aquela era a marca de Spyros antes mesmo de conhecer Athena. A marca simples de um sujeito bronco que havia subido ao poder. Mas Spyros já estava morto fazia muito tempo, e Athena não tinha nada de bronco. O L *dela* representava algo muito diferente, e Mak sabia. Era uma peça de um quebra-cabeça muito maior, de um mosaico muito mais complexo. Semanas antes, não apenas um, mas *ambos* os irmãos Kouvlaki — Perry e Andreas, dois dos subordinados mais confiáveis de Makis — foram brutalmente assassinados, e os cadáveres, marcados a ferro em brasa com letras diferentes: A e P. Talvez Athena não estivesse por trás dessas mortes, mas quem quer que tenha ordenado o assassinato dos irmãos Kouvlaki a conhecia intimamente, conhecia o código secreto que ela usava e o que significava. Sabia que esse código tinha relação com sua perda no passado e com sua fúria no presente. Com a necessidade de reconquistar o comando a qualquer custo. Com a necessidade de dominar, de vencer.

Esses sinais não deviam ser menosprezados.

Ao sair da piscina olímpica interna da *villa* Mirage, Makis se secou com uma toalha e foi até a mesa à beira da piscina, onde Cameron McKinley o aguardava. Ao longo dos últimos anos, o advogado e faz-tudo escocês havia ascendido e se tornado elemento fundamental do círculo íntimo de Big Mak, dando conselhos sobre quase todos os aspectos de seu império empresarial. Alto e magro, Cameron tinha pele tão branca que era quase albino, de cabelo loiro-avermelhado ralo e olhos azul-gelo, o oposto físico de seu empregador. No fundo, ele sempre fez Makis sentir calafrios com seus dedos longos e ossudos e sua fala mansa, parecendo quase sussurrar de tão baixo que falava. Para a sorte de Makis, era raro ter que encontrá-lo pessoalmente. Cameron ficava em Londres, e os dois costumavam se comunicar por telefone. (Quando o assunto era advogados e e-mails, Mak sempre tinha os dois pés atrás.)

Mas desta vez tratava-se de um assunto tão sigiloso que o único jeito era fazer um encontro cara a cara.

— O que tem para mim? — exigiu Mak, sentando-se com sua sunga Vilebrequin molhada de frente para o escocês de terno.

— A irmã Elena permanece no convento — sussurrou Cameron. — Mas minha aposta é que ela vai se movimentar em breve.

— Sua aposta é baseada em quê?

— A rotina diária dela tem mudado. Sutilmente, mas tem. Ela tem passado mais tempo do lado de fora do mosteiro murado, mais tempo sozinha. E alguns dos antigos aliados de Athena também têm se movimentado.

— Quem?

— Konstantinos Papadakis, por exemplo. Ele acabou de expulsar os inquilinos de sua pousada fortificada na Córsega. Além disso, trouxe o jatinho particular para Atenas semana passada, junto com um piloto de prontidão em tempo integral.

Konsta Papadakis era um velho amigo de Spyros Petridis, padrinho dele no casamento com Athena.

— Você acha que ele está tentando pegá-la? — perguntou Mak.

Cameron assentiu.

— Acho. E ele não é o único que está se mexendo. — Cameron listou um grupo de antigos admiradores de Athena e de pessoas ricas leais aos Petridis que haviam transferido fundos para a mesma conta bancária anônima nas ilhas Cayman no mês anterior. — Ela certamente está entrando em contato com velhos amigos.

A sensação de aperto no peito de Mak ficou mais forte. Ele passou a mão no cabelo molhado.

— As pessoas precisam enxergar que eu estou ajudando Athena.

— Verdade.

— As pessoas precisam saber que vejo a volta dela com bons olhos. Que eu sempre me vi apenas como um interino. Seguindo a vontade de Spyros.

— Claro.

Makis se recostou na cadeira.

— Se alguma coisa acontecer com ela, precisa parecer acidente. Ou algum tipo de acontecimento natural. Como um infarto.

Os olhos azul-claro de Cameron não piscaram.

— Não é impossível. Atualmente Athena já está no fim da meia-idade, e o corpo dela passou por um trauma considerável.

— Ou uma queda? — conjecturou Mak, pensando em voz alta.

— Acontece.

— Na água, talvez?

Cameron assentiu.

— Essas ilhas têm correntes marinhas bem perigosas...

Mak mordeu o lábio e ficou em silêncio, pensativo. Se Cameron estivesse certo e Athena já estivesse organizando os apoiadores e um plano de fuga do esconderijo atual, então a hora de agir era agora. A sorte favorece os corajosos, e, embora Mak não fosse corajoso o bastante para encarar Athena diretamente (ele conhecia bem o suficiente a mulher do antigo mestre para morrer de medo não só dela mas de sua capacidade de vingança), também não iria rolar no chão feito um cachorrinho feliz enquanto ela fazia seu retorno triunfal e pegava o que era dele, o que ele havia *conquistado*.

— E que tal isso?

Mak se inclinou para a frente e traçou um plano enquanto seu faz-tudo escutava atentamente. Era arriscado, com certeza, mas não impossível. Explicar seu plano em voz alta o deixou animado. Pela primeira vez em dias, Makis Alexiadis começou a se perguntar se podia haver um pouquinho de luz no fim do túnel.

Enquanto Makis e Cameron montavam uma estratégia, ao pé do despenhadeiro havia um homem parado, como uma estátua, observando todos os movimentos na *villa* Mirage, assim como vinha fazendo ao longo dos últimos dois dias. Ele sabia de todos os caminhões de entrega que entravam ou saíam e o horário em que todos os empregados chegavam de manhã e iam embora à noite. Sabia a hora em que as luzes da piscina se acendiam automaticamente e a rotina diurna e noturna do dono da casa. Quando ele tomava banho; quando tomava o café da manhã; quando se exercitava; quando jantava; quando transava; quando dormia. Aprendeu os ritmos da casa como um cachorro leal, memorizando os movimentos do dono, antecipando todas as suas necessidades.

E ele esperou.

Mark Redmayne abriu um sorriso generoso quando Gabriel se aproximou de sua mesa de café da manhã.

— Sente-se, por favor.

Os dois nunca se deram muito bem. Redmayne achava o agente mais célebre do Grupo rude e provocador, a ponto de ser insubordinado, ao passo que Gabriel achava o chefe arrogante, um narcisista de carteirinha, tão confiável quanto um vigarista numa convenção de trambiqueiros. Naquela manhã, porém, pelo menos Redmayne estava com humor complacente.

Um motivo era o fato de estar em Paris, e hospedado em seu hotel favorito no mundo inteiro, o Georges V. Uma inesperada conferência empresarial lhe oferecera uma desculpa perfeita para ir à Europa espiar as várias missões do Grupo em andamento por lá. Outro motivo era o fato de sua mulher, Veronica, ter decidido ficar em casa em East Hampton, deixando Mark livre para aproveitar o que Paris, e mais especificamente as garotas do Crazy Horse, tinha a oferecer. Mas o melhor de tudo foi que, depois de um começo cheio de altos e baixos, Ella Praeger finalmente havia acertado em cheio pela primeira vez e interceptado algumas informações inestimáveis. Se os astros se alinhassem, talvez a garota os levasse direto a Athena Petridis.

Gabriel se sentou na cadeira de frente para o chefe e imediatamente se serviu de uma xícara do melhor café peruano recém-coado.

— Está com fome? — perguntou Redmayne. — A torrada de abacate aqui é incrível.

— Não — respondeu Gabriel, com o charme e a delicadeza de sempre. Redmayne ficou tenso.

— Como preferir. Aos negócios, então?

— Imagino que já tenha visto os dados de inteligência, certo?

— Vi. — Redmayne abriu um sorriso. — Eu sabia que estávamos certos em mandá-la para lá. As informações que ela vem interceptando de dentro da *villa* são ouro puro. — Satisfeito, Redmayne deu outra garfada no prato do café da manhã. — Será que essa "Elena" é ela? Será que é Athena?

— Não é impossível — admitiu Gabriel.

Redmayne franziu a testa.

— Bem, quais as alternativas, então? Digo, do seu ponto de vista — acrescentou Redmayne.

— Pode ser uma aliada próxima. Uma intermediária — disse Gabriel, sem muita convicção.

— Duvido. A localização teria sido perfeita para Athena se enclausurar durante todos esses anos: um lugar remoto e seguro. Além do mais, Ella tem interceptado comunicações com aliados próximos dando a entender que "Elena" é mais que uma simples "intermediária". Ela é claramente fundamental na organização Petridis. As informações que Ella interceptou também sugerem que Makis é quase obcecado por essa "Elena". Tudo isso aponta para a própria Athena.

— Como eu disse, é possível — admitiu Gabriel a contragosto. — Ella também interceptou atividades na internet indicando que Mak tem pesquisado várias rotas de acesso ao convento em Sikinos, inclusive padrões de maré.

— Esse é um nível impressionante de esforço e de envolvimento direto para um homem da importância dele se Elena *não* for Athena — comentou Redmayne.

— Verdade. Mas só vamos saber quando tivermos certeza.

— Exato. E é por isso que precisamos de um agente no convento. Quando Ella pode ser liberada de Mykonos?

— Ella? — Gabriel fez cara feia olhando para o próprio café. — Ella não é a melhor agente para o trabalho, senhor. É inexperiente demais.

— Ah, não sei, não. Eu diria que ela tem se saído muito bem até agora, não acha? — perguntou Redmayne, limpando o farelo da boca com um guardanapo de linho.

— Sim senhor. Mas o trabalho dela em Mykonos era diferente.

— Não vejo em quê.

— Era um trabalho de coleta de informações — disse Gabriel, cerrando os dentes.

— E esse também seria. Nós a mandamos, ela tira uma dessas "fotos mentais" que deixam o professor Dixon tão empolgado, confirma a identidade da irmã e vai embora.

— Com todo o respeito, senhor, não é bem assim. Se Elena *for* Athena, Ella vai correr um grande perigo, e o senhor sabe disso.

— Caso não tenha percebido — retrucou Redmayne, escolhendo ignorar a insolência —, há semanas ela está sob o mesmo teto que Makis Alexiadis. Sem dúvida, um dos homens mais perigosos do mundo.

— E eu fui contra isso — lembrou-o Gabriel.

— Hum. Bom, não sei o que dizer, Gabe. Você estava errado antes e está errado agora. A jovem é muito mais competente e engenhosa do que você pensa. — Ele balançou a mão com leveza, como se afastasse os riscos de uma expedição a Sikinos tal qual uma mosca irritante. — Ela é corajosa. Como a mãe — acrescentou, exibindo por um breve instante um olhar nostálgico e sonhador.

Gabriel quis dar um soco na cara de Redmayne. Como ele era capaz de mencionar o nome de Rachel Praeger num momento desse? Ele não tinha um mínimo de vergonha?

— Ella já provou que é capaz de lidar com Big Mak, e nós dois sabemos que isso não é pouco — continuou Redmayne. — Tudo o que precisa fazer é identificar "Elena", e não conversar com ela. Ella vai ficar bem.

— Entendido.

Gabriel cerrou os dentes, mas por dentro fervia de raiva, como uma chaleira esquentando lentamente. O chefe estava tentando dizer que sua negligência com relação à segurança de Ella era uma espécie de elogio, um sinal de "fé" nela, quando na verdade tudo o que queria era jogá-la de qualquer jeito na cova do leão. Era quase como se quisesse que uma tragédia acontecesse com ela. Como se quisesse que fosse morta. Apesar de isso não fazer sentido algum, é claro.

— Semana passada você disse que Ella precisava de uma estratégia para fugir da *villa* Mirage — disse Redmayne, percebendo que Gabriel estava inquieto e astutamente usando palavras do agente contra ele mesmo. — Que não podíamos esperar que ela conseguisse segurar Makis Alexiadis para sempre. Que ela já havia obtido todas as informações úteis possíveis dentro daquela casa e que era melhor nós a tirarmos de lá.

— Eu quis dizer tirá-la de lá e levá-la para *casa* — retrucou Gabriel, irritado. — Ou pelo menos levá-la até uma segurança relativa em Atenas. Não tirá-la de lá e mandá-la confrontar uma das mulheres mais perigosas do mundo.

— *Potencialmente* mais perigosas — respondeu Redmayne com malícia, fazendo Gabriel lembrar que ele próprio tinha dúvidas sobre a identidade da irmã Elena. — Como você mesmo disse, Elena *pode* ser só uma intermediária. Além do mais, Ella está ansiosa para ir.

— O senhor já discutiu isso com ela?

— Via Nikkos Anastas — explicou Redmayne com indiferença, ignorando a cara de choque do agente. — Ela ficou entusiasmada.

— Bom, claro que ficou entusiasmada — disse Gabriel com aspereza. — Depois do que o senhor disse sobre a morte de William e Rachel? Ela quer se vingar.

— Depois do que *nós* dissemos — corrigiu Redmayne com voz firme. — Você também faz parte disso, Gabriel, caso tenha esquecido.

Gabriel não tinha esquecido. Desconfortável, remexeu-se na cadeira.

— Às vezes, temos que dizer às pessoas o que elas precisam ouvir — racionalizou Redmayne, do jeito que pessoas sem consciência costumam fazer, com facilidade e indiferença. — Nunca perca o quadro geral de vista, Gabriel. O bem maior.

Redmayne terminou de tomar o café e colocou a xícara de volta na mesa com ar de que a decisão estava tomada.

— Então... você deve avisar a Ella que muito em breve nós vamos tirá-la de Mykonos e levá-la de volta a Atenas, para prepará-la para a missão de Sikinos. Eu disse a Nikkos que ele tem quatro dias para organizar o novo disfarce dela.

Gabriel balançou a cabeça, mas não falou nada. Quatro dias não era tempo suficiente. Nem perto disso. Mas Redmayne não mudaria de ideia. Além do mais, até Gabriel era capaz de ver a importância de colocar alguém dentro do Convento do Sagrado Coração assim que possível, antes de a "irmã Elena" sumir outra vez. Se ela de fato *fosse* Athena Petridis, a última vez que desapareceu, ninguém ouviu sequer um pio dela por doze longos anos.

— Lembre-se: tudo o que Ella precisa fazer é tirar a foto e identificá-la — disse Redmayne, tentando reconfortar Gabriel. — Se a irmã Elena for *mesmo* Athena, vamos ter uma equipe experiente pronta para agir logo em seguida e fazer o que precisa ser feito. Não vou fazer Ella correr nenhum risco desnecessário. Você tem a minha palavra.

Sua palavra!, pensou Gabriel. *Como se ela valesse alguma coisa...*

— Fiquei sabendo do que aconteceu com os irmãos Kouvlaki — comentou Gabriel, o rosto inexpressivo, mudando de assunto de uma maneira que sabia que deixaria Redmayne sem jeito e, com sorte, tiraria aquele sorriso presunçoso do rosto do chefe. — Dos assassinatos. Das marcas.

— Hum. — Para irritação de Gabriel, Redmayne não soltou nenhuma informação. — Foi um negócio terrível.

— Aparentemente, um A e um P — continuou Gabriel. — Seria algum tipo de mensagem enviada por Athena?

— Presume-se que sim — disse Redmayne, lentamente.

— A não ser que estejam tentando incriminá-la — murmurou Gabriel. — Alguém usando o cartão de visita de Athena para parecer que foi ela quem ordenou os assassinatos?

Redmayne não titubeou.

— Acho que não. E não que isso tenha muita importância. Quer dizer, óbvio que não vamos derramar nenhuma lágrima por Perry e Andreas.

— Óbvio. Então, o senhor não sabe mais nada sobre esses assassinatos?

Redmayne ergueu lentamente uma sobrancelha.

— "Mais"?

Gabriel o encarou.

— Nós temos certeza de que Athena está por trás dessas mortes?

Redmayne o encarou sem piscar.

— Me diga você, Gabriel. Nós *temos* certeza? Eu tenho. Mas talvez a questão seja: você tem?

Andando pela rue du Boccador minutos depois, Gabriel tentou impedir o aperto no coração. Mark tinha dado a "palavra" de que protegeria Ella. Mas, ao longo dos anos, muitas das palavras de seu chefe se provaram mentirosas, ou, pelo menos, meias verdades — por exemplo, com relação ao que estava escondendo a respeito dos assassinatos dos irmãos Kouvlaki. As mentiras de Redmayne eram sempre a serviço do Grupo, claro, e para o "bem maior". Mas a facilidade com que a desonestidade saía da boca de seu chefe era inquietante. Fazia Gabriel se lembrar de seu pai, alguém que, todos os dias, ele se esforçava ao máximo para esquecer.

Quanto a não colocar Ella em risco, qual era a verdade? Gabriel não conseguia compreender muito bem o que motivava seu chefe com relação a Ella, e isso o incomodava. Por um lado, estava claro que Redmayne a valorizava, considerando-a uma nova arma secreta do Grupo. Era uma receptora humana, uma supercâmera biológica, uma ferramenta de inteligência com que a CIA sequer sonhava, e ele não queria que nada acontecesse com ela. Por outro lado, como ser humano, ele parecia, na melhor das hipóteses, indiferente a Ella e, na pior, parecia não gostar dela, apesar do "afeto" nostálgico que demonstrava pela mãe da nova agente. Era quase como se, de algum modo, Mark Redmayne temesse Ella Praeger. Embora, de novo, Gabriel não fosse capaz de imaginar motivos para isso.

A palavra de Redmayne não valia nada. A Gabriel só restava rezar para que, no fim, as preciosas habilidades de Ella a protegessem, não só de Redmayne mas de uma infinidade de perigos aos quais seria exposta em uma vida no Grupo.

Porque a verdade nua e crua era que Gabriel não conseguiria proteger Ella. Assim como não tinha conseguido proteger Mira muitos anos antes.

E isso era o que mais doía.

CAPÍTULO QUINZE

Miriam esperou Persephone Hamlin terminar seu *espresso*, observando de dentro de uma butique Gucci do outro lado da rua enquanto sua rival tirava algumas cédulas da bolsa e as deixava na mesa.

Miriam pensou em ir embora de Mykonos inúmeras vezes desde que foi dispensada por Makis Alexiadis. Lisette e Arabella decidiram muito antes disso limitar as perdas e deram o fora de lá, sabendo, como a própria Miriam sabia, que tinham sorte de estarem vivas. Segundo os rumores, nem todas as ex-namoradas de Mak sobreviviam para contar a história. E a verdade era que, para Miriam, não faltavam opções. Um admirador rico a convidou para ficar em seu iate em Ibiza, e um ex-namorado de quem ela permaneceu próxima ao longo dos anos a chamou para ficar em seu refúgio onde dava festas em Saint Tropez.

— Esquece esse grego — disse ele a Miriam por mensagem de texto na semana anterior. — Vem ficar comigo aqui em Voile Rouge por uns dias e relaxe. Você sabe que é isso que você quer!

Uma oferta tentadora. Mas não tão tentadora quanto derrubar aquela mulher-macho esquisitona chamada Persephone do pedestal em que Mak havia decidido colocá-la. Miriam podia desistir de Makis Alexiadis se precisasse, mas não estava nem um pouco disposta a ceder sua posição de objeto sexual dele para aquela aberração de cara de alienígena e roupas malucas, que, se os rumores fossem verdadeiros, *ainda* estava rejeitando os avanços de Makis.

Era frustrante que, depois de uma semana de pesquisas e investigações, Miriam não tivesse descoberto nada que pudesse usar contra Persephone. Os poucos fragmentos da "história" de Persephone que Miriam sabia pareciam bater quando ela pesquisava na internet: o marido viciado, os pais americanos ricos, a casa em Los Angeles. Mesmo assim, o instinto de Miriam dizia que havia algo de errado a respeito daquela garota. Que, se ela esperasse — e observasse — mais um pouco, poderia pegar Persephone com a boca na botija.

No começo, Persephone passou quase todo o tempo dentro do terreno da luxuosa *villa* Mirage. Nas raras ocasiões em que se arriscava a sair, ela e Mak estavam sempre juntos. Para duas pessoas que alegavam não ser um casal, a proximidade deles era suspeita. Mak estava sempre abrindo portas e puxando cadeiras para Persephone. Os dois viviam rindo. Além das intimidades e das piadinhas, ele colocava a mão carinhosamente no cóccix de Persephone. Para Miriam, foi doloroso ver Makis demonstrar tanto afeto para aquela americana indigna, afeto que nunca demonstrou por ela própria. Mas o pior era saber que não veria nada de importante ou incriminador enquanto Makis estivesse por perto. Ela precisava pegar Persephone sozinha.

Talvez hoje finalmente fosse o dia!

Com a metade superior do rosto escondida atrás de um enorme par de óculos de sol da Oliver Peoples, Miriam saiu discretamente da loja e, a uma distância segura, seguiu Persephone, que deixou o café e desceu a ladeira em direção ao píer. Essa era a terceira manhã seguida que ela se aventurava na cidade sem Makis. Em cada ocasião, tomava uma xícara de café sozinha e depois simplesmente vagava pelas ruas — não fazia compras, não ia ao spa, não fazia *nada*, além de olhar o celular de vez em quando.

Naquele dia Persephone parecia seguir o mesmo padrão, driblando a multidão matutina de turistas, fingindo observar os barcos. Só que, desta vez, parecia mais ansiosa que o normal, parando frequentemente para olhar para trás e ao redor. Mais de uma vez Miriam precisou se esconder numa loja ou dar meia-volta para não dar a impressão de que a estava seguindo, mas Persephone não pareceu notá-la. Aparentemente satisfeita por acreditar que estava sozinha e em segurança, ela desviou do trajeto normal e virou à esquerda, entrando num beco atrás da feira de peixes de sexta-feira.

Aquela era uma parte da cidade onde não havia nada para uma estrangeira rica fazer. Cabeças de peixe podres e caixotes vazios fedendo aos frutos do mar pescados no dia anterior, uma rua de paralelepípedos cheia de lixo e, ainda por cima, escorregadia por causa do sangue, das escamas e dos líquidos derramados — os detritos de uma manhã agitada. Havia duas lixeiras feias e grandes de plástico perto da parede de um lado. Do outro, dois gatos imundos se encaravam enquanto procuravam restos.

Enquanto Miriam se escondia atrás de um plátano na esquina, fora de vista, Persephone olhou ao redor pela última vez antes de enfiar a mão em sua bolsa de palha e tirar um celular que Miriam não tinha visto antes. Fez uma ligação de mais ou menos cinco minutos. Miriam estava longe demais para ouvir, mas a forma apressada como os lábios de Persephone se mexiam e os gestos extravagantes davam a entender que se tratava de uma conversa tensa. Quando a ligação terminou, Miriam assistiu de olhos arregalados enquanto Persephone desmontava o celular e descartava a bateria e o aparelho em diferentes lixeiras antes de colocar o que provavelmente era um chip no bolso. Um tempo depois, verificou mais uma vez se estava sozinha, saiu do beco pelo outro lado, fez sinal para um táxi e entrou, então o carro partiu rapidamente, antes de Miriam ter qualquer chance de segui-lo.

Não que Miriam precisasse. O que tinha acabado de ver era suficiente.

Com o coração palpitando, ela ligou para o número particular de Mak. Como já era de esperar, foi direto para a caixa postal — os dias em que ele atendia automaticamente às ligações de Miriam já eram passado. Mas, desta vez, Miriam sabia que ele retornaria a ligação. A relutância de Makis em se envolver com as ex-namoradas não era nada se comparada à sua paranoia. Sabendo disso, Miriam fez questão de deixar uma mensagem que soasse convenientemente alarmante.

— Tenho uma coisa importante para lhe contar — sussurrou. — Como amiga. Talvez você esteja em perigo.

Quando ele retornou a ligação, Miriam insistiu para que se encontrassem pessoalmente. E minimizou o incidente. *"Talvez não seja nada, mas..." "Pode ser que exista uma explicação..." "Só achei que você gostaria de saber..."*

Se Persephone Hamlin estava realmente tentando enganar Mak, ela havia acabado de cavar a própria cova.

Ella olhou de forma crítica para o próprio reflexo no espelho, mexendo nos brincos com pingentes de diamante que Makis tinha lhe dado na semana anterior e desejando que seu cabelo não estivesse tão curto. Usando um vestido azul de seda de frente única, justo e de corpo inteiro, além de sapatos prata da Louboutin com salto de dez centímetros, ela se sentia uma garotinha brincando de se vestir de adulta. Gabriel tinha insistido para que ela "fizesse um esforço" para o jantar daquela noite — para garantir que, pelo menos uma vez, parecesse uma herdeira rica e para que, quando se despedisse de Alexiadis, o deixasse com gostinho de "quero mais".

— Ele quer mais de qualquer jeito — respondeu Ella, curta e grossa. — Está atraído pelo fato de que Persephone *não* se esforça.

— Hoje à noite vai ser diferente — insistiu Gabriel. — Ele não vai querer que você vá embora. Você deve dar a ele um sinal de que *você* também não quer ir. De que está tentando mantê-lo interessado. De que vai voltar. Se ele acreditar nisso, é mais provável que deixe você partir.

Ella não estava convencida dessa estratégia, se é que podia se chamar isso de estratégia. Todos esses blefes e sinais conflitantes a deixavam zonza. Mas ela havia seguido em frente mesmo assim, em parte porque não queria entrar em outra batalha com Gabriel, que já não estava gostando nada de ela ser enviada como agente secreta ao convento em Sikinos, e em parte porque estava nervosa. E se Mak não a "deixasse ir"? O que mais a preocupava não era sua segurança pessoal, mas a ideia de que, com isso, ela poderia perder a chance de encontrar Athena Petridis. De confrontar a única pessoa ainda viva que era responsável pela morte de seus pais e por toda a infelicidade de sua infância, isso sem falar de inúmeras outras infâncias. Gabriel e Redmayne podiam até ter suas dúvidas, mas Ella estava convencida de que acabaria descobrindo que essa misteriosa "irmã Elena" e Athena Petridis eram a mesma pessoa. E isso era verdade porque Ella precisava que fosse verdade. Ella disse a si mesma que esse mês inteiro passado em Mykonos com Mak não tinha nada a ver com a atração sexual cada vez mais intensa que sentia por ele, ou com a adrenalina, com a emoção ilícita de fazer os papéis de caça e de caçadora ao mesmo tempo. Tudo aquilo tinha o objetivo único de rastrear Athena e obter uma vingança justa pela morte de seus pais. Se não partisse rumo a Sikinos agora, ou muito em breve, talvez tudo aquilo tivesse sido para nada. Se a irmã Elena fosse embora do convento antes de Ella chegar lá... Não. Pensar nessa possibilidade era insuportável.

Todas as mensagens que Ella havia interceptado confirmavam suas suspeitas: Mak estava ficando cansado de esperar Persephone ir para a cama com ele, e a empolgação com aquele jogo de gato e rato começava a esfriar. Em pouco tempo, Ella havia mudado radicalmente, deixando de ser aquela adolescente esquisitona do Rancho Praeger que não conseguia arranjar namorado. Mas um homem viril e sexualmente voraz como Mak não aguentava muito tempo de enrolação. Ela não queria descobrir o que aconteceria se ele fosse arrastado para além dos limites.

* * *

No andar de baixo, Mak já estava sentado à mesa de sua sala de jantar "particular", um espaço circular com duas enormes janelas panorâmicas e um teto de vidro que dava vista para as estrelas. Usando um lindo terno Zegna feito sob medida e uma camisa de seda azul-celeste aberta no pescoço, claramente ele também tinha feito um esforço naquela noite. A sala estava cheia de flores (peônias, as favoritas de Persephone). No entanto, o sinal mais claro de todos era que a mesa estava posta para duas pessoas. Ella estava esperando outros dois casais, parceiros comerciais de Mak e suas esposas.

— Seus amigos não vêm?

— Não.

Mak olhou para cima e, por um instante, se maravilhou com sua beleza. Mais que beleza. Ela estava *radiante*. Persephone tinha um carisma, uma presença que ele não era capaz de descrever, apenas de sentir. Ela estava especialmente arrebatadora naquela noite, naquele vestido que parecia pintado sobre seu corpo e que mostrava partes provocantes de sua pele. As costas lisas. Os braços longos e esguios. E, pela primeira vez, estava usando os brincos da Graff que ele havia lhe dado de presente.

— Achei que seria melhor um jantar só para nós dois. Tudo bem por você?

— Claro que sim. — Ela abriu um sorriso e se sentou. Logo em seguida, os garçons chegaram oferecendo uma variedade de saladas e pratos com peixe. — Tenho a impressão de que mal vi você ao longo dos últimos dias.

Ele não respondeu, mas parecia observá-la com mais atenção que de costume. Ella sentiu o estômago começar a revirar de nervosismo. Havia algo diferente.

— Por favor, não pense que estou reclamando — continuou ela, exibindo um equilíbrio que estava longe de sentir enquanto as taças de vinho e água eram servidas. — Você tem sido muito generoso ao me hospedar aqui. Espero que saiba como me sinto grata.

Os olhos de Mak percorreram o rosto de Persephone, depois, para seu deleite visual, desceram pelo corpo embrulhado em seda para presente. Por fim, voltaram para os olhos dela. A expressão no rosto dele deixava bem claro como queria que ela demonstrasse a gratidão.

— Tem sido um prazer ter você aqui, Persephone — disse Makis, depois de um tempo. — E você tem razão, os negócios me ocuparam ao longo dos últimos dias. Mas quero compensar essa ausência. Decidi passar o resto do mês no meu iate. Ficaria honrado se você se juntasse a mim.

Ella sentiu a garganta seca. Foi pega de surpresa. Isso era um teste? Até então, em momento algum Mak havia mencionado planos de sair de Mykonos neste verão. Quaisquer que fossem os motivos dele, ela sabia que precisaria tomar muito, muito cuidado.

— Vai velejar para onde? — perguntou ela, tentando ganhar tempo.

— Não tenho certeza. Talvez para a Itália. Sardenha. Mas talvez passe por algumas ilhas gregas menores antes. Paxos. Alonissos. Ouvi dizer que Sikinos fica linda nessa época do ano. Já ouviu falar?

Ella mal conseguiu respirar. Sikinos era a ilha do convento da irmã Elena. *Por que Mak mencionaria esse nome para mim? Ele suspeita que eu sei de algo? Mas por que suspeitaria? Como poderia suspeitar?*

— Infelizmente, não. — Ela passou manteiga numa fatia de pão com uma indiferença digna de um Oscar. — Lamentavelmente, não vou poder me juntar a você, pelo menos não na primeira parte do mês. — Ela mexeu no brinco, pensativa. — Mas talvez eu possa embarcar no seu iate depois, quando você chegar à Itália.

Um pequeno músculo começou a se contrair no canto da mandíbula de Makis.

— Por que não pode ir agora? Você tem planos?

Ela suspirou e continuou comendo.

— Infelizmente, tenho. Decidi me divorciar de Nick.

Surpreso, Mak se recostou na cadeira.

— Sério?

— Um-hum — respondeu ela, assentindo com a cabeça e evitando o olhar de Mak de um jeito tímido, dando a entender que ele *poderia* ser parte do motivo dessa decisão. — Estar aqui me deu muito tempo livre para pensar. Eu precisava disso.

— Entendo — disse Mak, a voz mais tranquila.

A conversa que Mak teve com Miriam Dabiri no dia anterior o deixou transtornado. Não era segredo para ninguém que Miriam era uma pessoa ciumenta, que estava ressentida por causa do interesse de Mak em Persephone e pelo fato de ele ter se cansado dela tão de repente. Mesmo assim, Makis acreditou na história de Miriam, sobre a ligação exasperada e sobre o celular desmontado. Parecia elaborado e específico demais para ser inventado.

— Tome cuidado — advertiu Miriam na ocasião. — Digo isso como amiga. Acho que você não pode confiar nela.

O instinto inicial de Makis foi de concordar. Persephone devia estar ali para espioná-lo, embora ele não fizesse ideia de quem poderia estar por trás disso nem com que motivo. Mas, se ela estava se divorciando do marido, talvez houvesse um motivo menos problemático para as ligações secretas. Talvez ela estivesse tentando esconder dinheiro do futuro ex, ou um caso, ou talvez estivesse contratando um detetive particular para investigar os casos *dele* e não quisesse que suas ligações fossem rastreadas. Divórcio e sigilo costumam andar lado a lado.

— Preciso ir a Atenas me encontrar com alguns advogados — continuou Ella. Em seguida, esticou a mão e fez carinho na mão dele, de um jeito que demonstrava algo além de amizade. — Por diversos motivos, para mim é melhor dar entrada no divórcio aqui, na Europa. Dependendo de como Nick vai reagir, talvez eu tenha que pegar um voo de volta para os Estados Unidos.

— Por quanto tempo?

Ella apertou a mão de Mak.

— Ainda não sei. Mas volto para Atenas amanhã de manhã. Vou saber melhor depois das reuniões que vou ter com os advogados.

— Você vai embora amanhã? — Ele fez cara feia. A simples ideia de Ella partir era dolorosa.

— Não é para sempre — respondeu Ella, tentando tranquilizá-lo. — Se ele não contestar o pedido de divórcio, e tem grandes chances de isso acontecer, eu adoraria me encontrar com você no iate daqui a uma ou duas semanas. Mas preciso fazer isso, Mak. Você entende, não é?

Ele fez que sim com a cabeça.

— Depois do divórcio... as coisas vão ser diferentes — prometeu ela.

Mak olhou nos olhos dela, querendo acreditar.

Depois do jantar, os dois se sentaram juntos no terraço e conversaram por um bom tempo. No fim, como sempre, ele a levou até a suíte dela. Mas, desta vez, quando Ella colocou a mão na porta, Mak avançou e pressionou seu corpo no dela.

— Não quero que você vá.

Ella fechou os olhos. Sentiu a respiração quente de Mak em sua orelha e o calor do corpo dele nas suas costas nuas. Estava com medo, mas ao mesmo tempo excitada, o desejo dele provocando o dela. Ella deu meia-volta e o beijou, só uma vez, mas com uma paixão que, para sua vergonha, não precisou fingir.

— Também não quero ir — sussurrou ela. — Mas preciso. Boa noite, Makis.

Ella girou a maçaneta, entrou rapidamente na suíte e fechou a porta. O coração palpitava enquanto esperava para ver se ele ia insistir e entrar em seguida. Para seu alívio e sua decepção, Makis não entrou.

Já em seu quarto, eufórico e frustrado na mesma medida, Mak olhou fixamente para o teto. O beijo foi real. Disso ele tinha certeza. Quanto a tudo o que Persephone disse aquela noite, no geral, ele acreditava. Mas o aviso de Miriam ainda pairava sobre sua cabeça como uma nuvem preta indesejada.

Melhor prevenir que remediar.

Ele decidiu falar com Cameron McKinley na manhã seguinte, logo cedo, e ordenaria que ela fosse seguida. Persephone Hamlin estaria livre para voltar para Atenas. Mas, até o momento em que ela subisse a bordo de seu iate, *Argo*, Makis Alexiadis observaria todos os seus movimentos.

CAPÍTULO DEZESSEIS

O inspetor Jim Boyd puxou a lona e se retraiu ao ver os restos mortais na maca da legista.

— Mulher, obviamente — explicou a legista, Lisa Janner, ajudando Jim Boyd, para quem sequer estava óbvio que aquela massa gosmenta era um ser humano. — E, como falei por telefone, asiática. Mesmo com os traços do rosto praticamente todos destruídos, dá para saber pelo cabelo. Vê? — Lisa ergueu uma mecha de cabelo entre dois dedos enluvados e mostrou ao detetive. — Provavelmente, cinquenta e poucos anos. Boa situação social, a julgar pelas mãos bem-cuidadas, pelos dentes bonitos. Morreu muito antes de afundar.

O corpo, ou o que restava dele, apareceu à margem do rio Tâmisa horas antes, não muito longe da Ponte de Westminster no começo daquela manhã, mal embalado em três camadas de saco de lixo de plástico preto que pouco tinham feito para proteger o cadáver dos estragos causados pelo rio. Algum pobre estudante que saiu de manhãzinha para correr na margem encontrou o corpo e passou vinte minutos botando as tripas para fora antes de ter forças para ligar para a polícia. *Isso vai ensinar àquele desgraçado, transformando o próprio corpo num templo enquanto o resto de nós ainda está na cama dormindo até tarde para curar a ressaca,* pensou Jim Boyd, embora se sentisse muito grato pelo fato de não ter encontrado o corpo no estado original. Se aquilo que estava diante de seus olhos era a versão limpa, tinha medo só de pensar...

— A *causa mortis* quase certamente foi um trauma provocado por uma pancada na parte de trás do crânio — continuou Lisa, virando cuidadosamente de lado a esfera gosmenta para mostrar a ferida. — Embora existam outros ferimentos relevantes que possam ter provocado...

— Cadê a marca? A letra? — Foi a primeira vez que Boyd falou. A primeira vez que se sentiu confiante o suficiente para abrir a boca sem vomitar.

— Ah, aqui embaixo.

Felizmente, Lisa Janner cobriu os restos desfigurados que eram o rosto da mulher e ergueu a parte inferior da lona. Um pé tinha sido totalmente arrancado, um corte limpo, como se uma guilhotina tivesse sido usada. Mas a sola do outro pé tinha uma letra P que ia de uma ponta a outra.

— O que é isso? — Jim Boyd olhou mais de perto, sentindo-se mais à vontade na ponta de baixo. — Não é uma tatuagem?

— Não. Foi queimado a ferro em brasa — informou a legista. — Como fazem com gado. Foi feito com metal em brasa. Queimado na carne.

— Após a morte? — perguntou Boyd, torcendo para que sim e se retraindo outra vez.

— Impossível dizer.

Jim Boyd levou alguns minutos para se lembrar de onde tinha visto algo semelhante nos últimos tempos. No jornal. O menininho cujo corpo tinha sido levado pela maré até uma praia grega. Marcado como um animal, também no pé. Mas aquela criança era uma imigrante que tinha sido enfiada num daqueles barcos da morte que partiam da Líbia, os mais pobres entre os pobres. O que uma criança como aquela poderia ter em comum com uma asiática rica de meia-idade enfiada em sacos de lixo em Londres?

— Senhor — chamou Harrison, sargento sob o comando de Boyd, ansioso, aparecendo com o rosto corado à porta. — Já temos um nome, senhor. Ao menos uma possibilidade. Professora Noriko Adachi. Acadêmica, ao que parece. Morava no Japão.

— Japão? — Boyd ergueu uma sobrancelha.

— Sim senhor. O pessoal de tecnologia rastreou um código de barras num cartão de biblioteca encontrado junto com o corpo. É da Universidade de Osaka. Um dos estudantes da professora Adachi por lá reportou oficialmente o desaparecimento dela três semanas atrás.

Boyd franziu a testa.

— O que ela estava fazendo aqui em Londres?

— Não sei, senhor. — Harrison deu de ombros. — Férias? Ela entrou no Reino Unido vinda de Nova York com visto de turista cinco semanas atrás. Vinha mantendo contato regular com os alunos por Skype, mas esse contato parou abruptamente cerca de um mês atrás. Isso é tudo o que temos por enquanto.

— Quer ver mais alguma coisa? — perguntou Lisa Janner a Boyd. — Como eu disse, existem outros ferimentos...

— Imagino que esteja tudo no seu relatório, certo?

— Claro.

— Então, não. Obrigado.

Boyd deu as costas e saiu taciturno da sala. A professora Adachi não estava em Londres de férias. Disso ele tinha certeza. Marcas a ferro em brasa, pés decepados e corpos em sacos de lixo atirados no Tâmisa? Nada disso era um ato de violência aleatório contra uma turista. Isso não foi um estupro ou um assalto que deu errado. Foi o trabalho calculado de um assassino profissional que tinha seus motivos para querer a Srta. Adachi morta. Alguém que a temia, a odiava ou ambas as coisas.

— *O que você sabia, Noriko?* — murmurou ele para si mesmo. — *O que você sabia?*

Constantin Pilavos colocou um segundo rolo de filme em sua câmera Nikkon FE 35mm e esperou pacientemente em sua van estacionada até Persephone Hamlin sair do prédio.

Sua advogada no processo de divórcio, Anna Cosmidis, era uma das mais importantes da Grécia, e é por isso que seus escritórios ocupavam um andar inteiro de um edifício histórico da avenida Poseidonos, um dos logradouros mais exclusivos de Atenas. A Sra. Hamlin havia passado quase duas horas lá dentro — só Deus sabia o quanto aquilo ia lhe custar! —, mas as ordens dadas a Constantin eram de que ele tirasse fotos dela entrando *e* saindo, e depois a seguisse aonde quer que fosse.

Depois de um bom tempo ela reapareceu apressada, usando saia bege e uma jaqueta feita sob medida com os olhos escondidos atrás de óculos de sol enormes. Constantin baixou o vidro da janela, ajustou o zoom da lente e começou a tirar fotos. O Sr. McKinley, seu chefe, tinha insistido para que usasse uma câmera antiga e que as fotos fossem reveladas manualmente. Makis Alexiadis, o chefe de McKinley, evitava comunicações eletrônicas sempre que possível e tinha um medo paranoico de que seus e-mails ou suas ligações fossem interceptados. Essa era uma lição que ele havia aprendido com seu mentor, Spyros Petridis, e jamais esquecido.

Para Constantin Pilavos, a coisa toda não passava de um exagero. Mas, como estava sendo pago por hora de trabalho, não iria reclamar. Até então, a tal Hamlin não tinha feito nada de interessante além de visitar a advogada, passear no parque e ir duas vezes à academia local. Constantin havia capturado todos esses momentos no filme, embora não conseguisse enxergar o interesse que as fotos poderiam causar, para Makis Alexiadis ou para qualquer outra pessoa. Se Big Mak suspeitava que Persephone estava tendo um caso, estava equivocado. Até onde Constantin podia ver, a mulher nem sequer tinha amigos.

Ele continuou tirando fotos até perdê-la de vista, então deu a partida no motor.

Nikkos Anastas se sentou com sua bunda enorme num banco vazio perto do Parthenon e abriu o jornal.

Era mais um dia abafado, tão quente que poucas pessoas andavam pelas ruas ao meio-dia. Quando Ella chegou e se sentou no banco logo atrás do de Nikkos, dois círculos de suor já haviam começado a se espalhar debaixo dos braços dele, e a pele das pernas peludas estava começando a queimar na parte não protegida pela bermuda.

— Você demorou bastante — comentou ele em grego, sem olhar para os lados e sem dar nenhum sinal de que sabia da presença dela ali.

— Divórcio é uma coisa complicada. Anna fez muitas perguntas.

— E você respondeu a todas? Sem dar bobeira.

— Claro. — Ella falou olhando para o chão. — Correu tudo bem.

— Ele ainda está seguindo você?

— Um-hum — confirmou ela. — Mas não consigo interceptar nada dele. Se ele está com um celular, não usa.

— Então, nada vindo de Mak?

— Não que eu tenha detectado. Infelizmente.

Nikkos resmungou. Era frustrante. Sabendo que estava sendo observada por Alexiadis, Ella precisava se passar por Persephone Hamlin, fazendo tudo o que ela faria enquanto estivesse em Atenas. Isso dificultava que os dois se encontrassem e planejassem o estágio seguinte da missão. Nikkos esperava que pelo menos o capanga que a seguia funcionasse como uma janela contínua para que soubesse os movimentos e os planos de Makis, sobretudo no que dizia respeito a Athena. A ausência de notícias foi outro golpe duro.

— Quando vamos poder conversar direito? — perguntou Ella, começando a demonstrar frustração. — Gabriel disse que você me daria instruções essa semana.

— Sim, sim, sim — disse Nikkos, impaciente. — Não tem sido fácil. É ele ali? A van ao lado da tabacaria?

Ella deu uma olhada rápida colina abaixo.

— É, sim — murmurou, tirando um livro da bolsa e fingindo ler.

— Tudo bem. Amanhã à noite vai ter uma grande festa na casa de Stavros Helios. É um evento para arrecadar fundos. Persephone Hamlin está na lista de convidados.

— Quem é Stavros Helios?

— Um homem muito rico. Um dos primeiros gregos a investir em Bitcoin. Também é um dos nossos.

— Ele sabe a meu respeito? Sabe da missão em Sikinos?

— Não, não, não. Não se preocupe com nada disso. Só apareça amanhã à noite. Lá vamos poder conversar direito.

— E quanto ao sujeito da van? Ele certamente vai me seguir. E é possível que Makis tenha outras pessoas de olho.

— Deixe tudo comigo. E não vá embora daqui pelos próximos dez minutos. Aliás, seu grego está melhorando.

— Obrigada — disse Ella, mas Nikkos já havia dobrado o jornal e começado a descer a colina.

A propriedade de Stavros Helios era a segunda maior mansão de Atenas, logo atrás do palácio presidencial. Projetadas pelo mesmo arquiteto em meados do século XIX, ambas pareciam um vasto bolo de casamento branco, com os típicos toques gregos "clássicos" das colunas dóricas, apoiadas em enormes plintos de estuque e em uma crepidoma encimadas por cornijas retratando diversos mitos antigos.

Mas, das duas mansões, a de Helios tinha jardins muito maiores e mais bonitos. Rodeada por choupos colossais no fim de uma pista de quatrocentos metros, a frente da mansão tinha vista para uma sequência de gramados escalonados, fontes e jardins formais, cada um com uma temática diferente. Diziam que o jardim de rosas, que às vezes ficava aberto ao público, continha mais variedades de rosas raras que qualquer outro da Europa, incluindo os espécimes mundialmente famosos do Palácio de Versalhes. Mas aquele era apenas um de vários "espaços" ao ar livre, cada um lindo à sua maneira, incluindo-se aí um jardim japonês, um jardim aquático, um jardim desértico, um jardim de esculturas e uma "floresta" de bonsais.

Ao sair da limusine dirigida por um chofer que Nikkos havia agendado, Ella imediatamente sentiu que não estava vestida para a ocasião em seu simples vestido de festa branco. Olhando para as outras mulheres que saíam de seus Bentleys e de suas Lamborghinis em vestidos de alta-costura, os corpetes costurados à mão e bordados com pedras deslumbrantes, muitas delas usando longos com cauda e até tiaras, Ella tentou lembrar a si mesma que Persephone Hamlin sentia orgulho de ser uma mulher rica com gosto simples para roupas. Mesmo assim, ao chegar sozinha usando uma peça singela da Calvin Klein, sentiu-se desconfortavelmente nua.

Ella tirou o convite em papel-cartão da bolsa de mão prata e o entregou à recepcionista no portão, uma mulher elegante de uns 50 anos usando um lindo e discreto vestido Prada rosa-bebê e o cabelo castanho-escuro preso num coque como uma bailarina.

— Bem-vinda, Sra. Hamlin — cumprimentou a mulher, sorrindo para Ella. — Aproveite a noite.

— Ei. Você!

Constantin Pilavos travou quando uma mão masculina pesada segurou seu ombro.

— Eu sou do *Kathimerini* — explicou Constantin ao virar e dar de cara com seu agressor, um gigante brutamontes usando um terno preto com caimento péssimo. O fotógrafo tirou do bolso interno do blazer um crachá de imprensa falso, porém bem-feito, do famoso jornal grego. À sua frente, conseguia ver Persephone Hamlin pegar uma taça de champanhe com um dos garçons antes de desaparecer em meio à multidão cada vez maior.

— Acho que não — disse o gigante em tom ameaçador. — Você tem que ir embora.

— Garanto que meu jornal está na lista dos veículos de comunicação aprovados para cobrir o evento — balbuciou Constantin, nervoso.

Não pretendia irritar aquele monstro, que, se quisesse, poderia esmagá-lo como um filhote de passarinho. Por outro lado, se não voltasse com evidências fotográficas da única vez em que a Sra. Hamlin saiu à noite em Atenas, teria que se explicar para o Sr. McKinley, uma perspectiva igualmente desagradável.

— Por favor — pediu ele ao gigante. — Pode verificar a lista? O Sr. Helios fez questão de nos convidar para cobrir o evento dessa noite.

— Ah, é? Bom, ele mudou de ideia — resmungou o gigante, num tom que deixava claro que não havia mais conversa. — Vou levar você até lá fora.

Ele levantou Constantin do chão como se fosse uma criança pegando uma boneca e desceu com ele pela pista de acesso até o outro lado do portão. E o pior: ao colocá-lo no chão, pegou a câmera, arrancou o filme e o enfiou no bolso.

— Não volte aqui — vociferou. — Vamos ficar de olho.

— Ele se foi? — perguntou Ella.

— Sim. Mas preciso que você escute com atenção. Cameron McKinley não vai perder Persephone de vista o resto da vida. Temos pouco tempo.

Eles estavam sentados sozinhos num terraço nos fundos da propriedade. A classe política que governava Atenas passeava no jardim de esculturas abaixo dos dois, bebericando o champanhe de uma ótima safra de Stavros Helios e se comportando como se nunca tivesse ouvido falar da palavra "austeridade". Ella sentia que nunca tinha visto um abismo tão grande entre ricos e pobres como aquele que estava presenciando desde a chegada à Grécia. E isso vindo de uma garota que morava em São Francisco não era pouca coisa. Mas não era hora de filosofar.

Nikkos tirou um iPad do bolso de seu blazer enorme — o terno inteiro parecia mais uma tenda que uma vestimenta — e mostrou o mapa de Sikinos.

— Bom, essa aqui é a ilha. Bem pequena, como pode ver. Não tem muita coisa nela, além do convento, duas fazendas e uma vila de pescadores. Barcos podem ter acesso à ilha por aqui e por aqui. — Ele bateu o dedo atarracado na tela. — Mas não precisa se preocupar com isso; você vai entrar na ilha como funcionária da Padaria da Maria, que funciona em Folegandros, uma ilha vizinha. Sikinos não é grande o bastante para ter sua própria padaria. Em geral, as freiras assam o próprio pão, mas de vez em quando encomendam bolos ou doces para ocasiões especiais. Na próxima quarta é a festa de são Esperidão, padroeiro das ilhas Cíclades. Elas já fizeram uma encomenda de madeleines e *portokalopita*, bolos de laranja tradicionais da região, além de cinquenta pães especiais. A entrega vai ser quarta de manhã.

— Eu tenho um nome? Um passado? — perguntou Ella, surpresa com a força da própria empolgação. Pela primeira vez, desde que tinha saído de Mykonos, sentia que agora era pra valer. E, novamente, não conseguiu evitar a sensação de que o destino estava lhe dando um empurrãozinho; fazer parte desta missão lhe dava uma estranha sensação de voltar para casa.

— Seu nome é Marta e você é de Patras.

— Só isso?

Ella pareceu preocupada. Depois de todas as advertências de Gabriel, falando da importância de ter um passado detalhado e de se ater a ele — todas as infinitas complicações de ser Persephone Hamlin —, esse novo disfarce parecia uma guinada radical no sentido contrário.

— Ninguém vai lhe fazer perguntas — disse Nikkos. — Você vai lá para entregar bolos. Quando chegar, as irmãs devem estar nas matinas. Você precisa arranjar uma desculpa para escapar da cozinha. Encontre a irmã Elena. Se puder, tire uma "foto mental". Aparentemente, você sabe o que isso significa, certo?

Ella fez que sim com a cabeça.

— Bom. É pouco provável que tenha muito tráfego eletrônico no convento para você detectar, mas nunca se sabe. Se Elena for de fato Athena, ela deve ter algum meio de se comunicar com sua rede de contatos. Por isso esteja preparada, fique esperta. Mas, acima de tudo, precisamos que coloque os olhos na irmã Elena.

Ella assentiu com seriedade.

— Quanto tempo eu vou ter?

— Em geral, quando as garotas fazem entregas, as freiras oferecem uma refeição e as convidam a rezar com a comunidade antes de pegarem o barco de volta — prosseguiu Nikkos. — Esperamos que isso lhe dê uma hora lá dentro, talvez um pouco mais. O que quer que aconteça, encontrando Elena ou não, reúna-se com o restante das funcionárias da padaria antes de elas irem embora e pegue o barco de volta para Folegandros com elas. Depois disso, alguém vai falar com você a fim de coletar as informações.

Ella fez cara feia.

— Não posso ir embora sem encontrar Athena.

— Ah, pode, sim — respondeu Nikkos, com firmeza. — Não esqueça que a irmã Elena pode *não* ser Athena.

— Ela é — murmurou Ella. — Eu tenho uma forte intuição.

Nikkos revirou os olhos.

— Nada de intuição. Seu trabalho é ter certeza.

— Se *for* ela, e eu a pegar sozinha, talvez eu tenha a chance de atacar — ponderou Ella.

— Atacar?

— Uma chance de matar Athena. — Os olhos dela encontraram os de Nikkos. — Não devo aproveitar?

Nikkos a segurou firme pelos ombros.

— De jeito nenhum. Não. Não é sua função.

— Mas o Grupo está à procura dela há doze anos — reclamou Ella. — E se essa for a nossa chance? Nossa única chance?

— Não vai ser.

— Você não tem como garantir! — exclamou Ella, frustrada. Por que havia passado por todo aquele treinamento físico no Acampamento Esperança se nunca teria permissão para usá-lo?

— Reflita — disse Nikkos, com calma. — Se a irmã Elena for Athena Petridis e *você* matá-la ou feri-la de alguma forma e for descoberta, o que sem dúvida vai acontecer, então você vai ser presa e indiciada. Lembre-se que, segundo o Estado grego, Athena Petridis era uma filantropa e uma defensora dos direitos das crianças. Ela nunca foi condenada por nenhum crime.

— O que é ridículo — murmurou Ella, furiosa. — Todo mundo sabe o que ela fez.

— Nem todo mundo — corrigiu Nikkos, balançando a cabeça. — *Você* tinha ouvido falar dela ou do marido dela antes de se juntar ao Grupo?

Ella teve que admitir que não.

— Pois é — disse Nikkos. — Além do mais, suspeitar, saber e provar são coisas diferentes. Se você se precipitar, seu disfarce vai ser descoberto, o Grupo vai correr o risco de perder o anonimato e ter anos de trabalho duro destruído. É provável que você vá para a cadeia, e nós não vamos conseguir tirar você de lá. E seus dons, as habilidades preciosas que seus pais lhe deram, vão ser desperdiçados. Perdidos, por nós e pelo mundo. Para sempre.

Ella pensou por algum tempo no que Nikkos disse. Quando voltou a falar, foi em voz baixa, mas com claro nervosismo.

— Athena Petridis ficou parada, observando o marido segurar a cabeça da minha mãe debaixo da água. Vendo Spyros tirar a vida da minha mãe. Ela merece morrer.

Nikkos segurou a mão de Ella e a apertou delicadamente.

— Sim, merece. Ninguém está discutindo isso. E ela vai morrer. Mas nós somos todos engrenagens da roda que vai esmagá-la, Ella. É assim que o Grupo funciona. Nenhum indivíduo é a roda *por si só*. Nem você. Sua parte é localizar, identificar, caçar. Lembre-se: se não fosse por você, nem saberíamos da irmã Elena. Nunca teríamos olhado para o convento.

Um pouquinho mais calma, Ella decidiu escutar enquanto Nikkos explicava o restante do plano. Aquela noite marcava o fim da existência de Persephone Hamlin. Os homens de Cameron McKinley estariam à espera, porém nunca mais veriam sua presa. Em vez disso, como uma lagarta tecendo sua crisálida, Ella dormiria ali aquela noite, na mansão de Helios. Na suíte de convidada, ela pintaria o cabelo de castanho-escuro, colocaria tatuagens falsas nos braços e entraria nas roupas simples e surradas de Marta, a ajudante de padeiro de Patras. Às cinco da manhã, seria acordada e, às escondidas, removida da mansão por uma van no fundo de uma cesta de lavanderia. Às seis e quinze da manhã, Marta estaria num barco pesqueiro rumo às ilhas Cíclades.

Do jeito que Nikkos falou, parecia muito simples. Era como se tudo já tivesse acontecido e a transformação de Ella já estivesse completa.

— Siga essas instruções à *risca* — garantiu ele, levantando-se para partir — e você vai ficar bem. Depois que eu for embora, espere dez minutos e entre na casa por essas portas. — Ele apontou para um par de portas-janelas que dava para um gramado cerca de cinquenta metros à esquerda deles. — Ali, alguém vai encontrá-la e acompanhá-la até seus aposentos. Tudo que você precisa está lá. Boa sorte.

Ella ficou observando Nikkos ir embora, com aquele corpo robusto de urso parecendo ainda maior que o normal naquele terno enorme. Sinais e vozes ressoaram na sua cabeça — a casa era uma verdadeira colmeia em plena atividade —, mas ela desligou todos, incapaz de isolar um único canal útil ou de se concentrar em qualquer coisa. De repente, sentiu-se exausta e teve vontade de ir para o quarto dormir.

Mas, primeiro, claro, precisava mudar. Fazer a troca de pele — tal qual a cobra que estava se tornando — e assumir seu novo papel, sua nova identidade. Assim como seus pais fizeram no passado.

Era assustador o quanto ela estava ansiosa por isso.

Anna Cosmidis olhou outra vez para seu relógio Rolex Pearlmaster 39. Estava cada vez mais irritada. A renomada advogada de família já havia sido paga pelo tempo; mesmo assim, por questão de princípios, era contra deixar os outros esperando.

— Renate. — Ela interfonou para a secretária novamente. — Ainda sem notícias da Sra. Hamlin?

— Sinto muito, senhora. Já tentei contatá-la, mas parece que o número não está mais funcionando. Devo cancelar?

Anna Cosmidis suspirou. Tinha gostado de Persephone Hamlin, mas não havia entrado nesse negócio para fazer amigos. Além disso, a vida era curta demais, e seu negócio era bom demais, para ter que aturar clientes irresponsáveis.

— Sim. Cancele — respondeu ela rispidamente, enquanto sua mente afiada como uma navalha já seguia para o próximo desafio. — Pode trazer a Sra. Froebbel.

Lá fora, em sua van, Constantin Pilavos esperou.

E esperou.

E esperou.

Esfregou os olhos injetados, uma sensação horrível de estômago embrulhado descia em direção ao intestino.

De alguma forma ele deve ter perdido o momento em que Persephone Hamlin deixou a festa na mansão de Stavros Helios na noite anterior. Ele a esperou no hotel, mas ela não apareceu lá também. Nada na noite anterior, nada naquela manhã.

A reunião de nove da manhã com a advogada de direito da família era a última esperança de Constantin. Conforme os minutos se passavam, e depois as horas, o medo se transformou em pânico.

Ele podia voltar para Cameron McKinley e admitir que tinha perdido o alvo.

Ou podia correr para salvar a própria pele, dirigir para longe de Atenas e nunca mais voltar.

Com lágrimas nos olhos, Constantin deu a partida no carro.

Do convés superior do *Argo*, Makis observou a lancha se aproximar. Dentro dele estava Cameron McKinley, com aquele cabelo loiro e ralo balançando ao vento de forma nada atraente, como Donald Trump num campo de golfe. McKinley segurava uma maleta e tinha uma expressão indecifrável naquele rosto pálido.

Ele veio pessoalmente. Isso significava que a notícia era ótima ou péssima. Em defesa de Cameron McKinley, Mak tinha de admitir: o homem tinha colhões. Não se curvava nem se encolhia diante de Mak, como todos os outros faziam quando temiam sua fúria.

Qualquer dia, Mak iria puni-lo por isso. Mas hoje, não. Não com a ameaça da volta de Athena ainda pairando sobre sua cabeça como uma nuvem tóxica.

— O que aconteceu? — perguntou Mak, curto e grosso, assim que seu faz-tudo pisou no iate. — Está com as fotos? — continuou, apontando para a maleta.

— Estou.

— Ela está transando com outro? — Makis se preparou para a resposta. Se fosse "sim", ele mataria o homem, quem quer que fosse, e depois, na hora certa, puniria Persephone.

— Não — respondeu Cameron, entregando a maleta ao chefe.

A sensação de alívio foi imediata, mas também breve.

— Quem é esse? — perguntou Mak, apontando para o sujeito gordo e barbudo perto de Persephone em várias fotos.

— O nome dele é Nikkos Anastas. Ou, pelo menos, é o que diz. Aparentemente é dono de uma loja de roupas nos arredores de Atenas, mas, se isso é verdade, então ele é um dono *muito* ausente. Nunca vimos os dois conversando diretamente, mas ele sempre aparecia. Ou está vigiando Persephone e fazendo um trabalho de merda ou eles se conhecem. Ele é motivo de preocupação.

Mak olhou nos olhos azul-claro de Cameron e percebeu imediatamente que havia algo de errado.

— O que foi? — exigiu saber Mak, com raiva, jogando as fotos de lado. — O que aconteceu?

Cameron McKinley pigarreou antes de responder:

— Nós a perdemos.

O sangue sumiu do rosto de Makis.

— Vocês *o quê*?

— Nós não a vemos desde a noite em que compareceu ao evento de angariação de fundos na mansão de Stavros Helios. Acho que ela foi embora de Atenas...

— Você *acha*?! — A voz de Mak parecia um rugido. Sem pensar, ele apertou o pescoço de Cameron, estrangulando-o. — Você *ACHA*?! Não ache! — berrou, jogando o escocês no deque. McKinley ficou tossindo e engasgando estatelado no chão. — Vá encontrá-la.

CAPÍTULO DEZESSETE

Fatima Ghali — a jovem turca que gerenciava todas as entregas da Padaria da Maria nos últimos seis anos — olhou com inveja para a mais nova assistente, que descarregava dois caixotes pesados do barco. Com aqueles braços longos e tatuados e aquele corpo esguio, Marta tinha metade do tamanho de Fatima e um condicionamento físico pelo menos duas vezes melhor, sem mostrar sinais de cansaço ou desconforto ao executar aquela tarefa extenuante. Na verdade, Marta parecia estranhamente ligada durante toda aquela manhã, agitada e cheia de energia, enquanto Fatima e sua outra colega, Helen, bocejavam e cochilavam antes do amanhecer durante todo o trajeto naquele barco desconfortável.

— Tomou muito café? — perguntou Helen, depois de colocarem a carga no barco. — Sabia que ainda são quatro da manhã?

— Estou empolgada para ver a ilha — respondeu Marta com timidez. Ela não era muito de falar. — E o convento. Tudo ainda é muito novo para mim. Não temos nada parecido com isso em Patras.

Helen zombou da ideia de alguém achar a remota e modorrenta ilha de Sikinos "empolgante", e pior ainda era a perspectiva de subir uma extenuante encosta cheia de penhascos para entregar bolos para um monte de esquisitonas de hábito e véu que ficavam incomodando

Deus. Fatima também achou estranho uma garota da cidade como Marta se meter naquelas ilhotas para encontrar trabalho, embora os tempos estivessem difíceis na Grécia. Inúmeras pessoas se deslocavam muitos quilômetros só para poder se alimentar, e os aluguéis estavam o olho da cara. Pelo menos, em Folegandros era possível viver com pouco.

Helen e Fatima carregavam o caixote mais pesado juntas, cada uma apoiando um lado num ombro, enquanto Marta carregava o caixote mais leve sozinha, as três no começo de uma longa subida que ia da praia até a muralha do convento.

Ella mal sentia o peso do caixote enquanto subia os degraus íngremes. Todo o treinamento físico no Acampamento Esperança estava valendo a pena, embora, na verdade, pelo menos metade da força sobre-humana de Ella naquela manhã viesse da adrenalina. Em uma hora, ou talvez em minutos, poderia ficar cara a cara com Athena Petridis. Com a mulher que havia matado seus pais e roubado sua infância. Vinte anos de espera em vão, sem saber de nada, se sentindo diferente, inútil, abandonada e prejudicada — tudo isso podia terminar naquela manhã. O sol que se erguia em um vermelho profundo no horizonte ao leste, sangrando no pálido céu azul, era o mais bonito que Ella já havia visto. Estava nascendo para ela, incentivando-a a seguir em frente, torcendo para que conseguisse, para que cumprisse seu destino...

— *Ella. Está me ouvindo?*

Ella parou na hora. Em seguida, colocou o caixote no chão e levou as mãos às têmporas.

A última vez que ouviu a voz de Gabriel em sua cabeça assim foi no primeiro "encontro" com Makis, o dia em que ela quase estragou o disfarce falando bobagens. Na época, estava furiosa por Gabriel duvidar dela. Mas ali, naquele momento, era um alívio ouvir o sinal dele, baixo, mas nítido. Só saber que Gabriel estava ali. Contanto que não começasse a tentar lhe dizer o que fazer...

— Meu Deus, Marta! Tome cuidado! — reclamou Fatima, que, com Helen, quase esbarrou em Ella. O cansaço a deixava ainda mais irritada que o normal. Ella podia achar a subida fácil, mas a respiração entrecortada e o rosto corado das outras duas eram um sinal do esforço e da exaustão delas.

— Desculpe — murmurou Ella, passando o olho ao redor para procurar sinais de que Gabriel estivesse por perto. — Vão vocês duas na frente. Preciso de um minuto.

— Finalmente a supermulher precisa de descanso! — disse Helen, ofegante, enquanto as duas continuavam subindo lentamente. — Talvez as duas tartarugas velhas aqui acabem ganhando a corrida.

— Tartarugas velhas? — Fatima abriu um sorriso largo. — Fale por você!

Ella esperou Gabriel falar de novo. Assim como na primeira vez, presumiu que ele estivesse usando um dos barquinhos pesqueiros no horizonte como transmissor. Parecia não haver nenhum outro sinal de vida ao redor.

— Cuidado para não chamar a atenção das outras — advertiu ele, assim que Helen e Fatima se adiantaram cerca de cinquenta metros. — Mas, se estiver recebendo essa mensagem, levante as mãos.

Ella fez o que ele pediu, embora um pouco contra a vontade. Como se ela fosse chamar a atenção das outras duas!

— Ótimo. Só queria que soubesse que não está sozinha. Estamos observando você nesse exato momento. Mas, assim que estiver dentro do convento, vamos perder o contato visual. Então, por favor, escute com atenção agora. Você já conhece os parâmetros da sua missão...

Pois é. Então, por que me explicar de novo? Só porque eu sou mulher?, pensou Ella, pegando o caixote e voltando a subir, cada vez mais irritada.

— Faça tudo o que for possível para tirar uma foto mental da irmã Elena. Talvez você só tenha alguns segundos, mas precisamos de uma foto nítida, com qualidade de transmissão.

Mais dez segundos e vou dessintonizá-lo, pensou Ella, o alívio inicial de ter "ajuda" desaparecendo rapidamente. O fato era que Gabriel não era capaz de "ajudar". Ele tinha que assumir o comando. Sempre.

— O mais importante é lembrar que, conseguindo uma identificação positiva de Athena ou não, você precisa sair daí com as outras jovens quando elas forem embora. Nada de enrolar. Nada de heroísmo. Ok?

Ella continuou andando.

— Se puder me ouvir, levante a mão de novo.

Ella o ignorou. Alguns segundos se passaram.

— Ella! — exclamou ele, o volume tão alto quanto a frequência permitia. — Sei muito bem que você pode me ouvir. Entendeu as instruções?

Fatima e Helen subiam com dificuldade o último lance de degraus, as costas voltadas para Ella, que colocou o caixote no chão pela última vez, virou para trás e mostrou o dedo do meio para onde achava que o barco pesqueiro estava.

— ELLA! — berrou Gabriel, tão alto que o cérebro de Ella começou a apitar. Fazendo contagem regressiva começando do dez, conforme Dix havia lhe ensinado, ela conseguiu baixar o volume da voz de Gabriel, depois tirá-lo completamente de sintonia. *Estou melhorando nisso*, pensou, seguindo as outras mulheres até o portão de ferro pesado instalado na muralha de pedra de quase um metro de espessura.

— Até que enfim — disse Fatima, ofegante. Em seguida, parou para recuperar o fôlego e, então, bateu três vezes ao portão. Segundos depois, uma freira idosa e corcunda o abriu. Sem olhar para trás ou sequer pensar novamente em Gabriel, Ella entrou na fortaleza e desapareceu.

— O que achou, Marta? — perguntou Fatima, percebendo como Ella estava fascinada, passando os olhos por tudo e sentindo mais vontade de conversar, agora que finalmente havia pousado o pesado caixote de pães. — Fantástico, não é? Era o que você esperava?

— Não sei o que esperava — respondeu Ella com sinceridade, erguendo a cabeça para observar as janelas gradeadas instaladas na parte superior das paredes altas das cozinhas do convento.

Por dentro, o Convento do Sagrado Coração mais parecia um castelo, uma espécie de fortaleza, que um espaço de adoração. O tamanho do lugar era de tirar o fôlego, muito mais do que se podia imaginar olhando de fora. Todos os cômodos, até as cozinhas onde as garotas estavam desembrulhando a encomenda, pareciam ter um pé-direito de seis metros, e os corredores de pedra que as levaram até ali serpenteavam pelo que pareciam quilômetros para longe. A cada cinco metros surgiam escadarias em espiral de ambos os lados, que pareciam tiradas de um livro de histórias e subiam, subiam até chegar às torres. Provavelmente havia cômodos menores nos andares superiores, no fim dessas escadas, que funcionavam como os quartos das freiras ou outras câmaras particulares. Mas o térreo, com todos aqueles cômodos comunais, tinha uma uniformidade que dava ao lugar um ar palaciano, e parecia ainda maior graças à ausência quase completa de móveis e adornos de qualquer tipo. Não havia tapetes no chão ou quadros nas paredes — nem religiosos. Ao longe, o eco suave das orações matinais dava ao lugar uma sensação de serenidade e paz, assim como o cheiro de incenso no ar, que, embora fraco, estava em todos os cômodos onde elas entravam. Até nas cozinhas, embora ali ele se misturasse com outros odores: tomates e manjericão recém-colhidos nos jardins; cebolas fritas, talvez da refeição da noite anterior; algum tipo de peixe defumado.

Duas freiras usando hábito da cabeça aos pés andavam em silêncio pela cozinha, pegando pratos, copos e talheres, provavelmente para preparar o lugar para o banquete do café da manhã. Elas sorriram brevemente para as três funcionárias da padaria, mas, fora isso, as ignoraram, cumprindo a tarefa que tinham em mãos e deixando Fatima e suas ajudantes fazerem o mesmo. Ella desempacotou os pães, usando todo e qualquer instante de descanso para tirar fotos mentais das duas irmãs. Dix fez parecer muito fácil no Acampamento Esperança. "*É só usar as pálpebras como obturadores, se concentrar e piscar."* Mas, no mundo real, todo tipo de estímulo conflitante acabava bloqueando ou embaçando a foto. Além do mais, não era tão fácil ficar imóvel, encarar uma pessoa e piscar desesperadamente sem que ela notasse.

— Qual é o seu problema? — sussurrou Fatima no ouvido de Ella, pegando um pão da mão dela e dando um cutucão forte em suas costelas. *E lá se foi a foto.* — Tem alguma coisa no seu olho?

— Acho que é só poeira — murmurou Ella, voltando a desempacotar os pães e esperando um momento propício para escapar dali e procurar a irmã Elena. Ela iria na direção da música, que provavelmente saía da capela. Fatima, que já havia estado ali muitas vezes, claramente conhecia os armários e começou a organizar as madeleines e os doces em travessas longas de madeira. Helen fez o mesmo. Vendo que as duas estavam absortas, Ella pegou uma pilha de pratos do armário que as freiras haviam acabado de abrir e seguiu as irmãs para fora dali. Se alguém perguntasse, diria que estava ajudando a montar a mesa do café da manhã e havia se perdido.

O refeitório ficava no fim de um corredor à esquerda das cozinhas. Ella se lembrou de ter passado por ele na ida, seguindo Helen e Fatima. A cantoria que saía da capela vinha do lado oposto. Assim, Ella virou à direita e foi rapidamente em direção ao som, andando perto das paredes e baixando a cabeça para não chamar a atenção enquanto segurava a pilha de pratos como um escudo.

A música foi ficando mais alta, um canto gregoriano hipnótico composto de mais de cem vozes femininas. "*Benedictus, Dominus, Deus Israel...*" Será que alguma daquelas vozes angelicais pertencia a Athena Petridis? Àquela mulher diabólica cujo marido havia matado ambos os pais de Ella, um deles diante dos olhos da própria Athena? Ella se moveu em direção ao som como uma mariposa atraída pela lua, o coração martelando no peito.

Como encontraria a irmã Elena entre todas as freiras vestidas de maneira idêntica? E, caso Elena *fosse* Athena, Ella conseguiria reconhecê-

-la? Todas as fotos de Athena Petridis que lhe foram mostradas tinham pelo menos quinze anos.

As palavras de Gabriel surgiram na mente de Ella: *"conseguindo uma identificação positiva de Athena ou não..."*

O "não" era uma possibilidade, gostasse ou não disso. Talvez ela fracassasse. E, se isso acontecesse, todo o seu treinamento, todo o tempo que passou com Makis, os disfarces cuidadosamente construídos de Persephone e agora Marta teriam sido para nad...

— Não!

De repente, um homem — um sujeito impressionante de tão alto, negro e aparentemente tão deslocado naquele ambiente tranquilo, exclusivamente feminino, quanto um urso-pardo num casamento — surgiu cambaleando de uma porta lateral e bateu de frente com Ella. Largo e musculoso como um boxeador, o peso dele a desequilibrou. Com um suspiro apavorado, Ella viu em câmera lenta os pratos de cerâmica caírem de suas mãos, se espatifarem no chão e se estilhaçarem em mil pedaços, antes de ela própria cair no piso duro. A dor era suportável, ela só teria alguns machucados no dia seguinte, mas o barulho foi ensurdecedor, uma cacofonia capaz de acordar os mortos. Em questão de segundos, quatro ou cinco irmãs chegaram correndo, todas observando a garota da padaria com um olhar de curiosidade e confusão enquanto ela tentava ficar de pé.

E lá se foi a chance de ficar escondida nas sombras, pensou Ella, desanimada. Não teria chamado tanta atenção se tivesse subido no altar e começado a sapatear ao som de "Singin' in the Rain".

Mas o homem que havia colidido com ela mal pareceu notar a comoção. Quando ele se virou para ver se Ella estava bem, ela percebeu que o rosto dele estava desolado e coberto de lágrimas. Ele murmurou algo que talvez tenha sido "desculpe" e seguiu seu caminho, cambaleando em direção a uma das escadarias em espiral alguns metros à frente.

— Está tudo bem? — De repente, um sacerdote de cabelo grisalho apareceu no local. As irmãs ao redor de Ella imediatamente recuaram, abrindo caminho como o mar Vermelho para permitir a passagem dele.

— Eu sou o padre Benjamin. — O homem tinha bigode bem aparado e rosto gentil e parecia estranhamente deslocado naquelas roupas de padre, como se tivesse sido feito para usar roupas civis. — Parece que você torceu o tornozelo na queda. Posso dar uma olhada?

Ella assentiu, enquanto ele timidamente pressionava os músculos ao redor do pé esquerdo.

— Não parece muito ruim.

— Está tudo bem. Estou ótima, de verdade. Foi só uma pancadinha no braço.

Uma freira mais velha se aproximou e, com uma autoridade serena, colocou a mão no ombro de Ella para reconfortá-la.

— Está tudo bem, padre — disse ela ao homem. — Eu cuido da jovem. Você é da Padaria da Maria, certo? — perguntou a freira, enquanto o padre Benjamin fazia uma leve reverência com a cabeça e se afastava.

Ella assentiu em silêncio, ainda em estado de choque, olhando fixamente para o homem que a havia derrubado enquanto as freiras que tinham se afastado para dar passagem ao padre voltavam ao trabalho, limpando com calma os cacos aos pés de Ella.

Tem algo de familiar naquele homem, pensou Ella. No entanto, por mais que tentasse, não conseguia se lembrar.

— Não precisa se preocupar, minha querida — disse a freira mais velha. — São só alguns pratos. Temos mais um monte de onde esses vieram. Estou mais preocupada com seus machucados. Parece que o padre Benjamin viu que seu tornozelo está bem, mas quero dar uma olhada no seu braço.

— Não precisa, de verdade — implorou Ella.

— Marta! — A voz de Fatima ressoou pelo corredor, muito menos simpática que a da freira. — O que você está fazendo *aqui*?

— Foi só um acidente — disse a freira.

— Sinto *muito*, madre superiora — disse Fatima, lançando um olhar de reprovação para Ella.

— Por favor, não se desculpe — pediu a freira, com um sorriso angelical naquele rosto estranho, que lembrava o de um pássaro. — E me chame só de Magdalena. A jovem aqui estava só tentando ajudar, montando nossa mesa do café da manhã. Os pratos não caíram por culpa dela.

— Sim, bem... Por favor, limpe isso e depois volte para as cozinhas, Marta. — Fatima encarou Ella com um olhar que claramente indicava que queria continuar falando, mas estava se segurando por causa da madre superiora. — Sei que a irmã Magdalena aprecia sua ajuda, mas já, já estamos indo embora. Ainda temos um dia cheio de trabalho na padaria.

— Sim, Fatima. — Ella assentiu, obediente. Assim que Fatima foi embora, ela se virou para a madre superiora. As duas estavam sozinhas no corredor, pois as outras freiras já tinham terminado de limpar os cacos e voltado para as sombras como se nada tivesse acontecido. — Quem era aquele homem?

— Uma alma perturbada — respondeu a irmã Magdalena com um suspiro. — Muito perturbada, infelizmente.

— E o que ele está fazendo aqui?

— Veio falar com a irmã Elena.

O nome percorreu o corpo de Ella como uma corrente elétrica.

— Irmã Elena?

— Uma de nossas irmãs mais abençoadas e estimadas. — A irmã Magdalena parecia brilhar ao falar da irmã Elena. — Ela tem o dom de curar os doentes do coração. Aquele pobre homem perdeu a família. Está desconsolado. — Num gesto de compaixão, a mulher tocou o rosto de Ella e continuou: — Se não se importa que eu diga, você também parece perturbada, minha querida. Talvez a irmã Elena também possa ajudá-la.

— Ah... não sei... — disse Ella, aflita.

Ela não deveria confrontar o alvo diretamente. Nikkos tinha sido extremamente insistente nesse ponto. Mas sua missão ali era fazer a identificação de uma distância segura e tirar uma foto mental, se possível. Talvez essa fosse sua única chance. Fatima tinha acabado de dizer que queria ir embora logo, e Gabriel havia deixado claro que o futuro de Ella no Grupo correria risco se ela não voltasse no barco com as outras funcionárias da padaria.

— Saiba que você e suas colegas são bem-vindas para ficar aqui e rezar conosco hoje, o tempo que quiserem — disse a irmã Magdalena, percebendo a hesitação da garota.

— Obrigada. Mas acho que as outras estão ansiosas para voltar para a padaria. O dia de banquete é cheio para nós em Folegandros também.

— Bem... — A madre superiora abriu um sorriso. — Talvez em outra oportunidade, então. Mas sei que a irmã Elena ficaria honrada em reconfortá-la, se pudesse.

A irmã Magdalena se despediu com um aceno de cabeça e foi embora, desaparecendo atrás de algum recanto do convento como um fantasma. Mais uma vez, Ella estava sozinha.

As palavras da irmã Magdalena ressoaram em seus ouvidos. *"Aquele pobre homem perdeu a família."*

Igual a mim, pensou Ella. Será que por isso ele lhe pareceu familiar? Havia algo no olhar dele, uma conexão tácita que ajudava uma perda a reconhecer a outra? Que unia os espíritos que tivessem passado por um sofrimento?

Ella correu até a escadaria em espiral e começou a subir.

O aposento da irmã Elena ficava no alto da torre. Era redondo e devia ser minúsculo, embora Ella não conseguisse ver quase nada do interior pela fresta na porta. Só sabia que havia encontrado o quarto certo por causa da voz baixa e grave do homem murmurando e do choro angustiado. Ella pressionou as costas na parede da escadaria e ficou prestando atenção.

Eles estavam falando em inglês, não em grego, e era um segundo idioma para ambos, embora a fluência da irmã Elena fosse muito maior que a do homem. Frustrada, Ella só conseguia distinguir uma a cada três ou quatro palavras.

— Minha dor... perder... uma criança... — dizia a mulher. — Incompreensível... só Deus...

As respostas do homem eram raivosas, às vezes incoerentes.

— Deus? NÃO!... as matou... minha família... não posso!

Ella se aproximou mais um pouco, até ficar à beira da porta. Como assim "uma criança"? Precisava ouvir mais.

— Marta! Maaaar-taaaaaaa!

Puta merda! Lá de baixo, a voz rouca e irritada de Fatima subia a escadaria ecoando nas paredes, dificultando ainda mais que Ella escutasse a conversa. Claramente, Fatima e Helen estavam prontas para ir embora e procuravam Marta. *Já?*

— Você pode — dizia a mulher, a voz agora mais clara. — Deus viu Seu filho único morrer na cruz. Eu vi meu filho morrer. *Só* por meio do sofrimento podemos nos redimir, meu filho.

— NÃO! — exclamou o homem, num tom mais alto. — A senhora não sabe...

— Eu *sei*, sim. Meu rosto é marca do meu sofrimento.

— Não, não! — E então, Ella ouviu nitidamente um urro de pura raiva seguido do som de passos pesados. *Ele está correndo na direção dela! Ele vai atacá-la!*

Em pânico e sem saber o que mais poderia fazer, ela chutou a porta. Esperava que estivesse trancada, mas a porta se escancarou e bateu com força na parede do quarto. O homem com quem tinha colidido pouco antes a encarou com uma faca de trinchar na mão direita pressionada no pescoço da irmã Elena. Então, de repente, deu um passo atrás e caiu de joelhos, chorando copiosamente. Afastou o olhar de Ella e encarou a freira com uma expressão aturdida, como um peregrino olhando com reverência para uma estátua ou um selvagem admirando um ídolo. Foi quando Ella encarou a freira e percebeu que o rosto do suposto assassino não estava tomado por admiração. Era horror.

Assim como as outras freiras do Sagrado Coração, a irmã Elena estava usando um hábito dos pés à cabeça, embora o dela também tivesse um véu — parecido com um *hijab* muçulmano —, para que só seus olhos ficassem visíveis. Entretanto, quando Ella entrou, a irmã Elena estava tirando o véu, revelando um rosto desfigurado de forma tão grotesca que mal podia ser descrito como humano.

"*Meu rosto é marca do meu sofrimento.*" Ella arfou. Meu Deus. Era óbvio que a mulher estava falando literalmente.

Aparentemente tranquila diante do maníaco segurando uma faca e da funcionária da padaria parada à porta, a irmã desfigurada olhou para um, depois para o outro, antes de focar toda a atenção em Ella, que a encarou também, ciente do perigo, mas incapaz de desviar os olhos, como um gato hipnotizado pelo sol.

Aquela criatura era Athena Petridis? Aquele monstro? Aquela gárgula? Não era possível...

Muito, muito lentamente, Ella voltou a raciocinar.

Tire uma foto. Você precisa tirar uma foto mental.

Ela piscou uma, duas, três vezes, mas por algum motivo a imagem não estabilizava, não ficava gravada em seu cérebro. *Estou focando*, pensou Ella, desesperada. *Estou fazendo o que Dix me ensinou. Por que não está funcionando?*

Um ruído no cérebro de Ella se transformou em voz. A voz de Gabriel. Na confusão, ela deve ter deixado o sinal dele retornar.

— Ella, cadê você? Elas estão procurando por você, já estão indo embora. Você precisa sair. Saia daí, AGORA.

— Marta! — A voz de Helen estava mais próxima, mais insistente, um som vindo de outro mundo. — Marta, pelo amor de Deus. A gente precisa ir!

Ella piscou outra vez, furiosa, os olhos secos e aparentemente inúteis bem quando mais precisava. Neste meio-tempo, a freira não tentou se cobrir e parecia tão fascinada com o rosto da funcionária da padaria quanto Ella estava com aquela face desfigurada. Será que a beleza e a juventude de Ella fascinavam a irmã Elena? Ou era outra coisa? Algo mais... pessoal?

Ella inclinou a cabeça, os olhos semicerrados, como alguém tentando resolver um enigma. Foi quando viu. *Aqueles olhos!* Felinos e ágeis, os olhos que tinham hipnotizado uma geração inteira dos homens mais poderosos do mundo. Os olhos que tinha visto pela primeira vez no avião rumo a Atenas, ao passar pelas fotos de Athena no relatório. Olhos que nenhum fogo seria capaz de derreter, que nenhum bisturi de cirurgião seria capaz de desfigurar.

A respiração ficou presa na garganta.

É ela. Com certeza é ela.

É Athena.

No momento em que pensou isso, Ella viu, horrorizada, o rosto derretido da freira se contorcer num sorriso satisfeito e repulsivo ao mesmo tempo.

Ela sabe. E sabe que eu sei.

Todas as fibras no ser de Ella berraram, ordenando que fizesse *alguma coisa*. Que gritasse o nome de Athena. Que pulasse em cima da mulher e arrancasse a vida daquele corpo maligno com as próprias mãos. Mas aquele sorriso, a pele desfigurada pelo fogo e o olhar firme, combinados, paralisaram Ella de um jeito terrível, a deixaram travada, em agonia, indecisa e imóvel.

— MARTA!

A voz de Helen quebrou o encanto, mas era tarde demais para agir. Ella deu meia-volta e saiu correndo do quarto, desceu a escadaria tão rápido que ficou tonta, até que chegou às cozinhas, onde Helen apareceu e a agarrou, seus dedos gorduchos se fechando nos braços esguios de Ella com uma firmeza surpreendente.

— Marta! Onde você se meteu? — Helen pegou um caixote vazio e o colocou nas mãos de Ella. — Não ouviu Fatima chamando? Ela estava andando de um lado para o outro aqui dentro gritando seu nome.

— Desculpe, eu... eu me perdi — gaguejou Ella.

— Bem, por sorte eu encontrei você, porque já estávamos prestes a ir embora sem você. A essa altura Fatima deve estar no meio da trilha a caminho da praia. O barco está esperando. Vamos.

Em transe, os pensamentos a mil, Ella seguiu Helen até saírem do convento, passando pelo portão de ferro, pela freira idosa que abriu a porta na entrada e descendo os degraus íngremes por onde tinham subido menos de uma hora antes. Desde então o sol tinha raiado e brilhava com força total, a luz cegando Ella e fazendo-a semicerrar os olhos como uma toupeira saindo da toca.

Eu a vi. Eu vi Athena Petridis. E ela me viu!

Ella observou o horizonte procurando o barco que tinha visto mais cedo e que tinha presumido ser "os olhos" de Gabriel, mas não o encontrou. Ficou desanimada.

Será que Gabriel acreditaria nela sem provas? Será que alguém acreditaria?

Eles tinham que acreditar. Ella precisava convencê-los. Mesmo sem a preciosa foto mental, ela podia descrever o que tinha visto. A ruína carbonizada que era aquela mulher. Aqueles olhos. *A forma como ela me encarou!*

Ela também descreveria o homem. O gigante que soava tão ameaçador, mas que Ella viu se ajoelhar aos pés do monstro, como se estivesse suplicando diante de uma santa.

— Olha quem apareceu! — Fatima encarou Ella revirando os olhos, depois tirou o caixote vazio das mãos da nova funcionária e o jogou no barco antes de ajudar as duas a subir. — Estávamos começando a achar que você tinha decidido ficar de vez, que ia fazer votos para se tornar freira.

— Perdoe-me, irmã Marta, pois eu pequei! — brincou Helen.

Retomando o disfarce como havia sido treinada a fazer, Ella se forçou a dar uma risada.

— Eu me distraí. Desculpe.

Elas zarparam, e o barqueiro puxou a corda do motor de popa assim que chegaram longe o suficiente da praia. Helen e Fatima se recostaram nas almofadas e fecharam os olhos, felizes por descansar e permitir que o sol nascente aquecesse seus rostos cansados. Mas Ella ficou tensa e vigilante, virando a cabeça para trás, os olhos ainda fixos em Sikinos. Mal o barco passou pelas boias de segurança que marcavam a margem da baía, ela viu: um sedã de luxo preto, elegante e deslocado numa ilha tão remota parando diante do convento. Um padre saiu pela porta do motorista e acenou rapidamente para a freira no portão, logo antes de uma segunda irmã aparecer. Ella reconheceu a segunda irmã de imediato, usando aquele véu que parecia uma burca. *É ela! É Athena!*

Ela estava segurando uma maleta de viagem e o que parecia ser uma bolsa para carregar laptop. O padre abriu a porta de trás, e ela entrou no automóvel. Segundos depois, o carro partiu, pegando a estrada que seguia pelo pontal rumo ao outro lado da ilha.

Ella ficou nervosa. *Ela está fugindo. Vamos perdê-la!*

— Espere! — gritou Ella, acordando as duas com um susto. — Eu esqueci uma coisa no convento. Precisamos voltar!

— Sem chance — disse Fatima, recusando-se a abrir os olhos.

— Por favor! — pediu Ella.

— O que você esqueceu? — perguntou Helen, com pena de Marta. Para uma garota tão jovem, ela parecia extremamente tensa e estressada grande parte do tempo. Além disso, vivia massageando a própria cabeça, como se estivesse com dor ou algo a incomodasse. Passou pela cabeça de Helen que Marta havia ido para Folegandros para fugir de algo... ou de alguém. Ninguém é tão irrequieto sem motivo.

— A carteira — respondeu Ella, sem inspiração na hora. A essa altura, já havia perdido o sedã de vista. Ela se perguntava quanto tempo demoraria para a irmã Elena entrar num barco e partir. Não muito, com toda a certeza.

— Não se preocupe — respondeu Fatima, com indiferença. — As irmãs não vão roubar seu dinheiro, Marta. Se nós ligarmos e deixarmos uma mensagem, a irmã Magdalena vai mandar sua carteira de volta para a padaria.

— Mas...

— Se precisar de dinheiro até lá, eu empresto — disse Helen, simpática. — Mas Fatima está certa: não podemos voltar. Já estamos atrasadas, e Maria está sozinha na padaria. Uau, olha aquilo!

As três olharam para o alto. Logo acima delas, um Bell 525 Relentless, um dos helicópteros particulares mais caros e exclusivos do mundo, ganhava altura com elegância, pairando por alguns segundos antes de partir para o continente com o zumbido estridente das hélices.

— Quem será que é o dono? — perguntou Helen, esbaforida.

— Ninguém da região, com certeza — comentou Fatima. — Deve ser de algum oligarca russo, e o piloto se perdeu procurando a ilha de Corfu.

Ella não disse nada. Ficou em silêncio, chateada, enquanto o helicóptero sumia, engolido pelo céu azul infinito da Grécia.

— Eu estava bem ali. Na frente dela!

Ella estava tão exasperada que sua voz crepitava como estática pela linha telefônica.

Gabriel se recostou na poltrona do lounge da primeira classe da American Airlines no Aeroporto Charles de Gaulle, em Paris, enquanto escutava o relatório de Ella cada vez mais alarmado. O alívio profundo que havia sentido mais cedo naquela manhã, quando ela conseguiu sair de Sikinos em segurança, tinha rapidamente sido substituído por preocupações novas e mais graves.

— É uma pena que você não tenha conseguido tirar uma foto — comentou ele.

— Dane-se a foto — retrucou Ella, a raiva escondendo sua enorme decepção. — É uma pena que eu não a tenha matado. Eu devia ter feito isso. Quando tive a oportunidade.

— Que oportunidade? — Gabriel parecia um tanto entretido, o que deixava Ella furiosa. — Como exatamente você planejava acabar com ela?

— *Como?* Sei lá *como*! O que importa o *como*? — O tom furioso de Ella sugeria fortemente que Gabriel podia muito bem ser seu próximo alvo.

— Você acabou de me dizer que havia um homem árabe no quarto com ela. Não acha que os dois juntos podiam dominar uma mulher desarmada de 45 quilos?

— Bom, e de quem era a culpa por eu estar desarmada? — contra-atacou Ella. — "Não se preocupe, Ella", você disse. "Somos todos engrenagens da roda... Você só precisa sair de lá para os especialistas entrarem e finalizarem o trabalho." Bom, adivinha! Os "especialistas" vão chegar tarde demais, porque ela foi *embora*! E agora não fazemos ideia de onde se meteu.

Gabriel suspirou. Ele se deu conta de como era mais fácil se comunicar com Ella via transmissão cerebral — em que ela não podia responder — do que por telefone. Discutir com aquela mulher era como dar murro em ponta de faca.

— Não temos certeza se ela foi embora.

— Você escutou o que acabei de dizer? — vociferou Ella. — Eu falei que a vi partir num daqueles helicópteros modernos, cheios de tecnologia, que com certeza não era de um padre. Eles passaram voando bem acima de nós!

— Você viu um helicóptero. Não quem estava dentro.

— Agora você está sendo ridículo.

— Estou? Você mesma disse que a "freira" estava usando um hábito que parecia uma burca.

— Exato! Igual à da irmã Elena! — Ella estava fervilhando de raiva. — Por que você tem tanta dificuldade para admitir que fez merda? Era Athena, e nós a perdemos. Agora vou ter que ressuscitar Persephone Hamlin e voltar para Makis até conseguir uma nova pista.

Quando ouviu isso, Gabriel se ajeitou na poltrona imediatamente, como se tivesse levado um choque.

— Você não pode voltar para Makis Alexiadis. Nem agora nem nunca mais. Entendeu?

— Não entendi, não — respondeu Ella, curta e grossa. — Me corrija se eu estiver errada, mas nesse exato momento Mak é nossa única pista viva, nosso único elo com Athena. Foi o que *você mesmo* me disse, lembra? E ele confia em mim.

— Isso está fora de questão — disse Gabriel, o medo soando como arrogância.

— Eu consigo lidar com ele.

— Não é plausível. Persephone Hamlin foi aposentada como disfarce.

— Então é só tirá-la da aposentadoria.

— Não.

Houve um silêncio tenso.

Foi Ella quem o quebrou, e não de um jeito que Gabriel esperava.

— Sabe, acho que o reconheci.

— Quem? — perguntou ele, cuidadosamente.

— O sujeito. O gigante. No quarto da irmã Elena. Ainda não consigo me lembrar de onde, mas... eu sei que já o vi em algum lugar.

— Tudo bem — disse Gabriel, cada vez mais desconfortável. — Bom, se você se lembrar de qualquer coisa...

— Foi muito estranho — cortou Ella. — Ele estava ameaçando a irmã Elena. Segurava uma faca. Tenho certeza de que ele foi ao convento pelo mesmo motivo que eu. Ele sabia quem ela era. Queria matá-la. Mas, então, nada aconteceu. Algo o fez mudar de ideia. — Ela estava pensando em voz alta, mais falando consigo mesma que com Gabriel. — Talvez tenha sido eu — disse ela, se dando conta da terrível possibilidade. — Talvez, se eu não tivesse entrado, ele teria terminado o serviço. Talvez eu tenha feito mais do que deixá-la ir embora. Talvez eu tenha *salvado* a vida dela!

— Pare. São muitos "talvez". Você nem sabe quem era o homem; não pode especular a respeito das motivações dele.

— Sim, mas...

— Olha, Ella, essa foi sua primeira missão. Teria sido bom se você tivesse tirado uma foto, mas você estava sob uma pressão enorme. Apesar disso, as informações que obteve são valiosas, e pode ter certeza de que vamos agir com base nelas. Se você estiver correta e Elena era Athena, e se você estiver correta ao dizer que ela fugiu...

— *Se?* — soltou Ella, indignada. — Não tem "se"!

Olhando pela janela minúscula do quarto da cabana alugada por "Marta", ela viu um par de galinhas sarnentas correndo uma atrás da outra numa viela poeirenta, cacarejando e se bicando por fome, tédio ou ambas as coisas. *Sei como elas se sentem*, pensou Ella. Aquela ilha estava começando a deprimi-la, mas não tanto quanto o comportamento de Gabriel. Era exatamente isso que temia, que, sem a foto mental, a "prova" que só suas habilidades especiais poderiam fornecer, ele não acreditaria que ela havia encontrado Athena. O morde e assopra de Gabriel a deixava furiosa. Num minuto ele confiava nela: *"Só você pode fazer isso por nós, Ella. Você é nossa arma secreta."* E no minuto seguinte ela era uma garotinha inexperiente, "rachando" sob pressão. Estava cansada de tentar agradá-lo, de vê-lo distorcer as evidências que ela apresentava para conseguir as respostas que queria, mesmo quando as respostas estavam simplesmente erradas.

— Quero falar com Nikkos — disse ela, curta e grossa. — Ele confia nos meu julgamento, ao contrário de você. Além disso, ele sabe que Makis Alexiadis é nossa única esperança de encontrar Athena novamente.

Gabriel pigarreou.

— Ella, sinto muito ter que lhe dizer isso. Queria ter contado antes, mas precisava entender o que aconteceu hoje no convento e...

— Me dizer o quê? — interrompeu Ella.

O silêncio carregado de terror pareceu durar para sempre.

Então, em voz baixa, Gabriel revelou:

— Infelizmente, Nikkos Anastas está morto.

Dez minutos depois, após desligar, Ella desceu a escada barulhenta da cabana e foi até a viela. As galinhas tinham desaparecido, assim como o dono delas, um velho fazendeiro corcunda ironicamente chamado Héracles que geralmente ficava perto da entrada da cabana de Ella até o pôr do sol. Tudo era paz em Folegandros. Mas, no coração de Ella, a guerra seguia com força total.

Nikkos. O querido, doce, incorrigível Nikkos. Segundo Gabriel, ele havia sido torturado antes de ser assassinado, seu corpo gordo tinha sido espancado e queimado, os ossos do rosto simpático tinham sido estraçalhados, os dedos da mão, quebrados como galhos. Gabriel disse não saber quem era o responsável.

— Vamos descobrir, acredite — prometeu ele. — Mas, até lá, devemos presumir que existe a possibilidade de Makis Alexiadis estar envolvido.

Ella pensou em Mak. Na mão dele sobre a dela durante o jantar. Naquele corpo sarado e faminto, no bom humor, naquele sorriso que ele dava para flertar e que ela retribuía. Ella tinha dito a si mesma que estava apenas representando um papel, fazendo o que havia sido treinada para fazer, fazendo sua parte para vingar a morte dos pais. Mas, no fundo, sabia que parte dela queria Makis Alexiadis. Que parte dela até gostava dele.

Mak não pode ter assassinado Nikkos. Não deve ter sido ele. Não pode ter sido ele.

— Quem quer que estivesse seguindo "Persephone" provavelmente estava a mando de Alexiadis. Se essa pessoa viu você e Nikkos juntos...

— Não. Não viu — insistiu Ella. — Nós fomos cuidadosos.

Gabriel percebia a dor na voz da agente. Mas ela precisava encarar a realidade.

— Você precisa me escutar, Ella. A morte de Nikkos significa que sua identidade pode ter sido comprometida. É possível que toda a missão Petridis precise ser abortada, ou pelo menos suspensa até termos mais informações. Mas você *não pode* voltar para Makis. Nem agora nem nunca.

Ella ficou em silêncio.

— Você sabe que o último desejo de Nikkos seria evitar fazer *você* correr um risco desnecessário — continuou Gabriel. — Ele gostava muito de você.

E eu dele. Embora tenha ocorrido a Ella que o *último* desejo de Nikkos, na verdade, devia ter sido fugir das garras dos assassinos sádicos que o torturaram até a morte. Os criminosos que tinham decidido executar um homem inocente e corajoso. De dar fim àquele espírito grandioso, feliz, incontrolável.

Quem quer que fosse o responsável por isso iria apodrecer no inferno. Assim que Ella Praeger o encontrasse e o mandasse para lá.

— Você deve voltar para Atenas amanhã — informou Gabriel. — Um passaporte e documentos novos vão estar à sua espera, junto com as reservas do voo. Você vai pegar um voo para o Aeroporto JFK domingo no primeiro horário. Já em Nova York, alguém vai entrar em contato na segunda para falar sobre os próximos passos. Ok?

Ella concordou com tudo. *Sim. Sim. Sim.* Não adiantava discutir com Gabriel quando ele cismava de dar ordens, e a notícia sobre o pobre Nikkos havia acabado com o pouco que restava de vontade de lutar dentro de Ella.

— Sinto muito sobre Nikkos, Ella. Vamos ver o que fazer a partir das informações que você nos passou hoje. Confie em nós.

Andando sozinha na viela, Ella relembrou as palavras de Gabriel, tentando fazê-las soar menos vazias.

"Sinto muito."

De que adianta dizer "sinto muito" a alguém? O pobre Nikkos não precisava da pena do Grupo. Precisava de justiça. Vingança. Assim como todas as outras almas angustiadas cujas vidas tinham sido ceifadas, arruinadas ou aterrorizadas por Athena Petridis e seus capangas perversos.

Como minha mãe.

Como eu mesma.

Ela havia reconhecido Athena Petridis. Olhado nos olhos do monstro. Mas essa nem era a parte mais assustadora.

A parte mais assustadora era a única coisa que Ella não tinha dito a Gabriel: o monstro também a havia reconhecido. Ou pelo menos havia reconhecido algo a respeito dela. Assim como tinha sentido uma estranha familiaridade com relação ao homem enorme aos pés de Athena, Ella teve certeza de que a expressão nos olhos de Athena ao observá-la era de reconhecimento.

Estamos conectadas, Athena e eu.

Existe algo entre nós.

Até descobrir o que era esse algo, Ella sabia que não podia esquecer. Nem por Gabriel, nem por ninguém.

Mark Redmayne estava na esteira NordicTrack em sua academia particular quando chegou a mensagem de Gabriel.

"E. está voltando para Atenas, conforme pedido."

Mark Redmayne desligou a máquina, secou o suor da testa e das mãos e digitou uma resposta.

"E. acredita que a Missão P. foi suspensa?"

Houve alguns segundos de pausa, então:

"Sim."

Ótimo, pensou Mark, largando o celular.

A morte de Nikkos Anastas tinha sido lamentável, assim como a confusão com o "gigante" que Ella havia encontrado no convento, e o fato de Athena Petridis ter escapado por entre os dedos do Grupo — por enquanto. Mas não era possível controlar tudo. Essas coisas eram irritações, não desastres. E Ella Praeger sabia tanto quanto sabia no começo da missão.

Por um instante, Redmayne pensou na morte da mãe de Ella, Rachel. Como ela era uma pessoa apaixonada, linda, mas também teimosa. Uma teimosia que levou à sua morte, no fim das contas.

Ella era um ativo importante demais para o Grupo perder. Pelo menos neste ponto Mark Redmayne e Gabriel concordavam.

Com os danos contidos, ele arquivou o caso no fundo da mente.

Em seguida, religou a esteira e voltou a correr.

Makis Alexiadis olhou para o pôr do sol, que tomava conta do céu azul italiano. Deitada ao lado dele, no convés do iate, *Argo*, havia uma deslumbrante modelo de 19 anos da Victoria's Secret de topless. Jenna era o nome dela. Ou era Jenny? Qualquer que fosse o nome, o corpo dela era o mais próximo da perfeição feminina que alguém jamais veria no mundo. Mesmo assim, Makis sentia pouco desejo por ela, como se fosse uma dona de casa gorda de meia-idade. Persephone o havia arruinado, acabado com sua libido como alguém injetando veneno nas raízes de uma planta antes vigorosa.

O fato de ela ter se afastado já era ruim o bastante, depois de semanas o iludindo e o transformando num adolescente com tesão. Mas o fato de Persephone ter *conseguido* escapar, enganando todos os espiões que colocou atrás dela? Essa era a cereja do bolo. Aquela piranha podia muito bem tê-lo castrado com as próprias mãos.

Miriam Dabiri iria se juntar a ele no dia seguinte, assim que o iate chegasse a Portofino. Pelo menos, na cama Miriam era melhor que a modelo de lingerie, que parecia acreditar que bastava tirar a roupa para cumprir amplamente sua parte na hora de fazer amor. Mas mesmo a perspectiva dos serviços especiais de Miriam não dissipava a nuvem que pairava sobre Makis. *Preciso tirar essa mulher da cabeça.*

A vibração do celular particular de Makis o distraiu. Estava muito claro para ver a identificação na tela, mesmo assim atendeu no impulso.

— Makis falando.

— Sou eu.

Em duas palavras, a voz de Persephone o excitou mais que o corpo nu de Jenna conseguiu fazer em duas semanas.

— Desculpe por ter sumido. As coisas têm andado bem estressantes com Nick.

— Tudo bem — Mak se ouviu dizendo. — Onde você está?

— Voltando para Atenas. E você?

— Itália. No iate. — A voz dele estava tão rouca de desejo que ficava difícil falar.

Houve uma pausa, e depois, com uma hesitação tímida que fez o coração de Makis dar cambalhotas, ele a ouviu dizer:

— Se não for tarde demais... adoraria me juntar a você aí.

CAPÍTULO DEZOITO

Vera Pridden, governanta de Peter Hambrecht no sítio Windlesham, tirou a roupa de cama de linho o mais rápido que pôde e colocou lençóis de algodão egípcio na cama do quarto de hóspedes. A hóspede do Sr. Hambrecht, a pobre mulher com o corpo coberto de queimaduras, voltaria da caminhada matinal a qualquer momento, e ele tinha lhe dado instruções rígidas para ficar fora do caminho dela.

— Ela é uma velha amiga que veio a Windlesham para se recuperar de um acidente. Ela precisa de paz, descanso e, acima de tudo, privacidade. Mas sei que posso confiar em você com relação a tudo isso, Sra. Pridden — acrescentou o chefe de Vera, elogiando-a.

— Claro, Sr. H.

Vera Pridden adorava trabalhar para o Sr. Hambrecht. Sentia-se importante por ser a empregada de confiança de um homem tão influente e talentoso quanto o regente, isso sem contar o fato de que era a guardiã de uma das mais belas propriedades da região de Cotswolds. Peter e seus hóspedes só usavam o lugar nos fins de semana e em uma ou outra festa durante o verão. No restante do tempo, a idílica mansão elisabetana, com muros cobertos de glicínias, jardins de tirar o fôlego e campos extensos, incluindo doze hectares de um bosque antigo e um lindo córrego por onde a mulher de corpo queimado gostava de passear, era o reino particular de Vera e o marido, Albert. Aninhada no fundo de um vale e no fim de um longo caminho de acesso totalmente invisível da estrada principal, a mansão lançava uma sombra protetora sobre o chalé do guarda-caça que ficava logo ao lado, onde os Priddens moravam. Windlesham acalentava o coração e a alma de Vera Pridden, fizesse chuva ou sol. Ela não tinha dúvida de que faria o mesmo pela amiga do Sr. H., quem quer que fosse.

Athena esperou a governanta atarracada de cabelos cacheados voltar para dentro do chalé antes de sair da trilha do bosque e atravessar o gramado de volta para a mansão.

Ela sempre gostou do começo das manhãs no convento — o ar fresco, o cheiro de pão e café quentinhos vindo das cozinhas se misturando com o incenso da capela, onde as matinas marcavam o começo de todos os dias. Mas as manhãs eram igualmente lindas ali, em Windlesham, ainda que de um jeito diferente. Pombos selvagens arrulhando, névoa e fumaça de madeira — esses eram os arautos de Deus anunciando o amanhecer no interior da Inglaterra.

Deus! Athena riu de si mesma. *Vós olharíeis por mim?*

Tirar o hábito da irmã Elena depois de doze longos anos não tinha sido fácil. Anos acordando cedo haviam reprogramado seu relógio biológico, e ela já não conseguia mais dormir além das quatro e meia da manhã ou ficar acordada depois das dez da noite. O Deus em que Athena parou de acreditar no dia em que Apollo morreu conseguiu se infiltrar insidiosamente em seus pensamentos, em suas palavras e em suas falas, consequência natural de repetições longas e entediantes.

Que Deus esteja convosco.

E convosco.

Usar roupas civis era, ao mesmo tempo, libertador e estranho. Peter tinha sido gentil e providenciado algumas peças simples da Marks & Spencer para ela usar na propriedade em Windlesham, incluindo um par de botas de borracha e uma parca, apesar de estarem no fim de agosto, época do ano em que pouco chove.

"A Sra. Pridden pode devolver qualquer coisa que não caiba ou que não seja de seu agrado", assegurou Peter num bilhete atencioso que havia deixado para ela, típico dele. "Temo que não seja alta-costura, mas acredito que prefira algo confortável, ao menos enquanto estiver aqui."

O querido Peter. Ele não havia mudado. O tempo podia até ter murchado aquele rosto antes liso e belo, mas não causou nenhum impacto em sua bondade, em sua lealdade e em sua discrição. Ele havia respeitado o desejo de Athena de não se encontrarem pessoalmente, sem sequer perguntar por onde ela havia andado desde o acidente de helicóptero ou por que decidira ressurgir das cinzas como uma fênix depois da suposta morte. Ele sabia, por instinto, que ela iria falar quando — e se — estivesse preparada. Peter chegou ao ponto de tirar todas as fotos dele próprio e dela da mansão — seu próprio lar.

— As fotos me fazem lembrar muito dele — explicou Athena a Peter quando se falaram por telefone, a voz carregada de dor como era tantos anos atrás. — Ficar na Inglaterra já vai ser doloroso demais. Espero que entenda.

— É claro que entendo — disse Peter. — Fique o tempo que precisar ou quiser. Ninguém vai perturbá-la por lá.

De volta à cozinha, um cômodo tipicamente inglês, maravilhosamente aquecido por um fogão Aga vermelho, com piso de lajota e gravuras de cães de caça irlandeses por todas as paredes, Athena preparou uma caneca de café e abriu o laptop. Havia recebido inúmeras ofertas de esconderijos, lugares onde poderia ficar e se reorganizar assim que decidisse ir embora do convento. Konstantinos Papadakis, um velho amigo que tinha sido padrinho de Spyros, havia preparado sua mansão ultraparticular na Córsega para que ela a usasse à vontade. O querido Konsta. Chegou a considerar a oferta, mas no fim concluiu que precisava ficar mais longe da Grécia e das forças que conspiravam contra ela. Além do mais, todos os velhos amigos de Spyros seriam suspeitos assim que as pessoas se dessem conta de que ela não só estava viva como também na ativa outra vez.

Peter fazia parte de outra vida. Antes de Spyros. Antes de toda essa loucura. Antes até de Apollo, embora, a essa altura, aquele Peter e aquela Athena fizessem parte de um passado remoto. Para o bem ou para o mal. *Ninguém vai me procurar aqui*, pensou ela. E o mais importante: Peter Hambrecht era um dos pouquíssimos homens no mundo em quem tinha certeza de que podia confiar. Ao contrário do assim chamado "leal" braço direito e filho postiço de Spyros, aquela víbora vira-casaca do Makis.

Ele quer a minha caveira, pensou Athena. Ela já suspeitava disso desde antes, mas os acontecimentos na manhã em que ela fugiu de Sikinos tinham transformado a suspeita numa certeza amarga. Não havia a menor chance de aquele sujeito ter encontrado o convento por acaso. Alguém de dentro da organização Petridis provavelmente havia vazado sua localização, sem dúvida torcendo para que aquela alma dilacerada a encontrasse e fizesse o trabalho sujo. Quanto à "garota do vilarejo" que entrou de repente e encontrou os dois dentro do quarto, a maneira como ela encarou a "irmã Elena"... Havia naquele olhar mais que choque diante do rosto desfigurado. Ela estava à procura de alguma coisa, observando o rosto arruinado de Athena em busca de pistas. O próprio rosto da garota era incomum também, de um jeito diferente: penetrante, inteligente, mas, ao mesmo tempo, perturbadoramente familiar. Athena ainda não sabia de onde conhecia aquele rosto, mas havia algo por trás daquela jovem.

Athena não podia mais duvidar de que alguém próximo a havia traído. Se só algumas pessoas sabiam de sua existência, que dirá da nova identidade como irmã Elena, o culpado só podia ser Makis Alexiadis.

No computador de Athena, fotos no Instagram e no Facebook mostravam Mak-o-empresário, o *alter ego* legítimo de Makis, vivendo uma vida de luxo no iate.

Levando uma vida boa enquanto nosso negócio é destruído, pensou Athena, com rancor. *Se exibindo no meio do Mediterrâneo enquanto tudo o que Spyros construiu, tudo o que Spyros deu a ele, desmorona e vira pó.*

Se eles não agissem logo, as quadrilhas rivais estrangulariam a rota migratória do mar Egeu, e uma rota que valia centenas de milhões de dólares seria perdida. Ela iria entrar em contato com Makis naquele mesmo dia para falar a esse respeito. Deixaria Makis ciente de que tinha escapado de qualquer que fosse o destino aterrorizante que ele havia lhe reservado no convento e começaria a reafirmar sua autoridade.

As mãos de Athena se contorciam de frustração. Depois de tanto tempo fora do jogo, tanto tempo se escondendo e se isolando, ela ansiava por ação. Parte dela desejava simplesmente se livrar de Makis. Fantasiava com um mundo onde ele estava morto e ela podia assumir com naturalidade as rédeas do império Petridis, voltando a ter o papel de cabeça da organização e de legítima herdeira de Spyros. Mas isso não passava de fantasia. Claro que Athena tinha seus defensores leais, mas a realidade era que, depois de doze anos comandando o dia a dia do império Petridis, Makis também tinha seus capangas. Nem todo mundo receberia bem a volta da mulher de Spyros do mundo dos mortos.

Por ora, Athena precisava manter os amigos perto e os inimigos mais perto ainda. Precisava lidar com Makis Alexiadis com habilidade e cautela, como uma aranha macho aperfeiçoando a dança do acasalamento, torcendo para chegar perto o bastante para montar na fêmea, mas sem o risco de ser devorada depois.

Um passo de cada vez.

Athena fechou o laptop, pegou papel e caneta e começou a escrever.

Ela é corajosa. Meu Deus, como é corajosa.

Como uma criança petulante, Mak rasgou o bilhete de Athena em vários pedacinhos e os espalhou no mar da lateral do iate.

Quem ela pensava que era para repreendê-lo como se fosse um estudante por "permitir" que o negócio dos imigrantes escapasse por entre seus dedos? Como se ele controlasse as marés e as tempestades! Como se ele já não estivesse sabotando os barcos dos rivais, subornando os capitães deles e fazendo tudo o que estava ao seu alcance para virar o jogo.

Enquanto isso, Athena inexplicavelmente havia escolhido aquele momento crucial para criar caso. O que ela pensava que estava *fazendo* quando gravou a letra no pé daquela criança árabe? Será que estava torcendo para uma delas morrer afogada? Será que estava pensando que poderia se aproveitar daquela tragédia humanitária pública para fazer sua mensagem cifrada chegar à mídia de forma macabra, anunciando tanto seu retorno glorioso à organização Petridis quanto seu desejo de mutilar e matar para assegurar seu lugar no topo da cadeia?

Se era isso, então o plano de Athena estava sendo um sucesso estrondoso. Mas a que custo? Graças à queda de Athena por um drama, agora Makis tinha metade dos serviços de inteligência do mundo fungando no seu cangote, isso sem contar a Interpol, o que tornava exponencialmente mais difícil "tomar conta" da rota migratória, como Athena dizia querer que ele fizesse. E ela ainda tinha a coragem de lhe dar uma bronca por negligenciar o "nosso" negócio?

Mak nunca foi com a cara de Athena, mesmo quando Spyros estava vivo. Estava acostumado com o ar condescendente do velho, e aceitava numa boa, mas o desdém da esposa muito mais jovem de Spyros era outra história. Assim como qualquer macho viril, naquela época Mak desejava Athena. Teria andado sobre carvão quente para levá-la para a cama, como sabia que inúmeros outros homens fizeram além do marido. Mas a piranha olhava através dele, era como se nem existisse. Athena só se interessava por homens poderosos.

Spyros parecia tolerar as infidelidades da mulher com uma espécie de arrependimento resignado misturado com adoração. Era como se Athena fosse um ser superior, uma deusa do sexo das antigas de quem não se podia esperar fidelidade a um só homem sob hipótese alguma. Para um grego valentão e controlador, essa era uma postura estranha. Por outro lado, todos os homens mudavam as regras por Athena.

Não mais, pensou Makis, com uma sensação reconfortante e cruel de satisfação. Ele não a via pessoalmente desde antes do acidente. Ninguém a via desde então, exceto as freiras e os sacerdotes que — como ficou provado em Sikinos — haviam obviamente salvado sua vida e a protegido. (A família Petridis tinha feito muito pela Igreja católica ao longo dos anos; o suficiente para garantir que a dívida seria paga.) Mas Mak sabia que ela estava horrível agora, que sua beleza, antes lendária, havia sido totalmente destruída pelas chamas que consumiram Spyros, queimando-o vivo. Com os recursos à sua disposição, Athena poderia facilmente ter feito cirurgias de reconstrução, se quisesse. Mas, em vez disso, escolheu manter o rosto desfigurado, usando-o talvez como uma máscara para se esconder. Ou talvez como penitência pelos inúmeros pecados.

Athena não era idiota de concordar com um encontro cara a cara com Makis agora, e habilmente evitou todos os pedidos dele de informação sobre seu paradeiro. "É mais seguro para todos nós se mantivermos distância." *Você quer dizer que é mais seguro para você.* Mas em algum momento essa hora chegaria. Ela havia escapado por entre os dedos deles em Sikinos, o que era irritante, e a pessoa responsável por isso pagaria caro. Mas em algum momento ela daria um passo em falso. E, quando isso acontecesse, Mak estaria à espera.

Um dos empregados do iate se aproximou.

— Seu drinque está à sua espera no escritório, senhor. Prefere que eu traga para cá?

— Não, John, obrigado — agradeceu Mak. — Já vou entrar.

Mak afastou os pensamentos sobre Athena e entrou no escritório, um cômodo pequeno, mas perfeitamente concebido, com painéis de madeira, amontoado de impressões da grande era das navegações grega e de modelos dos iates mais famosos de Aristóteles Onassis. Tomou um gole do old-fashioned perfeitamente preparado, ligou o celular particular e começou a passar fotos de Persephone Hamlin de um momento anterior naquele verão.

Começou a se animar na mesma hora. O que Athena tinha feito com Spyros Petridis — que era um playboy de carteirinha na época em que se conheceram — Persephone tinha feito com Makis. E eles ainda não tinham nem dormido juntos. Só tinham se beijado uma única vez! Mesmo assim, os sentimentos por ela, o desejo, a ânsia... Ele hesitava em chamar isso de amor. Mas será que, talvez, não fosse amor mesmo? Essa compulsão estranha por possuí-la. Esse desespero para estar perto dela.

Na noite seguinte Persephone estaria ali, nos braços dele. Ela havia voltado, não por causa de algo que ele tinha feito, mas por vontade própria. Só de pensar nisso, Mak sentia o coração palpitar e os pelos da nuca e dos braços se arrepiarem.

A ironia era que ela nem tinha uma beleza clássica. Não do tipo mais aceito, comercial, como era o caso de Jenna, por exemplo, ou mesmo Miriam e Arabella. Hipnotizado com as fotos, ele deu zoom no rosto peculiar e desarmônico de Persephone, com aqueles olhos separados e as maçãs do rosto protuberantes. Na imagem, ela estava na praia daquela ilhota para onde ele a levou no dia do primeiro "encontro", quando ela lançou a linha com tanta elegância e ele chegou a pegar nos remos do barco por ela. Naquele dia, Persephone o fez se lembrar de alguém, mas nunca conseguiu descobrir exatamente quem. *Eu estava inebriado demais*, relembrou ele, com carinho. *As coisas que essa garota faz comigo... E ela nem se esforça.*

No almoço, Makis se juntou aos seus convidados para comer lagosta recém-pescada com salada. Ele gostava de bancar o anfitrião em seu amado iate, *Argo*, e geralmente mantinha cerca de dez pessoas a bordo, aproveitando-se de sua hospitalidade, isso sem contar as garotas que levava a bordo para se satisfazer. Mas, com Persephone chegando, Mak queria se livrar de todos, tanto dos homens quanto das mulheres. Queria estar livre para fazer amor com ela em qualquer lugar — no convés, no ofurô, na sala de cinema e em todas as camas. Seus convidados seriam despachados de lancha para Portofino no dia seguinte logo pela manhã e teriam que continuar suas aventuras de verão de lá.

— A noite de ontem foi demais, Mak. — Andrew Simon, um produtor de cinema de Los Angeles que sempre ia a Mykonos no verão, ergueu a taça para brindar ao anfitrião. — Você acredita que a namorada do Jorge foi para casa com aquele cara? O inglês.

Mak sorriu. Tinha sido um momento divertido.

Jorge Colomar, bilionário espanhol e amigo de ambos, havia se juntado ao grupo de Mak no restaurante na noite anterior, depois de sua jovem namorada venezuelana trocá-lo vergonhosamente por um jogador de polo inglês com metade da idade de Jorge em Covo di Nord-Est.

— Eu acredito — disse a mulher de Andrew, Carmen. — O cara era lindo.

— Está dizendo que Jorge não é? — provocou Mak. Era consenso que Jorge Colomar era horroroso.

— Qual era o nome dele... William alguma coisa — disse Carmen, ainda pensando no jogador de polo. — Era William Ponsonby?

— Não — disse Andrew. — Você está pensando no marido de Rachel. Ele é Ponsonby. Esse cara era de outra dessas famílias inglesas tradicionais. *Coutts!* — lembrou ele, de repente. — William Coutts, era isso. Como o banco. Embora eu duvide que ele seja mais rico que Jorge.

Todos na mesa sorriram e assentiram, concordando, mas Mak estava em completo silêncio. Todo o sangue havia sumido de seu rosto de repente, e seu tronco inteiro congelou, como se ele tivesse entrado num estado de transe.

Andrew Simon colocou a mão no ombro do anfitrião.

— Makis? Está tudo bem, cara?

Mas Mak não respondeu.

William. Rachel.

"Você está pensando no marido de Rachel."

Ele se levantou abruptamente.

— Desculpem. Tenho que ir.

No escritório, Mak levou trinta minutos para encontrar as imagens salvas em seu HD de quinze anos atrás. Mas ali estava: William Praeger, jovem, loiro e lindo, tirando aqueles olhos estranhamente separados.

De um lado dele estava a esposa, Rachel, uma beleza arrebatadora de cabelos esvoaçantes e maçãs do rosto altas e proeminentes. E, do outro lado, também ridiculamente jovem na imagem, estava o maldito Mark Redmayne.

O Grupo. Era assim que eles se chamavam. No começo, Spyros fazia piada com eles. Na verdade, ninguém os levava a sério, um bando de justiceiros, jovens americanos ricos e ingênuos que pensavam que conseguiriam fazer o que a CIA e o MI6 não tinham conseguido. Mas Spyros estava enganado.

Olhando petrificado para o rosto de William e Rachel Praeger, Mak se deu conta de que também havia errado. Aquela semelhança era inconfundível.

Cameron McKinley tinha acabado de jogar squash quando o celular tocou.

— Sim? — atendeu ele, ofegante.

— Praeger. William e Rachel Praeger. Preciso que você descubra tudo o que puder a respeito deles. — Mak parecia tenso. — Acabei de mandar algumas fotos para você.

— Ok. Devo procurar por algo específico?

— Sim. Preciso saber se eles tiveram uma filha.

CAPÍTULO DEZENOVE

Já era fim de tarde quando Ella chegou a Portofino. As lâmpadas cintilavam no porto, e a linda cidadezinha na encosta do morro era banhada pelo brilho intenso do começo da noite. Uma brisa quente ainda pairava no ar, os resquícios do calor abrasador de poucas horas antes, e tudo tinha cheiro de verão: a essência forte e enjoativa de jasmim misturada com óleo de coco e perfume das mulheres e o odor pungente de alho e trufas saindo da cozinha de vários restaurantes. Subjacentes a todos esses odores, o cheiro familiar e salgado do mar e o chiado rítmico das ondas completavam a paisagem de férias idílicas. Aquele era um lugar para relaxar. Para descomprimir. Para soltar as rédeas dos sentidos. Para se estar sem nenhuma restrição.

Mas não para Ella. Voltar ao personagem de Persephone Hamlin tão de repente tinha sido perturbador, para dizer o mínimo. Ressuscitar não só a voz e os trejeitos de Persephone mas também os sentimentos — em especial, o relacionamento complicado com Mak — era uma perspectiva assustadora. E não havia margem para erro. Mas precisava ser feito. *Devo isso a Nikkos. E a meus pais. E a mim mesma.* Gabriel tinha deixado claro para Ella que a alternativa era voltar para os Estados Unidos de mãos abanando, sem nada de concreto para mostrar além da morte do pobre Nikkos. Ella não podia permitir isso.

Ainda assim, queria poder passar uma noite num hotel, repassando a história de Persephone pela centésima vez, voltando à identidade anterior antes de se juntar a Makis no iate. A ansiedade que Makis tinha de vê-la dava a entender que ele não suportaria mais atrasos.

— Me ligue assim que chegar — instruiu ele. — Vou mandar alguém ir de barco buscar você imediatamente.

— Sua conta, Srta. Hamlin. Deseja mais alguma coisa?

Um garçom de idade, com um rosto que parecia ter sido esculpido em pedra, se aproximou da mesa de Ella, que havia escolhido um café perto do píer para poder sintonizar com facilidade nas transmissões dos vários barcos próximos enquanto saboreava um último robalo na segurança da terra firme. Assim que subisse a bordo do *Argo*, estaria presa. Seria prisioneira de Makis, mesmo que por vontade própria.

— Não, obrigada. Estava delicioso. — Ela pôs a mão na carteira para pegar o cartão de crédito de Persephone, rezando para que o Grupo ainda não o tivesse cancelado. Por sorte, pareceu funcionar na máquina do velho garçom sem problemas.

Já havia mandado uma mensagem para Mak e estava esperando uma das lanchas de última geração do *Argo* chegar no porto para pegá-la a qualquer minuto. Deveria esperar no píer 5. Puxando a mala de viagem, andou fazendo uma barulheira nas tábuas de madeira do píer que rangiam, enquanto tentava se concentrar para isolar o sinal de chamada do *Argo*, ignorando a cacofonia ensurdecedora vinda das outras embarcações.

— *Argonauta II*, já chegou? — ela ouviu o capitão do iate perguntar ao encarregado de buscá-la.

— Quase — foi a resposta. — Acho que consigo vê-la se aproximando no píer.

Não levante a cabeça, pensou Ella, lembrando a si mesma e lutando contra a vontade de procurar a lancha no mar cada vez mais escuro. *Lembre-se, Persephone não consegue ouvi-los.*

O coração martelava no peito, movido por uma empolgação familiar misturada com medo. Naquela noite ela estaria no iate com Mak.

Embora não tivesse sido dito às claras, sabia que o tempo de quartos separados tinha ficado no passado. Que "Persephone" estava voltando para ele não como amiga, mas como amante.

Dois homens de uniforme acenaram quando uma elegante lancha Wajer 55 azul-celeste chegou ao píer 5, com a palavra *ARGONAUTA II* em relevo na lateral da embarcação com letras pretas reluzentes.

— Sra. Hamlin? — Um jovem e bonito funcionário do *Argo* subiu ao píer e se ofereceu para pegar a mala de Ella.

Ella assentiu.

— Vimos você vindo da enseada. Timing perfeito. — Ele sorriu e a ajudou a descer e entrar na lancha.

— Obrigada por virem me pegar.

O segundo homem, que era mais velho e mais corpulento, se apresentou e a cumprimentou com sua mão peluda, de urso.

— O prazer é nosso, madame. O Sr. Alexiadis está ansioso para recebê-la a bordo do *Argo*. Estamos um pouco mais longe do porto do que esperávamos, mas devemos chegar ao iate em quinze minutos. Enquanto isso, por favor, relaxe.

Relaxe.

Ella se recostou no banco acolchoado de veludo e sorriu.

A empolgação provocada por sua nova vida estava se tornando um vício. Ela se perguntou se um dia seria capaz de relaxar de verdade outra vez.

A lancha partiu com uma velocidade alarmante. Os homens ficaram ao leme enquanto Ella permanecia atrás, com um cobertor grosso de caxemira cobrindo os joelhos. Ela olhou para trás e viu as luzes do porto de Portofino se afastando, como estrelas no rastro da *Millenium Falcon* avançando à velocidade da luz. Assim que contornaram o pontal, as últimas luzes a desaparecerem foram as do Hotel Splendido Mare. Logo depois, não havia nada além de águas abertas, a escuridão total levemente amenizada pela luz fraca da meia-lua.

O ronco do motor da lancha rapidamente perdeu força e se transformou em mero ruído de fundo, e os sinais do tráfego no porto também perderam força e se transformaram num ronronado baixo, como um gato feliz prestes a dormir. Naquela paz relativa, ela conseguiria sintonizar no *Argo* com muito mais nitidez. No começo, a mente pulou entre várias frequências, como músicas em um jukebox, até que de repente ela encontrou a voz do próprio Makis — baixa, grave e nítida. Ele estava usando um telefone por satélite, e, na posição onde Ella se encontrava, a qualidade do som estava perfeita. Sentiu um embrulho no estômago quando se deu conta de que ele estava falando com Cameron McKinley, o faz-tudo cujos capangas a seguiram e provavelmente também seguiram Nikkos em Atenas.

Primeiro, ouviu a voz de Mak.

— *Tem certeza?*

Em seguida, a de Cameron.

— *Tenho. O nascimento foi registrado em cartório. Até onde pude ver, não houve nenhuma tentativa de esconder. Praeger, Ella Jane. Nascida em 28 de maio de 1994, filha de Rachel, cujo sobrenome de solteira é Franklin, e William.*

Ao ouvir o próprio nome, Ella sentiu o estômago revirar de medo. Houve uma pausa na ligação, e depois Mak voltou a falar.

— *A mesma idade de Persephone...* — Ele pareceu pensativo. — *Conseguiu fotos?*

— *Duas. Uma do anuário da Paradise Valley High School. Outra de Berkeley. Parece que a Srta. Praeger se matriculou lá em 2012 no curso de ciência da computação.*

Isso não era bom. Nada bom.

— *E...?* — perguntou Mak.

Ella não conseguia nem respirar enquanto esperava a resposta de Cameron.

— *É ela. Sem dúvida. É a mesma garota.*

Em seguida, houve um silêncio ensurdecedor. De longe, Ella já conseguia ver as luzes do iate onde Makis a esperava. Onde ela ficaria presa, desamparada, sem a menor esperança de escapar.

— *O que quer que eu faça?* — perguntou Cameron.

Desta vez a resposta de Mak foi imediata. A voz dele estava mais determinada, e o tom, mais duro do que Ella jamais tinha ouvido. Não havia nenhum resquício de sua lendária receptividade.

— *Nada. Eu vou cuidar disso.*

— *Cuidado, Makis. Seria mais seguro, ou melhor, mais limpo, se você mantivesse certa distância. Deixe o meu pessoal cuidar disso. É o nosso trabalho.*

— *Eu já disse que vou cuidar disso!* — respondeu Makis, nervoso. — *Nos falamos amanhã de manhã. Quando eu já tiver resolvido esse assunto.*

A linha ficou muda.

Por um instante, Ella congelou, paralisada com o pânico.

"*Eu vou cuidar disso.*"

"*Quando eu já tiver resolvido esse assunto.*"

Ele está falando de mim. De me matar. Ele quer fazer isso com as próprias mãos.

Ella relembrou todas as histórias de terror que tinha lido sobre Spyros Petridis e sobre as formas como ele se livrava dos inimigos. Torturados. Estrangulados. Enterrados vivos. Afogados.

Como a minha mãe.

Na época, Mak era capanga de Spyros, um funcionário, aprendendo o ofício aos pés do mestre. Agora, Mak tinha capangas próprios para fazer seu trabalho sujo, homens como Cameron McKinley e seu "pessoal". Era quase certo que eles tinham assassinado Nikkos. "*É o nosso trabalho.*" Mas isso era diferente. Era pessoal. "Persephone" traíra Makis Alexiadis, o fizera de idiota. Ele devia puni-la pessoalmente, olhar nos olhos dela enquanto a machucava, a aterrorizava, acabava com sua vida com as próprias mãos...

Ella se ajeitou no banco, como se de repente tivesse sido arrancada do estado de transe. Se quisesse viver precisaria agir, e agir agora. Mas o que poderia fazer? Ninguém sabia por onde ela andava. Estava desarmada, sozinha e sem a menor chance de resgate. Já dava para ver o *Argo* nítido à sua frente, enorme e impressionante, assomando como uma Estrela da Morte colossal da qual era impossível escapar. Em menos de dois minutos chegariam ao iate.

Estou morta.

O chefe estava gritando. Berrando, na verdade.

Gabriel afastou o telefone do ouvido. Tinha pousado nos Estados Unidos no dia anterior, exausto e emocionalmente esgotado pelas circunstâncias tenebrosas do assassinato de Nikkos Anastas e por ter que dar a má notícia a Ella. Tudo na Grécia estava se desenrolando mais rápido que um novelo atirado do alto de um penhasco, e Gabriel não conseguia afastar a péssima sensação de que o pior ainda estava por vir.

Depois de fazer check-in num hotel barato perto do Aeroporto JFK, em Nova York, ele tomou um comprimido e dormiu pesado por catorze horas. Quando acordou, foi por causa de uma ligação de Mark Redmayne, que estava praticamente histérico.

— Ela sumiu! — berrou ele, como se estourar os tímpanos de Gabriel fosse resolver o problema. — Ella sumiu. Escapou do nosso novo funcionário em Atenas e não apareceu para o voo de volta.

— Merda — murmurou Gabriel.

— Você a perdeu! — urrou Redmayne. — Como conseguiu perdê-la, cacete?

— Como assim?

— Você me disse que tinha conseguido convencê-la de que a missão havia sido abortada! — berrou Redmayne. — Que ela voltaria para cá. Você disse que estava tudo arranjado.

— Achei que estivesse. — Gabriel esfregou os olhos, ainda sonolento. Se Ella não tinha pegado o voo para Nova York, só havia um lugar para onde poderia ter ido.

Redmayne ainda estava irritadíssimo, cuspindo palavrões como uma metralhadora, como se soltar os cachorros fosse ajudar a resolver a situação. Não pela primeira vez, Gabriel se perguntou como aquele homem havia se tornado chefe do Grupo.

— Silêncio — disse Gabriel depois de um tempo, curto e grosso como sempre. A necessidade de pensar estava acima de tudo. — Precisamos encontrá-la e tirá-la de lá.

— *Acha que eu não sei disso?* — O nível dos decibéis de Redmayne estava tomando proporções perigosas. — A questão é: onde ela se meteu?

— Ela está com Makis Alexiadis — respondeu Gabriel imediatamente. — Precisamos rastrear o iate dele.

Do convés superior do iate, Mak observava a lancha se aproximar. Ele a enxergou a quase dois quilômetros de distância, ainda um pontinho de luz atravessando as ondas. Por dentro, sentia um monstro começar a crescer.

Era uma sensação que conhecia bem, raramente vivenciada nos últimos tempos. A excitação quase sexual de exercer o domínio derradeiro sobre outro ser humano. Desde que chegou ao topo da cadeia de poder, a sensação física de matar alguém era algo que delegava a outras pessoas. E não sentia falta disso. Na verdade, foi um alívio se livrar dessa tarefa e poder comandar as operações do império Petridis como se fosse um negócio qualquer. Mas ali, já um homem de meia-idade, Mak podia se dar ao luxo da reflexão, da introspecção. Se jamais tivesse conhecido Spyros, se sua vida tivesse seguido um caminho diferente, mais prosaico, talvez nunca tivesse matado ninguém na vida. Afinal, não se considerava um homem violento, criminoso ou cruel por natureza. Mais que isso: tal qual um gato filhote observando a mãe caçar ratos, ele tinha *aprendido* essas habilidades — aprendido a capturar, a aterrorizar, a matar, a devorar — e a desenvolver as emoções que acompanhavam essas ações. Não era um monstro. Mas havia, sim, um monstro dentro dele. Com o passar dos anos, seus sentimentos cruéis, repugnantes, tinham se entrelaçado com todos os seus outros sentimentos regulados, e por isso ele não era mais plenamente capaz de separar o normal do anormal, o aceitável do psicótico.

Enquanto esperava Persephone chegar — ele sempre pensaria nela como Persephone, até o último instante —, Mak se sentiu enjoado e com tesão ao mesmo tempo. Furioso e excitado. Cheio de desejo, mas também de um ódio tão venenoso que ameaçava queimá-lo de dentro para fora e atravessar sua pele, como lava jorrando da terra rachada.

Deixou a mente vagar, imaginando como seria cumprimentá-la, tocá-la, seduzi-la e, por fim — depois de conseguir tudo o que queria, tudo o que ela lhe devia —, matá-la tão lenta e dolorosamente quanto podia. *Piranha mentirosa.*

O *Argonauta II* estava se aproximando. Mak já via nitidamente Ioannis e Evangelos, tripulantes do iate. Quanto a Persephone, tudo o que conseguia ver era um vulto esparramado na parte de trás da lancha, debaixo de cobertores para se proteger do frio. Em breve ela estaria quente e nua na cama dele. Pela primeira e última vez.

Depois do que pareceu uma eternidade, eles pararam a lancha ao lado do iate.

— Finalmente — disse Makis, sorrindo e descendo a escada do convés para cumprimentá-los.

Ioannis prendia a lancha enquanto Evangelos ia até a popa do iate para ajudar a Srta. Hamlin a subir. Quando ficou de frente para a lancha, Makis parecia um fantasma, o rosto completamente sem cor.

— O que é isso? O que aconteceu? — perguntou Makis, com todos os tendões do corpo retesados como as cordas de um violino. Ele pulou na lancha e avançou, tirando os dois homens do caminho.

A mala de Persephone estava encostada no banco. Ao lado dela, havia uma pilha de almofadas escondida pelos cobertores de Makis, decorados com um monograma.

— Cadê ela? — perguntou Mak, rosnando num tom ameaçador.

— Ela... A gente a pegou no píer... — respondeu Evangelos, gaguejando. — Ela estava sentada bem ali.

— E daí...? — berrou Mak, o monstro insaciável rugindo furioso em suas entranhas. — CADÊ... ELA?

No começo, parecia que a água era sua inimiga.

Ella escorregou silenciosamente da popa da lancha e caiu em seu abraço escuro. O frio paralisante a deixou sem ar. As roupas se enrolaram nela como serpentes mortais, cobrindo a pele, grudando os braços ao corpo, puxando-a para baixo. Na segurança da lancha, as ondas pareciam tão tranquilas, mas agora se assomavam como monstros diante dela, quebrando em sua cabeça e deixando-a ainda mais desorientada. Já não sabia a diferença entre cima e baixo, muito menos que direção levava à costa e qual levava ao mar aberto. Apesar de o coração bater cada vez mais rápido em pânico, o restante do corpo e a mente funcionavam cada vez mais devagar, rastejando, até enfim pararem por completo.

A lancha tinha sumido. Ella estava sozinha no mundo. Tudo era escuridão e frio.

Então, tão repentinamente quanto começou, o pânico foi embora. A dor nos braços congelados parou, como se alguém tivesse desligado um interruptor — *pronto, sumiu*. O corpo estava dormente, a mente e o espírito tinham ficado calmos, e o coração praticamente não batia, com um ritmo mais lento, quase imperceptível, mais parecendo um eco ou uma lembrança que um som de verdade.

Estou afogando, pensou Ella. *Mas tudo bem. Estou indo em paz.*

Tudo o que preciso fazer é me entregar.

De repente, imagens surgiram em seu cérebro, *frames* congelados de um filme caseiro passando em câmera lenta.

A mãe dela, segurando-a, olhando-a nos olhos. Ella era um bebê, muito pequena. Sentiu-se segura e protegida nos braços molhados da mãe. A água e a escuridão ao redor se transformaram num útero, e o chiado da maré se transformou nas batidas do coração de Rachel. Por um instante, foi maravilhoso. Tudo o que ela precisava fazer era se soltar para poder viver naquele estado para sempre. De volta para a mãe. Para Rachel. A ideia era inebriante. Maravilhosa.

Os pulmões de Ella esvaziaram. Seu corpo começou a afundar cada vez mais em direção ao nada, ao abismo sedutor.

Mas então novas imagens surgiram espontaneamente.

Sua mãe de novo, mas, desta vez, lutando para respirar, lutando pela própria vida, se debatendo em vão contra os braços fortes e masculinos que a seguravam debaixo da água.

Athena Petridis à beira da praia, assistindo à cena.

Gabriel, no apartamento dela em São Francisco, com aquele rosto bonito fazendo careta enquanto zombava de suas tentativas de resistir a se unir ao Grupo. Ela conseguia até ouvir a voz dele: "Eu não chamaria isso de vida. Mas talvez nossos padrões sejam diferentes."

Depois disso, outras vozes e outros rostos forçaram sua aparição na consciência de Ella.

Nikkos, gritando enquanto a barra de metal incandescente queimava sua pele, implorando pela própria vida.

O garotinho cujo corpo apareceu na praia levado pela maré, olhos sem visão mirando o céu azul, implorando por justiça. Por vingança.

Todos eles querem vingança. E eu sou a arma deles. Eu sou o anjo da vingança. Se não for eu, quem vai ser?

Os olhos de Ella se abriram de repente.

Não posso desistir. Ainda não!

Ela começou a se mexer, a se debater. Primeiro os pés, depois as pernas, depois o corpo inteiro — braços, pescoço, cabeça — se esforçando para subir. Estava escuro demais para ver a superfície, para saber a que distância estava da costa ou se conseguiria emergir com vida ou não. Tudo o que lhe restava fazer era tentar subir às cegas, nadar de volta para a vida, para a respiração e toda a dor que vinha junto com a vida...

— Ahh!

O tronco de Ella saiu da água como uma baleia emergindo na superfície, ou como um míssil lançado por um submarino. Ela respirava fundo, os pulmões se enchendo dolorosamente. A sensação era de que seu peito estava prestes a explodir. Conseguia imaginar a caixa torácica se quebrando, os ossos voando para todos os lados. O frio e o medo voltaram de uma só vez. Uma sensação desesperada de alerta tomou conta de sua mente.

Pense, Ella. Não entre em pânico. Pense.

Era boa nadadora, mas a chance de voltar à costa daquela distância e naquela temperatura era nula. Precisava de um resgate.

Makis talvez já tivesse mandado lanchas saírem para procurá-la no mar. Ela precisava evitá-las a todo custo. Melhor morrer afogada que cair naquelas mãos sádicas e assassinas. Ella fechou os olhos e, aproveitando um momento em que o mar ficou mais calmo, boiou por alguns instantes. Lembrando-se das técnicas que Dix tinha lhe ensinado no Acampamento Esperança, deixou a mente consciente desligar enquanto se concentrava nos sinais ao redor.

No começo, o silêncio foi total. Mas, em poucos minutos, começou a captar sinais de embarcações, tanto chamadas de rádio entre barcos pesqueiros quanto entre a guarda costeira e o capitão do porto, além dos satélites de comunicação mais sofisticados usados por embarcações maiores. Havia um sinal bem fraco de uma equipe de salva-vidas fazendo a ronda noturna em áreas onde adolescentes imprudentes às vezes tentavam fazer *stand up paddle* à noite. Mas eles estavam mais perto de Portofino que dela, e seria impossível nadar até lá.

Foi então que ela se lembrou de outra coisa que Dix havia lhe explicado no Acampamento Esperança no dia em que se conheceram. Ele estava tagarelando sobre as habilidades visuais de Ella e até onde podiam levá-la, muito além do que seus próprios pais haviam imaginado. Algo a ver com tecnologia de satélites...

Você pode usar coordenadas de satélite para se orientar, por exemplo. Para visualizar áreas enormes de terra, mar ou até do espaço.

Coordenadas de satélite. Era isso! Como um GPS. Se pudesse receber os sinais de satélite dos barcos, poderia descobrir qual estava mais próximo — pelo menos em teoria. Poderia descobrir onde ela estava. Onde eles estavam. Tudo o que precisava fazer era manter a calma. Esvaziar a mente. Deixar o fluxo de dados entrar em sua mente, como ondas quebrando. Deixar o mapa aparecer como a visão das estrelas no céu noturno. Era possível se salvar, mas para isso Ella teria que acreditar. Acreditar em seus poderes. Acreditar em seus dons. Acreditar que iria sobreviver.

Você acredita, Ella?, parecia perguntar uma voz dentro de sua cabeça enquanto a água fria e salgada batia em seu rosto. *Acredita?*

Ela fechou os olhos e deixou a mágica começar. Não era com apenas um sentido, mas com todos os cinco, misturados inexplicavelmente numa explosão de estímulos, uma linda rede de dados, com seus inúmeros fios a puxando na direção da esperança, do resgate. No começo, luzes, como alfinetadas na escuridão. Em seguida, números. Coordenadas. Padrões, voando em sua direção como estrelas cadentes. Sons também: o ruído rítmico das ondas se fundindo com as batidas do coração e com a respiração, e o frio entorpecente que congelava seus membros, mas de algum modo ativava uma energia interna mais profunda, uma vontade mais intensa de viver. De conquistar. De vencer.

Uma luz vermelha mais brilhante que as outras a chamou.

Um barco. O barco mais próximo. Uma chance.

Ella se virou para a luz como uma mariposa para a lua, ordenou que seu corpo paralisado voltasse à vida e começou a nadar.

CAPÍTULO VINTE

Mark Redmayne aumentou a inclinação de sua esteira NordicTrack para 15, o máximo, e aumentou a velocidade. Correr na subida tinha se tornado sua terapia, e cada vez mais ele vinha utilizando a esteira — o ácido lático queimando nas coxas e a constrição dolorosa nos pulmões servindo como uma distração bem-vinda para a ansiedade cada vez maior. As coisas na Europa estavam degringolando numa velocidade alarmante, e pela primeira vez ele não tinha certeza do que fazer.

A morte de Nikkos Anastas havia sido lamentável. Perder Ella Praeger tinha um potencial catastrófico, embora ele ainda tivesse esperança de corrigir a situação o quanto antes. E naquele dia estava lidando com os efeitos do triste destino de Noriko Adachi, morta pelas mãos dos capangas de Athena Petridis em Londres.

Katherine MacAvoy, que costumava ficar na dela, de repente decidiu demonstrar ressentimento contra as táticas do chefe com relação à ilustre professora japonesa.

— Você mandou a coitada para Londres como isca — acusou MacAvoy durante a teleconferência daquela manhã, que contou com a presença de diversas lideranças do Grupo. — Você a atirou aos lobos!

— Nada disso — retrucou Redmayne com tranquilidade, sem perder a cabeça. — Noriko estava seguindo uma pista.

— Que pista? — exigiu saber MacAvoy.

— Uma pista com relação a possíveis operações de Athena no Reino Unido e no norte da Europa — respondeu Redmayne, de maneira vaga.
— E, por mais trágica que tenha sido, a morte da professora Adachi nos deu as provas mais contundentes até agora de que Athena de fato retomou o controle pessoal da rede criminosa que antes estava com Big Mak e que ela está de olho em todos os que considera uma ameaça ao seu poder. Incluindo nós mesmos.

— E a vida de uma mulher inocente vale isso, certo? — As emoções de Katherine MacAvoy estavam à flor da pele, algo inusitado para a chefe do Acampamento Esperança. — Ela sabia que estava sendo mandada como isca? Como um canário para a mina de Athena Petridis, que, como todos nós sabemos, é um buraco negro de onde dificilmente alguém retorna com vida?

— Como eu disse, Katherine, Noriko estava seguindo uma pista. — Um tom neutro, porém ameaçador, tinha surgido na voz de Redmayne, e todos os participantes da teleconferência perceberam. — Ela se voluntariou para se unir a nós porque queria fazer algo concreto para vingar a morte do filho. A mulher estava sendo consumida pelo luto quando a conheci. Acredite no que estou dizendo.

Luto esse que você explorou, pensou Katherine MacAvoy, porém não disse mais nada. Já havia ido longe demais.

— Mas acho que Katherine está certa em demonstrar preocupação, senhor — pronunciou-se Anthony Lyon, chefe do Grupo em Londres, deixando os nervos de Redmayne à flor da pele com seu perfeito sotaque britânico. — O assassinato da professora Adachi foi particularmente repugnante. Devemos nos esforçar ao máximo para diminuir esse tipo de efeito colateral. Além das questões morais, agora temos a Polícia Metropolitana farejando as nossas operações em Londres. Podíamos passar sem essa.

Questões morais, pensou Redmayne, com rancor, já voltando a ficar irritado. *Que babaca arrogante.* Na hora do "vamos ver", ele, e só ele, comandava o Grupo, e esperava lealdade dos primeiros-tenentes. Apesar disso, Redmayne reconhecia que a morte de Noriko Adachi era má notícia por diversos motivos.

Athena Petridis precisava ser detida. Isso estava mais claro que nunca. Mas as correntezas no entorno dela estavam mais fortes e perigosas que nunca. Até onde Mark Redmayne sabia, Ella Praeger, a arma mais preciosa do Grupo, estava sendo sugada para o redemoinho naquele exato instante.

Isso era insuportável só de pensar.

A primeira coisa que Ella viu foi luz. Não uma luz ofuscante, nem era uma luz constante, mas fraca, trêmula, um tipo de brilho caloroso que aparecia e sumia, acendia e apagava, como as últimas cinzas de uma fogueira.

Por um instante ela se perguntou se aquilo era o paraíso. Mas, então, ouviu a voz dele e se deu conta de que não. Se existia uma vida após a morte para as pessoas virtuosas, não havia a menor chance de *ele* estar lá.

— Ella? Está me ouvindo? Ella!

O toque da mão dele a deixou alerta. Isso significava que a voz não estava só na sua cabeça. Ele estava mesmo ali. Ella se esforçou para abrir os olhos.

— *Você.*

— Não precisa parecer tão feliz em me ver.

O rosto de Gabriel estava mais escuro do que ela se lembrava, mais bronzeado, como se ele tivesse acabado de voltar de férias. Quando ele sorria, como estava fazendo naquele instante, ainda era provocantemente lindo. De repente, ela se lembrou do comentário de Christine Marshall, de que ele parecia o Ryan Gosling.

Acampamento Esperança.

Christine.

O almoço com Gabriel naquela fazenda perto da costa.

Tudo aquilo parecia ter acontecido havia muito tempo.

— Não estou feliz em ver você — disse Ella, de mau humor, virando a cara.

Não sabia ao certo por que estava irritada com Gabriel. Talvez por algum resquício de desconfiança, mas misturado com outros sentimentos mais profundos e problemáticos nos quais não queria pensar.

Ella passou os olhos ao redor. As paredes brancas e o cheiro sugeriam que estava num hospital, embora a cama de madeira e as roupas de cama sugerissem outra coisa, assim como o incrível vaso de peônias sobre a mesinha rococó ao lado da cama. Uma única janela no alto da parede era a fonte da luz dourada, mas não lhe dava nenhuma pista sobre onde estava. Completamente deitada, ela só conseguia ver o céu noturno, e mesmo isso estava meio escondido pelas persianas.

— Onde estamos?

— Numa clínica particular em Gênova — respondeu Gabriel. Ele continuava sorrindo e, ao que parecia, não tinha se ofendido com a frieza de Ella. — Você percebe que tem sorte de estar viva? Os salva-vidas que a tiraram da água levaram quase um minuto para fazer você voltar a respirar.

— E você? — Ella olhou para Gabriel, só então se dando conta de que a mão dele continuava sobre a sua. — Como me encontrou? Você me trouxe aqui? Não me lembro de nada.

— Isso não tem importância — respondeu ele, com sua arrogância típica. — Eu *disse* que você não devia voltar para Makis. Eu *disse* que você se meteria em perigo. No que estava pensando?

— Estava pensando que sem Mak não tínhamos pistas para chegar a Athena. Nenhuma pista! — retrucou Ella, com raiva. — Eu estava pensando que Persephone podia me oferecer um caminho de volta.

— E o que aconteceu?

Ella ficou corada e desviou o olhar.

— Ouvi uma conversa dele por telefone com Cameron McKinley. Ele sabe quem sou eu. Quem foram meus pais.

Gabriel tirou a mão de cima da mão dela, agarrou a própria cabeça e soltou um gemido longo e baixo.

— Eu sei — disse Ella humildemente. — Isso não é bom.

— Você ouviu Makis falar a palavra "Praeger" mesmo? — perguntou Gabriel, desanimado demais para levantar a cabeça.

— Ouvi. Na lancha a caminho do *Argo*. Ele sabe que sou filha de William e Rachel. Acho que não sabe a respeito... você sabe... dos meus dons. Mas sabe que sou ligada ao Grupo. Se eu tivesse embarcado naquele iate, ele teria me matado.

— Sem dúvida.

— Então, eu pulei. Não sabia mais o que fazer.

Gabriel se levantou e começou a andar de um lado para o outro. Ella presumiu que ele estivesse pensando num plano, no que fazer. Mas, quando se virou para encará-la, Gabriel a surpreendeu.

— Você dormiu com Makis Alexiadis? — perguntou ele, sem papas na língua.

— Não! Nunca.

— E isso estava nos seus planos? Digo, quando se encontrasse com ele no iate.

Ella hesitou por um segundo antes de responder:

— Sim.

Gabriel suspirou alto, como se tivesse acabado de levar um soco no estômago.

— Ele teria esperado isso de Persephone. Acho até que teria exigido. Eu precisava ficar perto de Makis, reconquistar a confiança dele. Não estou dizendo que *queria* dormir com ele.

— Mas e aí? — Os olhos de Gabriel se encheram de lágrimas. — Você queria?

Sentindo-se culpada, Ella pensou em todas as vezes que se imaginou fazendo amor com Makis. Na corrente elétrica de desejo que percorria seu corpo toda vez que a mão de Makis tocava a sua, apesar de saber que ele era um assassino. O único outro homem que a atraía tanto quanto Makis era aquele que estava fazendo o interrogatório. Mas não lhe daria a satisfação de admitir isso.

— Não — mentiu. — Claro que não.

— Ótimo.

Esse era o mais próximo que Gabriel jamais chegaria de reconhecer o desejo que sentia por ela. Mas o momento de intimidade havia acabado, e agora era hora de voltar ao trabalho.

— Mak sabe quem você é. Isso significa que você está correndo perigo — começou Gabriel.

— Mak quer acabar comigo, sim — concordou Ella. — Mas isso não quer dizer que Athena também queira.

Gabriel balançou a cabeça.

— Acabou, Ella. O chefe quer você de volta aos Estados Unidos assim que estiver bem o suficiente para viajar. E dessa vez eu vou entregá-la pessoalmente.

— E se eu não for? — perguntou Ella, indignada.

— Você vai.

— Quem disse? Eu sou uma agente livre, sabia? Não uma mercadoria que vocês podem despachar para qualquer canto do mundo quando bem entenderem.

— Não grite comigo. Sou só o mensageiro. Redmayne não vai deixar você comprometer a segurança do Grupo e fim de papo. Eles têm que pensar em inúmeros outros agentes, não só em você.

— Redmayne que vá para o inferno!

Gabriel suspirou.

— Algum dia você vai *simplesmente* obedecer às ordens que recebe?

— Não. Por acaso, você obedece?

Gabriel sorriu.

— Não muito.

Ella se esforçou para se sentar na cama, apoiando-se nos travesseiros de pena de ganso empilhados.

— Eu sei que você não gosta de Redmayne.

— Como pode saber uma coisa dessas?

Ela bateu o dedo na lateral da cabeça.

— Sei muitas coisas a seu respeito.

Gabriel semicerrou os olhos, descontraído.

— Ah, é? O quê, por exemplo?

— Sei que Gabriel não é seu nome verdadeiro.

Gabriel olhou para Ella tentando descobrir se não passava só de intuição ou se, de alguma forma, havia descoberto informações sobre seu passado. A segunda opção era perturbadora demais.

— Muitas pessoas mudam de nome quando envelhecem — disse ele, tentando parecer casual.

— Só quando têm alguma coisa a esconder. Ou do que fugir.

— Que nada! — rebateu ele. — E se a pessoa tiver sido batizada com um nome ridículo, como Humperdinck? Ou... Derek?

A estratégia de Gabriel funcionou. Ella gargalhou.

— Esse é o seu nome verdadeiro? Derek?

Ele revirou os olhos.

— Claro, Ella, se você quiser que seja... Se isso a deixa feliz, meu nome é Derek Humperdinck. Mas não estávamos falando de Mark Redmayne?

A risada morreu.

— Não confio nele — comentou Ella.

— Certo.

— E sei que você também não confia.

— Isso não importa — disse Gabriel, sem negar. — Ele é o nosso chefe.

— Mas você confia em mim?

— Eu me preocupo com você — respondeu Gabriel, sincero, depois de uma pausa.

Ella ficou comovida. Além de sua avó Mimi e Bob, em sua vida antiga em São Francisco, ninguém jamais se preocupou com ela.

— Me fale o que você sabe sobre Athena.

— Ella...

— Me conte tudo. Inclusive as coisas que Redmayne proibiu você de me contar.

Gabriel hesitou, mas Ella percebeu que ele já não estava tão determinado.

— Confie em *mim*. Não nele. Confie em mim, para que eu possa confiar em você. E então, talvez, eu faça o que você mandar.

— Só acredito vendo — brincou ele, sorrindo. — Mas tudo bem. No momento, o que sabemos é que Athena não está mais na Grécia. Ela fugiu do país um dia depois de você vê-la em Sikinos...

— Então era *ela* em Sikinos! Você admite! — interrompeu Ella.

— Claro. Por favor, pare de me interromper.

— Desculpe.

— Não sabemos onde ela está. As duas pistas que tínhamos sobre possíveis esconderijos não deram em nada. Mas temos certeza de que ela vai reaparecer em breve.

— Por quê? Da última vez, demorou doze anos para isso acontecer.

— Aquilo foi diferente. Por algum motivo, na época ela não queria o controle do império do marido. Agora, quer. O que estamos testemunhando é o começo de uma guerra civil entre Athena e Makis. Essa guerra está sendo travada pelos exércitos deles, o pessoal dela contra o pessoal dele, e a coisa vai ficar violenta. Nikkos foi uma baixa precoce. Parece que os capangas de Athena, e não os de Makis, estão por trás da morte do nosso agente.

— E isso significa...

— Que ela provavelmente também sabe quem você é. Ou pelo menos suspeita. O único motivo plausível para a morte de Nikkos é a ligação dele com você.

Então a culpa é minha de qualquer forma, pensou Ella. *E meu trabalho é vingar a morte dele.*

— Athena conseguiu ver você bem naquele dia no convento?

A mente de Ella voltou para o quarto da "irmã Elena". Aquele rosto grotesco, derretido. Os olhos, nem furiosos nem amedrontados, mas calmos, curiosos, penetrantes, observando-a com uma espécie de fascínio enquanto Ella permanecia imóvel, paralisada, como um cervo diante dos faróis de um carro numa estrada escura.

Ella assentiu.

— Infelizmente, conseguiu.

— E quanto ao homem? O sujeito que derrubou você e atacou a irmã Elena com uma faca?

— O que tem ele?

— Pode descrevê-lo? Você disse que ele era alto.

— Alto, não. Enorme. Ombros largos. Parecia um gigante.

— Idade?

Ella deu de ombros.

— Trinta e poucos... Não tenho certeza. Era negro. Imagino que fosse árabe. Tinha cabelo castanho-escuro e não consegui olhar bem para o rosto dele. Estava muito concentrada nela.

— Não tem problema — disse Gabriel, ficando em silêncio, pensativo.

Pelo jeito era ele. O homem sobre quem Redmayne havia alertado Gabriel e pedido, em particular, que o rastreasse urgentemente. Mas não podia tirar conclusões precipitadas. Nem podia se dar ao luxo de deixar Ella de lado.

— Não posso voltar para Nova York — disse Ella em voz baixa, mas determinada, interrompendo o devaneio de Gabriel.

Não era só porque não podia deixar Athena escapar, embora isso certamente fosse parte do motivo. Mas a verdade era que não podia voltar a ser a pessoa de antes. A desajustada medrosa com a cabeça cheia de sons embaralhados. A observadora solitária que só enxergava o mundo em preto e branco. Agora, pela primeira vez, o mundo de Ella era gloriosamente colorido, e ela *estava* nele, era parte do mundo, fazendo algo importante, e não apenas assistindo a tudo de fora. Talvez um dia até pudesse voltar à vida anterior, mas não agora. Não até sua transformação estar completa.

— Espero que me entenda. E peço desculpas se isso vai causar problemas a você. Mas não posso voltar até Athena estar morta. Pela minha mãe. Por Nikkos. Por mim mesma. Preciso ir até o fim.

Para a surpresa de Ella, Gabriel não protestou.

— Tudo bem. Você pode ficar. Eu lido com Redmayne.

— Sério?

— Sério — disse ele num tom áspero. Se iria rastrear o alvo de Redmayne, precisaria de Ella para manter a caçada a Athena viva enquanto ele estivesse ausente. — Mas, de agora em diante, vamos trabalhar em equipe. Nada de rebeldia. Nada de desaparecer na noite por conta própria, desarmada, para transar com psicopatas.

— Tudo bem. Mas isso precisa ser uma via de mão dupla — contra-argumentou Ella. — Chega de meias verdades e de esconder informações. Chega dessa história de "Você vai saber quando for preciso".

Gabriel fez que sim, contrariado. Em seguida, abriu um álbum de fotos enorme no iPhone e entregou o aparelho a Ella.

— Esses aí são todos os membros ativos conhecidos da organização Petridis. A maioria trabalha para Makis, mas um ou dois são mais antigos e fanáticos leais a Athena. Reconhece alguém?

Ella começou a passar as imagens. Havia muitos rostos, mais de cem. Nenhum saltou aos seus olhos.

— No momento, pelo menos oficialmente, eles ainda são uma grande família feliz — continuou Gabriel. — Big Mak está "encantado" com a volta de Athena, empolgado com a possibilidade de os dois provocarem o caos juntos. Mas, nos bastidores, estão em pé de guerra, e esses caras estão começando a escolher o lado que vão apoiar. Assim que eles...

— Esse aqui!

Empolgada, Ella devolveu o telefone a Gabriel.

— Esse cara? — Gabriel deu zoom no rosto de um homem grisalho de aparência comum, na casa dos 50 anos, com bigode bem aparado.

— Ele estava no convento.

— *Esse* cara? Tem certeza?

Ella fechou a cara.

— De novo com essa história de "tem certeza"? Sim, tenho certeza. É o padre Benjamin. Ele deu uma olhada no meu tornozelo quando me machuquei no convento.

Sem conseguir esconder a felicidade, Gabriel se agachou, segurou o rosto de Ella com as duas mãos e lhe deu um beijo na testa.

— Bem, o *padre Benjamin* também atende pelo nome Antonio Lovato. Acredite ou não, ele era o personal trainer de Athena antigamente. Dizem as más línguas que os treinamentos deles eram *extremamente* pessoais, mas Spyros fazia vista grossa. Athena montou um negócio para ele, comprou uma rede de academias com filiais por toda a Itália, e Spyros usava esse negócio para lavar dinheiro. Lovato se deu bem.

— Lembro que, na hora, achei que ele não parecia um religioso — comentou Ella. — A batina não combinava com ele.

Gabriel abriu um sorriso sarcástico.

— Acho que hoje em dia dá para dizer isso de muitos padres.

— Então, ele é uma pista?

— Ah, sim, é uma boa pista. E o melhor: é uma pista que Mak desconhece. Aliás... — ele deu mais alguns toques no celular, os dedos longos digitando rápido como pistões — ... eu também tenho... — mais alguns toques, e ele devolveu o celular para Ella com uma expressão triunfante — ... um endereço. O que acha de uma viagem para Londres?

CAPÍTULO VINTE E UM

Com mãos trêmulas, Dimitri Mantzaris aproximou o bilhete contra a luz. Com 80 anos, a visão do ex-presidente já não era mais a mesma. Mas continuava boa o bastante para ler as quatro linhas à sua frente, linhas que o fizeram sentir uma mistura de expectativa e pavor.

Escrito num código que Dimitri não via fazia muitos, muitos anos, o bilhete dizia, simplesmente:

Estou chegando.
Logo.
Preciso de sua ajuda.
Mandarei meu contato em breve.

Não estava assinado. Nem precisava.

O café da manhã nababesco que o velho tinha acabado de comer — seis *bougatsas*, doce grego tradicional no café da manhã, com recheio de creme e coberto de açúcar de confeiteiro — agora revirava em seu estômago dilatado como leite azedo, e todo o prazer que havia sentido ao comê-lo desapareceu. Nem o som tranquilizante das ondas quebrando em sua amada praia de Vouliagmeni conseguia acalmar seus nervos em frangalhos.

A "mensagem" anterior de Athena tinha sido indireta, um sinal enviado para o mundo todo. Mas agora ela estava entrando em contato diretamente com ele, sedutora porém mortal, como uma viúva-negra pronta para acasalar.

Mas, ao contrário da aranha macho, Dimitri Mantzaris não tinha a opção de recusá-la.

Era tarde demais para fugir, e ele estava velho demais para se esconder.

Athena estava cobrando uma dívida, e Dimitri devia se preparar para honrá-la.

Na margem norte do rio Tâmisa, não muito longe da ponte Vauxhall, o edifício Dolphin Square, na região de Pimlico, era um dos endereços icônicos de Londres, considerado um exemplo da arquitetura dos anos 1930. Antes o ápice da modernidade com sua fachada de tijolos vermelhos, arcadas no melhor estilo *art déco* e — para os olhos modernos — janelas minúsculas, com o passar dos anos aqueles apartamentos tinham se tornado sinônimo de intrigas políticas. Ocupado pelas forças da França Livre na década de 1940 e lar temporário do general de Gaulle, e, mais tarde, de Mandy Rice-Davies e Christine Keeler, as garotas no centro do escândalo Profumo, de acordo com o guia *Londres secreta* de Ella, o Dolphin Square também era o endereço em Londres de Maxwell Knight, a inspiração para a personagem M nos livros de James Bond escritos por Ian Fleming.

Um conquistador idoso e ex-personal trainer como Antonio Lovato talvez não merecesse ser citado como uma das "celebridades" que moraram naqueles apartamentos. Mas alguém poderia dizer que ele havia feito por merecer seu lugar como parte da longa tradição de segredos, espionagem e políticas sujas do Dolphin Square. Assim como quase todos que, em algum momento, fizeram parte do círculo íntimo de Athena Petridis, um forte cheiro de corrupção rodeava Lovato e seu império crescente de academias e "centros de bem-estar".

Ella pousou no Aeroporto Heathrow numa tarde de segunda-feira e passou a noite em uma das inúmeras pousadas de Pimlico perto da estação Victoria. O quarto era sombrio, deprimente e tinha cheiro de toalha molhada, e o café da manhã era a nojeira mais revoltante que Ella já havia visto num prato: gordura animal coagulada, pão dormido frito e algo que pode ou não ter sido um ovo. Mas a Pousada Excelsior pelo menos oferecia um espaço silencioso onde podia entrar e sair de diferentes sintonias em meio ao clamor ensurdecedor do tráfego de dados incessante da cidade de Londres. As técnicas ensinadas por Dix tinham funcionado perfeitamente na tranquilidade relativa do Acampamento Esperança e nas ilhas gregas mais remotas. Mas Ella ainda precisava testá-las numa grande metrópole, e tinha de admitir que, cada vez mais, se sentia empolgada com essa possibilidade. Até então, Atenas tinha sido o único centro urbano onde havia passado algum tempo trabalhando, a primeira experiência de vida na cidade desde São Francisco, onde os sinais que recebia ainda eram um ruído branco assustador e debilitante. Mas comparar Atenas com Londres era como comparar "Sonata ao luar" com uma banda de trash metal hardcore no volume máximo. Seria um desafio.

Se ela quisesse isolar algum e-mail, alguma mensagem ou alguma ligação de Antonio Lovato, precisaria ficar fisicamente próxima dele. Segui-lo na rua ou no transporte público seria a maneira mais simples, mas até quarta-feira ele ainda não havia saído de casa, com exceção das duas vezes em que foi até a margem do rio passear com seu pequinês, Mitzi.

— Ele é um recluso — reclamou Ella ao falar com Gabriel, depois de um segundo dia infrutífero de observações dentro de uma cafeteria do outro lado da rua. Estava morrendo de vontade de agir, de sentir o pico de adrenalina que havia começado a amar, assim como seus pais. — Nenhuma ida à nova academia que ele abriu em Londres. Nenhum café com um amigo, nenhuma compra, nada. O que diabos ele faz enfurnado lá dentro o dia todo?

— Não sei. Mas pode estar entrando em contato com Athena. Você realmente não consegue captar *nada* dos aparelhos dele?

— Estou tentando! — exclamou Ella, na defensiva. — Não é tão fácil quanto sintonizar uma estação de rádio, sabia? É como tentar isolar o som de um instrumento no meio de uma sinfonia numa sala de concerto do tamanho de dois campos de beisebol onde dez orquestras sinfônicas estão tocando peças diferentes ao mesmo tempo. Preciso entrar no prédio dele.

— E aí? — Gabriel devolveu a bola para ela. — Qual é o seu plano?

Antonio Lovato fez careta ao ver seu reflexo no espelho quando a campainha tocou. Detestava ser perturbado, quase tanto quanto detestava as linhas profundas na testa que insistiam em voltar sempre que o Botox perdia efeito ou o fato de que, por mais abdominais que fizesse, os gominhos de seu abdômen agora estivessem destinados a ser deformados pela sua pele seca, flácida e cada vez mais velha. A idade era um inimigo impiedoso, contra o qual sua vaidade não tinha defesas eficazes.

— Que é? — vociferou ele ao abrir a porta do apartamento 49B para o intruso.

— Desculpe incomodar, senhor, mas infelizmente recebemos uma reclamação — disse cheio de dedos Albert, o síndico gordo do prédio, à porta. — A Sra. Burton, do apartamento no andar de baixo.

— O que tem ela? — perguntou Antonio, irritado.

— Senhor, parece que ela vem tendo problemas no teto da sala de jantar. Manchas escuras e coisas do tipo. Parece que pode ser um problema com o encanamento que passa por baixo do seu piso. Chamamos uma pessoa para dar uma olhada, se for conveniente... — acrescentou, recuando diante do olhar desdenhoso de Antonio Lovato.

Antonio abriu a boca para explicar de forma curta e grossa que não era conveniente, nem nunca seria; que simplesmente não havia nada de errado com o encanamento dele e que a Sra. Burton era uma bruxa velha horrorosa que não tinha nada melhor para fazer além de inventar problemas e incomodar os vizinhos numa tentativa patética e desordeira de chamar a atenção. Mas, quando o corpulento Alfred deu um passo para o lado, a "encanadora" deu um passo à frente. À porta de Antonio estava uma garota tímida de tirar o fôlego de vinte e poucos anos, cabelos loiros e rosto peculiar, vestindo um macacão charmoso que Antonio sentiu uma vontade irresistível de arrancar ali mesmo e carregando uma caixa de ferramentas (caixa essa que, se aquela era a primeira cena do filme pornô que já estava passando na cabeça de Antonio, certamente teria vários tipos de consolos e vibradores e diversos brinquedos sexuais).

Por um breve instante, Antonio teve a sensação de já tê-la visto antes. Mas a vida dele foi repleta de mulheres jovens e atraentes que devorava com a mesma avidez e frequência com que uma baleia engole plâncton, portanto era tão impossível reconhecê-la quanto apontar e dizer o nome de uma estrela aleatória no céu. O mais importante era que, na Itália, os encanadores não se pareciam nada com ela. Aliás, pela experiência de Antonio, em nenhum lugar do mundo. Ele logo esqueceu o reflexo de seu rosto envelhecido no espelho e ficou animado. Que cidade maravilhosa Londres podia ser!

— Entendi. — Ele hesitou. — Bom, não é muito conveniente, mas, como você já chamou a jovem, acho que ela pode pelo menos dar uma olhada. Entre.

Com um sorriso claramente lascivo para Ella, Antonio bateu a porta com força na cara de Albert.

Gabriel se sentou mal-humorado no fundo do Mehmet's Café, no luxuoso bairro de Ortaköy, subúrbio de Istambul. Em geral, adorava a Turquia, país que sempre adorou por causa do calor — tanto literal quanto metafórico —, do caldeirão cultural, das mulheres lindas, curvilíneas e sensuais e, talvez, acima de tudo, do café, tão forte e doce que dava vontade de tomar de colher. Mas, naquele dia, Gabriel tinha diversas razões para estar deprimido.

O primeiro motivo era que, de acordo com o saldo no aplicativo do banco no celular, sua conta estava zerada. Isso se devia, acima de tudo, a investimentos ruins, compra de ações que não tinha conseguido verificar apropriadamente, pois vinha participando de uma missão atrás da outra ao longo daqueles meses. Além disso, não ajudou nada o fato de Mark

Redmayne ter cumprido a ameaça de parar de pagá-lo mensalmente pelo trabalho no Grupo.

— Você é pago para trabalhar para nós em missões específicas. Não para trabalhar para si mesmo — lembrou-o Redmayne num tom mordaz durante a última conversa por telefone, no dia em que Ella teve alta do hospital em Gênova e, até onde Redmayne sabia, simplesmente desapareceu.

— Estou longe de trabalhar para mim mesmo, senhor — retrucou Gabriel. — Estou rastreando Moud Salim, como o senhor me pediu.

— Bom, então agora estou pedindo que pare.

No começo, Gabriel ficou ressentido de ter que interromper a perseguição a Athena para rastrear Salim, um imigrante líbio que o Grupo havia tentado recrutar meses antes, depois de sua família ter morrido afogada em um dos barcos de imigrantes da organização Petridis. Pelo que se sabia, o homem era uma montanha de ódio ambulante, correndo todos os riscos para vingar mulher e filhas. No entanto, após demonstrar certo interesse em se juntar ao Grupo, Salim desapareceu, embora houvesse diversos relatos sugerindo que ele era o responsável por uma série de assassinatos ligados à rede de Athena.

— Se ele está agindo sozinho, isso é uma coisa — disse Redmayne a Gabriel. — Mas parece que ele tem acesso a informações muito sofisticadas, o que dá a entender que não está sozinho. Ele é um barril de pólvora, e quero que seja observado de perto.

Toda a irritação que Gabriel vinha sentindo por causa da paranoia do chefe evaporou quando ele ouviu Ella descrever o "gigante" em Sikinos. Só podia ser Salim — não havia tantos árabes de dois metros de altura loucos para matar Athena Petridis. Mas Redmayne estava certo: não havia a menor chance de um imigrante líbio semianalfabeto encontrar a "irmã Elena" por conta própria, o que significava que tinha algo por trás da história de Salim. Então, quando Gabriel obteve boas informações por conta própria na semana anterior, descobrindo que Moud Salim estava em Istambul, ele pegou o primeiro voo para a maior cidade da

Turquia. Mas ficou furioso ao levar uma bronca feroz de ninguém menos que Mark Redmayne.

— O senhor sabe como é crucial agir rápido ao receber pistas como essa — argumentou Gabriel. — Salim escapou de mim na Itália, na França e na Alemanha. Desde Sikinos vem rodando a Europa. Ele certamente está trabalhando para alguém, mas...

— Você não está me escutando, Gabriel — interrompeu Redmayne. — Você foi *chamado de volta*. Esqueça Salim, esqueça Athena. Espero você de volta aos Estados Unidos em 48 horas. Aliás, você e Ella Praeger, porque tenho certeza de que sabe onde ela está.

— Sinto muito. Nós não podemos voltar para casa, senhor. Não ainda — respondeu Gabriel, provocando uma explosão que ele nunca tinha visto no chefe.

Aparentemente, foi a palavra "nós" que mais irritou Redmayne. Ella era o ativo mais valioso do Grupo, não fazia parte de uma espécie de dupla de renegados com *Gabriel*. Gabriel tinha "autoridade zero" para colocá-la em missões sem o consentimento do Grupo — ou seja, sem o consentimento de Redmayne.

— Vamos encontrá-la e, se necessário, trazê-la de volta à força — ameaçou Redmayne, acrescentando: — E vamos cortar você. Você é dispensável, Gabriel. Ela, não.

Evidentemente, a fase um da "Operação Corte" tinha a ver com o dinheiro de Gabriel. Ninguém entrava no Grupo para ficar rico, mas ao mesmo tempo era irritante passar dias cansativos arriscando a própria vida para livrar o mundo do mal e, de repente, ouvir que vai ter que pagar o café turco do próprio bolso.

O segundo motivo para a tristeza de Gabriel era o fato de que, depois de se arriscar tanto para seguir Moud até Istambul, o rastro do alvo sumiu de repente. Todas as pistas que pareciam tão promissoras na semana anterior, as aparições e as conversas entreouvidas que fizeram Gabriel ir de Gênova a Paris, depois a Munique e enfim a Istambul, para se encontrar com uma célula terrorista dormente do Estado Islâmico composta de jovens muçulmanos descontentes na periferia da cidade, não deram em nada, como um rio seco que não levava a lugar algum. Se não surgisse nenhuma novidade nas próximas 24 horas, ele voltaria para Londres e se juntaria a Ella, que já havia começado a vigiar o ex--amante de Athena, o pavoroso Sr. Lovato.

Se Antonio Lovato estava envolvido o bastante a ponto de se fingir de padre para ajudar a tirar Athena de Sikinos, era razoável pressupor que ele soubesse onde ela estava naquele momento. Mas, até então, Ella ainda não tinha conseguido obter nenhuma informação, o que a deixava frustrada. E, com Redmayne revirando o mundo inteiro atrás dela — enquanto Gabriel estava ali, tomando seu café — e muito provavelmente planejando um resgate cinematográfico para levá-la de volta a Nova York e para a "segurança", o tempo deles provavelmente estava acabando.

Enquanto Gabriel remoía esse pensamento desanimador, seu novo celular descartável tocou. Ella era a única pessoa que tinha o número.

— Alguma novidade?

— Sim! Finalmente! — A empolgação na voz de Ella era palpável e contagiante. — Entrei no apartamento de Lovato enquanto ele estava lá e consegui escanear por alto alguns documentos.

— Enquanto ele estava *lá*? Quer dizer que ele viu você?

Ella suspirou. Era impressionante como Gabriel sempre implicava com a única coisa que ela torcia para passar despercebida. O homem era um míssil detector de calor na hora de criticar.

— Não se preocupe, ele não suspeitou de nada.

— Mas, Ella, ele já viu você antes! No convento.

— Confie em mim, ele mal me olhou — mentiu Ella. — Seja como for, a questão é que ele tem andado em contato com uma clínica cirúrgica particular na Wimpole Street em nome de uma Sra. Hambrecht.

Gabriel sentiu os pelos da nuca se eriçarem. Athena já havia sido "Sra. Hambrecht" no passado, antes de conhecer Spyros, antes do início de todo aquele pesadelo.

— Lovato está combinando o preço de um monte de procedimentos — continuou Ella. — Devem ser para Athena.

— Concordo. — Gabriel colocou algumas moedas na mesa, se levantou e saiu do café. Não conseguia imaginar que os dois velhos curdos enrugados jogando xadrez no canto do café estariam prestando atenção em sua conversa, mas melhor prevenir do que remediar. — Conseguiu o nome da clínica?

— Sim. E do cirurgião também — acrescentou Ella, com ar triunfante. — Vou fazer uma visita a ele amanhã. Ver o que consigo descobrir.

— Tome cuidado. Médicos não têm o hábito de soltar informações sobre os pacientes. E, se alguém suspeitar, você vai estar em perigo.

Os dons de Ella eram incríveis, e seus instintos em geral eram bons. Mas, quando seu sangue fervia, ela não se importava nem um pouco com a própria segurança. E o pior: Gabriel estava começando a perceber que o desejo de Ella por adrenalina vinha crescendo exponencialmente desde que saiu da ilha de Sikinos. O fato de que ele ser exatamente assim não tornava a situação nem um pouco menos preocupante. Ella se parecia com a mãe em vários aspectos, e não era só Mark Redmayne quem tinha dificuldade para fazê-la compreender a gravidade da situação. Tratar aquelas missões como um simples jogo em que interpretava um papel numa aventura não era uma característica útil quando se tem os assassinos treinados de Makis Alexiadis na sua cola, isso sem contar com Redmayne determinado a executar um "resgate" a qualquer custo.

— Vou ficar bem — afirmou Ella, com uma indiferença preocupante. — Depois conto o que descobrir.

Antes de Gabriel dizer uma palavra sequer, ela desligou.

O Dr. Mungo Hansen-Gerard contemplou, admirado, a jovem sentada à sua frente — uma americana rica (pelo menos era o que indicavam os diamantes reluzentes nos dedos e nas orelhas) e linda demais para precisar de seus serviços. Com aqueles traços atraentes e delicados, aquele corpo esguio e atlético e aquela pele que ainda ostentava a firmeza suave da juventude, ela era a imagem do "depois", não do "antes". Mas o Dr. Mungo Hansen-Gerard não tinha chegado àquela posição olhando os dentes dos cavalos dados, por mais atraentes e alucinantes que fossem.

— Em que posso ajudá-la, Srta. Yorke? — perguntou ele, inclinando-se para a frente e abrindo seu sorriso mais simpático.

— Ah, não sei. Algumas coisas, acho. — Ella suspirou. — Isso aqui. — Ela deu uma batidinha na ponte do nariz. — E isso. — Desceu com seu dedo longo da lateral do nariz até os cantos da boca, fingindo estar descontente com a linha quase invisível que ia de um ponto ao outro. — E, sabe, meus seios podiam ser maiores.

Ella passou os olhos pelo consultório e escaneou tudo o que podia, enquanto, ao mesmo tempo, tentava se sintonizar com o celular e os dados de e-mail que corriam ao redor dela, tanto dos dispositivos pessoais do Dr. Hansen-Gerard quanto da recepcionista dele, que estava do outro lado da porta. Manter uma conversa com um cirurgião e fazer tudo isso ao mesmo tempo não era fácil, mas Samantha Yorke era uma pessoa avoada, que se distraía com facilidade. Ella imaginou que o Dr. Hansen-Gerard devia estar acostumado com gente assim.

— Bom, o tamanho dos seios é um assunto muito pessoal — disse ele com cuidado, enquanto Ella fazia buscas mentais na agenda on-line do cirurgião para as próximas duas semanas. Por sorte, toda noite, a prestativa recepcionista lhe enviava lembretes das tarefas do dia seguinte, mas até então a palavra mágica Hambrecht não tinha aparecido. — Se optar por aumentar os seios, existem alguns fatores a considerar. Você sabe se quer um implante de prótese de silicone ou de água salina, por exemplo? E já pensou no formato? Arredondados ou anatômicos? Texturizados ou macios? Hoje em dia, grande parte das minhas pacientes opta pelos implantes de gel anatômicos...

Sra. A. Hambrecht! Era isso! Ela estava agendada para exame de sangue na segunda-feira seguinte, e a cirurgia, na terça-feira da outra semana, dia 18. O Dr. Mungo Hansen-Gerard havia reservado o dia inteiro para ela — nove horas na sala de cirurgia.

— Talvez eu não tenha pesquisado o suficiente — admitiu Ella, levantando-se e pegando a bolsa, louca para ir embora, agora que tinha as informações necessárias. — Estou desperdiçando seu tempo, doutor.

— De jeito nenhum, Srta. York, de jeito nenhum! E, por favor, pode me chamar de Mungo. — Percebendo o risco de perdê-la, o cirurgião tentou ser o mais bajulador possível. — A maioria das minhas pacientes não tem certeza do que fazer na primeira consulta. Parte do meu trabalho é guiar você entre as várias opções. Eu já fiz a pesquisa para que vocês não tenham que fazer. — Ele gesticulou pedindo que ela se sentasse. — Você disse que também estava pensando em fazer rinoplastia, certo?

— Ã-hã — concordou Ella, sentando-se de volta, relutante. A essa altura, não fazia sentido fugir dali em disparada e acabar chamando a atenção, por mais que quisesse sair correndo para a rua e ligar para Gabriel. Ela havia chegado ali como uma possível paciente e precisava se comportar como tal. Além do mais, não custava nada ver outras áreas da clínica, se familiarizar com os prováveis movimentos de Athena naquele dia. — Se eu for em frente com isso, as cirurgias vão acontecer aqui? E vão poder ser feitas no mesmo dia?

— Sim. E sim, vão poder, embora eu provavelmente a aconselhe a não fazer isso — respondeu o Dr. Hansen-Gerard, satisfeito por ter resgatado sua possível paciente. — Aconselho a maioria dos meus pacientes a esperar pelo menos uma semana entre os procedimentos.

Mas não foi o caso de Athena Petridis, pensou Ella. *Ela está com pressa para mudar completamente de aparência o quanto antes.*

Depois de mais quinze minutos de conversa sobre os diversos tipos de preenchimento injetável para nariz e boca disponíveis para narcisistas ricos e inseguros de hoje em dia, "Mungo" ofereceu um breve tour pela clínica. Instalada num prédio com fachada georgiana na Wimpole Street, a alguns passos da famosa Harley Street, a London Aesthetic Clinic funcionava num espaço onde originalmente havia três casas, que foram reunidas e se estenderam para os fundos, antes ocupados por jardins e depois por uma estrebaria. Com isso, foram criadas duas salas de cirurgia separadas, uma sala de recuperação e outra de pré--operatório, seis quartos particulares para os pacientes, uma sala para os enfermeiros e uma grande ala com os consultórios particulares de Mungo e de seu sócio minoritário, uma sala para as recepcionistas e uma sala de espera iluminada e arejada, escondida dos bisbilhoteiros na rua por cortinas de renda belga.

Mungo falou com "Samantha" sobre os protocolos de cada operação e explicou exatamente o que acontecia com cada paciente, desde a chegada para fazer o procedimento até a alta. No fim, Ella tinha uma ideia clara de onde exatamente Athena ficaria e de seus horários, no dia 18. Munida dessas informações, esperava que, juntos, ela e Gabriel pudessem pensar num plano detalhado.

— Foi um prazer conhecê-la, Srta. York. — O cirurgião apertou a mão da possível paciente à porta do consultório e a conduziu até a recepção. — Marque uma consulta de acompanhamento com as garotas, e nesse meio-tempo vou lhe mandar links com algumas opções que discutimos.

Apesar de estar louca para sair dali, Ella fez o que ele sugeriu e se dirigiu à recepção. Enquanto estava lá, de pé, diante da mesa, preenchendo o formulário pedido pela recepcionista do Dr. Hansen-Gerard, viu um homem de macacão verde-escuro mexendo no que parecia ser uma caixa de fusíveis nos fundos da sala. Não conseguiu reconhecê-lo, mas havia algo de familiar no sujeito. Ele estava de costas, então devia ter algo a ver com seus movimentos, a linguagem corporal... Ella não sabia ao certo, mesmo assim sentiu um calafrio, como se uma aranha tivesse subido pelo seu braço.

— Tudo bem, Srta. Yorke? — perguntou a recepcionista. Ela também deve ter percebido alguma coisa.

— Tudo. — Ella assinou o nome no pé da página e, na mesma hora, puxou o cachecol de seda Hermès que estava no pescoço, cobrindo toda a parte inferior do rosto.

Assim que falou, o homem de macacão deu meia-volta tão de repente quanto uma serpente atacando a presa.

Ele não conseguiu ver meu rosto, pensou Ella, tranquilizando-se enquanto saía rapidamente do prédio e ia direto rumo a uma fileira de táxis pretos ao longo da Wimpole Street. *Ele não descobriu que era eu lá.*

Mesmo assim, com uma repentina necessidade de se perder em meio à multidão, Ella se ouviu pedindo ao taxista que a deixasse em Oxford Circus, bem longe da pousada onde estava instalada.

Só lhe restava rezar para que o eletricista de macacão não a tivesse reconhecido. Mas Ella certamente o reconhecera: aquela pele clara, quase translúcida, como uma larva de mosca, aquele cabelo ruivo ralo e aqueles olhos azul-claro e sem emoção.

Ela esperou até estar no meio de uma multidão barulhenta e risonha de turistas japoneses para ter coragem de pegar o celular.

Desta vez, ao ouvir a voz de Ella, Gabriel percebeu na hora que o tom não era de empolgação.

Era de medo.

— Athena vai ser internada dia 18 — disse, ofegante. — A Sra. Hambrecht. Eu fiz um tour... acho que sei onde podemos... como podemos...

— Ella — disse Gabriel, a voz baixa e calma, como um pai colocando a mão no ombro da filha agitada. — Qual é o problema? O que aconteceu lá?

Ella se apoiou num banco de madeira. De repente, estava se sentindo zonza.

— Eu vi... — Ela inspirou fundo, quase ofegante, com dificuldade. — Eu vi...

As pessoas ao redor começaram a olhar estranho.

Estou tendo um ataque de pânico?, perguntou-se. Ella nunca teve um antes, mas sempre há uma primeira vez para tudo.

— O que você viu? — perguntou Gabriel com paciência.

— Não "o quê" — corrigiu ela, falando com dificuldade. — Quem. Cameron McKinley. Ele estava bem ali, na clínica! A menos de dois metros de mim.

Então, disse algo que Gabriel nunca tinha ouvido dela antes.

— Estou com medo.

Gabriel sentiu o coração acelerar. *E é para estar mesmo.*

— Não precisa ficar assim.

— E se Mak souber que estou aqui? E se Cameron tiver me seguido até Londres? Até a clínica? Mak me quer morta.

— É mais provável que ele tenha seguido Athena — disse Gabriel, transparecendo uma confiança que nem ele mesmo sentia. — Mas, seja como for, precisamos tomar mais precauções. Amanhã de manhã já estarei em Londres. Por enquanto, não volte a Pimlico. Faça check-in em outro hotel, algum lugar pequeno e discreto. E espere a minha ligação.

Pelo menos desta vez Ella obedeceu, concordando em seguir as instruções de Gabriel sem abrir a boca para reclamar.

Ela está com muito medo, pensou Gabriel.

E, naquele momento, ele também estava.

CAPÍTULO VINTE E DOIS

— Bom dia. Veio dar entrada?

A recepcionista sorriu para o enfermeiro acompanhante e sua paciente, uma mulher franzina sentada na cadeira de rodas com o rosto todo coberto por ataduras.

— Vim. — O enfermeiro, um filipino sarado de quase 30 anos, usava pijama cirúrgico verde e um colar de ouro com a palavra "Jesus" escrita com uma letra cursiva elaborada. — Essa é a Sra. Hambrecht. Está agendada para fazer um procedimento com o Dr. Hansen-Gerard às nove.

— Ótimo — disse a recepcionista. — Uma das nossas equipes de internação vai levá-los ao quarto reservado para os senhores em breve. Por favor, sente-se um pouco.

Makis Alexiadis andava ansiosamente de um lado para o outro em seu quarto na *villa* Mirage com o celular na mão. Desde a volta da viagem de iate, Makis vinha dormindo mal, atordoado por sonhos com "Persephone" e Athena Petridis, as duas mulheres que algum deus vingativo tinha decidido mandar do Hades para atormentá-lo. Em alguns sonhos, as duas se uniam, riam dele juntas enquanto ele tentava persegui-las em vão. Geralmente, nesses sonhos de perseguição, Makis estava atolado em melaço, então corria sem parar e não chegava a lugar nenhum, motivado pela raiva e pela frustração. Ele acordava desses pesadelos com o suor escorrendo e o coração palpitando descontrolado e não conseguia mais dormir.

Ainda eram sete da manhã, mas ele já estava acordado havia horas, esperando inquieto pela ligação de Cameron. Quando finalmente aconteceu, estava tão elétrico que praticamente vibrava.

— Seu homem já está lá? — exigiu saber.

— Está. — A voz do faz-tudo estava mais relaxada e neutra que nunca, o sotaque escocês contrastando com o grunhido grego de Makis. — Não teve problemas para se passar por enfermeiro substituto enviado pela agência. Está no prédio desde que o turno começou, às cinco da manhã.

— E vocês estão em contato?

— Sim. O fone dele está funcionando perfeitamente. A Sra. H. deu entrada e está subindo para o quarto. Assim que a operação terminar, ele vai tirá-la da sala de recuperação ainda sedada, descer pelo elevador de serviço e ir até a entrada de carga. Eu vou estar esperando com a van. Tente relaxar, Mak. Não tem nada com o que se preocupar.

Nada com o que se preocupar! Se não estivesse mais tenso que um elástico prestes a arrebentar, talvez Makis tivesse caído na gargalhada. Com Athena Petridis, sempre havia algo com o que se preocupar. Sempre.

Será que ele enfim ia se livrar dela? Mal ousava acreditar nessa possibilidade.

Não podia acreditar. Não até estar feito.

A recepcionista trocou um olhar com Samantha Yorke, que folheava nervosa um exemplar antigo da *Vogue*.

Coitada. Estava nítido que ela não queria estar ali. A apreensão estava escrita na cara dela. Pacientes como Samantha faziam a recepcionista se sentir culpada por trabalhar naquele lugar. Por fazer parte de uma indústria em que cirurgiões ricos e bem-sucedidos que sabiam que não deveriam agir dessa forma, como o Dr. H.-G., se aproveitavam das inseguranças de jovens lindas que precisavam de cirurgia tanto quanto de uma viagem para a Lua.

Vai embora daqui!, era o que a recepcionista queria dizer a Samantha. *Vai embora enquanto ainda dá.*

Samantha não estava ali para fazer um procedimento, só para uma consulta mais longa com outro cirurgião, o especialista em rinoplastia, Dr. Henry Butler. Mas ela ainda tinha aquela expressão de quem estava prestes a encarar o esquadrão de fuzilamento. *Por que diabos essas mulheres não confiam nos próprios instintos?*

Samantha se aproximou da mesa. Por um breve instante de esperança, a recepcionista pensou que ela iria cancelar a consulta e ir embora. Mas, em vez disso, Samantha perguntou onde era o banheiro feminino.

A recepcionista apontou para uma porta do outro lado do corredor.

— Mas acho que tem uma pessoa usando no momento — completou a recepcionista.

— Ah, tem? Desculpe, mas eu... eu preciso ir urgentemente. Acho que vou vomitar.

— Aqui. — A recepcionista enfiou a mão numa gaveta e entregou uma chave a Samantha. — Não é para pacientes, mas, como se trata de uma emergência...

— Obrigada — disse Samantha, pegando a chave.

— É no segundo andar, perto da sala de pré-operatório — disse a recepcionista. — Suba a escada e vire à direita.

No meio da escada, Ella se encostou na parede e parou um instante para se acalmar. Até então, tudo estava indo extraordinariamente bem. Ela até contava com um plano B, caso a recepcionista se recusasse a deixá-la subir. Junto com Gabriel, havia identificado três janelas de oportunidade para encontrar Athena quando ela estivesse sozinha e incapacitada. Mas ela já estava começando a ficar nervosa, e sentiu um alívio quando percebeu que poderia agir.

Na mão direita, segurava a chave do banheiro. Na esquerda, enfiada no bolso do casaco, sentia os contornos da seringa.

— É incrivelmente simples — garantiu Gabriel no jantar da noite anterior no Hakkasan, em Mayfair. Sentindo um alívio por ter abandonado aquela perseguição inútil em Istambul, pelo menos por enquanto, ele estava tomando um gole de saquê morno como se a tentativa de assassinato que aconteceria no dia seguinte fosse um dia normal de trabalho no escritório. — Use como se fosse uma caneta de epinefrina autoinjetável. Aplique em qualquer lugar do corpo dela. Pode ser por cima das roupas. É só aplicar, pressionar a seringa e sair.

Ella subiu a escada e virou à direita. O banheiro feminino estava diante dela, à esquerda. A sala de pré-operatório ficava em frente. Se a programação estivesse dentro do horário planejado, Athena deveria estar ali naquele momento, totalmente sedada e sozinha.

É só aplicar, pressionar a seringa e sair.

Você quer dizer "matar e sair", pensou Ella, ao se aproximar da porta. Provavelmente Gabriel já havia feito aquilo inúmeras vezes. Mas, para Ella, tudo era novo, e era um passo do qual não poderia voltar atrás. Assim que ela "aplicasse" e "pressionasse", Athena Petridis estaria morta e ela seria uma assassina. Uma homicida. Sim, ela estava vingando a morte dos pais e livrando o mundo de uma mulher má e perigosa. Não que estivesse repensando a moralidade do que estava prestes a fazer, mas sabia que, daquele momento em diante, sua vida seria dividida em "antes" e "depois".

O corredor estava vazio. Um quadro branco na parede externa do quarto tinha o nome "Hambrecht" escrito com pincel atômico.

É agora, pensou. *Aplique, pressione e saia. Aplique, pressione e saia.*

Por mais que tentasse, Ella não conseguia fazer as mãos pararem de tremer.

Estacionado na entrada dos fundos da clínica num carro branco comum, Cameron McKinley sentiu a boca seca e o coração começar a bater descontroladamente rápido.

— Tem certeza? — perguntou Cameron ao telefone.
— Sim senhor. Absoluta. É ela. O que devo fazer?
Merda, pensou Cameron. *Merda, merda, merda.*

Ella Praeger estava ali. Na clínica. Naquele exato momento. Como isso era possível?

Fazia muito tempo que Cameron tinha deixado de se envolver pessoalmente em assassinatos para Makis Alexiadis — aliás, para qualquer um de seus clientes. Mas, depois da catástrofe com Ella Praeger na Itália, quando aqueles cretinos conseguiram "perdê-la" numa lancha em movimento, ele não podia se dar ao luxo de cometer outra mancada. Mais um erro lhe custaria não só seu cliente mais lucrativo e leal como também, muito provavelmente, a própria vida. Desta vez, tinha que fazer tudo certo.

Na semana anterior ele tinha ido pessoalmente à Wimpole Street fingindo ser eletricista para fazer reconhecimento do terreno e garantir que tudo corresse bem no dia do sequestro. Assim que Athena Petridis estivesse inconsciente e na traseira da van, ele a levaria para um bosque isolado num terreno particular em Essex, atiraria nela pessoalmente e a enterraria com as próprias mãos. Só então teria certeza de que Makis poderia perdoá-lo de verdade. Só então estaria a salvo.

— Senhor... — Roger Carlton, parceiro de Cameron naquele trabalho, era um de seus agentes mais experientes e confiáveis. — Infelizmente tenho que voltar para lá logo, senão vão sentir a minha falta. Preciso de uma resposta.

— Tudo bem — disse Cameron, gotas de suor surgindo na testa. — Espere um pouco. Já retorno a ligação.

Se Ella Praeger estava ali, era com o mesmo objetivo que ele: matar Athena. Cameron McKinley não podia permitir que isso acontecesse.

De estômago embrulhado, ligou para Mak.

— Mate-a. Mate! Mate as duas.

A empolgação na voz de Alexiadis era aterrorizante. Ele parecia um maníaco. Fora de si.

— Mak, não podemos matá-la. Não estamos equipados. Roger nem sequer está armado.

— Ele pode estrangulá-la — disse Mak, com tanta naturalidade que fez o sangue de Cameron gelar.

— Não. Ele precisa focar em Athena — retrucou Cameron. — Ela é o nosso alvo. Assim que ela estiver no veículo, posso pedir a Roger que siga Ella...

— NÃO! — berrou Mak como um chimpanzé ensandecido. — Não é para seguir. É para matar. Quero Ella morta. Hoje. Nunca mais teremos uma oportunidade tão boa.

— Mas, Mak...

— Diga a seu agente que vou pagar um bônus de um milhão de dólares em dinheiro quando ele me enviar uma foto do cadáver de Ella Praeger.

Cameron desligou. Era como tentar argumentar com um cão raivoso.

Não havia alternativa. Juntos, ele e Roger teriam que tentar matar Ella e Athena. A cabeça dele foi a mil. Em menos de trinta segundos, ligou de volta para Roger.

— Ok — disse com uma calma que não sentia. — Mudança de planos.

Ella deu uma última olhada para trás no corredor vazio e abriu a porta da sala de pré-operatório.

Lá dentro, silêncio total. Athena estava deitada de lado, aparentemente dormindo de costas para Ella. As bandagens no rosto tinham sido removidas, e o cabelo estava preso numa touca cirúrgica. Uma máquina conectada ao dedo media a pressão sanguínea e os batimentos cardíacos, e o único movimento do corpo vinha do peito, que subia e descia lentamente conforme ela respirava, obviamente sedada.

Aplique, pressione e saia.

Alguém da equipe médica podia aparecer a qualquer momento. Era agora ou nunca. Ella tirou a seringa do bolso e foi até o corpo adormecido. A ideia era enfiar a seringa nas costas ou no ombro, atravessando o pijama cirúrgico, como Gabriel havia lhe ensinado. Fácil. Instantâneo. Indolor. *"Athena não merecia uma morte tão boa, Ella. Lembre-se disso."*

Ella ergueu a seringa.

Assim que fez isso, Athena se mexeu e se virou, como se estivesse ciente da presença de Ella. Quando abriu os olhos, era como se uma morta tivesse acordado.

— Enfermeira? — disse a mulher, ainda grogue, ao ver a seringa fatal.

Ella se viu observando a vítima, cara a cara.

Ela era jovem, tinha cabelo castanho e parecia uma pessoa normal.

E não era Athena Petridis.

No corredor fora da sala, Ella se apoiou na parede, as pernas trêmulas como gelatina.

Eu poderia ter matado aquela mulher! Foi por um fio. Eu poderia ter matado uma inocente.

Bile subiu pela garganta. Com mãos trêmulas, mandou uma mensagem para Gabriel.

"Não é ela. É uma armação. Lovato nos enganou."

A resposta foi imediata.

"Ok. Aborte. Saia daí."

Com prazer, pensou Ella. *Assim que eu conseguir ficar de pé.*

— Srta. Yorke? Samantha?

Um sujeito alto e refinado com sotaque britânico perfeito saiu por uma porta no corredor. Ella olhou para o homem como se ele tivesse acabado de voltar de Marte.

— Sim.

— Eu sou o Dr. Butler. Não precisa ficar com tanto medo, minha querida. Pode entrar.

Roger Carlton esperou a porta de Henry Butler se abrir antes de apertar o botão para chamar o elevador. O número 77 da Wimpole Street tinha um daqueles elevadores de Londres lindos dos anos 1930, com porta pantográfica em cada andar que precisava ser aberta e totalmente fechada para o elevador voltar a se mexer.

As mãos de Roger estavam suadas quando ele pegou o carrinho da lavanderia. Estava nervoso. Fazia mais de cinco anos que não matava alguém com as próprias mãos. A técnica para quebrar o pescoço de uma mulher era simples, mas ele estava fora de forma e teria pouquíssimo tempo. Menos de quarenta segundos para matá-la, colocar o corpo no carrinho e cobri-lo com lençóis antes de abrir a grade do elevador no primeiro andar e levá-la no carrinho até a van de Cameron.

Nada podia dar errado. Ela não podia resistir. Não podia gritar. Ninguém mais podia entrar no elevador. Ele não podia dar mancada. Era uma oportunidade única.

Um milhão de dólares em dinheiro, Rog. E ele tem essa grana, acredite.

A fala arrastada do Dr. Butler reverberou pelo corredor atrás de Roger.

— Foi um prazer conhecê-la, Srta. Yorke. Vou entrar em contato.

Em transe, Ella esperou o elevador. Não se lembrava de nada do que tinha sido conversado na consulta de vinte minutos com o Dr. Henry Butler. Ele, sem dúvida, tinha falado da rinoplastia. Ela havia permanecido sentada, olhando, assentindo e tentando digerir o fato de que, por questão de segundos, *segundos*, não tirou a vida de outro ser humano. *Por engano.*

Era para isso mesmo que serviam seus "dons"? Para matar? Para se vingar?

Será que seus pais realmente queriam isso para ela? E, mesmo que quisessem, isso tinha importância? Afinal, a vida era dela, as escolhas eram dela. Se a "Sra. Hambrecht" — quem quer que fosse essa pessoa — aparecesse morta hoje, ela seria a responsável. Não Rachel nem William Praeger.

Seria eu.

Eram essas as escolhas horríveis de que sua avó Mimi vinha tentando salvá-la ao longo de todos aqueles longos e solitários anos? Será que, à sua maneira, Mimi tentou protegê-la, isolando-a do mundo no Rancho Praeger? Talvez, no fim das contas, Mimi tivesse sido a única pessoa a amá-la de verdade.

Hoje foi um alerta, concluiu Ella, esperando o funcionário da lavanderia entrar no elevador antes de fechar a porta pantográfica. *Vou dizer a Gabriel que mudei de ideia. Estou fora. Meu "destino" não é matar ninguém. Vou voltar para São Francisco e para minha vida antiga. Para Bob, Joanie e...*

Aconteceu tão de repente que não teve tempo de reagir. Mãos fortes e masculinas a agarraram por trás, uma na altura do peito, prendendo seus braços, e a outra tapando com força a boca e o nariz. A porta estava fechada, e o elevador descia muito lentamente. O homem com o carrinho da lavanderia conseguiu imobilizá-la. Ella sentiu o joelho dele encostar em seu cóccix. Ao mesmo tempo, o braço esquerdo do sujeito, que a segurava na altura do peito, começou a subir em direção ao pescoço. Foi quando percebeu que ele queria matá-la. Ela mesma já havia feito isso com animais feridos na fazenda. Usava o joelho para se apoiar, segurava a cabeça do animal e puxava para cima e para o lado ao mesmo tempo, quebrando o pescoço.

Comigo não. Hoje não.

Sem conseguir respirar, ela projetou a mandíbula para a frente e mordeu com força os dedos que tapavam sua boca. O sangue esguichou para todos os lados, e o agressor deu um grito mudo de agonia.

— Piranha! — murmurou ele, usando o braço para segurar a cabeça dela com mais firmeza. O coração de Ella batia forte. Uma torção no momento certo e seria seu fim. Precisava se soltar dele imediatamente.

Com uma força e uma agilidade que nem sabia ter, se virou e ergueu uma perna para trás com toda a força, esperando acertar os genitais do homem. Um segundo grito, desta vez mais alto, indicou que o alvo tinha sido atingido. Involuntariamente, o braço dele afrouxou a pegada por uma fração de segundo, tempo suficiente para Ella se ajoelhar e tirar a cabeça do braço dele. Enlouquecido de dor, o homem mudou de tática — ele se abaixou, agarrou seu pescoço com as manzorras e apertou a traqueia dela, que sentiu os olhos saltarem e o sangue latejar nas têmporas. Ella sacudia braços e pernas enquanto o elevador descia muito lentamente, mas era inútil. Quando chegassem ao térreo, estaria inconsciente, isso se já não estivesse morta.

Olhando para cima, nos olhos dele, viu como a raiva do agressor estava se transformando em satisfação e, por fim, numa espécie de triunfo sádico. *Ele está adorando isso. Está adorando me matar.*

Num movimento inconsciente, os braços agitados encontraram o bolso do casaco. Ela sentiu a seringa no instante em que tudo ao seu redor estava começando a ficar preto. E, ainda agitando os braços, cravou a seringa no antebraço dele e empurrou.

Já na Wimpole Street, Ella atravessou a rua calmamente na faixa de pedestres, dobrou a esquina e entrou na Mansfield Street, onde pegou o primeiro de uma longa fileira de táxis pretos.

— Hampstead Heath, por favor — indicou ao taxista, simplesmente porque esse foi o primeiro lugar que lhe ocorreu.

Só depois que eles passaram pelo Langham Hotel foi que Ella se permitiu soltar o ar. Em seguida, tocou o "colar" que era o hematoma em volta do pescoço, no ponto onde o homem tinha pressionado para tentar sufocá-la.

A essa altura, o corpo dele já havia sido encontrado caído atrás do carrinho da lavanderia.

Então, no fim das contas, Ella havia matado alguém naquele dia.

Mais tarde, já no parque, mandaria uma mensagem para Gabriel. Por enquanto, estava feliz de poder se recostar no táxi e aproveitar o luxo de sentir a própria respiração entrar e sair, entrar e sair.

Estou viva. Eu sobrevivi.

Talvez esse tipo de coisa realmente fosse seu destino...

CAPÍTULO VINTE E TRÊS

Mahmoud Salim pulou de seu saveiro de pesca nas águas quentes na altura da cintura e andou lentamente em direção à costa, a mochila nos ombros largos.

Era estranho estar de volta às ilhas gregas. Estranho e inquietante, como se uma força sombria exigisse seu retorno àquele lugar, puxando-o como um ímã para onde suas queridas garotas deixaram este mundo. Claro que ali era Mykonos, não Lesbos. E desta vez Salim não era um imigrante do norte da África desamparado, mas um cidadão francês legítimo aproveitando as férias, com toda a documentação forjada e quinze mil euros em dinheiro e cheques de viagem, caso precisasse usá-los.

Outro homem — um homem que ainda tivesse algo a perder — certamente teria sentido medo diante da tarefa à sua frente. Mas, para Moud Salim, medo era coisa do passado, assim como dor, alegria e desespero. Dentro dele, todas as emoções estavam mortas, tão mortas quanto sua amada Hoda e as filhas. O que restava era aquele corpo enorme, com cicatrizes de batalha, mas poderoso. E esse corpo era uma máquina programada para uma única coisa: vingança.

O trabalho de Moud começou assim que ele fugiu do centro de detenção, uma tarefa surpreendentemente simples: incapacitar dois guardas noturnos já meio bêbados e convencer um americano ingênuo a lhe dar carona para o continente.

Matar os irmãos Kouvlaki foi uma tarefa surpreendentemente fácil. Talvez fácil até demais. Munido do pen-drive de Andreas e do dedo indicador dele num saquinho com zíper, Mahmoud chegou a Atenas pouco depois, pronto para se livrar de Makis Alexiadis na própria mansão e terminar o serviço.

Mas foi em Atenas que tudo deu errado. Com excesso de confiança depois dos sucessos contra Perry e Andreas, Moud acreditou demais nas informações de Andreas e subestimou a quantidade e a sofisticação dos equipamentos de segurança de Makis Alexiadis. Assim que entrou no terreno de Mak, caiu ao levar um choque de Taser. Em seguida, foi desarmado, amarrado, espancado e, por fim, arrastado como um saco de pedras e colocado diante do próprio Big Mak. Sequer chegou a ter oportunidade de usar a porcaria do dedo indicador.

Preparado para a morte e sem um pingo de medo, o comportamento desafiador e a coragem física de Moud causaram um impacto imediato em Makis. Em vez de simplesmente atirar no homem, Big Mak começou a questioná-lo, curioso a respeito daquele gigante destemido e furioso e de suas motivações.

— Você veio aqui para me matar?
— Vim.
— Por quê?
— Porque você matou a minha família.

Salim encarava Makis com um ódio profundo.

— Você está enganado — disse Makis. — Eu nem sequer conheço a sua família.

— Não importa. Você é responsável pela morte dela. Pela morte de muita gente.

Foi então que a história veio à tona. Makis escutou, fascinado. Não só os horrores dos barcos de imigrantes superlotados — a mulher e as filhas daquele sujeito estavam entre a carga perdida em um dos carregamentos afundados no mar Egeu —, mas como foi *ele* quem rastreou Perry e Andreas Kouvlaki, assassinou os dois e gravou a ferro em brasa uma letra em cada um dos dois, "em homenagem" ao menino líbio que tinha morrido afogado. Aquele lunático havia usado o cartão de visita de Athena *sem saber*! Olho por olho, dente por dente! Era tão irônico que aquele homem não podia ter inventado a história. A era para Ava, e P para Parzheen, suas filhas afogadas. Makis, possivelmente, teria sido marcado com um H — por Hoda, a esposa morta daquele homem.

Era divertido pensar que todo aquele tempo Mak vinha pensando em Athena, tentando compreender um código que, de fato, tinha a ver com perda e raiva — só que não era dela!

Mas Makis não riu. Em vez disso, escutou atentamente a história de Salim. Então, contou a Moud sua própria história. E foi essa história que mudou tudo. Uma história que mudou a perspectiva do que tinha acontecido com Hoda, Parzheen e Ava naquela noite terrível e deu a Moud um novo foco, um novo inimigo: Athena Petridis.

Segundo Mak, era Athena a mentora por trás da operação de contrabando de imigrantes. Era Athena quem estava obcecada em obter o controle geral da rota no mar Egeu. Foi Athena quem gravou em brasa aquelas crianças, como se fossem animais, como se fossem um carregamento, para reivindicar o direito sobre essas vidas — e mortes. Foi dela que, sem saber, Moud havia roubado o cartão de visita.

Makis Alexiadis não tentou se eximir de culpa. Essa parte foi crucial para Moud. Ao contrário dos irmãos Kouvlaki, ele não precisava disso. Não estava implorando pela própria vida. Pelo contrário: a vida de Moud é que estava nas mãos *dele*. Makis podia ter dado um tiro na cabeça de Moud bem ali, se quisesse. Mas não o fez.

Em vez disse, fez um acordo com Moud.

Makis pouparia a vida de Moud *e* o colocaria na pista da verdadeira mentora por trás das mortes em sua família. Em troca, Moud não tentaria mais matá-lo. Makis explicou a Moud que, se ele, Mak, morresse, Athena assumiria controle total do império Petridis e as mortes por afogamento só fariam se multiplicar.

O novo plano era que Moud fosse ao convento em Sikinos com a ajuda de Makis e encontrasse e matasse Athena — conhecida como "irmã Elena" — e levasse uma evidência irrefutável da morte dela de volta para Makis. Em troca dessa tarefa hercúlea, Makis tiraria a organização Petridis do ramo do contrabando de pessoas e passaria a focar nas áreas em que era especialista — fraudes, extorsões e tráfico de drogas. Além disso, doaria 2 milhões de dólares para a Braços Abertos, instituição de caridade que resgatou Moud da água na noite dos afogamentos.

— Porque, mesmo que a gente saia desse ramo, os outros não vão sair — explicou Makis. — E você não vai conseguir matar todos eles, meu amigo.

Makis Alexiadis jamais seria "amigo" de Moud Salim. Mas o trato que ofereceu era bom. Moud acreditou no que Makis disse a respeito de Athena pelo simples motivo de que, até onde era possível perceber, Makis não tinha motivos para mentir.

O mundo que Mahmoud Salim tinha começado a conhecer era cheio de maldade, cheio de inimigos. Makis era um deles. Mas, ao mesmo tempo, ele tinha razão: não conseguiria matar todos eles. Teria que fazer escolhas. E, se pudesse matar Athena — a pior de todas, a abelha-rainha de toda aquela colmeia revoltante, assassina —, morreria sabendo que tinha vingado suas garotas, não é?

Isso já seria suficiente.

Teria que ser.

Esse encontro aconteceu dois meses antes. Na época, Moud estava superconfiante. Desde então, muita coisa mudou.

Athena Petridis ainda estava viva.

Moud fracassou em sua missão em Sikinos.

De acordo com o "trato", isso significava, pelo menos oficialmente, que Makis não lhe devia nada. E que ele, Moud, também não devia nada a Makis, além de não tentar mais matá-lo. Eles trocaram um aperto de mãos ao fazer esse trato, e a palavra de Moud Salim era sua garantia.

Qualquer outro homem teria deixado a Grécia, deixado a Europa e fugido o mais rápido possível do assassino chefe do crime que milagrosamente poupou sua vida uma vez, mas não faria o mesmo na segunda oportunidade. Mas Moud Salim não era qualquer um. Ele precisava ver Makis. Seu trabalho não estava terminado. Ele precisava de outra chance. Para consertar as coisas. Assim, pôs os pés em Mykonos preparado para, mais uma vez, entrar na cova do leão.

O médico olhou para o monitor de pressão sanguínea e fez cara feia.

— Está tomando sua sinvastatina?

Makis Alexiadis soltou um grunhido que talvez tenha significado "sim". Ou "não".

— E como vai a dieta?

Eles estavam no escritório da *villa* Mirage, as vastas janelas panorâmicas modernas escurecidas para terem privacidade, e um sofá de linho e concreto feito sob encomenda fazia as vezes de mesa de exames. No passado, Makis concordou em ir ao cirurgião para fazer seus check-ups com regularidade, atraído, pelo menos em parte, por Mariette, a recepcionista extremamente atraente, mas depressivamente apegada, do Dr. Farouk. Porém, desde o terrível fracasso de Cameron McKinley na operação em Londres, Makis se sentia deprimido demais para sair da cama na maioria dos dias, que dirá sair da *villa*.

Como assim? Como era *possível* que não só Athena mas também Ella Praeger tivessem escapado por entre seus dedos? De novo! Ele se odiava por se importar mais com a fuga de Ella que com a de Athena. Aquela bruxinha escorregadia estava se mostrando tão esperta quanto a mãe tinha sido. Não só havia fugido como também tinha conseguido matar Roger Carlton, um agente antigo e um assassino confiável com mais de duas décadas de experiência. Quanto a Athena, mais uma vez Makis não fazia a menor ideia de onde ela estava ou sequer se ela sabia que tinha havido uma tentativa de matá-la. Graças à incompetência de Cameron, ele estava nu. Exposto. Vulnerável.

Será que era surpresa para alguém que sua pressão estivesse nas alturas?

— A dieta vai bem — resmungou ele com o Dr. Farouk, um egípcio magro e impecavelmente bem-vestido que sempre teve o cheiro característico de uma mistura de colônia e cânfora. — Mesmo cozinheiro. Sem mudanças. Ando um pouco estressado.

— Mais que um pouco — disse o Dr. Farouk, tirando um termômetro antiquado da bolsa médica de couro surrada e colocando-o debaixo da língua de Makis. No que dizia respeito a cuidados médicos, Makis preferia a tradição. — Imagino que você não esteja podendo tirar férias, certo?

— Isso aqui são férias — murmurou Mak, com o termômetro na boca.

— É sério, Makis — avisou o médico, de cenho franzido. — Os números não estão bons. Sei que se mantém em forma, mas você não é mais jovem.

Uma batida à porta interrompeu aquela conversa deprimente.

Um lacaio qualquer enfiou a cabeça no escritório, o rosto pálido.

— Desculpe interrompê-lo, senhor, mas um homem foi detido no portão.

— E...? — retrucou Makis, enquanto o Dr. Farouk tirava o termômetro de vidro da boca do paciente. — A segurança não consegue resolver o caso?

— Bom, sim senhor. Mas pensaram... eu pensei... que o senhor iria querer saber. É o homem. De Atenas.

— Que "homem de Atenas"? Do que diabos você está falando? Existem três milhões de homens em Atenas, seu cretino!

O Dr. Farouk viu alarmado o rosto de seu paciente começar a ficar roxo. Não era saudável a velocidade com que Makis Alexiadis ia da calma à apoplexia em questão de segundos. O médico achava que nunca tinha conhecido um homem mais instável emocionalmente. Apesar de toda a ostentação de sucesso e boa saúde, a cabeça daquele homem era nitidamente uma tempestade furiosa e descontrolada.

Nervoso, o pobre lacaio engoliu em seco.

— O homem... O árabe gigante. Aquele que foi capturado tentando invadir a mansão.

Makis arregalou os olhos.

— Você está se referindo a Salim? *Ele está aqui?*

— Sim senhor. E está pedindo para falar com o senhor. Diz que é urgente.

Makis fechou a cara, depois deu uma gargalhada. Será que o idiota queria morrer? Poucas pessoas seriam corajosas — ou tolas — o suficiente para ter a ousadia de voltar rastejando para Makis Alexiadis depois de fracassar numa tarefa tão importante quanto a que Moud Salim tinha recebido.

Mak se virou para o Dr. Farouk e disse:

— Vamos ter que terminar depois.

Por um breve instante, o elegante médico pensou em contestar. Mas só por um breve instante. A frieza no olhar de Mak sinalizava perigo.

— Traga Salim aqui para dentro — vociferou Makis com o lacaio.
— Depois nos deixe a sós.

Moud passava os olhos ao redor, observando a opulência da mansão enquanto seguia o criado de Makis por um corredor longo e bem iluminado. Não era uma opulência no estilo líbio. Não havia ouro, tapetes caros, móveis antigos inestimáveis ou candelabros. Aquele era um lugar mais elegante e moderno no geral. Ainda assim, a grande quantidade de mármore e vidro e as duas enormes esculturas abstratas de pedra, uma em cada canto do corredor, eram um sinal igualmente claro de riqueza, status e poder. Talvez até mais. Afinal, quem precisava de arte quando se tinha o infinito mar Egeu do outro lado da janela, tão enorme e limpo que parecia praticamente invisível? Tudo a respeito da *villa* Mirage era impressionante de um jeito *clean*, controlado.

— Ali dentro — avisou o criado, apontando para uma porta dupla de nogueira.

Moud se preparou para o encontro que teria pela frente, empurrou a porta sem esforço com seus braços de halterofilista e as fechou ao entrar.

Usando um traje executivo casual, em mangas de camisa e de calça social, Makis estava de costas para a porta e não se virou quando Moud entrou. Continuou olhando para fora pela janela.

— Você voltou.

— Sim.

— Você fracassou. Deixou Athena fugir. Mesmo assim, voltou aqui.

Moud ficou em silêncio. Como não era uma pergunta, não parecia exigir uma resposta.

— Sabia que eu podia matar você?

— Você pode tentar — respondeu Moud.

A resposta pareceu entreter Makis. Ele deu meia-volta e abriu um sorriso.

— Acha que eu não conseguiria? Tenho dez ex-agentes armados da Mossad nessa propriedade prontos para meter uma bala na sua cabeça. É só eu estalar os dedos!

O gigante deu de ombros. A indiferença com relação à sua própria vida e sua segurança era impressionante e, obviamente, genuína.

— Preciso saber onde ela está — explicou ele, indo direto ao ponto.

— Preciso tentar de novo.

— Bem, graças a sua falha no convento, não sei onde ela está — disse Makis, num tom um pouco mais ríspido. Ele não iria contar a verdade a Salim, nem dar mais informações sobre o paradeiro de Athena depois do último fiasco. — E, mesmo que soubesse, o que o faz pensar que eu confiaria em você para matá-la? Você teve sua chance, Salim. Tenho outros homens, mais bem treinados...

— Não. — O tom de Moud era mais firme que irritado, mas a voz ecoou na sala, ricocheteando como bala nas paredes com lambris de madeira. — Eu vou conseguir. Vou matá-la. Minhas garotas não vão poder descansar em paz enquanto eu não fizer isso.

Makis deu um soco tão forte na mesa que quase a rachou.

— Mas que diabos aconteceu naquele convento? — exigiu saber. — O que deu errado?

Pela primeira vez, uma expressão de dor tomou conta do rosto apático do árabe, um flash da angústia que o fazia seguir em frente. Ele parecia querer explicar, mas tinha dificuldade para encontrar as palavras.

— Vamos andar e conversar — disse Makis. — Vamos para a minha praia particular.

Ele abriu a gaveta da mesa, pegou uma arma e um silenciador e prendeu os dois na cintura da calça com a mesma cerimônia de quem pegava um pacote de lenços ou de balas de hortelã. Mais uma vez, porém, se Moud se sentiu intimidado, não demonstrou. Apenas assentiu em silêncio, enquanto saía pela porta à frente de Mak.

Os dois atravessaram em silêncio os jardins da *villa* e desceram a escadaria sinuosa até a areia. Moud não conseguiu ver seguranças observando, com armas à mostra, mas sabia que eles estavam lá. Também sabia que, assim que contornassem a próxima enseada, se Mak o levasse até lá, eles sairiam do campo de visão e do raio de alcance dos seguranças. Moud se perguntou quantas almas, homens e mulheres, Makis Alexiadis tinha matado naquela praia, eliminando-os com o mesmo peso na consciência que teria ao atirar num pato ou num cervo. Se o que Moud tinha ouvido era verdade, aquela faixa de areia branca exposta ao vento era aonde Makis ia para ficar sozinho e se entregar aos seus prazeres. Para andar. Para pensar. Para fazer amor. Para matar.

Mas nada disso importava.

Só Athena Petridis importava.

Durante a caminhada, Makis perguntou de novo o que tinha acontecido no convento. E, desta vez, Moud respondeu, explicando calmamente que tinha havido uma distração: uma garota. E, depois disso, um padre apareceu e levou a "irmã Elena" antes de ele poder agir. Com isso, ele a perdeu naquele labirinto interminável de corredores antigos que levavam dos quartos das freiras até a praia.

— Eu queria ouvi-la admitir o que tinha feito — disse Makis, com voz trêmula. — Eu precisava ouvir a confissão. Mas ela não confessou.

— Você perdeu tempo — comentou Makis com raiva assim que dobraram o pontal. — Eu mandei você matá-la assim que ficasse a sós com ela.

— Eu sei. — Moud baixou a cabeça. — Foi um erro. — Em seguida, levantou a cabeça e acrescentou: — Não vou cometer o mesmo erro duas vezes.

— Não — concordou Makis. — Não vai.

Num só movimento rápido e contínuo, Makis sacou a arma da cintura, se virou e apontou o cano entre os olhos de Moud. Esperava que o gigante recuasse, se encolhesse ou fechasse os olhos. Que demonstrasse qualquer instinto natural em face da morte iminente. Mas, em vez disso, Mahmoud permaneceu parado, sem piscar, imperturbável. Sua respiração sequer se alterou.

Perfeito. Esse era o tipo de homem que podia acabar com Athena Petridis.

Makis baixou a arma, sorriu e a entregou a Moud. Em seguida, pegou o silenciador da cintura e o entregou ao árabe.

— Sabe usar um desses?

Moud balançou a cabeça.

— Um silenciador, sei. Mas não desse modelo.

Makis pegou a Ruger da mão de Moud e atarraxou o cilindro de metal reluzente com destreza, depois removeu o silenciador antes de devolver as duas peças ao árabe.

— Agora tente você.

Moud obedeceu e enroscou o silenciador sem dificuldade.

— Ótimo. — Makis assentiu, aprovando. — Athena fez contato comigo hoje de manhã. Infelizmente, ela sobreviveu a uma segunda tentativa de assassinato, em Londres, e desde então se entocou. Mas a boa notícia é que ela não tem nenhuma evidência para ligar ambas as operações a mim, em Londres ou em Sikinos. Por isso, ainda estamos em contato para tratar de negócios, embora seja de forma esporádica.

— E onde ela está agora? — perguntou Moud, passando o dedo com carinho na arma.

— Ainda não tenho certeza. Mas espero confirmar a localização em breve, nos próximos dias. Nesse meio-tempo, você precisa comer, dormir e treinar. Bastante. Pode fazer tudo isso aqui.

— Obrigado — murmurou Moud, ainda enfeitiçado pela arma em sua mão.

— Pelo quê?

— Por me dar outra chance.

Agindo como se fosse um tio, Makis esticou o braço e deu um tapinha nas costas de Moud, já sem nenhum traço de raiva. Que homem bizarro!

— O único agradecimento que quero é o sucesso — disse ele a Moud. — Não fracasse de novo, Salim.

Foi a vez de Moud sorrir.

— Não vou.

Ele pressionou o cano da arma na têmpora de Makis Alexiadis e puxou o gatilho.

O tiro foi silencioso. Mesmo a explosão do crânio de Makis, conforme sangue e tecido cerebral se espalhavam pela areia branca, fez menos barulho que uma melancia se espatifando no chão. As ondas calmas e o grasnado das gaivotas no ar abafaram o som.

Moud colocou a arma na areia, tirou a roupa, entrou na água e limpou o sangue das mãos, do rosto e do tronco o melhor que pôde. Então, voltou, vestiu roupas secas que estavam na mochila e jogou a blusa e a calça ensanguentadas sobre o que tinha restado da cabeça de Makis. Por fim, pegou a pistola, os documentos falsificados e o dinheiro e andou calmamente até a ponta oposta da enseada.

A lancha estava exatamente onde Athena tinha dito que estaria, amarrada às raízes de um cipreste na ponta da praia. Athena era sua comandante agora. Sua ama. Seu propósito. Com a família inteira morta, Moud não tinha mais motivos para viver — até que Athena o salvou.

A voz dela, as palavras dela... Era impossível explicar, mas havia uma magia, um poder curativo que o impediu de feri-la no convento. Que o transfigurou. Moud não era capaz de definir ou de racionalizar, mas também não era capaz de negar a verdade. Ele conseguia ouvir a voz dela em sua cabeça, como um anjo o guiando.

"*Eu também perdi um filho. Meu filho único. Eu morri naquele dia. Mas renasci. Foi Deus quem trouxe você até mim, Mahmoud. Ele me trouxe você por um motivo. Estamos unidos na perda. Somos um só. Nossa dor é nosso poder.*"

Em transe, ele escutou enquanto Athena lhe contava a verdade sobre Makis Alexiadis. Sobre como era ele, e não ela, quem tinha lucrado com o cruel contrabando de imigrantes; como a ganância, a avareza e a impiedade de Big Mak foram as causas diretas da morte das garotas dele.

— Ele também causou a morte do meu marido — disse Athena a Moud. — E fez *isso* com o meu rosto. — Ela ergueu o véu e mostrou a Moud as cicatrizes pavorosas, as ruínas derretidas de seu rosto lindo no passado. — Na época, eu era uma pecadora. Mas me arrependi. Mudei. E você também pode seguir esse caminho, Mahmoud. Mas primeiro precisa vingar as pessoas que perdeu. Assim como eu.

Moud subiu na lancha e deu a partida no motor.

Fiz o que me pediu, minha Athena. Cumpri o desígnio de Deus. A besta está morta.

Com um sentimento profundo de paz, ele deu a partida rumo ao azul infinito.

CAPÍTULO VINTE E QUATRO

Athena se sentou na cama de dossel, se recostou em dois travesseiros de pena de ganso macios como nuvens e usou o controle remoto para aumentar o volume da TV. O moinho de água convertido em casa alugado por Peter para sua recuperação na região rural da Borgonha era tão remoto quanto era possível ficar na França, mas ele fez questão de que Athena tivesse acesso ao noticiário inglês e à CNN.

— Temos agora a primeira imagem do suspeito no momento da audiência inicial, num caso que, mais uma vez, reabre o amargo debate sobre imigrantes que pedem asilo por toda a Europa — dizia o repórter da BBC num tradicional sotaque britânico.

Pelas imagens da TV, Athena viu Mahmoud Salim — enorme, carrancudo e ameaçador, embora um pouco confuso — sair algemado do furgão da polícia alemã. Ela havia aguardado dois dias, tempo suficiente para Salim chegar a Berlim, antes de alertar as autoridades alemãs sobre a verdadeira identidade dele e denunciar seu envolvimento no assassinato brutal do "respeitável empresário" Makis Alexiadis em Mykonos, um crime que ainda tomava conta dos noticiários gregos mais de uma semana depois do ocorrido.

Parte dela lamentava por Salim. O luto o transformou num homem patético, que acreditava em tudo às cegas. Mesmo ali, segundo Dierk Kimmel, o advogado alemão que Athena contratou para "defendê-lo",

Moud ainda acreditava que ela estava do seu lado. Acreditava que, juntos, eles faziam parte de uma resistência secreta determinada a destruir Makis Alexiadis e dar fim ao maldito contrabando de imigrantes de uma vez por todas.

— Ele continua perguntando quando você vai visitá-lo — disse Dierk.

— Não tenho certeza se ele está bem, mentalmente falando.

Será que algum de nós está?, perguntou-se Athena. A dor na consciência por ter explorado Salim, um homem confuso pelo luto, era amenizada pelo fato de que sabia que Moud seria totalmente indiferente a passar o resto da vida numa prisão alemã — ou mesmo numa prisão na Grécia, se o pedido de extradição do novo presidente fosse aceito. Salim podia até estar confuso, mas não estava sofrendo. Já não sofria mais. *Como eu.* E, assim como Athena, certamente tinha feito um bem para o mundo ao assassinar Makis Alexiadis, aquela cobra traiçoeira. *Que apodreça no inferno.*

— Ora, ora, mas o que é isso?

Mary, a enfermeira inglesa supereficiente que Peter Hambrecht contratou para cuidar de Athena durante a recuperação das cirurgias faciais, entrou com tudo no quarto e lançou um olhar reprovador para a TV ligada.

— Vou ficar com isso, se não se importa, madame. — Ela estendeu a mão gorda para o controle, que Athena entregou sem reclamar. — Você ainda tem mais meia hora de descanso até a hora do alongamento. Hora de descansar é hora de descansar.

— Eu sei. Desculpe. Preciso de uma distração.

— *Tsc.* Bobagem — desdenhou Mary. — Vai ficar tudo bem, você vai ver.

Athena gostava de Mary com aqueles uniformes engomados e a precisão militar com a qual cumpria suas tarefas. Toda manhã, exatamente às sete em ponto, as cortinas eram abertas, e Athena recebia ajuda para tomar banho e com sua limitada toalete antes do café da manhã na cama às sete e meia.

— Nada dessa palhaçada francesa — avisou Mary. — Bacon, ovos e torrada. Você precisa ficar forte.

Havia horários agendados para descanso, para se movimentar, para tomar analgésicos, para tudo. Athena achava a rotina reconfortante, pois a fazia se lembrar da vida no convento. Às vezes, ainda sentia falta daquela paz rítmica do Sagrado Coração. Mas às vezes sentia a adrenalina de estar fora, de se sentir livre e de volta ao comando do império Petridis. *Agora, meu império.*

Athena havia enganado Makis, assim como enganara tantos inimigos antes dele. Mas, com o potencial rival fora do caminho, agora era mais importante que nunca tomar as rédeas do negócio. Havia muito a fazer.

— Imagino que você não vá voltar a dormir agora — resmungou Mary, ajudando Athena a se sentar direito na cama enquanto ajeitava os travesseiros. — Vamos dar uma olhada para ver como as coisas estão melhorando, então?

Athena fez que sim, com uma sensação nauseante de apreensão misturada com empolgação revirando na boca do estômago. Naquela manhã, pela primeira vez desde que tinha deixado a clínica em Paris, Mary removeria todas as ataduras. Athena poderia ver seu "novo" rosto, a imagem que representaria sua nova identidade pelo resto da vida. Ela já havia se reinventado antes, obviamente. Como uma fênix, tinha ressurgido das cinzas da infância, da morte do filho, do acidente de helicóptero que quase a matara... Mas nada desse tipo. Naquele dia, iria renascer como uma pessoa totalmente diferente, impossível de reconhecer como a Athena de antes. Naquele dia, Athena Petridis finalmente morreria de verdade, e uma nova mulher, uma mulher mais forte, mais sábia, invencível, surgiria para tomar seu lugar. Isso se tudo corresse bem...

A enfermeira encostou um espelho no pé da cama e começou a desenrolar as ataduras da testa, do nariz, da boca e do queixo de Athena. Fez tudo lenta e metodicamente, os dedos ágeis e leves, como uma arqueóloga abrindo uma múmia egípcia frágil. Ao se aproximar da pele, a enfermeira foi ainda mais devagar, observando as reações de Athena com cuidado para ver se a paciente dava sinais de dor ou desconforto.

— Se sentir a pele repuxar ou alguma dor aguda, me fale na hora — instruiu Mary a Athena, que ficou muda.

Mas não houve nenhum problema. Em vez disso, Athena encarou maravilhada, pouco a pouco, um rosto feminino surgir no reflexo. Primeiro, a testa larga e suave. Em seguida, o nariz longo e fino — tão diferente de antes! A pele das bochechas dessa nova mulher era firme e parecia levemente encerada, também irreconhecível, quando comparada com aquela ruína queimada e derretida de antes; tudo era um verdadeiro milagre. Por fim, a parte inferior do rosto surgiu, ainda ferido, com lábios nitidamente mais carnudos e um queixo mais marcado, possivelmente enxerto para repor tecido perdido. Em geral, apesar de um pouco de inchaço e de algumas cicatrizes na linha do cabelo e debaixo da mandíbula, era a rosto de uma mulher de meia-idade razoavelmente atraente.

Os olhos de Athena se encheram de lágrimas.

Era a coisa mais linda que já havia visto. E era a Peter que devia agradecer. *O querido Peter.* Ele era o único amigo de verdade que ela havia tido neste mundo. Spyros a amou, de seu jeito peculiar, e até a salvou quando ela precisou ser salva, depois da morte de Apollo. Mas, assim como os outros homens menos importantes na vida de Athena — como Dimitri Mantzaris, Larry Gaster e Antonio Lovato —, Spyros queria algo em troca de seu amor. Queria possuí-la. Queria ser seu dono. Queria sugá-la até não restar mais nada: coração, alma, identidade.

Peter nunca a quis desse jeito. Só Peter a amou incondicionalmente. Embora, é claro, houvesse muita coisa que Peter não sabia, muita coisa que ele jamais compreenderia sobre Athena desde que ela o deixara, por mais que tentasse lhe explicar. Peter Hambrecht não conhecia seu lado mais obscuro.

Spyros conhecia. Conhecia, entendia e cultivava, como uma planta preciosa, uma flor rara. Mas agora Spyros estava morto. Athena estava por conta própria.

— Hum... Para mim, parece que está tudo certo — disse Mary, aprovando o resultado e passando os dedos pelas cicatrizes enquanto seu olho crítico avaliava o grau de recuperação. — Como está se sentindo?

— Maravilhosa — respondeu a mulher no espelho, a voz embargada de emoção. — Como se eu pudesse conquistar o mundo.

Mary deu risada. Essa amiga do Sr. Hambrecht era engraçada. Toda humilde e tranquila num minuto, e no seguinte soltando pérolas como essa. *Conquistar o mundo, veja você.*

— Vamos ver se você consegue tomar um banho de verdade primeiro — disse a enfermeira, levando as ataduras usadas embora e depois lavando as mãos com sabão carbólico até os cotovelos na pia do banheiro. — Depois, vou lhe trazer uma boa xícara de chá.

Mais tarde, com o rosto coberto de ataduras novas e menores e o cabelo recém-lavado, penteado e preso num coque apertado, Athena ganhou permissão de Mary para se vestir e dar um passeio "leve" no terreno.

— Nada muito ousado, é sério. Não me faça ligar para o Sr. Hambrecht e dizer que você está se recusando a descansar, porque, se eu fizer isso, nós duas vamos nos dar mal. De volta para a cama às seis em ponto.

Athena prometeu solenemente. Iria sentir falta de Mary, daquele lugar e, claro, de Peter. Ele não queria enganar Antonio e marcar os procedimentos em Londres como chamariz, enquanto, em segredo, marcava os procedimentos com um renomado cirurgião plástico em Paris.

— Todo esse subterfúgio é necessário mesmo? — perguntou Peter a Athena numa das últimas ligações, enquanto, ao mesmo tempo, reservava aquela casa e organizava os preparativos para que um jatinho particular a levasse até Le Touquet. — Sei que você está se escondendo da polícia, mas precisa enganar os seus amigos também?

— Até estar em segurança, sim.

— E quando vai estar em segurança?

— Em breve — prometeu ela.

— E, quando estivar "em segurança", vou poder vê-la? Digo, cara a cara.

Athena hesitou.

— Você prometeu, Athena — lembrou Peter. — Era sua parte do acordo. Também sinto falta dele, sabe... — acrescentou, diante do silêncio dela. — Mas você acha que o nosso filho ia querer que a morte dele nos afastasse pelo resto da vida? Não quero perder você de novo. Não posso...

— Não vai perder — assegurou Athena. Então, como não queria que suas últimas palavras fossem uma mentira, acrescentou: — Eu te amo, Peter.

Athena deixou o velho moinho para trás, agora parado e silencioso, e se aproximou do córrego que serpenteava ao longo do vale, saboreando a alegria do momento. O sol quente nas costas, o cheiro inebriante de terra e mato e a vida nova brotando do chão, os bezerros descendo lentamente a colina, chamando suas mães. Aquele lugar era lindo. A vida era linda. Seu rosto era lindo.

Mas havia muito a fazer. Primeiro, precisava sair dali e ir para um lugar de onde pudesse restabelecer as antigas redes de contato. Depois, tomaria conta da cobiçada rota migratória fazendo o que Makis se mostrou míope demais para fazer: comandar o contrabando humano como outro negócio qualquer do império Petridis. Isso significava focar em qualidade do começo ao fim. Barcos melhores, condições melhores, uma viagem mais segura para mais carga "de alta qualidade". Chega de crianças famintas sendo enviadas para cafetões da Europa Oriental. Esse tipo de negócio era simplesmente ruim. Precisavam de clientes em menor número, porém com mais discernimento, dispostos a pagar um valor superior por remessas confiáveis e de alta qualidade de trabalhadores adultos e saudáveis. Nada de tráfico sexual. O lucro de verdade estava no trabalho imigrante escravizado, e os maiores e melhores compradores desse mercado eram fazendeiros independentes e donos de fábricas com dificuldade para competir com rivais maiores e multinacionais.

Esse é o tipo de cliente que deveríamos procurar. É tão óbvio!

A adrenalina percorreu o corpo de Athena enquanto ela visualizava os desafios pela frente. Reconstruir o império Petridis. Criar algo significativo, algo duradouro feito por ela própria. Sua vida já havia sido uma jornada incrível, uma história que ninguém poderia ter roteirizado ou sequer imaginado. Mas ela ainda não tinha terminado.

Athena estava viva e livre, e Makis Alexiadis estava morto.

Era hora de começar os capítulos finais.

CAPÍTULO VINTE E CINCO

Três homens e uma mulher estavam sentados em círculo no salão da casa de praia de Nathan Maslow, na orla de Nantucket. A propriedade, que ficava no número 2 do Lincoln Circle, tinha um terreno grande com um caminho de acesso de cascalho, uma área verde magnífica e vistas perfeitas da região oceânica. Era uma casa de praia impressionante, que tinha tudo a ver com o investidor bilionário que era Maslow e sua mulher, Jane, e a sala de estar era o lugar perfeito para festas, com janelas do chão ao teto, pé-direito alto e sofás infinitamente confortáveis.

Aquele encontro, porém, não se tratava de um evento social. E sim uma reunião de negócios organizada às pressas, e o clima era dos piores.

— Vinte e seis anos de trabalho, Mark. Vinte e seis anos de espera, aguardando a hora certa. E tudo em vão.

Nathan Maslow lançou um olhar descontente e acusatório para Mark Redmayne. Na posição de maior doador financeiro do Grupo, Nathan se sentia no direito de ter uma explicação de como, exatamente, Ella Praeger conseguira simplesmente "desaparecer".

— Não foi em vão — retrucou Redmayne, a mandíbula travada de tanta tensão. O fato de Nathan Maslow se considerar superior o deixava ressentido, sobretudo em se tratando de um sujeito que se vestia como um palhaço, de short vermelho, mocassins e uma camisa polo com estampa de lagosta. — Estou tão frustrado quanto você, Nathan, mas vamos encontrá-la.

— Vamos? Não estou enxergando como isso é possível, tendo em vista que ela pode se sintonizar e descobrir todas as nossas mensagens, todas as tentativas de rastreá-la.

— Isso não é exatamente verdade... — arriscou-se Redmayne, mas Nathan ainda não tinha acabado.

— O fato é que ela nunca sequer deveria ter participado ativamente de qualquer operação, para começo de conversa! — soltou ele. — O verdadeiro valor dela é como ferramenta de reconhecimento. Recolhendo dados.

— Com todo o respeito — interveio o professor Dixon de sua cadeira perto da porta —, a forma como as habilidades de Ella funcionam significa que ela *precisa* estar relativamente perto do sinal para poder interceptá-lo. Estávamos trabalhando para aumentar o alcance dela, mas infelizmente não tínhamos mais tempo. Ela sempre precisaria acompanhar um agente durante as operações.

— Mas não esse — vociferou Nathan, com uma raiva reprimida, como uma chaleira fervendo. — Todo mundo sabe que Gabriel é o maior mulherengo da organização. Não é, Katherine?

Katherine MacAvoy ficou vermelha de vergonha. Como Nathan Maslow tinha conhecimento de seu caso com Gabriel? Tinha acontecido quase uma década atrás e quase ninguém sabia. Ela olhou para Mark Redmayne suspeitando dele. O desgraçado provavelmente tinha soltado alguma coisa enquanto jogavam golfe!

— Sem dúvida, essa é a reputação dele — respondeu, com cautela.

— E foi o que aconteceu nesse caso, não foi? — perguntou Nathan. — Ella se apaixonou por Gabriel, que agora está dando as cartas. Os dois estão juntos em algum lugar, vão tentar ir atrás de Athena Petridis sem reforços e Ella vai acabar morrendo!

Mark Redmayne se levantou e foi até a janela com as mãos enfiadas nos bolsos. Queria virar o jogo e dar uma resposta sarcástica, queria colocar Nathan Maslow em seu devido lugar. Mas a verdade era que o maior doador do Grupo tinha acabado de articular perfeitamente seus maiores medos.

— Olha — disse Redmayne, rude. — Não vou tentar minimizar a situação. O desaparecimento de Ella é um baque.

— Ah, você acha? — disse Maslow, com ironia.

— E sim, ela pode estar correndo risco — prosseguiu Mark, ignorando Maslow. — Mas tenho certeza de que é possível contornar a situação. Vamos encontrar Ella e Gabriel. E, enquanto isso, vamos focar nas coisas boas. Makis Alexiadis está morto, o que por si só é uma boa notícia e melhor ainda porque significa que Athena vai ter que começar a se mexer, contatar aliados e por aí vai. Ela não pode mais ficar invisível, não totalmente.

— Hum — resmungou Maslow. — Vamos ver.

— Quando encontrarmos e matarmos Athena, Ella não vai ter motivo nenhum para permanecer na Europa.

— Claro que vai — discordou Nathan. — Ainda vai ter o namoradinho.

— Não — rebateu Mark Redmayne, curto e grosso. — Ela está lá para vingar a morte da mãe. Essa é a motivação principal. O que quer que sinta por Gabriel, vai evaporar assim que Athena for liquidada e o pico de adrenalina da missão for embora. Ella vai voltar para os Estados Unidos. Aí vamos poder trabalhar para desfazer qualquer estrago que Gabriel possa ter feito.

— Concordo — acrescentou o professor Dix em voz baixa. — A pasta que demos a ela sobre o assassinato de Rachel Praeger foi persuasiva. Ella está fazendo isso pela mãe, não por nós, nem por Gabriel ou por qualquer outra pessoa.

— Também concordo — disse Katherine. — E, mesmo que estejamos errados, ele vai se cansar dela assim que Athena estiver morta — acrescentou, com conhecimento de causa. — O maior motivador sexual dele é o perigo, a adrenalina da caçada. Quando isso acabar, ele desaparece.

Nathan Maslow ficou em silêncio, irritado. Mark Redmayne continuou encarando o mar, com o olhar fixo num solitário barco a vela quase invisível no horizonte tremeluzente.

Ele não tinha contado nada a Nathan Maslow nem aos outros para não criar expectativas, mas horas antes havia recebido informações sobre uma possível localização de Athena. Era fato que o endereço que havia recebido parecia extremamente improvável. Nem Athena Petridis seria *tão* audaciosa — não sabendo que o Grupo estaria à sua procura.

Por outro lado, era uma informação relevante, dada por uma fonte confiável. E foi Athena quem mandou uma mensagem escancarada alertando o mundo de sua volta, ao marcar o pé do menino afogado. *Ela queria que nós soubéssemos que estava viva. Que fracassamos doze anos atrás. Queria que nós a caçássemos.* Assim como acontecia com Gabriel, parecia que, em algum nível, Athena Petridis adorava a adrenalina da caçada.

Bem, a caçada estava a todo o vapor.

Tudo o que Mark Redmayne precisava fazer era encontrá-la antes de Ella.

Ella ligou para Gabriel do quarto do hotel em Londres.

— Por que está me ligando? — perguntou ele, mais divertido que irritado. — Achei que tínhamos combinado de só ligar em caso de emergência.

— Esqueci. O que você vai fazer sábado à noite?

— Não tenho nenhum plano — respondeu Gabriel lentamente. — Está me chamando para sair?

— Peter Hambrecht vai reger uma orquestra em Oxford. Um concerto intimista de música de câmara na Magdalen College — explicou Ella, ignorando a insinuação. — Vou ver o que consigo descobrir.

Gabriel suspirou.

— Ele não está mais em contato com Athena, Ella. Você sabe disso. Você tem se sintonizado com os dispositivos dele há semanas.

— Acho que em Oxford vai ser diferente.
— Não vai.
— Bom, eu vou lá.
— Está perdendo tempo. Você deveria voltar a outros contatos conhecidos. Uma acadêmica japonesa chamada Noriko Adachi foi encontrada morta em Londres. Ela perdeu o filho para o império das drogas dos Petridis anos atrás e estava na Inglaterra fazendo perguntas sobre Athena antes de ser... Ella? Você está aí?

Um bipe longo respondeu à pergunta de Gabriel.

Peter Hambrecht fazia movimentos suaves com a batuta enquanto conduzia os músicos com facilidade pelas últimas notas de *O messias*, de Handel. Era uma glória estar de volta a Oxford, sobretudo na capela Magdalen, uma obra de arte barroca que certamente era o local ideal para uma das músicas favoritas de Peter. As muralhas de pedra antigas, o leve e persistente cheiro de incenso e cera de vela, misturados com perfume feminino, e a alegria de fazer a única coisa que sabia que conseguia fazer perfeitamente e sem esforço — conduzir uma orquestra, tudo isso ajudava a diminuir a dor. A dor terrível provocada por Athena.

— Você traz essas coisas para si, meu amor — disse Paolo, livreiro e namorado de Peter havia quase um ano, num tom de reprovação na noite anterior, pouco antes de o motorista buscar Peter para ir a Oxford. — Não faço a menor ideia de quem é essa mulher, mas sei que você não pode salvá-la.

— E como você pode saber uma coisa dessas? — desafiou Peter.

— Não se pode salvar uma pessoa se ela não quiser ser salva — respondeu Paolo. — E, de acordo com tudo o que você me disse, essa mulher não quer ser salva.

Paolo estava certo. Totalmente certo. E as outras coisas que tinha dito também estavam certas. Sobre Athena ser uma pessoa tóxica para a felicidade de Peter, sobre ela arrastá-lo de volta para o passado, sobre a necessidade de Peter focar no presente, em sua carreira brilhante, no relacionamento deles.

Mas a última traição de Athena ainda doía.

Ela havia sumido. Desaparecido como uma ladra, no meio da noite, fugindo da casa na Borgonha, mesmo depois de Peter ajudá-la a sumir do apartamento de Antonio e ela própria ter prometido, *jurado* que não faria isso com ele.

A pobre Mary estava convencida de que era a culpada.

— Não sei o que aconteceu, Sr. H. De verdade, não sei. Era um dia como outro qualquer. Ela parecia bem. Calma. Quando vi que ela não estava lá às seis da manhã do dia seguinte, presumi que tivesse saído para um passeio matinal no gramado, mas não havia nenhum sinal dela.

— Está tudo bem, Mary — garantiu Peter. — Infelizmente, Athena é mestre nisso. A vida dela sempre foi muito... complicada. Ela vai acabar aparecendo.

— Sim senhor, acredito que vá, mas a questão é que ela ainda precisa de cuidados médicos! Ela acha que está bem, mas não está. As cicatrizes da operação ainda não estão totalmente curadas. Sem cuidados apropriados, podem facilmente infeccionar. Além disso, ela deveria fazer fisioterapia para andar. Ela manca na perna esquerda, sabe? A gente mal começou os exercícios. Mas ela é muito teimosa.

— Isso ela é mesmo — concordou Peter então, dando uma risada.

Mas, por dentro, o medo crescia; medo que, com o passar dos dias, só foi aumentando. Aos poucos ele se deu conta de que, em momento algum, Athena teve a intenção de se recuperar em segredo. A nova identidade que ele a ajudou a criar — o rosto novo, o nome novo, os documentos novos que foram tão caros e lhe deram tanto trabalho para fazer como procurador dela — em momento algum tinha o objetivo de permitir que ela vivesse o resto da vida em paz e em segurança, como Peter havia esperado.

A cirurgia não foi o passaporte para abandonar a antiga vida de crimes com Spyros. Foi o passaporte para voltar a essa vida.

Ela me usou.

Spyros Petridis podia até estar morto, mas as mudanças que havia engendrado na psique de Athena não eram fáceis de reverter. A Athena com quem Peter cresceu em Organi ainda estava lá, bem no fundo. Mas desde então ela havia sido dominada por essa outra Athena, uma Athena perigosa, vingativa, duas caras, que aprendeu a amar o poder pelo poder e a utilizá-lo sem misericórdia nem compaixão.

Assim que abaixou a batuta depois de as últimas notas de Handel se transformarem em silêncio, Peter fechou os olhos e esperou a inevitável explosão da plateia.

— Bravo, maestro! — A plateia gritava e assobiava. — Bis!

Lágrimas escorreram pelas bochechas de Peter Hambrecht. Só uma pessoa da plateia suspeitava que aquelas lágrimas não tinham sido provocadas por aquela música sublime.

Ella esperou do lado de fora da sacristia que servia como camarim para o maestro, pronta para interceptar qualquer sinal do celular de Peter Hambrecht. Não precisou esperar muito.

— Mary?

— Desculpe ligar de novo, Sr. H. — Ella captava a voz de Mary com tanta nitidez que parecia que a mulher estava ali, naquele mesmo claustro de pedra frio. — Mas é que me ocorreu uma coisa. Não sei se é relevante.

— O que foi? — perguntou Peter, incapaz de evitar o tom de esperança na voz.

— Eu entreouvi enquanto ela falava ao telefone. Não foi no dia anterior à fuga, mas dias antes. Infelizmente não sei o que ela falou. Só me lembrei dessa ligação porque ela estava falando em grego com alguém chamado "Jimmy". Será que essa informação significa alguma coisa para o senhor?

— Obrigado — disse Peter, desanimado. Não fazia ideia de quem poderia ser "Jimmy", e, sem outras pistas, não teria condições de descobrir. — Agradeço a ligação. Vou pensar nisso.

Não houve outras ligações. Ella esperou Peter Hambrecht sair da faculdade e o seguiu até o hotel Randolph, mas, depois de tomar uma dose de conhaque no bar do hotel, ele desligou o celular e foi para o quarto dormir.

Desanimada, Ella colocou o casaco e o cachecol e voltou para o próprio quarto, um Airbnb minúsculo em cima de uma livraria do outro lado de Christ Church Meadow. Gabriel estava certo. Ir a Oxford tinha sido em vão, um exercício tolo de esperança, ignorando a experiência. Estava claro que Athena tinha usado o ex-marido e seguido em frente, da mesma forma como tinha agido com os outros antigos amantes. Confiança e lealdade eram qualidades que Athena não compreendia — ou luxos que não podia ter. Com a morte de Makis Alexiadis, não havia nada para impedi-la de voltar para reivindicar seu lugar de direito como dona do império do falecido marido. Nada, exceto as horríveis queimaduras no rosto que ajudariam os inimigos que se escondiam nas sombras a reconhecê-la imediatamente.

Peter Hambrecht ajudou a ex-esposa e amiga de infância a resolver esse problema. Lançou uma isca eficaz em Londres, tirou-a de lá em segredo e a levou para fazer cirurgia de reconstrução em outro lugar. Infelizmente para Peter, agora que tinha nome e rosto novos, Athena não precisava mais dele. Estava claro que ela havia seguido em frente e escolhido "Jimmy" como seu confidente, o próximo peão em seu jogo de xadrez infinito, mantendo-se um passo à frente dos perseguidores. Certamente "Jimmy" era mais um de seus ex-amantes...

Enquanto passava diante da Radcliffe Camera, com seu teto abobadado se erguendo como algo do mundo dos sonhos ao luar enevoado, Ella teve um estalo. Era como uma pista de palavras cruzadas tão óbvia que se sentiu insultada por não ter percebido antes.

Outro ex-amante. E o que Mary disse? "Só me lembrei dessa ligação porque ela estava falando em grego"?

Gregos não se chamam Jimmy. Mas *Dimi*, por outro lado, apelido de Dimitri, devia ser um dos nomes gregos mais comuns. É óbvio que, durante seu auge sexual, Athena Petridis tinha levado mais de um Dimitri para a cama. Mas, se Ella se lembrava bem do arquivo de Athena, havia um em particular com condições financeiras e contatos suficientes para ajudá-la, mesmo naquele momento. Um Dimitri com conexões tão profundas com as atividades criminosas dos Petridis que teria medo de uma ressurreição de Athena — no melhor estilo Lázaro saindo do túmulo —, e o que isso poderia significar para sua reputação e para seu legado.

Ella apressou o passo e percorreu a High Street até Carfax, virou à esquerda, passou pela Torre Tom e virou à esquerda de novo, pegando outra vez a rua que margeava Christ Church Meadow até chegar à rua minúscula de paralelepípedos onde estava hospedada. Assim que entrou no quarto em cima da livraria e se sentiu segura, fechou as cortinas, abriu o laptop e mandou uma mensagem para Gabriel pelo serviço privado de mensagens criptografadas que utilizavam. Viu que ele estava on-line. Gabriel sempre estava on-line. *É como uma versão minha de baixa tecnologia.*

"Dimitri Mantzaris ainda está vivo", digitou Ella.

A resposta surgiu em segundos. Um sinal de positivo. Em seguida, ele escreveu:

"Tem 80 anos."

"Onde ele mora hoje?", continuou Ella.

Mais alguns segundos.

"Vouliagmeni. Perto de Atenas. Por quê?"

Será que Athena voltaria a Atenas? Talvez. Era o tipo de passo que ela teria coragem de dar, embora Ella ainda achasse que Athena provavelmente escolheria um lugar mais tranquilo e remoto, especialmente caso fosse se instalar na Grécia. Também não conseguia imaginar Athena vivendo como hóspede de uma figura tão famosa quanto Dimitri Mantzaris, ex-presidente do país.

"Alguma outra propriedade?", perguntou Ella.

Desta vez, Gabriel demorou três minutos para responder.

— Não. Boa noite.

Ella desligou o computador, irritada. A alegria de antes se evaporou, o balão foi furado tanto pela falta de entusiasmo monossilábica de Gabriel quanto pelas dificuldades que teria em ir atrás de Dimitri Mantzaris como uma pista. Antes de tudo, teria que tomar todos os cuidados caso voltasse a Atenas — aliás, caso pisasse em qualquer lugar da Grécia —, sabendo que havia uma enxurrada de agentes do Grupo enviados por Redmayne atrás de Gabriel. Além disso, como ex-presidente, Mantzaris certamente contava com uma segurança pesada, o que dificultaria a tarefa de se aproximar dele para captar qualquer contato que estivesse fazendo com Athena. Tudo isso, claro, presumindo que Mantzaris era "Jimmy". Voltando do Randolph para o Airbnb, Ella tinha certeza disso. Mas agora, assim como Peter Hambrecht, sentia a esperança perder força.

Vou dormir e ver isso amanhã, pensou Ella, tirando a roupa e largando tudo numa pilha no chão antes de remover a maquiagem, escovar os dentes e deitar na cama que rangia. Pronta para dormir, Ella deixou o celular no silencioso e colocou o aparelho para carregar no nicho do lado do travesseiro, quando de repente o telefone vibrou em sua mão.

— Por que está me ligando? — perguntou, imitando Gabriel na ligação anterior. — Achei que tínhamos combinado de só ligar em caso de emergência.

— Você desligou o computador — respondeu ele, em tom neutro.
— E não respondeu à minha pergunta. Por que está interessada em Mantzaris? Athena está em contato com ele?

— Talvez — respondeu Ella, cansada demais para explicar tudo naquela noite. — Vou lhe mandar uma mensagem amanhã de manhã.

— Não mande. Volte para Londres. Acabei de fazer uma descoberta. Acontece que ele tem outro imóvel, através de um truste offshore nas ilhas Cayman. Na verdade, ele é um investidor incrivelmente ativo para um sujeito de 80 anos. E você nunca vai adivinhar qual propriedade ele acabou de comprar essa semana pelo dobro do valor de venda.

— Qual? — perguntou Ella, de mau humor. Nunca foi fã de adivinhações.

— Estrada da Praia de Liasti, número 24.

O coração de Ella foi parar na boca.

— Também conhecida como *villa* Mirage — continuou Gabriel. — Agora, que pessoa que conhecemos pagaria o dobro do valor para ser dona do antigo centro de operações de Makis Alexiadis, com tudo o que tem direito? — Gabriel deu risada. — Bom trabalho, Srta. Praeger. Parece que fechamos um círculo. E agora você e eu precisamos fazer planos para uma viagem.

CAPÍTULO VINTE E SEIS

Athena Petridis apertou o robe de seda ao redor da cintura fina e abriu as portas de correr que davam para o deque, levando o café junto. Aquele era seu momento preferido do dia: de manhã cedo, uma ou duas horas antes de o sol nascer, quando a promessa quente do dia por vir pairava suave e doce no ar, mas a brisa do mar fazia com que o calor fosse agradável, e não incômodo. E aquela manhã estava ainda mais adorável que o normal, com um daqueles céus espetaculares cor de piña colada que só as ilhas gregas eram capazes de produzir, uma confusão quase cafona de azul-celeste, rosa-claro e um tom de terra que emanava de um sol que se erguia preguiçosamente.

Todos os turistas e donos de *villas* ainda estavam na cama, dormindo para curar os excessos de bebida, dança e permissividade em geral da noite anterior. Mas o exército de trabalhadores que carregavam nas costas o funcionamento da ilha — lixeiros, entregadores, pescadores e lojistas — estava acordado, seu burburinho nas ruas abaixo da *villa* Mirage; os gritos misturados, os motores em marcha lenta e as batidas das caixas de hortifrútis umas nas outras formando uma trilha sonora de fundo que dava vida e esplendor a um cenário tranquilo.

É bom estar viva, pensou Athena. *E melhor ainda acordar aqui, na casa que Makis Alexiadis construiu.* Ela se sentia uma imperatriz conquistadora, uma deusa no topo do monte Olimpo. Poderosa. Protegida. Renascida.

Athena se deitou numa das espreguiçadeiras ultramodernas de Big Mak (parte dos móveis teria que ir embora; ela falaria com Dimitri Mantzaris, mandaria um de seus homens enviar uma lista de mudanças), olhou para aqueles jardins gloriosamente bem-cuidados que desciam pela encosta do terreno até parecer se fundir com o azul tranquilo do mar. Não havia dúvida de que aquela era uma casa incrível, um centro de operações apropriado para o renascimento de um império.

Athena estava contente por Dimitri ter comprado a mansão para ela. Por, apesar do novo rosto, da nova vida, da nova identidade — Athena Solakis, como passaria a se chamar a partir de então —, ainda manter alguns elos com o passado. A sensação era de que seu caso com Dimitri tinha acontecido muito tempo atrás. E, claro, era isso mesmo. Dimi havia sido presidente, um homem poderoso e viril, com cinquenta e poucos anos. Agora estava velho, gordo e andava de bengala, tinha problemas de artrite num dos joelhos e se sustentava apenas nas lembranças das glórias do passado.

Ele já chegou aonde tinha que chegar. Eu, não. Os deuses ainda não acabaram de me pagar pelo que fizeram, por tirarem Apollo de mim.

Os antigos egípcios acreditavam que a "verdadeira" morte só acontecia quando seu nome era esquecido, quando deixava de ser escrito ou pronunciado pelas pessoas. Ao gravar as letras do nome do filho no corpo das vítimas (P na mulher japonesa que a seguiu em Londres, L na criança imigrante, As e Os em inúmeras outras pessoas), Athena garantiu que Apollo continuasse vivo. Desta forma dava vazão à sua raiva, revidava o golpe dos deuses e criava um memorial para o amado bebê, gravado não em pedra, mas na pele dos inimigos. O antigo cartão de visita de Spyros foi a inspiração de Athena e a ajudou a ofuscar o verdadeiro significado de sua mensagem codificada. Entretanto, quanto mais tempo o mundo demorasse para descobrir, mais tempo a alma de Apollo viveria. Athena continuaria escrevendo o nome dele até ela própria deixar este mundo. Até que seu espírito finalmente se reunisse ao de seu filho para nunca mais ser separado.

Enquanto tomava seu café turco preto e forte no qual Spyros a viciara havia mais de vinte anos, Athena refletia sobre o dia que viria pela frente. Naquela manhã, teria que falar com todos os seus fornecedores sul-americanos sobre o aumento inescrupuloso no preço da cocaína, além de pagar um bônus a dois de seus melhores capangas na Tchéquia por conseguirem um valioso terreno comercial de um vendedor "relutante". Depois disso, tinha duas horas de fisioterapia com a garota da região contratada para assumir de onde a indomável enfermeira Mary tinha parado na Borgonha. *A querida Mary.* Athena preferia mil vezes a enfermeira inglesa contratada por Peter a Helen, uma garota carrancuda de cabelo raspado da própria ilha de Mykonos indicada por seu médico particular, o Dr. Farouk, para ajudá-la a parar de mancar na perna esquerda, último resquício do acidente de helicóptero e uma pista que entregava sua antiga identidade. Aos olhos de Athena, Helen era uma pessoa extremamente desagradável, barriguda e cheia de atitude. Mas, aparentemente, a mulher tinha excelente reputação como fisioterapeuta, reconhecida por alcançar resultados rápidos e duradouros. E, naquele momento de renascimento, isso era tudo o que importava.

Athena terminou o café e voltou para dentro. Ao passar pelas portas de vidro, viu o próprio reflexo, parou e olhou com mais calma. Aquela semana na *villa* Mirage a ajudou não só a curar as feridas como também deu ao seu rosto um bronzeado. O cabelo, recém-pintado de castanho-escuro e com corte chanel repicado, emoldurava lindamente seu rosto, e, embora nunca mais fosse ostentar o esplendor da juventude, seus olhos verdes brilhavam com esperança e promessa de coisas boas por vir no futuro. Sua silhueta, claro, sempre foi excelente — Athena era uma mulher magra e com músculos tonificados, sem as gorduras às quais as outras mulheres de sua idade sucumbiam de forma tão submissa, acabando com os últimos vestígios de atratividade ou qualquer possibilidade de atrair o interesse sexual masculino sem fazer nenhum esforço.

Não Athena. *Você está linda de novo*, disse ela ao próprio reflexo. Seu charme lendário, que ficou hibernando por doze longos anos, estava voltando à vida como uma delicada campânula-branca começando a desenrolar suas pétalas junto com os primeiros raios de sol na primavera, depois de um inverno longo e difícil. Talvez, assim que terminasse a árdua tarefa de recuperar com mão de ferro o império Petridis, ela considerasse a hipótese de encontrar um homem. Alguém mais novo, talvez, mas não tão novo que não fosse capaz de desafiá-la. Um mundo de possibilidades se abria à sua frente.

A fisioterapeuta entrou na cozinha. A cada passo que dava, os tênis chiavam num ritmo irritante.

Elas ainda estavam na metade da sessão de fisioterapia, mas Athena já estava se sentindo esgotada, não tanto por causa da monotonia dos exercícios e dos alongamentos repetidos, mas por causa da falta de personalidade quase cômica da fisioterapeuta. Helen não era grossa, ou pelo menos não a ponto de ser passível de críticas. Quando Athena fazia uma pergunta, Helen respondia com educação. E, se Athena sentia qualquer dor ou cansaço em certo exercício, a fisioterapeuta parava instintivamente e, sem reclamar, esperava a paciente recuperar as forças. Apesar disso, quase tudo a respeito de Helen irritava Athena, desde o corte de cabelo e o jeito de andar que parecia o de um homem até suas roupas feias e sem corte — o pijama cirúrgico verde largo escondia o que, para Athena, só podiam ser pernas gordas, se toda aquela banha na barriga servia de indicativo. O rosto dela talvez tivesse sido bonito no passado, embora, na maior parte do tempo, ficasse meio escondido debaixo de um boné. O único traço realmente marcante de Helen eram aqueles olhos estranhamente afastados — olhos familiares, pensava Athena, nas raras vezes que fazia contato visual com a fisioterapeuta. Mas Helen era profissional acima de tudo e fazia questão de concentrar a maior parte de sua atenção no movimento do joelho e do tornozelo esquerdos de Athena, e não nos novos e lindos traços de sua paciente.

Talvez fosse isso que mais irritasse Athena: o fato de que aquela jovem nada atraente achasse a lendária Athena também uma mulher sem atrativos. Uma paciente como outra qualquer, tão notável ou interessante como qualquer pessoa.

— O que está fazendo aí? — exigiu saber Athena. De pé num banquinho adornado e coberto de seda de Makis, Athena esticou a perna dolorida.

— Vou lhe dar uma coisa para a dor — respondeu Helen, naquele irritante sotaque da ilha.

— Não precisa. Não tomo analgésicos — disse Athena em voz alta, curta e grossa, da outra sala. — Só preciso parar um minutinho.

— Não se preocupe — disse Helen. Como se ela, aquela ninguém, tivesse a capacidade de preocupar Athena Solakis. — Não é nenhum remédio com ópio ou qualquer substância viciante. É um pó homeopático que uso em todos os meus clientes. Eu misturo o pó com óleos de peixe para as juntas e com uma combinação de multivitamínicos para dar energia. Funciona.

Athena resmungou sem jeito, ainda sem saber por que estava tão irritada. Aquilo era o máximo que tinha ouvido Helen falar durante todo o tempo juntas, e, se o tal pó mágico funcionasse mesmo, talvez acelerasse a recuperação. A dor na perna de Athena era leve, mas persistente, e sem dúvida contribuía para seu mau humor.

— Está bem, mas anda logo — ordenou Athena. — Tenho uma agenda cheia à tarde e precisamos terminar os exercícios.

— Claro, Srta. Solakis — respondeu a fisioterapeuta, obediente. — Não vou demorar.

Segundos depois, Helen reapareceu segurando um copo com um líquido marrom efervescente. Parecia horrível.

De cenho franzido, Athena esticou a mão para pegar o copo.

— O que foi? Qual é o problema? — perguntou, estressada.

Com seus dedos longos e ossudos, Athena segurava o copo, mas os dedos gordos de Helen se recusavam a soltá-lo. Era quase como se ela não quisesse que Athena bebesse. Elas se encararam, e por um instante Athena jurou ter visto algo no olhar de Helen. Uma pergunta não feita. Uma hesitação, mas com a insinuação de algo mais profundo. Medo? Súplica?

— Nada — respondeu Helen. Ainda assim, não soltava o copo. — Não é nada.

— Nesse caso... posso? — perguntou Athena lentamente, olhando para ela e depois para o copo. Aqueles olhos afastados estavam começando a assustá-la.

Por fim, como se tivesse saído de um transe, a fisioterapeuta soltou o copo.

— Claro. É que o gosto não é muito bom.

Impaciente, Athena levou o líquido nojento aos lábios e tomou tudo com dois goles rápidos, fazendo cara feia enquanto as últimas gotas amargas desciam para o estômago.

— Horroroso — murmurou ela. — Mas acho que estou bem para continuar agora. Podemos voltar para o terraço?

Helen tinha virado as costas. Quando falou, sua voz soava diferente. Menos irritante, de alguma forma.

— Se fosse você, esperaria um ou dois minutos — disse a fisioterapeuta num tom suave.

— Não *quero* esperar um... — começou Athena, mas suas palavras foram interrompidas por uma estranha sensação de cólica no estômago, logo seguida por um formigamento na ponta dos dedos das mãos e dos pés, uma sensação difícil de descrever, mas extremamente desagradável, uma espécie de dormência quente.

Ela gemeu e levou as mãos à barriga.

Helen se virou lentamente. Não reagiu diante do incômodo nítido da paciente. Em vez disso, tirou o boné, o colocou deliberadamente na mesa ao lado e passou a mão pela penugem que cobria a cabeça raspada.

Athena fez careta.

— Ligue para Georgiou — sussurrou, entre dentes. — Diga a ele... Dr. Farouk...

Agora Athena estava com dificuldade para respirar, ofegando como um peixe fora da água. A dormência quente nos dedos estava se espalhando para os braços e as pernas, dificultando seus movimentos, e os pulmões e o peito se contraíam dolorosamente.

O que está acontecendo? Athena lutou para evitar uma crise de pânico. *Estou tendo um ataque cardíaco? Ou um derrame? Eu vou morrer?*

De olhos arregalados e com medo, Athena encarou, impotente, Helen. Por que aquela idiota estava ali parada sem fazer nada? Não estava vendo que alguma coisa muito errada estava acontecendo? Por que não saía para chamar Georgiou, o mordomo, como havia sido pedido? Athena abriu a boca para reclamar, mas de repente sua mandíbula fechou e travou. Uma tensão provocada pela rigidez muscular estava se instalando no pescoço e nos músculos faciais, causando uma paralisia terrível e dolorosa. Ela agitou os braços e tentou se apoiar numa mesa de canto, mas não conseguiu e caiu com um baque no chão acarpetado.

Imóvel, com olhos vítreos, Athena viu Helen passar por cima dela sem a menor cerimônia, como se estivesse diante de um saco de lixo ou de um tapete enrolado. Em seguida, andou lentamente e trancou a porta com um clique audível, ligou um interruptor para escurecer as janelas até ficarem pretas e acendeu as lâmpadas.

Ela conhece a casa, pensou Athena, observando os movimentos certeiros e confiantes de Helen, que ia de um lado para o outro da sala, endireitando uma toalha de mesa ali ou uma foto acolá, sem pressa.

Enfim satisfeita, Helen se sentou e, com um olhar impassível, mirou Athena, deitada imóvel no chão. O mau pressentimento de Athena aumentou. Claramente havia algo de errado. *Por que essa lesma gorda não me ajuda?* Um filete de saliva escapou dos lábios de Athena quando ela se esforçou para falar novamente. E então, de repente, em meio à névoa de pavor e confusão, ela se deu conta.

O pó. *"Eu uso em todos os meus clientes."*

Ela me envenenou. Essa piranha me envenenou!

Mesmo em meio à agonia do pânico, a cabeça de Athena foi a mil. Quem era essa garota? "Helen" conhecia todos os interruptores e sistemas dentro da *villa*. Claramente já havia estado ali antes. Será que tinha trabalhado para Makis? Era leal a ele, ou talvez alguém da facção de seu adversário? O Dr. Farouk a recomendou. Será que *ele* também estava na folha de pagamento de Makis? Talvez ambos fizessem parte de uma facção rebelde dentro da organização, ainda planejando derrubá-la, um círculo íntimo inabalável em Mykonos. Dimitri tinha chegado a adverti-la quanto a morar no covil de Makis tão pouco tempo depois da morte do rival. Ela devia ter escutado!

Sentada numa poltrona, Ella se inclinou para a frente, tentando encontrar uma posição menos desconfortável. A prótese de barriga que estava usando debaixo do pijama cirúrgico dificultava todos os seus movimentos, por menores que fossem. Mas, como havia aprendido no Acampamento Esperança, mudar a linguagem corporal e o modo de andar de uma pessoa podiam ser dois dos elementos mais importantes de um bom disfarce. Ser gorda e desajeitada a ajudou a *se sentir* como Helen, e isso, por si só, tinha sido suficiente para enganar os olhos autocentrados e narcisistas de Athena.

Ella havia imaginado aquele momento inúmeras vezes: se revelando para Athena deitada, moribunda, para que o último pensamento daquele monstro fosse o de que a filha de Rachel Praeger a havia enganado e destruído. De que Ella Praeger tinha cumprido seu destino e finalmente vingado a morte da mãe. Mas, agora que estava acontecendo de verdade, o encerramento com o qual tinha sonhado não estava acontecendo. Ela não sentia pena de Athena, que não merecia nenhuma. Mas, embora fosse doloroso admitir, estava decepcionada — e até mesmo arrependida — por seu jogo de gato e rato estar perto do fim. Para o bem ou para o mal, as duas tinham um elo. Ella teve essa sensação no convento e estava certa de que Athena sentiu o mesmo: uma atração nociva, porém magnética, que as aproximava. O sentimento de que suas vidas, seus destinos e seus propósitos estavam entrelaçados, de modo que, no fim, só uma poderia sobreviver. A morte de Athena significava que Ella havia vencido. Mas também significava que o jogo tinha acabado. Ella ficou chocada ao perceber como isso a deixou desolada.

— Você! — disse Athena, ofegante. O esforço para formar e expelir a palavra foi quase insuportável. Ela sabia que em pouco tempo não conseguiria mais falar. Precisava tentar agora.

— Então você me reconheceu? — perguntou a Ella, agora no inglês típico de alguém nascido nos Estados Unidos. Seus olhos estavam fixos nos de Athena. Como ela não percebeu antes? As maçãs do rosto salientes, os olhos afastados, que lembravam os de um personagem de desenho animado...

"*Você é a garota do convento*", tentou dizer Athena. "*A garota da padaria!*" Mas o que saiu foi um emaranhado de palavras arrastadas e incompreensíveis.

Com muito esforço, Ella entendeu a palavra "padaria".

— Isso mesmo. Muito bem! Eu era a garota da padaria em Folegandros. Você me viu no convento naquele dia. — Levantando-se da poltrona com dificuldade, Ella se ajoelhou no chão para que seu rosto ficasse a centímetros do de Athena. — Eu devia ter matado você lá, mas era inexperiente demais. Não estava preparada e, além disso, estava seguindo ordens. Mas agora não estou mais. Agora eu sigo as minhas próprias regras.

Ella sorriu e, por um instante, refletiu que, na verdade, ela e Gabriel tinham ditado as regras daquele ataque. As regras eram dos *dois*, não só dela. Quase sem perceber, o relacionamento deles tinha mudado de "mentor e recruta" para aliados, quase parceiros de verdade. Mesmo assim, matar Athena Petridis significava, para Ella Praeger, algo muito mais pessoal do que poderia ser para Gabriel, por mais que ele também a odiasse.

Ella se abaixou, segurou Athena pelas axilas, a arrastou pelo cômodo e a colocou sentada com as costas apoiadas na base de uma poltrona. A paralisia já era quase total, então foi como arrastar um peso morto.

Essa mulher matou a sua mãe, lembrou-se Ella, determinada a não permitir que um pingo de compaixão surgisse para desviá-la do objetivo. *Rachel implorou pela própria vida. Implorou a Athena — como mulher, como mãe — para ter a vida poupada. Mas Athena se limitou a assistir enquanto Spyros segurava a cabeça de Rachel debaixo da água, enquanto ele a afogava como um gato indesejado jogado num rio dentro de um saco.*

Com forças renovadas, Ella começou o monólogo que vinha ensaiando mentalmente havia dias.

— Você tem entre cinco e quinze minutos de vida, caso esteja se perguntando — disse. — Não tem ninguém vindo. Esses são os seus últimos momentos na Terra. Queria que você pensasse nisso.

O corpo largado soltou um grunhido baixo pelo nariz, mas foi só

— O líquido que você acabou de beber continha um agente que ataca o sistema nervoso. É parecido com o Novichok, que você conhece tão bem — prosseguiu Ella. — É fatal, irreversível e razoavelmente doloroso, embora não tanto quanto você merece. As cólicas que está sentindo são seu estômago começando a ter uma hemorragia, embora provavelmente os pulmões ou o coração parem de funcionar antes de a hemorragia matar você.

Outro grunhido, e os olhos se reviraram sinalizando um espasmo parecido com uma convulsão, deixando o corpo rígido e descontrolado. Começou a surgir uma espuma nos cantos dos lábios recém-aperfeiçoados de Athena, sinal de que as coisas estavam correndo muito mais rápido do que Ella queria. Não restava muito tempo.

— Meu verdadeiro nome é Ella. Ella Praeger — disse, rapidamente, observando a expressão de Athena em busca de uma reação, mas tudo o que percebeu foi o medo generalizado e as pupilas dilatadas de uma pessoa antecipando a morte iminente. Será que era tarde demais?

Não. Athena tinha que estar lúcida até o último segundo. Aquele veneno não surtia efeito nas funções cognitivas. Em tese, as vítimas eram capazes de ouvir, ver e entender perfeitamente, apesar da dor.

— Minha mãe se chamava Rachel Praeger — prosseguiu Ella, com lágrimas escorrendo pelas bochechas. — Você ficou parada, olhando enquanto seu marido a afogava numa praia particular perto de Atenas. Lembra?

Athena soltou um som gutural terrível que talvez tenha sido um último suspiro. Muco escorreu de seu nariz, mas os olhos permaneciam fixos em Ella. Athena não parecia conseguir responder, mas estava escutando.

— Rachel trabalhou para o Grupo nos anos 1990, e o sonho dela era que eu fizesse o mesmo. Então, agora eu trabalho. Aliás, fomos nós que derrubamos o seu helicóptero, caso nunca tenha descoberto. Destruímos o seu marido maldito e agora estou aqui para finalizar o serviço. Você está prestes a morrer. — A voz de Ella ficou embargada de emoção. — Tem alguma coisa que queira me dizer?

Os olhos de Athena brilharam com as lágrimas que escorriam. Os lábios se mexiam de leve, aparentemente silenciosos. Ella aproximou o ouvido o máximo possível, se esforçando para escutar. E por fim Athena falou, uma única palavra, ofegante.

— *Apollo.*

A raiva fluiu no corpo de Ella como lava. *Não. Não, não, não!* A última palavra de Athena não pode ser sobre o filho morto. Sobre a perda *dela*. Aquele monstro não merecia isso! O que importava ali, naquele momento, eram a perda, a dor, a vingança de Ella.

Ella segurou o rosto de Athena entre as mãos e a forçou a encará-la.

— Você. Se. Lembra. Da. Minha. Mãe? — perguntou Ella, cravando cada palavra como um canivete.

Os lábios de Athena se abriram. Pela última vez, as duas mulheres se olharam, cara a cara. Então, determinada a fazer um esforço final, Athena venceu o pedido de seu corpo prestes a entrar em colapso e, com os dedos ossudos, segurou o colarinho de Ella e sussurrou uma única palavra em grego. Uma palavra que significava que ela, Athena Petridis, não permitiria a vitória de sua assassina. Que, mesmo na morte, a última risada seria dela.

— *Όχι* — sussurrou, confiante.

"*Não.*"

PARTE TRÊS

CAPÍTULO VINTE E SETE

Seis semanas depois...

Ella estava sentada no banco de trás do UberX, o rosto pressionado na janela enquanto a chuva caía. Do lado de fora, as ruas e as praias de East Hampton estavam desertas, o tempo chuvoso do mês de outubro deixando um brilho misterioso e reluzente nos casarões de tábuas de madeira sobrepostas com seus quintais encharcados, visões fantasmagóricas verdes e brancas sob um céu cinza ameaçador.

Mais uma vez, Ella estava refletindo sobre a improvável sequência de acontecimentos que a levara àquele lugar. Como tudo tinha sido uma verdadeira loucura desde Mykonos e do fatídico dia da morte de Athena. *Morte, não*, lembrou ela, com o olhar fixo numa gota de chuva escorrendo pela janela. *Assassinato.*

Eu assassinei Athena Petridis.

Um dia, imaginou Ella, essas palavras chocantes surtiriam o efeito que deveriam ter. Provocariam um sentimento profundo. Talvez não de culpa, porque não havia dúvida de que Athena merecia morrer. Mas fascínio seria apropriado? Fascínio pela magnitude e pela finalidade do que fizera, de acabar com a vida de outro ser humano. Ella se preocupava porque, naquele momento, não sentia nada além de um desconforto irritante pelo fato de que a última palavra de Athena em vida — "não" — havia lhe negado a admissão de culpa que tanto desejava.

Não, Athena não se lembrava da mãe de Ella.

Não, o afogamento de Rachel Praeger não tinha sido um acontecimento importante em sua vida. A perda de Apollo, seu filho — foi *disso* que Athena se lembrou, foi com *isso* que Athena se importou. Não com a mãe de Ella, nem com suas outras inúmeras vítimas.

— Esquece Athena — disse Gabriel, enfático, quando eles embarcaram no hidroavião de volta ao continente, horas depois do assassinato. Ella estava falando de sua decepção, embora sabiamente tivesse omitido a parte de já estar sentindo falta da adrenalina da caçada. — Athena está morta, e nada do que ela disse ou fez importa mais. Além disso, quem sabe o que ela realmente quis dizer com essa palavra? As pessoas não são racionais na hora da morte. Ou quando estão com dor. Athena estava vivenciando as duas coisas ao mesmo tempo.

Ella assentiu sem dizer nada. Ele estava certo. Só que isso não fazia com que se sentisse melhor. Ocorreu-lhe que talvez estivesse em estado de choque. Os dentes batiam, e o cobertor de lã pesado que Gabriel tinha colocado sobre seus ombros não estava ajudando em nada para aliviar os calafrios. Ella tomou um gole do chá doce e quente do cantil que ele havia lhe oferecido, olhou para baixo, para a procissão de viaturas e ambulâncias subindo atrasadas a colina rumo à *villa* Mirage, enquanto tentava desesperadamente se livrar do sofrimento que a consumia.

O que está feito está feito e não pode ser desfeito.

Onde foi que ela aprendeu isso? Na escola?

E foi assim que, num estalar de dedos, flashes de outra vida começaram a surgir em sua mente: Mimi, o rancho, a escola. Quão diferente ela era. Outra pessoa. Quão inexplicável, mesmo para si própria. Ella se lembrou do desespero para ir embora de Paradise Valley e deixar para trás sua existência solitária. A empolgação da faculdade em Berkeley, rapidamente seguida pelas malditas dores de cabeça insuportáveis, a vergonha e o isolamento que sentia ao "ouvir vozes na cabeça" e se preocupar com a própria saúde mental.

Então, pensou em sua vida em São Francisco. Em Gary Larson, seu chefe horrível e tarado na Biogen; em Bob e sua mulher, Joanie, seus primeiros amigos de verdade. E na morte de Mimi. No enterro, o dia em que tudo mudou. Na primeira vez que viu Gabriel...

Ella se virou e olhou para Gabriel em seu assento apertado no hidroavião. Seus pensamentos tinham fechado o círculo. Mesmo nos últimos instantes de Athena, o acontecimento mais importante da vida de Ella até então, Gabriel estava em sua cabeça. Era quase como se ele fosse parte dela, como se a "voz" irritante das transmissões dele tivessem se internalizado, se tornado algo permanente em seu íntimo. Os dois certamente haviam se aproximado nos últimos dois meses, desde que se separaram do Grupo. Aprenderam a se comunicar melhor, com os objetivos em comum de encontrar e matar Athena e se manter um passo à frente de Redmayne, superando a rivalidade e a desconfiança do começo da relação. Mesmo assim, apesar dessa proximidade, dessa irmandade frágil, Ella se deu conta de que não sabia quase nada sobre aquele homem que tinha mudado sua vida de forma tão profunda. Aquela pessoa irritante, porém viciante, que a levou até ali, que a apresentou ao Grupo e a encorajou a usar suas habilidades, seus dons extraordinários, a servir a um propósito maior. Aquele homem — que lhe contou a verdade sobre seus pais e a convenceu de que não havia nada de imoral em matar outro ser humano em nome da justiça — ainda era um enigma.

Graças a Gabriel, Ella Praeger renasceu, para o bem ou para o mal. Ascendeu como uma fênix das cinzas de sua vida antiga. Ainda assim, em muitos aspectos — aspectos importantes —, ele era um estranho.

"Quem é você?", queria perguntar, mas sabia que, se fizesse isso, provavelmente receberia uma meia verdade como resposta. Seu consolo era pensar que, talvez, ele só fosse capaz de oferecer isso. Afinal, *ela* mal reconhecia a *si mesma* agora — uma filha de luto?

Uma assassina a sangue-frio? Uma aberração geneticamente modificada? Talvez, por mais imperfeito que fosse, o elo formado com Gabriel teria que ser suficiente.

Quando chegaram à pista de pouso particular no norte da Grécia de onde tinham partido semanas antes, Gabriel entregou a Ella uma bolsa de viagem cheia de roupas novas, documentos e dinheiro. Em seguida, a ajudou a se acomodar no banco de trás do jipe que a levaria até o Aeroporto Internacional de Atenas. Lá, pegaria um voo para Estocolmo, onde concordaram que Ella deveria se esconder até a misteriosa morte de "Athena Solakis", inquilina reclusa de Dimitri Mantzaris, perder força. Assim que as notícias seguissem em frente, Ella estaria livre para voltar a São Francisco, se quisesse. Em algum momento, teria que decidir o que fazer da vida. Se voltaria para o Grupo, reconstruindo pontes que havia destruído ao quebrar regras tão descaradamente ao lado de Gabriel e permitindo que seus "dons" fossem usados em missões futuras. Ou se a vingança do assassinato da mãe marcaria um fim apropriado para esse capítulo bizarro de sua vida, iniciado com a morte de Mimi e encerrado com a morte de Athena Petridis.

Depois de entrar no carro, Ella se virou, cansada, para Gabriel e fez a pergunta que pairava no ar.

— A gente vai se ver de novo?

Gabriel esticou o braço para o banco de trás e encostou as costas da mão levemente na bochecha de Ella. Foi um gesto íntimo atípico, até carinhoso. Para vergonha de Ella, sentiu os olhos ficarem marejados de lágrimas e um nó se formar no fundo da garganta.

— Tenho certeza de que sim — respondeu ele, sem muita delicadeza.

— Quando?

— Não sei. — Gabriel forçou um sorriso. — Talvez dependa do nosso amigo Sr. Redmayne. Mas espero que seja em breve. Assim que for seguro. Se cuide, Ella.

Agora, pensando nessa conversa no banco de trás de outro carro, em segurança e já de volta a solo americano, a inexorabilidade das palavras de despedida de Gabriel atingiu Ella em cheio. De seu jeito reprimido e controlado, Gabriel disse adeus.

Ella não o via desde aquele dia e não fazia ideia de onde ele estava.

Assim que pousou em Estocolmo, nenhum dos números de celular e dos endereços de e-mail de Gabriel funcionou. Ele simplesmente desapareceu, saiu da vida de Ella de forma tão rápida e certeira quanto entrou. Andando sozinha pelas ruas de paralelepípedos do romântico centro histórico de Estocolmo — Gamla Stan para os locais —, toda encasacada para se proteger do frio do outono, Ella era quase capaz de acreditar que os últimos seis meses de sua vida não aconteceram. Que tudo não passou de um sonho louco e elaborado. Sem Gabriel, nada daquilo parecia real.

A habilidade de isolar e interpretar mentalmente sinais, agora quase um comportamento natural, era a única coisa que a fazia se lembrar de que tudo o que havia acontecido não era fantasia. O Acampamento Esperança e o professor Dixon eram tão reais quanto ela própria. Graças a eles, não tinha mais dores de cabeça, enjoos ou ataques de pânico. Agora, podia sintonizar nas conversas eletrônicas particulares que quisesse, fosse para ler num café uma troca de mensagens de dois namorados discutindo ou para verificar a velocidade das transferências eletrônicas enviadas pelo banco do qual era cliente. De tempos em tempos, conforme seu sueco foi melhorando, se divertia sintonizando na frequência da polícia e acompanhando os dramas e as operações de combate às drogas ou a imigrantes ilegais em tempo real. Valia qualquer coisa para distraí-la dos seus sentimentos conflituosos a respeito de Athena ou do silêncio sepulcral de Gabriel.

Umas duas semanas depois de chegar a Estocolmo, Bob apareceu. Ella encontrou o velho amigo de São Francisco sentado, esperando no saguão do hotel onde estava hospedada, como se, para ele, fosse a coisa mais normal do mundo estar ali, um fantasma do Natal passado sorridente de roupa cáqui, um turista americano típico com pochete, câmera e boné do San Francisco Giants num ângulo engraçado.

— Oi, sumida. — Bob sorriu. — Vim levar você para casa.

Bob explicou que foi contactado de repente por um "esquisitão", que pela descrição só podia ser Gabriel, que informou onde Ella estava e avisou que só estava esperando um sinal de que era seguro voltar para os Estados Unidos.

— Ele não chegou a explicar por que *não seria* seguro — comentou Bob, diante de um prato enorme de almôndegas no Julius' Café. — Na verdade, não explicou nada sobre nada. Só fez uma transferência de um caminhão de dinheiro para a minha conta bancária, uma grana *violenta*, me mandou uma passagem aérea e me deu o endereço do seu hotel. Então, aqui estou.

— Joanie não se importou de você vir à Europa só para me encontrar? — perguntou Ella, tentando imaginar a conversa entre marido e mulher. — E os seus turnos no café?

— Eles me deviam férias. — Bob deu de ombros. — E sim, Joanie achou meio esquisito. E *é* esquisito mesmo. Mas, pela quantia que aquele maluco ofereceu, o que a gente ia fazer? Dizer "não"? Além do mais... — Ele abriu um sorriso largo, colocou a última almôndega deliciosa na boca, mastigou e engoliu antes de prosseguir. — Joanie estava com saudade de você. Nós dois estávamos. Estou feliz de ser o cara que vai tirar você da bagunça que a trouxe até aqui. Imagino que não queira me contar o que aconteceu desde maio, não é? Ou que "perigo" é esse que você estava correndo.

Ella balançou a cabeça.

— Não posso.

— Senão teria que me matar, certo? — brincou Bob, animado, aceitando que o assunto estava encerrado e demonstrando que não tinha a menor intenção de pressioná-la. — Mas tudo bem para você pegar um voo de volta comigo?

— Sim — respondeu Ella, em parte porque estava muito feliz em vê-lo e em parte porque não conseguia pensar num motivo para não voltar.

O voo de volta foi longo e tranquilo. Gabriel tinha comprado passagens de primeira classe, e Ella ficou surpresa ao perceber que, enquanto Bob assistiu a um filme atrás do outro, ela dormiu quase imediatamente depois da decolagem e só acordou quando as luzes da cabine se acenderam para o lanche antes da aterrissagem.

Voltar para o apartamento e para a rotina em São Francisco foi mais complicado. Ela não precisava encontrar um emprego imediatamente. Helen Martindale, sua corretora de imóveis, tinha encontrado um inquilino temporário para o Rancho Praeger, portanto havia um fluxo baixo, mas contínuo, de dinheiro entrando na sua conta bancária.

— Não sei onde você esteve esse tempo todo — reclamou Helen quando Ella finalmente retornou sua ligação —, mas, durante o verão, tive que recusar duas ofertas enormes de construtoras que queriam erguer casas no terreno. Se eu tivesse conseguido falar com você...

— Não teria feito diferença — interrompeu Ella. — Mudei de ideia. Não vou vender, pelo menos não ainda. E certamente não venderia para uma construtora.

Certas decisões, como essa, lhe davam satisfação. Eram fáceis. Preto no branco. Outras — por exemplo, o que fazer a respeito do Grupo e como viver o resto da vida — eram mais difíceis. Tinham nuances. Parte dela esperava que a decisão fosse tirada de suas mãos. Que alguém do Grupo a contatasse ou para parabenizá-la por completar a missão Petridis sozinha e tentar coagi-la a voltar, ou para criticá-la por se rebelar junto com Gabriel e bani-la para sempre. Mas os dias e as semanas foram se passando e ninguém ligou ou apareceu à sua porta. Assim, se deu conta de que, com relação ao Grupo, a bola estava com ela.

Quando o convite enfim chegou pelo correio — um cartão formal dentro de um envelope branco, antiquado e elegante, como algo tirado de *O grande Gatsby* —, Ella ficou perplexa. Era do próprio Mark Redmayne, convidando-a para um "almoço particular" em sua casa de campo, Oakacres, como se os dois nunca tivessem tido nenhum problema.

Dentro do cartão impresso havia um bilhete dobrado com uma linda letra cursiva.

Minha querida Ella, embora seu comparecimento seja totalmente voluntário, torço para que venha. Acredito que seria benéfico para ambos discutir pessoalmente certos acontecimentos recentes. Com as minhas mais calorosas saudações e agradecendo o seu serviço, Redmayne.

Não havia muito o que pensar. Mark Redmayne era a única pessoa capaz de lhe dizer onde Gabriel estava, ou pelo menos garantir que ele estava em segurança. Isso, por si só, já valia a viagem. Mas, além disso, depois de tanto tempo, Ella estava extremamente curiosa para conhecer o Sr. Redmayne em pessoa, o homem sombrio que parecia ser detestado por muitos de seus agentes, mas que, mesmo assim, quase nunca tinha a autoridade questionada.

— Estamos chegando — disse o motorista do UberX por cima do ombro, olhando para Ella, que tamborilava com os dedos e mordia o lábio inferior, parecendo cada vez mais impaciente. — Você sabe como o pessoal de Long Island dirige na chuva. Todo mundo reduz a velocidade. Vira uma procissão.

Por fim, o motorista desligou o carro diante de um par de portões altos de ferro fundido, que se abriram para permitir a entrada do automóvel. Um longo caminho de acesso subia o terreno e dava numa casa clássica de madeira caiada, enorme e ampla, com uma vista espetacular do mar.

— Bem-vinda a Oakacres.

Um empregado uniformizado abriu a porta e pegou o casaco de Ella antes de conduzi-la por uma sala de visitas enorme com piso de mármore e deixá-la numa estufa elegante nos fundos da propriedade. Parte sala de estar e parte sala de jantar, o mobiliário era uma mistura eclética de antiguidades e móveis de praia modernos. Havia um grande sofá branco coberto de lindas almofadas de seda, uma mesa de carteado do século XVIII pronta para uma partida de bridge e uma mesa de carvalho redonda posta com tigelas de saladas e várias tábuas de carnes, queijos e lagostas já abertas e prontas para comer. Espalhada pelo ambiente havia uma seleção de fotos "troféu" de Mark Redmayne e Veronica, sua mulher atraente, que, ao que parecia, gostava de gastar. Numa das fotos eles cumprimentavam o presidente do país no Salão Oval. Em outra, riam com o príncipe Charles durante uma partida de polo. Numa terceira, Veronica estava ao lado de Angelina Jolie numa conferência da ONU. Ella percebeu que nas fotos não havia crianças, nem mesmo aquelas fotos de família naturais, com todos felizes. Perguntou-se se o casamento dos Redmaynes não era mais um acordo de negócios do que um relacionamento amoroso.

— Ah, Srta. Praeger. — Mark Redmayne apareceu sorrindo e estendeu a mão bem-cuidada para Ella. — Finalmente nos conhecemos. Bem-vinda e obrigado por vir.

Ella trocou um aperto de mão com Redmayne, observando o rosto dele em busca de qualquer sinal que a ajudasse a preencher as lacunas de sua identidade sombria. Para um homem mais velho, ele era atraente. Bonito, apesar dos pés de galinha e das rugas na testa, com maxilar forte, dentes brancos e perfeitos e esbelto, sinal tanto de riqueza quanto de disciplina. *Ele se cuida. Ou talvez a esposa tome conta dele.* Ella tinha ouvido dizer que Redmayne podia ser charmoso mas também impiedoso. Gabriel, em particular, fazia questão de enfatizar a segunda característica, mas, naquele dia, só a primeira estava visível, enquanto Redmayne preparava um drinque para Ella e puxava uma cadeira confortável para sua visita antes de se sentar.

— Bom, acho que devo começar lhe dando os parabéns — disse ele, erguendo seu copo para o de Ella assim que os dois se sentaram. Uma fila silenciosa de garçons pareceu se materializar de repente, enchendo o prato de Ella enquanto eles brindavam. — Ao seu sucesso na missão, mesmo que os métodos não tenham sido muito ortodoxos. Graças a você, o mundo finalmente está livre de Athena Petridis. Você fez um grande serviço para a humanidade, Ella.

Ella olhou de relance sem jeito para os funcionários.

— Está tudo bem, Ella — garantiu Redmayne. — Você pode falar à vontade aqui. Todos na propriedade pertencem ao Grupo.

A última frase deixou Ella de orelha em pé. *Pertencem.* Como se fossem escravos ou propriedades.

— Lembre-se, eu não derrotei Athena sozinha — comentou ela, passando a mão no cabelo ainda curto e repicado. — Gabriel e eu trabalhamos em equipe.

— Sim — murmurou Redmayne, nitidamente mais carrancudo ao ouvir o nome de Gabriel.

— Eu não teria conseguido sem ele. Aliás, onde ele está? — perguntou Ella, indo direto ao ponto. — Não consigo entrar em contato com Gabriel desde que saí da Grécia. Ele está de volta aos Estados Unidos também?

Mark Redmayne fez careta e cravou um garfinho de prata num pedaço de carne de lagosta. Claramente as coisas já estavam saindo do roteiro.

— Não — respondeu ele.

Ella esperou Redmayne elaborar a resposta, usando o silêncio como uma isca

— Ele está em Londres. Numa missão — prosseguiu ele, curto e grosso.

— Você não gosta dele, não é? — Ella se ouviu perguntar.

— Foi isso que ele disse? — retrucou Redmayne, parecendo chocado.

Ella não respondeu, e Redmayne continuou:

— Eu gostar ou não dele não tem nenhuma relevância — disse num tom severo, mas sem negar.

— É relevante para mim — retrucou Ella, chutando o pau da barraca. — Quer dizer, tudo bem me parabenizar pela missão agora e me convidar para vir até sua linda mansão. Mas, quando Gabriel e eu estávamos lá arriscando a vida, você fez de tudo para nos impedir. Ficou furioso. Nos ameaçou. Mandou nos seguirem. Se fosse do seu jeito, Athena teria escapado. De novo. E aí em que pé nós estaríamos agora?

Mark Redmayne balançou a cabeça. Parecia mais magoado que irritado.

— Isso não é verdade, Ella. Posso chamá-la de Ella?

— Claro — respondeu Ella, de cenho franzido, evitando cair no charme dele.

— Eu fiquei furioso com Gabriel. Isso é verdade. E ainda estou, para ser sincero. Mas não com você. Seu trabalho era obter dados usando suas habilidades notáveis, e você fez isso com muita competência. O trabalho *dele* era proteger você. Mas ele não protegeu.

— Eu estou aqui, não estou?

— Está — concordou Redmayne. — Mas não graças a ele. Acredite em mim quando digo que estou tão feliz quanto qualquer um por Athena ter sido liquidada e por você ter voltado para casa em segurança. Mas as coisas podiam muito bem ter tido outro desfecho. Eu tinha motivos razoáveis para querer que sua missão fosse abortada. Como um agente experiente, Gabriel sabia disso.

— Que motivos? — exigiu saber Ella, mas Redmayne estava com tudo, descarregando a raiva que tinha de Gabriel, os punhos cerrados, num sinal palpável de irritação.

— A insubordinação, a *arrogância*... Ele colocou a sua vida em risco, e isso é inaceitável para uma organização como a nossa. Sigilo. Confiança. Essas coisas são cruciais para o nosso trabalho. *Você* é crucial para o nosso trabalho, Ella.

Um homem de terno apareceu, tocou discretamente o ombro de Redmayne e sussurrou-lhe algo no ouvido. Recebeu de recompensa um olhar de extrema irritação.

Redmayne precisou de um enorme esforço para se acalmar antes de se virar de volta para Ella. Quando o fez, já era novamente um modelo de compostura.

— Pode me dar licença, por gentileza? — perguntou, educado. — Não vou demorar mais que alguns minutos. — E desapareceu rapidamente

Ella passou os olhos pelo cômodo. Funcionários entravam e saíam o tempo todo, por isso ela não podia bisbilhotar à vontade. Mas viu que Redmayne tinha deixado o tablet na mesa perto da janela. Ella pegou um exemplar de uma revista de casa e decoração e fingiu que lia enquanto escaneava mentalmente todos os e-mails enviados e recebidos pelo chefe naquele dia e no dia anterior. Eram muitos, a maioria ligada a trabalho. No começo, nada saltou aos olhos. Mas, cerca de um minuto depois, encontrou uma conversa entre Redmayne e km@esperanca.org na noite anterior. *KM*. Ella revirou o cérebro e se concentrou nas identidades conhecidas dentro do Grupo... Katherine MacAvoy? O assunto da troca de e-mails era "Encontro EP". Era curto e não tinha nada de simpático.

Mark Redmayne foi quem enviou o primeiro e-mail. "EP esperada aqui amanhã, como você sabe. Alguma informação final? M."

A chefe do acampamento demorou quase uma hora para enviar a primeira resposta. "Nenhuma informação nova, nem mesmo contato com EP. Relatórios de vigilância iguais aos anteriores."

Relatórios de vigilância? Ella ficou arrepiada. *Então eles vinham me observando.* O fato de ser observada não a incomodava tanto quanto o fato de não ter a menor ideia de que estava sendo vigiada. Na verdade, sequer tinha se dado ao trabalho de verificar. Depois de tudo o que havia aprendido em campo, era vergonhoso que ela tivesse se permitido desligar daquele jeito. Que tivesse voltado a ser a jovem ingênua que era antes de conhecer Gabriel, o Grupo, tudo aquilo.

Mas a mensagem seguinte de Redmayne a tirou do momento de reflexão imediatamente.

"Então, no seu ponto de vista, a farsa foi bem-sucedida?"

Resposta de MacAvoy: "Sim, senhor. EP não sabe. Tudo certo para amanhã. Boa sorte."

Ella sentiu o estômago revirar e um calafrio de náusea atravessar o corpo inteiro. Por um instante, achou que fosse vomitar, mas, felizmente, os sintomas físicos passaram. Mentalmente, porém, ainda estava em choque. Releu as mensagens mais duas vezes para ter certeza de que não tinha pulado nada, mas as palavras estavam ali, preto no branco.

"Farsa."

"EP não sabe."

De que "farsa" ela "não sabia"? Que diabos estava acontecendo?

— Mil desculpas. — Mark Redmayne voltou antes de Ella ter tempo de processar mais a fundo o que havia acabado de ler. — Um problema de trabalho urgente, infelizmente. Mas onde estávamos? — Ele franziu a testa quando finalmente percebeu como Ella estava pálida. — Está tudo bem? Parece que você viu um fantasma.

— Eu estou bem — respondeu Ella, se esforçando para recuperar o tom de voz e a postura de antes de Redmayne sair. — Senti um leve enjoo há pouco, mas passou.

Claramente, Ella tinha cometido um erro enorme nas últimas semanas, ao baixar a guarda e esquecer seu treinamento. Isso não aconteceria outra vez. *Você está com raiva e preocupada com Gabriel*, pensou, lembrando a si mesma.

— Estávamos falando de Gabriel. — Ela se inclinou para a frente, numa postura de quem queria arrumar briga.

Redmayne ficou tenso.

— Estávamos? Achei que já tínhamos deixado esse assunto para trás.

— Talvez você tenha — disse Ella, se esforçando para deixar de lado o que tinha acabado de ler. — Queria saber quando vou poder vê-lo novamente. Nós desenvolvemos um método de trabalho que...

— Você não vai voltar a trabalhar com Gabriel — cortou Mark Redmayne, reforçando sua autoridade num tom áspero. — Nunca mais. Você é um ativo importante demais, simples assim. Não posso permitir que esse tipo de risco se repita. Sinto muito.

Sente muito droga nenhuma, pensou Ella, mas algo no tom de voz de Redmayne lhe deu a sensação de que devia seguir com muito mais cuidado a partir de então.

— Ele está em Londres mesmo? — perguntou ela, semicerrando os olhos.

— Claro que está. Eu já disse — rebateu Redmayne.

— Você não o machucou, não é?

— *Machucar?* — Redmayne deu o seu melhor para parecer assustado. — Não seja ridícula. Meu Deus. Por que me pergunta uma coisa dessa? Que diabos ele andou dizendo?

Infelizmente, nada, pensou Ella. *Pelo menos, nada de concreto.* Se ao menos Gabriel tivesse lhe contado mais da própria vida e do passado, talvez Ella fosse capaz de encontrá-lo por conta própria. E ajudá-lo, caso precisasse — e, cada vez mais, Ella estava suspeitando que Gabriel precisava de ajuda. Em vez disso, porém, ela se viu obrigada a acreditar na palavra de um homem que comprovadamente a enganara e ainda a estava enganando, com a ajuda do Grupo, embora não soubesse ao certo por que ele estava fazendo isso nem com que finalidade. No passado, Ella tinha questionado o fato de Gabriel descrever Mark Redmayne como um fanático duas caras, com sede de poder que não parava por nada. Tinha presumido que ele estava exagerando. Mas, agora, estava de orelhas em pé, atenta.

— Gabriel está em Londres, Élla. Posso lhe garantir — disse Redmayne, adotando um tom mais reconciliador diante do silêncio e da cara feia de Ella. — E, até onde sei, está seguro e bem, embora esteja numa missão *muito* desafiadora, algo que ele sabia antes mesmo de aceitar. Mas não chamei você aqui para conversar só sobre Gabriel.

— Compreendo — disse Ella, concluindo que seria mais inteligente recuar um pouco. A essa altura era melhor fazer Redmayne falar. Talvez, sem querer, ele deixasse escapar alguma pista sobre a "farsa" do Grupo, o segredo que ele, Katherine MacAvoy e sabe-se lá quem mais estavam escondendo.

— Antes de começarmos a pensar na sua próxima missão para o Grupo, eu queria que você me contasse exatamente o que aconteceu em Mykonos — pediu Redmayne. — Um passo a passo de cada minuto, se preferir, desde sua chegada à ilha, passando pelo assassinato de Athena e terminando com a fuga.

— Gabriel já não contou tudo isso?

— Contou — reconheceu Redmayne. — Na verdade, preciso admitir que ele enviou um relatório escrito bastante detalhado. Mas Gabriel não estava na sala quando Athena morreu. Às vezes as coisas se perdem. Se não se importa, quero ouvir seu relato pessoal, Ella.

Ella não se importou. Não confiava nem um pouco em Mark Redmayne; mesmo assim, era um alívio finalmente repassar o ocorrido hora a hora, momento a momento, explicando tudo para outro ser humano sem emoção, autojulgamento ou omissão, mas como uma história, uma sequência cronológica de fatos. Redmayne escutou com calma, mas com visível intensidade. De vez em quando, escrevia num bloquinho de notas da Moleskine que havia tirado da gaveta de uma escrivaninha, mas na maior parte do tempo simplesmente ficou sentado imóvel enquanto Ella falava.

Só quando Ella chegou ao fim da história, recontando o ofegante mas enfático "não" final de Athena — *όχι* —, foi que a dinâmica entre os dois mudou.

— Eu venho me perguntando sobre isso — disse Ella, refletindo. — Por que acha que Athena disse "não" quando perguntei se ela se lembrava de Rachel Praeger?

— Quem sabe? — Redmayne deu de ombros, num gesto de indiferença. Mas Ella percebeu que ele estava com o pescoço e a mandíbula tensos. A pergunta o deixou nervoso. — Talvez estivesse confusa por causa do veneno. Afinal, ela estava morrendo.

Ella balançou a cabeça.

— Talvez. Mas acho que não. Acho que Athena falou com convicção.

— Bom, também existe essa possibilidade. — Mark Redmayne se recostou na cadeira e ajeitou as abotoaduras com nervosismo, pensou Ella. Então, prosseguiu: — Mas só porque Athena Petridis disse algo com convicção não significa que seja verdade. Não se esqueça de que essa mulher foi uma mentirosa patológica ao longo de toda a vida.

— Sim, mas por que mentir sobre isso? — insistiu Ella.

— Por que não? — Mark olhou para trás e, com um gesto, pediu a um garçom que levasse uma segunda rodada de cafés. — Ella, não leve para o lado pessoal, mas, se me permite dizer, você ainda é nova nesse jogo e está cometendo o erro clássico de procurar motivos racionais para as palavras e os atos de uma psicopata. *Você* sabe que Athena Petridis conhecia sua mãe.

— Mais do que conhecia — corrigiu Ella, veemente. — Athena estava presente nos últimos momentos de vida da *minha mãe*. Estava lá e não fez nada enquanto o marido dela afogava a minha mãe como um animal.

— Verdade. — Mark Redmayne estalou os dedos. — Então, que diferença faz se Athena disse o contrário? Ela queria negar a você a satisfação de uma admissão. Grande coisa. Você a matou, Ella. Você venceu. Ah, o café! Excelente. Aceita mais uma xícara?

Ella observou Redmayne enxotar o garçom, pegar o bule de prata e servir o café numa xícara nova. Nenhuma gota foi derramada enquanto o fluxo de líquido preto e quente caía na porcelana branca, fazendo um movimento circular elegante até encher exatamente três quartos da xícara. Em seguida, ele colocou o creme e o açúcar com o mesmo cuidado, os mesmos movimentos controlados e elegantes, executando a mais simples tarefa como se fosse um balé.

Ele é agradável demais. Perfeito demais, pensou Ella. *Está fazendo um showzinho, e eu sou a plateia.*

Pela primeira vez, começou a ter um vislumbre de que a "farsa", qualquer que fosse, tinha a ver com a mãe dela e Athena. Decidiu pressionar um pouco mais.

— Sr. Redmayne — disse, inclinando-se para a frente.

— Mark — corrigiu.

— Mark — Ella sorriu com simpatia —, antes de eu me comprometer a voltar para o Grupo de vez, queria saber se existe algo que você possa me contar a respeito dos meus pais. Qualquer coisa.

O nervo na mandíbula de Redmayne começou a se contrair rápido.

Estou chegando perto, pensou Ella.

— Queria saber mais sobre a vida deles dentro do Grupo. Outras missões em que estiveram envolvidos. Os amigos e os colegas de trabalho que tiveram. Hoje em dia tenho a sensação de que sei mais sobre a morte deles do que sobre a vida que tiveram. Pelo que sei, vocês três eram próximos.

Redmayne tomou um longo gole de café.

Ganhando tempo.

— Quem disse que éramos próximos? — perguntou, num tom indiferente, forçadamente casual.

— Algumas pessoas — respondeu Ella, tentando ser vaga.

— Gabriel?

— Ah, não. — Ella balançou a cabeça num gesto convincente. — Outras pessoas. No Acampamento Esperança. Gabriel não é o que chamamos de uma pessoa muito faladora.

Ela abriu um sorriso conspiratório, e Redmayne retribuiu. O homem não estava soltando nada, mas tinha certeza de que ele se sentia incomodado.

— E *então*? Você era próximo deles? — pressionou Ella.

— Não é bem assim — respondeu Redmayne depois de uma pausa. Ele parecia escolher as palavras com cuidado. — Esse é o problema dos boatos, sabe? Existem exageros. Claro que eu os conhecia. E eu e sua mãe trabalhamos juntos. Mas não diria que éramos próximos.

— Não? — Ella esperou Redmayne continuar.

Ele pigarreou e prosseguiu:

— Naquela época não havia muitos casais no Grupo. Aliás, nem hoje. Seus pais eram um dos poucos casos, e certamente eram os mais conhecidos.

— Por causa da inteligência deles?

— Sim. E por sua causa. O grande experimento deles. *A criança prodígio.* — Redmayne abriu um sorriso irônico para Ella. — O que estou tentando dizer é que William e Rachel eram próximos um do outro. Eram uma equipe. Como unha e carne. Inseparáveis, diriam alguns. Não havia espaço para mais ninguém.

— Inseparáveis, é? — Ella inclinou a cabeça. — Ah, que legal.

Mentiroso! Ela se lembrava nitidamente de Gabriel lhe contando o contrário. Que Rachel havia se tornado hierarquicamente superior ao seu pai e, como resultado, muitas vezes eram enviados em missões separadas. E que isso tinha causado uma desavença entre os dois.

Redmayne se inclinou para a frente e, com seu sorriso mais carinhoso e carismático, disse:

— Sabe, Ella, eu perdi meus pais quando ainda era novo.

— É mesmo? — disse Ella, se perguntando se isso também era mentira. Por mais estranho que fosse, achou que não.

— É. — Ele fez que sim com a cabeça, num gesto melancólico. — Então, acredite, eu sei como é passar a noite acordado, imaginando coisas. Pensando em cada detalhe. Mas a verdade, Ella, é que o Grupo já compartilhou com você todas as informações que tem sobre os seus pais. William e Rachel eram brilhantes. Eram devotados ao Grupo e ao nosso trabalho. À justiça. No fim, tragicamente, eles morreram pela causa. Mas a morte deles não foi em vão. Porque agora temos você.

Redmayne se levantou, abriu os braços e puxou Ella para um abraço repentino e inesperado. Ella se permitiu ser abraçada. Fechou os olhos e concluiu que ele tinha cheiro de pós-barba caro... e de mentiroso.

— Se eu pudesse lhe contar mais, contaria — garantiu Redmayne, o hálito quente na orelha de Ella. — Mas não há mais nada a contar. Isso é tudo o que eu sei, Ella. Acredite em mim.

"Acredite em mim."

Durante todo o caminho até o aeroporto, onde pegaria o voo de volta para São Francisco, as últimas palavras de Redmayne ressoaram nos ouvidos de Ella enquanto esperava no portão, andava até a rampa de acesso para passageiros e ao se sentar. E mesmo ali — com o rosto pressionado na janela de acrílico, observando um cobertor de nuvens tão denso que parecia sólido, como uma montanha de neve celestial —, ela ouvia as palavras de Redmayne:

"Acredite em mim."

"Acredite em mim."

"Acredite em mim."

Então, ela pensou nos e-mails que Redmayne havia trocado com Katherine MacAvoy.

"Então, do seu ponto de vista, a farsa foi bem-sucedida?"

"Sim, senhor. EP não sabe. Tudo certo para amanhã. Boa sorte."

O desgraçado ia precisar de mais que sorte quando Ella descobrisse o que estava escondendo. Alguma coisa sobre Athena. Ou sobre a mãe de Ella. Ou sobre as duas.

Ela iria voltar para o Grupo, mas, dali em diante, até descobrir a verdade, se consideraria uma agente dupla. Sua nova "missão" era descobrir a farsa de Redmayne. E encontrar Gabriel.

Gabriel.

Sentia saudade dele.

Passou a mão no cabelo que estava voltando a crescer e, de repente, se sentiu exausta. Exausta, triste e solitária. Tentou imaginar Gabriel em Londres — será que estava lá mesmo? No quarto de hotel ou andando pelas ruas? Mas a imagem dele sumiu de sua cabeça. Era como se, mesmo na imaginação, o estivesse perdendo.

E se eu nunca mais o visse?

Ella fechou os olhos e afastou esse pensamento.

CAPÍTULO VINTE E OITO

— Que bom ver você de novo, garota.

Jim Newsome aqueceu as mãos segurando a caneca de café fumegante que a garçonete havia acabado de encher, mãos que ainda estavam geladas por causa do frio lá fora. Jim sorriu para Ella.

— Que bom ver o senhor também, Sr. Newsome.

Na semana anterior, Paradise Valley havia sofrido a primeira geada, e a paisagem tinha ficado tão rígida quanto as juntas do velho fazendeiro. O Benny's Diner, única opção para um café da manhã quente na Prospect Road, estava lotado. Todos os reservados estavam ocupados quando Jim chegou, mas um grupo de jovens fazendeiros cedeu o lugar para o antigo vizinho de Mimi Praeger. Todos na região adoravam e respeitavam Jim Newsome, até os que não gostavam de sua mulher linguaruda. Quando Ella entrou no estabelecimento minutos depois e cumprimentou o fazendeiro como se fosse um velho amigo, todos os olhos se voltaram para a jovem bonita com aparência delicada usando calças de veludo pretas e suéter de gola rulê verde-garrafa.

Assim que Ella se sentou, uma segunda xícara de café apareceu como que num passe de mágica — um café tão forte e denso que dava para beber de colher.

— Fiquei surpreso ao receber sua ligação — disse Ella.

— É, bem... — Newsome murmurou algo incompreensível, baixou a cabeça e olhou sem jeito para o guardanapo. — Talvez eu devesse ter ligado antes. Não sabia bem o que fazer, entende?

Ella garantiu que entendia a situação perfeitamente. Acontece que Mimi tinha escrito uma carta para Jim, e ele só a recebeu cerca de um mês depois do enterro, das mãos do advogado dela, transferindo para ele os cuidados sobre alguns "itens pessoais": *"A maioria eram coisas do meu filho"*, escreveu Mimi, *"e, embora eu não queira que elas sejam destruídas, também não quero que sejam um problema para Ella. Talvez, no futuro, se Ella se casar, esses objetos possam passar para os filhos dela. Mas confio em você para lidar com isso, Jim. Guarde tudo em segurança e use seu poder de julgamento. Tudo de bom, Mimi Praeger."*

De seu túmulo, Mimi pediu especificamente que Jim *não* mostrasse a Ella os objetos confiados a ele. E, embora não tenha explicitado, Jim concluiu que *ele* também não deveria abrir as caixas e olhar o que tinha dentro — pelo menos não ainda. Em vez disso, deveria esconder tudo até um momento futuro ainda não definido.

O problema era: como ele poderia usar "seu poder de julgamento" se não tinha a menor ideia do que estava julgando?

Obviamente, a mulher de Jim, Mary, achou que era uma questão simples.

— Você precisa honrar o pedido de Mimi, Jim. Não é complicado. Afinal, eram coisas dela. Ela confiou em você para fazer o que foi pedido.

— Sim, mas *o que* exatamente ela pediu? — desafiou Jim.

— Que você guarde as caixas e se esqueça delas.

Durante alguns meses, Jim Newsome conseguiu cumprir a primeira parte do trato, ao colocar as caixas fechadas no mezanino de um de seus celeiros secos e afastados, numa parte de sua propriedade aonde nunca ia ninguém. Mas "esquecer" jamais foi sequer uma opção. Por um lado, naturalmente queria fazer a coisa certa para sua amiga. Mas, por outro, na verdade aqueles objetos pertenciam aos pais de Ella. Será que eles não gostariam que pertencessem à sua única filha? Jim Newsome se sentiu culpado por ele, praticamente um estranho, ter a posse de coisas que, segundo todas as leis naturais, deveriam estar nas mãos de Ella. Afinal, Mimi Praeger não era perfeita. E se, nesse caso, o desejo de proteger a neta não tivesse nenhum fundamento? E se o conteúdo das caixas propiciasse a Ella um elo com os pais, com o próprio passado, um elo que seria fundamental para sua felicidade futura?

E se...?

Havia muitas questões para o gosto de Jim Newsome. Por isso, na manhã do domingo anterior, ele foi até o celeiro, abriu só uma das quatro caixas e tomou uma decisão. No dia seguinte, ligou para Ella e marcou o encontro.

— Me desculpe por encontrar você aqui, e não em casa — disse ele em voz baixa, os lábios mal se mexendo o suficiente para as palavras saírem. — Mas não tenho coragem de contar a Mary que entrei em contato com você. Ela tem boas intenções, mas não concorda com o meu ponto de vista. Não quero irritá-la.

— Claro que não — concordou Ella, que também não queria irritar Mary Newsome nem correr o risco de ter aquela velha irritante, negativa e enxerida olhando por cima do seu ombro enquanto ela lia... o que quer que estivesse prestes a ler. *Meu Deus, como estava empolgada!*

Sua vida vinha sendo uma tortura desde o encontro com Mark Redmayne semanas antes, a troca de mensagens criptografadas bem-educadas sobre possíveis missões futuras e os "próximos passos" de seu treinamento com o Grupo, sem conseguir descobrir mais nada sobre o "segredo" que vinha sendo escondido dela. (E sobre o paradeiro de Gabriel, aliás.) Ella havia pensado em todos os cenários possíveis que poderiam envolver tanto Athena Petridis quanto sua mãe — qualquer coisa que Mark Redmayne iria *querer* esconder dela. Mas nada parecia fazer sentido. Além do mais, até que fosse chamada de volta à ativa para uma missão do Grupo, até se encontrar numa posição capaz de interceptar mais dados sobre o assunto, tudo não passaria de conjuntura. Palpites às cegas. Ella estava subindo pelas paredes quando recebeu a ligação de Jim Newsome. Como seria maravilhosamente irônico descobrir a verdade sobre seus pais não pelo traiçoeiro Mark Redmayne ou seus assistentes no Acampamento Esperança, mas pelos seus próprios pais! E se as caixas que Jim guardava contivessem documentos preciosos e tivessem as respostas que ela estava procurando? E se as respostas estivessem ali o tempo todo?

— Eu vou de carro até o seu celeiro por uma pista que dá a volta no terreno, como o senhor sugeriu, e vou estacionar num lugar onde não dê para ser vista da estrada — garantiu Ella. — Vou passar algumas horas vendo o que tem lá dentro e levar tudo o que for realmente importante quando acabar. Ficaria feliz se o senhor ficasse com o restante por enquanto, só até eu me mudar para um lugar maior, com mais espaço para guardar as coisas.

Jim Newsome assentiu.

— Claro. Mas fique sabendo que não faço ideia do que está dentro das caixas. Achei que não tinha o direito de espiar mais que o necessário. Então, não sei exatamente o que você vai encontrar.

— Agradeço.

— Se quiser que eu lhe faça companhia, vai ser um prazer.

— Obrigada. — Ela apertou a mão dele, sentindo-se verdadeiramente grata. — É muito gentil da sua parte. Mas está tudo bem. Essa é uma coisa que eu preciso fazer sozinha.

Ella Praeger mudou desde a última vez que Jim Newsome a viu, no velório de Mimi. Fisicamente: estava de cabelo mais curto e pintado de castanho-escuro, o que combinava com ela, e parecia mais magra e em forma, uma atleta. Porém, o que mais chamou a atenção de Jim foram as mudanças na personalidade. Quase todos os desvios de personalidade tinham sido corrigidos, todos os comportamentos esquisitos, desinibidos. Sentada diante dele estava uma mulher madura, racional, equilibrada. Confiante e calma, o tipo de pessoa capaz de lidar com muito mais do que sua avó poderia ter imaginado. Jim queria dizer tudo isso a Ella, mas as palavras teimosamente se recusavam a se organizar e formar o elogio que ele queria fazer. Em vez disso, ele se limitou a abraçá-la e lhe entregar um mapa que havia desenhado até o celeiro de feno junto com o molho de chaves para as fechaduras das quatro caixas.

— Você sabe onde vou estar, caso precise de mim — disse Jim. — Boa sorte.

O mapa de Jim era excelente e, apesar das curvas sinuosas, Ella encontrou o celeiro com relativa facilidade. Ela se lembrava vagamente de ter visto o lugar na infância, durante um de seus longos passeios sem rumo pelo vale, mas nunca entrou naquela estrutura tradicional de madeira avermelhada com telhado inclinado e portas de madeira com tábuas largas. Além da instalação de eletricidade — não havia aquecimento, apenas três lâmpadas simples, que eram acesas por um único interruptor localizado ao lado da porta —, o celeiro permanecia praticamente inalterado desde o fim do século XIX, embora, assim como tudo o mais no Rancho Newsome, o lugar estivesse em excelentes condições; um depósito tão "seguro e seco" quanto Mimi poderia ter desejado.

Fazia frio, muito frio, e Ella ficou feliz por encontrar suas luvas sem dedos e seu casaco caro de penas de ganso enquanto subia a escada de madeira e chegava ao mezanino, onde as caixas de Mimi estavam alinhadas como soldados encostados na parede dos fundos do celeiro.

Depois de procurar as chaves com os dedos meio dormentes, Ella se agachou e destrancou as quatro caixas em sequência antes de levantar a tampa da primeira devagar e com todo o cuidado. As caixas eram idênticas — antigas, aparentemente de mogno e com uma borda dourada simples mas bonita embutida nas tampas. Cada uma tinha cerca de sessenta centímetros de largura e 25 de altura, deixando claro que não havia nenhum objeto grande dentro delas. Talvez alguns livros, joias ou algumas peças de roupa pequenas dobradas. Com sorte, algumas fotos. Claro que desvendar o segredo de Redmayne era importante, mas ela estava empolgada não só pela oportunidade de superar o Grupo e vencê-lo no próprio jogo. Isso era apenas parte da sua vida. Acima de tudo, o que queria encontrar ali eram imagens dos pais: descobrir fotos novas com expressões diferentes, dar vida nova às suas fantasias mofadas. Também seria maravilhoso encontrar cartas, lembranças, bugigangas; qualquer coisa verdadeiramente pessoal que pudesse formar um elo entre mortos e vivos, tecer uma teia de aranha para conectar presente e passado, o que ainda estava ali com o que tinha partido para sempre, para nunca mais voltar.

A primeira caixa, a que Jim tinha aberto, foi uma surpresa e uma alegria. Não havia segredos obscuros ali. Em vez disso, a caixa continha o que provavelmente havia sido o véu de casamento de Rachel, feito de uma renda simples e antiquada, além de uma ordem de serviço da igreja, algumas flores desidratadas prensadas — provavelmente do buquê — e um pequeno álbum de fotos do casamento de William e Rachel.

Ella sentiu o estômago revirar de emoção, como se alguém tivesse jogado uma bola medicinal em suas entranhas. Ali estava sua mãe, rindo, com aqueles cachos loiros, longos e soltos caindo no rosto e nos ombros sob o véu enquanto se inclinava para perto do pai de Ella, para William, com aquela expressão travessa e íntima contrastando completamente com o visual sério e recatado do vestido longo. Ella se perguntou onde estava o vestido.

O rosto de seu pai estava igualmente hipnotizante na foto, iluminado com amor e adoração. Como os dois pareciam jovens, felizes e *determinados*. Igualmente interessante estava Mimi na foto, no primeiro banco de uma igreja que Ella não conseguiu reconhecer. A avó parecia pequena e deslocada naquele vestido de algodão sério de gola alta, e depois na recepção, segurando uma taça de champanhe, o que parecia uma montagem de Photoshop. Estava com a cara emburrada, provavelmente, imaginou Ella, por ter que se misturar com o tipo de gente que costumava evitar a todo custo. Boêmios. Pessoas modernas usando vestidos que pareciam robes esvoaçantes, exibindo tatuagens, muitas delas fumando cigarros bastante suspeitos. *Os amigos dos meus pais*, pensou Ella. Cientistas e médicos, provavelmente, relaxando numa festa. Mas, pelas fotos, estava nítido que Mimi não aprovava nada daquilo.

Será que William e Rachel já faziam parte do Grupo na época? Ou isso aconteceu depois do casamento? Ella analisou o rosto dos convidados, mas não reconheceu ninguém. Colocou o álbum cuidadosamente ao lado para se lembrar de levá-lo para São Francisco à noite, fechou a tampa da primeira caixa e abriu a segunda, depois a terceira, alternando entre se sentir entretida, emocionada e fascinada pelo que havia dentro. Tanto que quase esqueceu Mark Redmayne e sua "farsa". Grande parte do que havia nas caixas era lixo — livros e roupas antigos e declarações de imposto de renda preenchidas cuidadosamente para um futuro que nunca chegou. Mas às vezes Ella encontrava preciosidades; tesouros inestimáveis de uma infância perdida. Ali estava a pulseirinha do hospital colocada em Ella ao nascer, junto com uma caixinha em formato de coração com o que provavelmente era um de seus dentes de leite. Havia também um relógio com gravação em baixo-relevo, a pulseira arrebentada, que foi dado ao seu pai de presente de formatura na faculdade. Um bloco de notas de sua mãe com alguns rabiscos e o que pareciam ser trechos de letras de música.

Coisas adoráveis. Coisas pessoais.

Ella franziu a testa.

Por que diabos Mimi quis que Jim escondesse tudo isso de mim?

O que poderia me aborrecer aqui?

Assim que abriu a última caixa, Ella sentiu o coração bater um pouco mais rápido. Bem no topo, amarrado cuidadosamente com uma fita e colocado sobre um ursinho de pelúcia antigo e mantas de bebê, havia uma pilha de cartas. Ella reconheceu a caligrafia de William imediatamente, com seus Gs e Fs elaborados e a inclinação para a frente, típica de um canhoto, como se todas as palavras estivessem correndo pelo papel e tentando desesperadamente pisar em freios invisíveis. Ella desfez o laço com todo o cuidado, passou os dedos pelos envelopes com reverência e, de repente, parou para olhar duas vezes.

O carimbo dos correios.

Não. Só pode ser um erro.

Ela verificou a segunda carta, depois a terceira e a quarta. O primeiro e o último envelope estavam datados com uma diferença de apenas três meses, na primavera de 2003.

Ella fechou os olhos e tentou estabilizar a respiração.

Isso não era possível. Não podia ser. Seu pai foi assassinado a tiros e sua mãe foi afogada por Spyros e Athena Petridis na Grécia em 2001.

Ella tentou pensar racionalmente. Será que alguém encontrou e enviou aquelas cartas depois da morte deles? Com mãos trêmulas, tirou, uma a uma, as cartas de dentro dos envelopes. Não era o caso. A data no cabeçalho das folhas batia com a dos envelopes: 2003. A maioria foi escrita pelo seu pai para sua mãe, mas duas delas — cartas curtas escritas com uma caligrafia mais arredondada e bonita — tinham a assinatura "Com amor, Rachel".

Os pais de Ella estavam vivos em 2003. Dois anos *depois* de os Petridis os assassinarem, segundo a história que ela conhecia.

Então *essa* era a mentira! A "farsa" sobre a qual Mark Redmayne e Katherine MacAvoy tinham conversado por e-mail.

Athena Petridis não ficou parada assistindo enquanto a minha mãe era afogada. Isso porque a minha mãe não morreu afogada. Isso nunca aconteceu!

Ella sentiu o vômito subir e caiu de joelhos. Sua mente estava a mil. Com imagens terríveis e inúmeras possibilidades surgindo diante de seus olhos. Athena, morrendo e desesperada, os olhos suplicando por ajuda. Envenenada por um crime que nunca cometeu. *Envenenada por* mim.

O Grupo havia transformado Ella numa assassina, e para isso se valeu de uma mentira. Uma mentira terrível, uma mentira que se aproveitava de seu maior ponto fraco — o amor e a saudade da família perdida —, e isso era uma completa traição.

Tremendo, Ella tentou rastrear o começo da farsa. Quando foi a primeira vez que ouviu falar do afogamento?

No avião rumo à Grécia. Nos arquivos do briefing.

E quem tinha lhe dado aqueles arquivos?

Não foi Redmayne.

Não foi MacAvoy.

Ela soltou um grito que era parte angústia e parte fúria quando a terrível verdade veio à tona.

Foi Gabriel.

Seu Gabriel.

Gabriel lhe entregou aqueles arquivos pessoalmente. Ele plantou a mentira! O fato de provavelmente ter feito isso sob ordens de Redmayne não diminuía em nada a traição. Aquele desgraçado também fez parte da farsa. Durante o tempo em que trabalharam juntos, quantas vezes Gabriel falou do afogamento de sua mãe? Três? Quatro? Mais vezes?

A dor era insuportável. A única pessoa do Grupo em quem Ella aprendeu a confiar sem questionar. A única pessoa que acreditou realmente estar do seu lado, com quem passou a se preocupar, que passou até a amar. Que ironia poder admitir isso para si mesma agora, pensou Ella. Agora que era tarde demais. Agora que Gabriel se revelou um mentiroso, um manipulador e um...

Ela cerrou os punhos com tanta força que começaram a doer. Aquilo não ficaria assim. Gabriel ia pagar pelo que tinha feito. Todos iam pagar. Mas agora ela precisava se acalmar. Manter a cabeça no lugar.

Com um esforço considerável, pegou as cartas outra vez e leu cada uma, lentamente, do começo ao fim. Qualquer uma delas poderia conter uma pista sobre o que *realmente* havia acontecido com seus pais. Ou revelar uma ligação — se é que havia alguma — deles dois com Athena Petridis.

A maioria das cartas era curta, com os dois contando novidades e trocando juras de amor durante os tempos que passaram longe, provavelmente em missões separadas para o Grupo. Mas duas das correspondências, as duas últimas, eram de William para sua mãe, Mimi. Em essência, nas duas o pai de Ella defendia seu casamento. Mais especificamente, defendia a mulher da própria mãe, que claramente havia expressado seu desagrado com relação a Rachel em cartas anteriores.

Pelo que Ella pôde entender, as cartas foram escritas depois do misterioso desaparecimento de Rachel. William estava claramente preocupado com o bem-estar dela e convencido de que havia uma explicação inocente. Mas Mimi parecia convencida de que sua nora, longe de estar correndo qualquer risco, tinha simplesmente abandonado a família.

"Eu sei que ela é problemática", escreveu William. "E é verdade que as coisas estão abaladas entre nós. Mas Rachel jamais abandonaria Ella, mãe. Disso eu tenho certeza. Aconteceu alguma coisa, e não vou descansar enquanto não descobrir o que foi."

Na última carta, William falou de depressão e até de um possível suicídio, rebatendo o que considerava falta de compaixão por parte de Mimi.

"Até sentir essa escuridão, mãe, como você pode saber? Como qualquer um de nós pode saber? Não vou deixar você ficar perto da nossa filha se continuar dizendo essas coisas. Pare, por favor."

Quando Ella terminou de ler já estava escuro. Escuro e tão frio que a ponta dos dedos das mãos e dos pés tinham ficado completamente dormentes. Como uma bola de tênis — ou uma bala ricocheteando nas paredes —, sua mente ia e voltava, tentando, sem sucesso, processar tudo o que havia descoberto nas últimas horas.

Seus pais ainda estavam vivos na primavera de 2003.

No outono do mesmo ano, sua mãe tinha desaparecido.

Gabriel mentiu.

Athena Petridis não matou sua mãe.

Ela foi ludibriada a cometer um assassinato.

Ella amarrou as cartas com o laço outra vez, colocou-as numa bolsa junto com as fotos do casamento, a pulseira da maternidade e a caixa de dentes de leite que pareciam tão importantes horas antes, mas que agora não passavam de notas de rodapé num pesadelo que estava só começando a se desdobrar. Enquanto fechava cuidadosamente a tampa da quarta caixa, Ella notou uma pequena reentrância sob os dedos. Decidiu pressioná-la e tomou um susto ao sentir que a reentrância cedeu. Um painel secreto de no máximo cinco centímetros de largura deslizou para o lado, como se fosse a tampa de uma caixa de lápis antiga de madeira. Na cavidade havia mais uma carta — essa sem envelope nem data e com as pontas da folha rasgadas. Também estava assinada pelo pai de Ella, mas, ao contrário das outras, tinha sido escrita numa máquina de escrever.

"Cuide de Ella", dizia a carta. "Encontrei Rachel. Ela está no norte da África, e está com M. Sei como a senhora se sente em relação a Rachel, mãe, mas ela não está bem. Está apaixonada por M., mas não faz ideia de como ele é perigoso. Tenho que fugir dele e deste grupo com o qual estamos envolvidos. Tenho que tirar nós dois desse grupo, de vez. E vou conseguir fazer isso, prometo. Assim que for seguro e eu estiver com Rachel, vamos voltar para buscar Ella.

"Me deseje sorte, mãe. Te amo. Will"

Ella prendeu a respiração. Seus olhos se encheram de lágrimas.

Então seus pais *tinham* a intenção de voltar para ela! Queriam retornar. Mas algo — ou alguém — os impediu. A carta de William claramente dava a entender que esse "algo" era o Grupo. E será que esse "alguém" era o misterioso "M.", que fez uma lavagem cerebral em Rachel e sumiu com ela?

Meu pai não era leal ao Grupo, concluiu Ella. *Estava tentando escapar deles!*

Ella pensou no vídeo ao qual assistiu, enviado por Gabriel num pen-drive depois de se conhecerem, com William falando entusiasmado do Grupo e dizendo que o "destino" de Ella era se juntar a eles. Será que foi gravado muito antes de William perder a fé no Grupo? Ou ele foi pressionado a dizer aquilo?

E se o vídeo sequer fosse real, mas adulterado, modificado digitalmente de alguma forma e usado como uma peça de propaganda doentia, criada para atraí-la para o Grupo? Se fosse isso, a tática tinha funcionado.

Mas agora os olhos de Ella tinham sido abertos. Seu pai queria fugir do Grupo, ou seja, a última coisa que queria era que o Grupo pusesse as garras na filha dele.

Seria possível que aquelas pessoas que haviam transformado a vida de Ella — que a haviam transformado numa justiceira, uma assassina, uma arma humana — não fossem as mocinhas, mas, na verdade, as responsáveis por destruir sua família?

Quem era "M."?, perguntou-se Ella. *E por que ele era tão perigoso?*

Precisava descobrir o que havia acontecido com seus pais depois de seu pai escrever aquela carta. Porque o fato era que William e Rachel jamais voltaram para cuidar dela. E eles teriam feito isso se pudessem, Ella não tinha dúvidas.

Voltando de carro para a cidade com a bolsa cheia de cartas e bugigangas no banco do carona, Ella estava se sentindo estranhamente em estado de alerta, apesar da exaustão física e da falta de comida no estômago. Agora, sabia mais do que jamais soube da família que havia perdido. No entanto, de certa forma, ao mesmo tempo sabia menos. Dos pais. Do Grupo. De si mesma. De Gabriel. De Athena Petridis. E de *tudo* o que havia sido seu último ano.

O fato terrível, inevitável, era que tinha se tornado uma homicida. Uma assassina. Mas não vingou a morte da mãe de forma alguma. Em vez disso, matou a pessoa "errada", com base numa mentira. Apesar disso, *tinha* que haver alguma conexão entre ela e Athena. Alguma forma de reconhecimento, algum elo de Athena com seus pais e seu passado. Essa sensação era tão forte que Ella não conseguia ignorá-la, mesmo diante de todas as evidências encontradas naquele dia.

O cansaço foi crescendo, mas ela sabia que ainda tinha muito trabalho a fazer. E era *isso* que a mantinha em frente, era isso que lhe dava essa energia estranha para evitar que caísse no sono ao volante.

Havia chegado muito longe.

Mas a jornada não tinha acabado, e sua missão ainda não estava perto do fim.

* * *

Mal conseguindo abrir os olhos de sono, o padre Michael Murphy encarou a jovem parada no vão da porta da residência paroquial. Era o meio da noite — duas da madrugada, para ser mais preciso —, e a brancura do rosto de Ella era tão lúgubre quanto a da lua.

— Posso ajudar?

— Preciso me confessar.

— Tudo bem. — O padre Michael apertou a faixa da batina para se proteger do frio e passou a mão no que lhe restava de cabelo, tentando afastar o sono e acordar de vez. — E não dá para esperar até amanhã de manhã?

A mulher balançou a cabeça.

— Entendo. — O padre Michael colocou a mão no ombro da mulher e disse: — Bem, para Deus, todo pecado é perdoável.

— Mesmo assassinato?

Totalmente acordado depois da pergunta, o padre Michael a encarou com mais atenção.

— Mesmo assassinato. — Ele escolheu as palavras com cuidado. — Entre, você é bem-vinda, e vou ouvir sua confissão, seja ela qual for. No entanto, devo avisá-la de que, se um padre suspeita que um crime sério tenha sido ou possa ser cometido, ele é obrigado por lei a denunciá-lo.

Ela processou a informação.

— Entendo. — Uma pausa. — Então, vocês não são como advogados?

O padre Michael sorriu.

— Não. Não somos como advogados. Em nenhum nível.

— Entendo — repetiu Ella, então deu meia-volta e saiu da igreja, olhando para o outro lado da rua, onde seu carro estava estacionado. As lâmpadas da entrada da igreja iluminavam sua expressão nitidamente perturbada.

— O perdão de Deus é infinito — disse o padre Michael em voz alta. — Tudo o que Ele deseja é que você se arrependa, que você lamente de verdade o que fez, que tente consertar, e que não faça mais.

O problema é a última parte, pensou Ella enquanto saía de carro. Porque, naquele momento, a única forma de "consertar" o assassinato de Athena Petridis era matar o homem que a ludibriou para levá-la a matar.

O homem que mentiu a respeito do assassinato de seus pais, do Grupo, de Athena, de tudo.

O homem que ela quase acreditou ser seu futuro.

A confissão teria que esperar até ela parar de pecar.

Antes, precisava encontrar Gabriel.

CAPÍTULO VINTE E NOVE

Christine Marshall puxou para baixo a camiseta apertada da Hello Kitty, cobrindo o abdômen, e ajeitou a minissaia plissada com naturalidade enquanto balançava os quadris ao andar, ciente de que os trabalhadores do canteiro de obras estavam de olho enquanto passava — e feliz com isso. Ela apoiava totalmente o #MeToo e o empoderamento feminino, mas seu "poder" particular sempre veio do efeito que exercia sobre homens viris. Usando esse poder a serviço do Grupo — para fazer o bem, para fazer diferença —, ela conseguiu construir uma vida cheia de significado e propósito, mesmo que, para isso, tenha precisado fazer outros sacrifícios. E Christine fez tudo isso usando saltos gatinho e roupas íntimas maravilhosas, algo que, para ela, era fundamental.

Claro que Christine não era peso-pesado como Ella Praeger. Embora as duas tenham sido colegas de quarto no Acampamento Esperança por apenas algumas semanas — período em que os modos abruptos e a raiva explosiva de Ella a amedrontavam com frequência —, Christine acreditava que as duas haviam formado um elo forte. Por isso, Christine se sentiu honrada quando Katherine MacAvoy, supervisora do acampamento, pediu que ela fosse ao seu escritório e lhe disse que Ella, provavelmente o ativo mais importante *da história* do Grupo, também achava que as duas tinham formado um elo poderoso.

— Todos nós percebemos como vocês duas se deram bem durante o treinamento de Ella — disse Katherine a Christine, tirando um fiapo de roupa de sua saia decepcionantemente antiquada na altura do joelho. — Agora que Ella deu a entender que tem interesse em voltar para o Grupo, pensamos que seria legal *você* ser a primeira pessoa a fazer contato pessoal. Dê boas-vindas de volta à família, como era antes. Voce vai para São Francisco, vai levá-la para comer alguma coisa e, no restaurante, vai entregar o plano detalhado da próxima missão dela.

Christine mal conseguia acreditar que, em meio a todos ali, ela tivesse sido escolhida para uma tarefa de tanto prestígio.

— Você tem certeza de que não deveria ser uma pessoa mais experiente? — perguntou Christine, com humildade.

— Absoluta — garantiu Katherine MacAvoy. — Ella pediu especificamente por você e por Jackson quando o Sr. Redmayne se reuniu com ela semanas atrás.

Christine ficou com o rosto todo corado, satisfeita.

Sr. Redmayne? O chefão sabe o meu nome?

Estava ficando cada vez melhor.

Mas hoje era o melhor de tudo. Uma manhã seca de outono com céu azul e sem nuvens em São Francisco proporcionava o pano de fundo perfeito para o que Christine esperava ser seu feliz reencontro com Ella. Não seria impertinente a ponto de perguntar a Ella sobre a mais recente e tão famigerada missão na Europa, ou sobre como Ella usou seus supostos "superpoderes" extrassensoriais contra Athena Petridis. Mas ia exigir que a atualizasse sobre sua vida amorosa; se o misterioso "Gabriel" chegou a dar em cima dela, ou se ela se apaixonou por um lorde inglês ou um conde francês, no melhor estilo Meghan Markle. Christine esperava que sim. Ella tinha um lado amoroso, mas Christine tinha a nítida sensação de que o amor de um bom homem ajudaria a aparar aquelas arestas. E, pelo que Christine se lembrava, eram arestas bem grandes.

Christine levantou a cabeça e olhou para o elegante prédio de tijolos vermelhos à direita. De acordo com o celular, tinha chegado ao destino. O apartamento que Ella havia acabado de alugar ficava num bairro caro, numa rua limpa e arborizada, com porteiros trabalhando do lado de fora dos prédios e Teslas de última geração em todas as vagas de estacionamento público. Então, Ella era tão rica quanto linda, pensou Christine, sem inveja. Invejar Ella seria como invejar um pássaro por voar ou um peixe por suas guelras. Não era possível se comparar a uma criatura tão diferente, especial e superior em todos os sentidos. Cada vez mais empolgada, Christine entrou praticamente saltitando no saguão do prédio.

— Vim ver a Srta. Praeger — disse ela ao idoso na recepção. — Apartamento 12B.

— Certo.

Christine assinou um antiquado livro de visitas e foi direcionada aos elevadores. *Esse prédio não tem exatamente uma segurança de última geração*, pensou Christine. Alguém teria que falar com Ella sobre isso.

No quarto andar, tocou a campainha do apartamento de Ella e ficou esperando do lado de fora, nervosa, como se estivesse num primeiro encontro. Depois do que pareceu uma eternidade, a porta foi aberta.

— Posso ajudar?

A mulher diante de Christine tinha mais ou menos a idade de Ella, cabelo castanho na altura dos ombros e rosto bonito, de uma pessoa inteligente. Usava um vestido curto bege caro e escarpins de camurça e irradiava elegância, opulência e classe. Christine nunca tinha visto aquela mulher na vida.

— Não sei. Eu... estou procurando Ella — disse, olhando por cima do ombro da mulher para ver o interior do apartamento. — Ela está em casa? Sou uma velha amiga.

A mulher franziu a testa.

— Ella? — Foi então que se deu conta. — Ah! Você deve estar falando da dona do apartamento. A Srta. Praeger.

— Isso, exatamente. Ella Praeger.

— Ela não mora aqui, minha querida.

Por um breve instante Christine ficou parada, piscando, até que perguntou:

— Ela não mora aqui?

— Não. Ela é a proprietária. Saiu e alugou o apartamento — explicou a locatária, com simpatia. Com a sensação de que faltavam alguns neurônios na linda mulher à porta de sua casa, explicou: — Agora eu moro no apartamento. Mês passado assinei um contrato de aluguel por um ano.

Christine parecia decepcionada.

— Entendi. Bom, você tem o endereço dela?

A mulher balançou a cabeça.

— Lamento. Tudo foi feito por intermédio dos advogados. Você pode tentar falar com eles, mas acho que a Srta. Praeger está fora do país no momento. Na Europa, salvo engano.

— Tudo bem, Christine. Obrigada por tentar. Eu assumo a partir de agora.

Katherine MacAvoy desligou com uma inquietação subindo pelo estômago, como água suja num escoadouro transbordado.

Mark Redmayne tinha pedido que ela agisse rápido. Que distraísse Ella rapidamente com outra missão antes de ter que ouvir mais perguntas sobre Athena ou Rachel. Ou pior: antes de Ella descobrir um jeito de entrar em contato com Gabriel. Redmayne e Katherine concordaram que aquele homem havia se tornado um barril de pólvora. Os sentimentos de Gabriel por Ella eram recíprocos e representavam a maior ameaça à capacidade do Grupo de manter Ella como sua "arma secreta".

O plano era distrair Ella fazendo-a trabalhar com algum outro agente agradável e atraente que pudesse seduzi-la, tirar Gabriel de sua cabeça. Katherine encontrou o candidato perfeito, mas precisou de duas semanas para convencê-lo a voltar de Tóquio e deixá-lo a par do histórico e dos "dons" especiais de Ella Praeger.

E duas semanas foi tempo demais, pelo jeito.

Ah, meu Deus. Katherine MacAvoy levou as mãos à cabeça.

Ella Praeger havia escapado por entre os dedos do Grupo. De novo. Como ia explicar isso ao chefe?

CAPÍTULO TRINTA

Gabriel estava ao lado de um poste de luz, acenando enquanto o táxi preto se afastava.

Estava se sentindo ótimo.

Feliz. Satisfeito. Em paz.

Aquela cena parecia quase tirada de um cartão-postal romântico. A rua em Mayfair iluminada pela lua, perto de um antigo estábulo com chão de paralelepípedos convertido em prédio residencial. A suíte de Gabriel na Savile Row. Até a garoa ajudava a criar a atmosfera de romance clássico passado em Londres. E, claro, também havia aquele olhar de adeus no rosto bonito, saudável e puro de Daisy, que olhava pelo vidro traseiro do táxi dando tchau.

Ah, Daisy. Vinte e oito anos, filha de um oficial do Exército, formada no Instituto de Arte Courtauld, funcionária da casa de leilões Christie's, ela era o tipo de garota da alta sociedade que aparecia nas páginas de noivados da revista *Tatler*. O tipo de garota que um garoto da classe alta inglesa deveria levar para casa e transformar em mãe de seus filhos, se casar numa igreja antiga de um vilarejo em Hampshire e depois formar uma família grande com filhos batizados com nomes como Torquil e Hermione.

Se por um lado Gabriel, sob o disfarce de "Jeff Mason", empresário americano, tinha sido uma falha no currículo de namorados ingleses perfeitos de Daisy, por outro, ela havia sido um interlúdio revigorante na exaustiva carreira de mulherengo de Gabriel. Eles se conheceram no clube Annabel's num sábado à noite e viveram um apaixonado romance de duas semanas que ambos sabiam que não duraria muito. Na manhã seguinte à despedida, "Jeff" pegaria um voo em Londres de volta aos Estados Unidos, mas aquele breve caso foi suficiente para oferecer a Daisy um gostinho do exótico "outro" mundo que ela nunca mais iria vivenciar. E, para Gabriel, a relação realizou o milagre de tirar Ella Praeger da sua cabeça — ao menos por um tempo — e diminuiu uma obsessão que estava beirando um nível seriamente problemático.

O táxi fez uma curva e desapareceu. Hora de ir para a cama. Gabriel estava a poucos quarteirões do hotel e a chuva caía fraca, por isso decidiu voltar andando. Na verdade, tinha de fato um voo de volta aos Estados Unidos no dia seguinte, a primeira viagem em quase quatro meses. Era difícil acreditar que já havia completado duas missões desde Mykonos — desde Ella. No começo, Gabriel resistiu à decisão de Redmayne, que queria afastá-lo de Ella com base naquela ideia de que "o que os olhos não veem o coração não sente". Ele se recusou a aceitar que sua intimidade com Ella representasse um perigo para a segurança ou para a eficácia dela como agente.

— Com a sua rebeldia, você poderia ter deixado algo escapar! — gritou o chefe.

— É, mas isso não aconteceu! — gritou Gabriel também. — Pelo amor de Deus, nós pegamos Athena. Não era isso que você queria?

— Era a coisa que eu mais queria — vociferou Redmayne. — Mas não era a única. Não valeu o *risco* que você correu, Gabriel.

— Quanta gratidão! — exclamou Gabriel, furioso.

— Você esperava o quê? Uma medalha?

— Talvez — rebateu Gabriel. — Por que não? A missão não foi nada fácil, sabia?

— Bom, você merece uma medalha pela sua arrogância e pela sua cabeça dura. Isso eu admito — retrucou Redmayne.

— Vou a Estocolmo buscá-la.

— Não vai, *não* — insistiu Gabriel.

Na época, Gabriel ficou furioso por ser mobilizado para novas missões, mas agora admitia, a contragosto, que, na ocasião, talvez o chefe estivesse certo. Ele precisava cortar laços com Ella, mais do que imaginava. Sua viagem atual para Londres era um desvio feito para amarrar algumas pontas soltas na volta de uma missão perigosa em Moscou, que, aliás, correu bem. Junto com uma pequena equipe, Gabriel conseguiu "neutralizar" um grupo de assassinos que estava atacando jornalistas ocidentais e cineastas que ousavam criticar o regime do Kremlin. Era trabalho sujo. Mas a missão correu tão bem quanto possível e o fez lembrar que a vida que tinha escolhido — trabalhar para o Grupo, lutar contra forças do mal que até serviços de segurança nacionais temiam combater — era valiosa e importante. Sim, às vezes os "meios" eram uma porcaria. Às vezes — aliás, muitas vezes —, era preciso se comportar como um babaca, duas caras, imoral e violento com pessoas que talvez não merecessem esse tratamento. Mas o mundo é babaca, duas caras, imoral e violento. Resumindo, os "fins" das missões do Grupo eram sempre justificáveis.

Bem. Quase sempre. E isso bastava para Gabriel.

Ainda odiava Mark Redmayne em nível pessoal. E toda vez que pensava em Ella, e em seu papel ao arrastá-la para tudo aquilo, sentia uma faca sendo torcida no seu coração. Mas a cada dia que passava a dor diminuía, e sua persona antiga, autossuficiente, recuperava as forças. O trabalho ajudou. O tempo ajudou. Daisy ajudou. Naquela noite, pela primeira vez em muito tempo, Gabriel se sentia leve. Livre. Voltaria aos Estados Unidos renovado, revigorado e pronto para ser útil.

— Boa noite, Sr. Mason.

A recepcionista do hotel Dorchester o cumprimentou com timidez, sem fazer nenhum esforço para esconder o evidente interesse sexual.

— Oi, Anna.

— Voltou para o quarto para passar a noite? Posso... lhe oferecer alguma coisa?

Gabriel refletiu. Anna era uma garota linda de verdade. E ele já estava com saudade de Daisy.

— Essa noite, não, obrigado — respondeu ele, lamentando. — Amanhã o dia vai começar bem cedo para mim.

Anna suspirou.

— Bons sonhos, então.

Ela sentiria saudade de Jeff Mason.

Já na suíte, Gabriel se serviu de uma dose de uísque do minibar, bebeu, tirou a roupa e foi tomar banho. Jatos poderosos de água quente espancaram os ombros doloridos, eliminando os últimos vestígios de tensão no corpo. Ao sair do chuveiro, ele esticou a mão para pegar a enorme toalha de algodão egípcio pendurada no toalheiro quando um movimento no espelho chamou sua atenção.

— Não se mexa.

Gabriel já havia se virado, mas era tarde demais. A Glock com silenciador brilhava ameaçadora a menos de dois metros de seu rosto, apontada entre os olhos.

— Mais um passo e eu mato você.

Os olhos de Gabriel encontraram os da pessoa e, por um breve instante, foi possível ver no rosto dele uma mistura de surpresa e diversão enquanto o medo se dissipava.

— Ah, duvido que você faça isso, Ella.

— Arrisque.

De calça jeans preta e justa e regata branca com listras vermelhas e douradas, o cabelo curto penteado para trás com gel e o braço que apontava a arma totalmente esticado, Ella estava maravilhosa — ágil, pequena, exótica e mortal, uma serpente pronta para atacar. Em outras circunstâncias, ele ficaria em êxtase ao vê-la. Mas a arma carregada, o tom de voz irritado e os olhos cheios de ódio estragaram aquele reencontro feliz.

— Você está com raiva. — Ele ergueu as mãos e deu um passo atrás, como um jogador de futebol admitindo uma falta. O passo foi um erro. Sem hesitar, Ella disparou, um tiro praticamente inaudível que errou o pé de Gabriel por milímetros.

— Jesus!

— EU DISSE "NÃO SE MEXA"!

A diversão de Gabriel se transformou num medo genuíno. Ela não estava brincando.

— Ella... — começou ele.

— Você mentiu para mim! Sobre os meus pais. Sobre Athena. Você *mentiu*.

Gabriel retribuiu seu olhar duro, mas não negou.

— Athena Petridis nunca afogou a minha mãe. Minha mãe estava viva dois anos depois. Toda aquela história, o arquivo que você me mostrou, as fotos, as "evidências". Tudo forjado. Não é? NÃO É?

— É. — Não havia por que negar. Estava claro que Ella sabia a verdade. E, de certa forma, era libertador admitir, mesmo que isso significasse ter os miolos estourados.

— E você sabia desde o começo?

Gabriel *podia* negar essa parte, ou pelo menos tentar. Mas isso só a deixaria mais furiosa. Por isso, concluiu que era melhor correr o risco de contar a verdade.

— Sabia, sim. — De repente, ele abaixou a cabeça, consciente de que estava nu. — Posso pegar uma toalha?

— NÃO! — O grito reverberou com fúria. — Não se mexa. É sério.

— Bem, então pode jogar uma toalha para mim?

Ella hesitou por um segundo. Em seguida, pegou uma toalha da pia as suas costas e jogou para Gabriel.

— Não é muito grande — disse ele, ao pegar a toalha com uma das mãos.

Ella olhou diretamente para o pênis dele.

— É, com certeza já vi maiores.

Apesar da situação, Gabriel sorriu enquanto tentava enrolar o corpo na toalha minúscula.

— Vamos lá, Ella. Abaixe essa arma. Você não quer me matar de verdade.

— Ah, não quero? — A raiva ardia em seus olhos. — Você me enganou da pior maneira possível. Eu matei uma mulher por sua causa. Você me transformou numa assassina.

— Athena era um monstro — retrucou Gabriel. — Merecia morrer.

— Essa não é a questão!

— É a questão, sim. Você se arrepende?

Ella o encarou espantada.

— É claro que me arrependo! Você acha que eu gostei de matar?

— Bom, certamente gostou da adrenalina da caçada.

Ella ficou corada, odiando o fato de que a acusação era verdadeira.

— Isso não é justo e você sabe disso! Eu achei que estava vingando minha...

Gabriel a atingiu antes mesmo que ela soubesse o que estava acontecendo, atravessando o banheiro com toda a força do corpo ainda quente do banho para imobilizá-la na parede de azulejos. Ella sentiu uma dor forte nas costas e na cabeça e ouviu a arma cair no chão. Gabriel chutou a pistola para longe, prendeu os braços de Ella atrás das costas e a conduziu sem esforço até o quarto.

— Pare de se debater — ordenou ele. — Pare, senão vai acabar com o braço quebrado.

Gabriel a forçou contra a cama, o rosto a centímetros do dela.

— Me escute, Ella.

— Não! — Ela balançou a cabeça furiosa, fechando os olhos como uma criança petulante se recusando a encarar o pai. — Não vou escutar você, nunca mais. Por que deveria escutar? Você é um mentiroso.

Gabriel soltou um gemido de irritação.

— Tem razão. Eu sou um mentiroso. Menti para fazer você entrar para o Grupo, para fazer você nos ajudar. Eu tive que fazer isso.

— Não "teve", não. Você tinha opção, e fez a escolha errada.

— Não, Ella — disse Gabriel, num tom mais leve. — Não é assim que funciona. Se o chefe lhe dá uma ordem, você obedece. O Grupo vota para escolher o líder, mas, no dia a dia, não somos uma democracia. Somos um exército. Só assim podemos operar e nos manter em segurança.

— Coisa nenhuma — retrucou Ella. — Você quebra um monte de regras. Nós quebramos um monte de regras juntos.

— Verdade — admitiu. — Mas aquilo foi diferente.

— Como?

Gabriel fechou os olhos e balançou a cabeça. Era difícil ter uma conversa racional com uma pessoa enquanto tentava evitar que ela arrancasse seus olhos com as próprias mãos.

— Por que *você* é diferente, Ella. Seus dons, o que você oferece ao Grupo, ao nosso trabalho. Seu potencial. Isso é mais importante que tudo. Eu me senti mal, *sim*, ao fazer parte da mentira sobre Athena ter matado os seus pais. E eu discuti, sim, com Redmayne sobre o assunto. E Nikkos também, além de outras pessoas que conhecemos. Mas quer saber? Nós estávamos errados. Nós estávamos errados e o chefe estava certo. A raiva que você sentia pelo que tinha perdido e sua sede de vingança foram o que motivaram você, eram suas emoções mais poderosas na época do recrutamento. O Grupo sempre trabalhou identificando o que motivava as pessoas e se aproveitando disso.

— Manipulando as pessoas, você quer dizer — disse Ella, num tom ameaçador. — Vocês me manipularam, me sugaram para dentro do Grupo, assim como fizeram com a minha mãe e o meu pai.

— Usamos a sua fúria, a sua raiva e a sua dor para fazer um bem maior — retrucou Gabriel.

— Eu não fiz um bem maior — disse Ella, chorando. — Eu matei uma pessoa.

— Tecnicamente, talvez. Mas matar Athena Petridis era justificável, Ella. Esse era o objetivo coletivo do Grupo. Foi o certo a fazer. Ainda mais porque serviu como iniciação para você. Agora você é uma de nós.

— Não. — Ela balançou a cabeça outra vez. — Não sou. Não sou uma de vocês.

— Ah, é, sim. — Gabriel aproximou o rosto. — Você destruiu o inimigo, derrotou o mal e se sentiu bem com isso. Admita. Pode me culpar o quanto quiser, Ella. Ou culpe Redmayne, ou qualquer outra pessoa. Mas a verdade é que *você* sentiu o poder nas mãos e *você* adorou, da mesma forma que todos nós adoramos. O Grupo é a sua vocação. É o seu destino, o que você nasceu para fazer. E seus poderes são muito maiores do que os de qualquer um de nós. Seus poderes podem mudar o mundo, Ella.

Ella recuou quando os lábios de Gabriel tocaram os seus. Não queria mudar o mundo. Não queria fazer parte de um grupo que tinha aprisionado e aterrorizado seus pais, mentido para ela e poderia muito bem ainda estar mentindo, por mais que fizessem um "bem" para o mundo. Mas ela o desejava. Queria não desejar, mas agora não havia como negar. Ela queria Gabriel. A boca, o corpo, o cheiro dele. Queria conhecê-lo. Conhecer o verdadeiro Gabriel, não só o personagem em que ele se transformava durante as missões.

— Feche os olhos — sussurrou ele, sentindo a mudança nas emoções, no corpo de Ella.

Desta vez, Ella obedeceu, se perdendo na sensação física inebriante das mãos dele no seu corpo, arrancando suas roupas como uma cobra saindo da pele antiga. Havia muita coisa reprimida entre os dois, muitas mentiras, contadas até nos momentos de maior intimidade. Mas *isso* — o corpo dele colado no dela, dentro dela, suas mãos puxando-o para mais perto, mais fundo —, *isso* era verdade. *Isso* era realidade. O passado — seus pais, Athena, a importância do que ela havia feito —, tudo se dissolveu, arrebatado por um presente tão extasiante e poderoso que não havia espaço para mais nada. Não havia dúvidas. Não havia arrependimentos. Até o ruído branco que tomava conta de sua cabeça, os sinais que percorriam seu cérebro constantemente como o zumbido de um gerador, tinham sido deixados de lado. Só restavam o suor, o calor e o prazer, dois animais unidos por uma força vital maior que ambos.

— Ella!

O nome ressoou como um eco na escuridão, mas ela tapou a boca de Gabriel e também afastou esse som.

Sem palavras. Palavras não são a verdade.

Eles fizeram amor por horas, até Ella perder a conta. Só depois disso as palavras começaram a voltar. Perguntas feitas de qualquer jeito por causa da exaustão, mas urgentes outra vez, exigindo serem ouvidas como uma criança impaciente.

Ele sabia o que *realmente* havia acontecido com seus pais? Quem poderia ser o "M." a quem seu pai se referia nas cartas, o "M." que era o namorado "perigoso" de Rachel? Ella ainda não podia se permitir ter esperança de talvez, só talvez, sua mãe e seu pai ainda estarem vivos em algum lugar. Mas a possibilidade pairava em seu subconsciente como uma nuvem reluzente, com um brilho prateado que se recusava a morrer por completo, apesar da chance mínima.

Gabriel fez carinho no cabelo de Ella e puxou o corpo molhado e esgotado para perto do dele.

— Não sei, Ella. Só sei que foi muito tempo antes de eu entrar.

— Isso é verdade? — murmurou, o sono cada vez mais intenso. — Ou não passa de outra mentira?

— É a verdade. Eu juro. Chega de mentiras.

— Promete?

— Prometo.

Gabriel fechou os olhos e inspirou o cheiro dela, torcendo do fundo do coração para ser capaz de cumprir essa promessa.

Estava nublado quando Ella abriu os olhos. Nuvens carregadas pairavam no céu de Londres, e uma fina camada de garoa revestia as janelas. Gabriel já estava acordado e vestido, em pé ao lado das cortinas abertas, de calça de algodão e camisa com o colarinho desabotoado, enquanto tomava café e encarava Ella com um olhar apaixonado. Uma onda de desejo invadiu o corpo dela.

— Desculpe acordá-la.

Ella se sentou na cama e esfregou os olhos, ainda sonolenta.

— Que horas são?

— Cedo. — Gabriel serviu outra caneca de café e levou para Ella na cama. Sentado ao lado dela, Gabriel exalava uma mistura de verbena-limão, sabonete líquido e pasta de dente. *Delicioso.* — Preciso ir — sussurrou ele, colocando a caneca na mesinha de cabeceira. — Meu voo é daqui a uma hora.

Ella sentiu como se tivesse levado um soco.

— Voo? Que voo? Para onde?

— Washington. — Ele segurou e apertou-lhe a mão.

Ella também apertou, triste. Já sentia que ele estava escapando por entre seus dedos.

— Posso encontrar você lá?

— Não vai ter tempo. Só vou ficar lá um ou dois dias.

Um ou dois dias. Isso era bom. Era aceitável.

— Depois disso vão me mandar para uma nova missão.

Ella desanimou.

— Uma nova... Onde? — Ella odiava o próprio tom de voz desesperado, mas ainda era cedo demais para isso. Cedo demais para ele ir embora. Para ele abandoná-la de novo.

— Não posso dizer — respondeu Gabriel, sentindo-se mal com isso.

— E quanto tempo vai ficar ausente?

— Não sei, mas, quando voltar, vou encontrar você, tudo bem?

— Não! — Ella afastou a mão, se sentou e puxou o lençol para cobrir o corpo nu, o que era ridículo, considerando o que acontecera na noite anterior, mas ela estava irritada. — Não está tudo bem. Nada disso está tudo bem. Eu não consigo viver desse jeito.

Gabriel a encarou, perplexo.

— Claro que consegue. É *assim* que nós vivemos, Ella. É o que fazemos. Em breve você mesma também estará numa nova missão.

Ella balançou a cabeça.

— Ah, não vou, não. Minha única "missão" é descobrir o que aconteceu com meu pai e minha mãe depois que ela foi para a África com esse tal "M.". Até onde sei, o Grupo pode estar por trás do desaparecimento dela.

— Ah, por favor... — disse Gabriel, revirando os olhos.

— "Ah, por favor" o quê? É possível. Então, até saber exatamente o que aconteceu, não vou a lugar algum. — E fez beicinho com petulância. — E nem você nem Redmayne podem me obrigar.

Para irritação dela, Gabriel caiu numa gargalhada genuína.

— Não vejo nada de engraçado nisso.

— Eu sei que não vê. — Gabriel beijou o topo da cabeça de Ella com carinho. — É uma das muitas coisas que eu adoro em você. — Ele se levantou, relutante. — Preciso ir.

— Está bem — disse Ella, de mau humor ainda na cama, se recusando a encará-lo.

Será que Gabriel realmente achava que tinha conseguido aplacá-la com as promessas da noite anterior? Que ela iria perdoar e esquecer a farsa de Redmayne e voltar para o Grupo submissa, pronta para cumprir suas missões? Se estava achando isso, então é porque não a conhecia tão bem quanto achava que conhecia. Quem quer que fosse esse tal "M.", era melhor tomar cuidado. Porque Ella Praeger não descansaria até encontrá-lo. Ela podia até amar Gabriel, mas dali em diante só confiaria em si mesma.

— Eu podia ter matado você ontem à noite, sabia? — lembrou ela.

Gabriel abriu um sorriso largo.

— E quase matou mesmo.

Ella tentou com todas as forças, mas não adiantou. O sorriso surgiu em seu rosto contra sua vontade.

Ele abriu a porta enquanto puxava a mala.

— Acabei de me dar conta — disse Ella, depois que um pensamento urgente lhe ocorreu. — Ainda não sei seu nome verdadeiro.

— Ah. — Ele mordeu o lábio meio sem jeito. — Isso...

Ella se sentou na cama.

— Pois é. Isso. E aí? Qual é? Qual é o seu nome?

— Meu nome? — Gabriel a encarou com um olhar de adoração. Meu Deus, como queria não ter que pegar o voo. — A questão, minha querida, é que essa é uma longa história.

AGRADECIMENTOS

Um sincero agradecimento a Alexandra, Mary e toda a família Sheldon, por continuarem me apoiando, encorajando e acreditando em mim. Também a todos da HarperCollins, pelo trabalho duro e pela dedicação, sobretudo às minhas editoras Charlotte Brabbin e Kimberley Young. E aos meus fantásticos agentes, Hellie Ogden, em Londres, e Luke Janklow, em Nova York. Por fim, como sempre, quero agradecer à minha família, em especial ao meu marido, Robin, e aos nossos filhos, Sefi, Zac, Theo e Summer. Amo e adoro vocês.

Este romance é dedicado ao meu filho Zac, que sempre me dá ideias para histórias e ilumina minha vida de todas as maneiras. Muito amor para você, Zac, e espero que goste do livro.

Este livro foi composto na tipografia Minion Pro,
em corpo 11/16, e impresso em papel off-white,
no Sistema Cameron da Divisão Gráfica
da Distribuidora Record.